文庫 SF
07〉

犬は勘定に入れません

あるいは、消えたヴィクトリア朝花瓶の謎

〔上〕

コニー・ウィリス
大森　望訳

早川書房

6456

TO SAY NOTHING OF THE DOG
by
Connie Willis

Translated by
Nozomi Ohmori
Published 2009 in Japan by
HAYAKAWA PUBLISHING, INC.
This book is published in Japan by
arrangement with
RALPH M. VICINANZA, LTD.
through TUTTLE-MORI AGENCY, INC., TOKYO.

「……有益無害の猫……」

——ウィリアム・シェイクスピア

（『ヴェニスの商人』四幕一場より　中野好夫訳／岩波文庫）

「神は細部に宿る」

——ギュスターヴ・フローベール

ロバート・A・ハインラインに

ジェローム・K・ジェローム『ボートの三人男　犬は勘定に入れません』という本の存在を初めて知ったのは、ハインラインの『大宇宙の少年』のおかげでした。

ロリーナとバーティの愛しい思い出に

犬は勘定に入れません
――あるいは、消えたヴィクトリア朝花瓶の謎

〔上〕

「あんなぐちゃぐちゃの瓦礫の山なんかなしで、ゼロからやり直せたらよかったのに」と彼女は言った。

「あれはシンボルなんだよ」と友人が答えた。


――モリー・パンター＝ダウンズ（「ロンドンからの手紙」より）

1

捜索隊――戦時中のかぶりもの――身内びいきの問題――王族のかぶりもの――主教の鳥株が行方不明――がらくた市――所在に関する手がかり――天体観測――犬たち――猫――人間の最良の友――不意の出立《しゅったつ》

そこにいたのは総勢五名だった。カラザーズ、新入生、僕、それにミスター・スピヴンズと堂守。十一月十五日の午後も遅い時刻、廃墟と化したコヴェントリー大聖堂で、僕らは主教の鳥株《ビショップス・バード・スタンプ》を探していた。

まあとにかく、僕は探していた。新入生は吹き飛ばされたステンドグラスの窓をぽかんと見上げ、ミスター・スピヴンズは聖具室の階段のそばでなにかを掘り返し、カラザーズは堂守を相手に、僕らが補助消防隊《AFS》の人間だと納得させようとしていた。

「あれが消防班長のネッド・ヘンリー中尉で」と僕のほうを指さし、「わたしは消防分署防火将校のカラザーズ中佐だ」

「どこの分署だね」堂守が疑い深げに目を細くした。

「第三十六」とカラザーズがいいかげんに答える。

「あれは？」堂守が新入生を指さした。いまは使い方を解明しようと懐中電灯をためつすがめつしているところで、補助消防隊はおろか、国防市民軍に入れる頭もなさそうに見える。

「義理の弟でね」と、カラザーズはとっさにでっちあげた。「名前はエグバート」

「うちの女房も、弟を空襲の火災監視に雇ってくれとせがむんだが」堂守は同情するように首を振った。「台所を歩けば猫に蹴つまずくようなやつだ。そんな男にどうして焼夷弾の火が消せる？　そういってやったら、『あの子には仕事が必要なのよ』だと。ヒトラーに雇ってもらえといってやったよ」

　ふたりにはかまわず、僕はかつて身廊だった場所を歩き出した。無駄にする時間はない。ネットを抜けてここに出た時刻は遅かったし、まだ四時をまわったばかりだというのに、空中に漂う煙と石の粉塵のせいで、よく見えないぐらいあたりが暗くなっている。

新入生は懐中電灯をあきらめ、階段脇の瓦礫を決然と掘りつづけるミスター・スピヴンズをぼんやり眺めている。僕はそちらの方向に目を凝らし、北通路があった場所を見定めてから、身廊の奥に向かって前進を開始した。

空襲以前、主教の鳥株は、鍛冶屋の礼拝堂《スミスズ・チャペル》の内陣ついたて前に置かれた錬鉄製の台座の上にあった。自分の現在地を確認しつつ、瓦礫のあいだを縫うようにして進む。いまも原形をとどめているのは、大聖堂の外壁と、美しい尖頂を擁する塔だけ。それ以外のすべては――屋根、丸天井、明かり層のアーチ、柱――崩れ落ち、どれがどれやら見分けのつかない、黒ずんだ瓦礫の巨大なひと山となりはてている。

よし、と。落下した屋根の梁の上に立ち、心の中でつぶやいた。あれが後陣、向こうにあるのが布地屋の礼拝堂《ドレイパーズ・チャペル》だろう。もっとも、吹き飛んだ窓以外、判別する手がかりはない。石のアーチも崩落し、仕切壁しか残っていなかった。

それからこっちが聖ラウレンティウス礼拝堂《セント・ローレンス・チャペル》。四つん這いになって瓦礫をかきわけ、そう判断した。大聖堂のこの一画では、石と焦げた木材が高さ五フィートにわたって堆積し、足元が滑りやすい。一日中ずっと小雨が降ったりやんだりだったから、灰が黒ずんだ泥に変わり、屋根葺きの鉛スレートは氷のようにつるつるになっている。

帯屋の礼拝堂《ガードラーズ・チャペル》。ということは、これがスミスズ・チャペルに違いないが、ついたては影もかたちもなかった。ついたてが窓からどのぐらいの距離にあったのかを目分量で測り、掘りはじめた。

折れた梁と割れた石が積み上がった山の下に、主教の鳥株はなかった。ついたてもない。見つかったのは、ひざ置き台の破片と信徒席の一部。ということは、身廊の中まで入りすぎていることになる。

方向を見定めようと立ち上がった。建物が破壊されただけで、こんなに位置感覚が狂ってしまうものだとは。ひざをつき、聖歌隊席のほうを見上げる。北通路の柱が立っていた場所を見つけ出し、それを頼りに自分がいま身廊のどのあたりにいるか見当をつけるつもりだったが、なにもかも瓦礫に埋まっている。

アーチがあった場所をまず突き止めて、そこからはじめるしかなさそうだ。ガードラーズ・チャペルの東壁を振り返り、その壁と窓を基準に位置を決めてから、アーチの支柱を求めて発掘作業を再開した。

支柱は床から六インチのところで折れていた。まわりの瓦礫をどかしてから、方向を見定め、ついたてがあったはずの場所を推測し、また掘りはじめた。

なにもない。天井板の破片を持ち上げると、その下に、ひびの入った巨大な大理石の板があった。祭壇だ。ということは中に来すぎている。まだぼんやりミスター・スピヴンズを見ている新入生に目をやってから、また掘りはじめた。

「しかしわれわれはＡＦＳの人間なんだ」とカラザーズが力説する声が聞こえた。

「ほんとにAFSの人かね」と堂守。「AFSの人がそんな作業服を着てるのは見たことがないぞ」

それはそうだろう。無理もない。僕らの制服は、空襲真っ最中の大混乱を想定したものだった。ブリキのヘルメットをかぶった人間ならだれでも当局者だと思ってもらえるのが前提だし、おまけに真夜中用。昼の光はまた別問題になる。カラザーズのヘルメットには英国陸軍工兵隊の記章がついているし、僕のにはステンシルでARP（防空監視団）と書いてある。新入生のヘルメットも、どこかよその戦争用のやつだ。

「正規の制服は高性能爆薬の犠牲になった」とカラザーズが出まかせをいう。

堂守の顔つきからして、まだ納得していないようだ。「消防隊の人なら、どうしてゆうべのうちに来なかったね。そしたら多少は役に立ったかもしれんのに」

いい質問だ。それに僕が戻ったら、レイディ・シュラプネルも当然こう質問するだろう。声が聞こえるようだ。『ネッド、十五日に行ったとはどういうこと？　まる一日遅れじゃないの』

だからこそ僕はまだ帰還せず、ゆうべ天井から溶け落ちた、まだ熱い鉛で指をやけどし、石材の埃でのどをつまらせながら、いまも燻りつづける梁の山をこうしてひっかきまわしているわけだ。

やけどした指をいたわりつつ鉄骨の一部を持ち上げ、屋根のスレートと焦げた梁の山をかきわけはじめた。やけどした指を金属片のへりで切ってしまい、立ち上がって傷口を舐めた。

カラザーズと堂守はまだ押し問答をつづけている。「第三十六分署なんて聞いたことがないな」と堂守が疑り深げにいった。「コヴェントリーのＡＦＳ分署は第十七までしかないはずだ」

「ロンドンから来たんだ」とカラザーズ。「応援に派遣された特別分遣隊でね」

「ここまでどうやって来た？」堂守が喧嘩腰でシャベルをつかみ、「道路はぜんぶ封鎖されてるのに」

そろそろ助け船を出してやったほうがよさそうだ。ふたりのほうに歩み寄り、「ラドフォードをまわってきたんですよ」と、堂守がそちら方面には行ったことがないだろうと見越していった。「牛乳トラックに乗せてもらって」

「バリケード封鎖してると思ったが」なおもシャベルを握ったまま、堂守がいった。

「特別通行許可証がある」とカラザーズ。

これは大まちがいもいいところ。いまにも堂守が、じゃあその許可証を見せてみろと言い出しそうだ。僕はあわてて、「エリザベス王妃の命令で派遣されたんですよ」といった。

当たり。堂守はブリキのヘルメットを脱ぐと、シャベルを杖のようにつき、気をつけの姿勢をとった。「皇后陛下の命令で？」

僕はＡＲＰのヘルメットをとって胸に当てた。「少しでも力にならないとコヴェントリーに顔向けができないと皇后陛下はおっしゃいました。『あの美しい、美しい大聖堂が。いますぐコヴェントリーへ急行し、できるかぎりの力を貸してきなさい』と」

「陛下ならそうおっしゃるだろう」堂守は禿頭をうやうやしく動かした。「陛下らしい。『あの美しい、美しい大聖堂が』。陛下ならそうおっしゃる」

僕は堂守に向かって重々しくうなずき、カラザーズにウィンクしてから発掘作業に戻った。倒壊したアーチの残りは屋根のスレートの下敷きになっている。スレートの山には、もつれた電源ケーブルの束や割れた銘板も混じっていた。銘板にいわく、『――遠なる安らかな眠りを』。どうやら願いは聞き届けられなかったようだ。

柱の周囲、直径三フィートの円内の瓦礫をかたづけた。なにもない。瓦礫の上を這うようにして進み、柱の残りを探索した。破片を一個発見し、また掘りはじめた。

カラザーズがやってきた。「皇后はどんなお姿だったかと堂守に訊かれた。帽子《ハット》をかぶってたといってやったよ。それでいいんだよな？　帽子をかぶってたのがどのクィーンだったか、いつも忘れちまう」

「みんなかぶってるよ。ヴィクトリア以外はね。彼女はレースの縁なし帽《キャップ》みたいなやつだった。それにカミラ。在位期間が短すぎて、帽子をかぶるヒマもなかった。皇后陛下は、バッキンガム宮殿が爆撃されたとき、ヴィクトリア女王の聖書を運び出したといってやるといいよ。赤ん坊を抱くみたいに両手に抱いて運んだと」

「そうなのか？」

「ううん。でも、どうして工兵隊のヘルメットをかぶってるのか訊かれずに済む。それに、うまく話を運べば、それをきっかけに、ゆうべなにが運び出されたか教えてくれるかもしれない」

カラザーズは作業服のポケットから紙切れを一枚ひっぱりだし、「主祭壇とスミスズ・チャペルの燭台と十字架は、ハワード大聖堂主任司祭と空襲監視員が救い出して警察署に運んだ。銀の聖体皿と聖杯、木製の十字架像、銀の聖餅箱、使徒書簡、福音書、第七歩兵大隊ウォリックシャー連隊の連隊旗も」と読み上げた。

ハワード主任司祭の空襲体験記に出てくるリストと一致している。「でも、主教の鳥株はその中に入ってない」瓦礫の山を見渡し、「つまり、このどこかにあるってことだね」

「まだ見つからないのか？」

「さっぱりだ。僕らより早い時刻に来ただれかが先に見つけたって可能性はないかな」

「もしそうだとしても、うちの人間ではありえない。デイヴィスとピーターズは一九四〇年に来ることさえできなかった。おれにしても、こんなに近くに来られたのは四回めにしてはじめてだ。一回めは、ネットを抜けてみると十九日だった。二度めは十二月の中旬。三度めは目的時ぴったり、正しい月、正しい日の空襲開始十分前。ところが場所はといえば、コヴェントリーとバーミンガムとの中間にあるマシュマロ畑のど真ん中だ」

「マシュマロ?」聞き違いかと思って訊ねた。マシュマロは畑で育つんじゃないと思う。

「マローだよ」カラザーズがいらだたしげにいった。「ペポカボチャ《ベジタブル・マロー》畑。まったく冗談じゃないぜ。農夫の女房にドイツの落下傘兵とまちがわれて、納屋に閉じ込められた。逃げ出すのに死ぬほど時間がかかったよ」

「あの新入生は?」

「こっちに出た時刻はおれの直前だ。どこへ行けばいいのかも知らずにウォリック・ロードをぶらぶらしていた。おれが見つけなきゃ、爆弾跡の穴ぼこに落っこちてたところだ」

考えてみると、そのほうがましだったかもしれない。くだんの新入生は、ミスター・スピヴンズを見張るのをやめ、懐中電灯の点灯方法の探求を再開している。

「ここまで来るのに二時間かかった」とカラザーズ。「ネッド、おまえのほうは? 何回めの降下でここまで近づけた?」

「これが一回め。そっちが運に見放されつづけてるあいだ、僕は脇道でひたすらがらくた市をまわってたから」

「がらくた市?」

「主教の鳥株が聖堂のがらくた市に出されたかもしれないとレイディ・シュラプネルが思いついたんだよ。ほら、戦時協力の資金集めの。でなきゃ、屑鉄回収運動に供出されたか。

おかげで僕は、九月からこっち、ありとあらゆる教会行事と地域行事に派遣されてる。なあ、ペン拭き《ペンワイパー》がなんに使われたのか知ってるかい」

「ペン拭きがなんなのかも知らない」

「僕もだ。それを七個買った。ダリアのかたちをしたのが二個、薔薇と仔猫とハリネズミのかたちが各一個、ユニオンジャック柄が二個。なんにも買わないのも不自然だし、でもネットを抜けて持ち帰るのは不可能だから、小間物屋台にこっそり置いていけるものを買うしかなくてさ。ペン拭きなら小さいから好都合なんだよ。ただし、薔薇をかたどったやつはべつ。サッカーボールをひとまわり小さくしたぐらいのサイズで、派手な赤紫色のウールを何層も何層も縫い合わせてある。へりの部分はピンク色。わからないのは、そんなものがいったいなんの役に立つのかってこと。もちろん、がらくた市で客が買うって用途はべつにしてだけどさ。どこのがらくた市に行ってもペン拭きを売ってる。疎開児童慈善市、ARPガスマスク調達基金手づくり菓子即売会、〈聖アンの日〉手芸品バザー――」

カラザーズが妙な目で見ている。「ネッド、この一週間で降下は何回だ？」

「十回かな」と記憶を探りながら答えた。「いや、十二回。トリニティ教会収穫祭、婦人会戦勝祈願手芸市、スピットファイア慈善茶会。ああ、それと、主教の妻たち。十三回だ。いや、やっぱり十二回。ビトナー夫人は降下じゃなかった」

「ビトナー夫人？　最後のコヴェントリー主教の奥さんの？」

僕はうなずいた。「まだ存命なんだ。いまもコヴェントリーに住んでる。レイディ・シュラプネルの命令で、彼女に話を聞きにいった」

「旧大聖堂のことなんか知らないだろ。焼失したときにはまだ生まれてもないぐらいじゃないか？」

「もし主教の鳥株が火災を生き延びたとすれば、新大聖堂のどこかに保管されていたかもしれないというのがレイディ・シュラプネルの考えなんだ。だから僕を歴代コヴェントリー主教の妻たちのところに派遣した。どうして妻たちかというと、『なにがどこにしまってあるかなんて、男はまるで知りませんからね』だとさ」

カラザーズはさびしげに首を振り、「で、妻たちは知ってたのか？」

「聞いたこともないってさ。ビトナー夫人以外はね。ビトナー夫人によると、新大聖堂を売却する前、所蔵品をぜんぶ箱詰めしたときには、主教の鳥株は見あたらなかったそうだ」

「でも、それは有益な情報じゃないか。いまここにないんなら、空襲のときも大聖堂内部にはなかったことになる。主教の鳥株の復元は献堂式に必要ないといってやればいい」

「自分でそれがいえればね」

「安全に保管するためによそへ移されたのかもしれないな」とカラザーズは窓のほうを見ながらいった。「東の窓みたいに」

「主教の鳥株が？」まさかという口調で訊き返した。「冗談だろ？」

「たしかに。空襲から守りたいと思うような代物じゃないな。ヴィクトリア朝美術！」カラザーズはぶるっと身震いした。

「それに、ハンプトン・ルーシー教会なら——東の窓が運ばれた場所だけど——もうたしかめた。なかったよ」

「ふうん。教会のほかの場所に移された可能性は？」

たしかにそれはある。祭壇ギルドのご婦人がたのだれかが、主教の鳥株の見かけに我慢できなくなり、柱のうしろとか、人目につかない隅っこに隠したのかもしれない。

「それにしても、レイディ・シュラプネルはその鳥株だかに、なんでそこまで執着するんだ？」

「レイディ・シュラプネルはこのプロジェクトのあらゆる細部に死ぬほど執着してる。主教の鳥株担当を命じられる前、僕の担当は墓碑だった。大聖堂にあるすべての碑のすべての銘文を写しとれと命令されたよ。ジャーヴェス・スクロープの墓碑の、はてしなく長いやつまで含めてね」

カラザーズは同情するようにうなずいた。「オルガンの音管とか。おれは彼女の命令で、中世じゅうをまわって音管の長さを測らされた」

「真の謎はもちろんこれ——レイディ・シュラプネルはコヴェントリー大聖堂の再建にど

うしてかくも執着するのか？」

「彼女のひいひいひい祖母さんだかがコヴェントリーへ行って――」

「ああ、それは知ってる。そのときの経験がひいひいひい祖母さんだかの人生を一変させ、その日記を読んだレイディ・シュラプネルの人生も一変した。だから焼失直前のコヴェントリー大聖堂をそっくりそのまま再現することでその記憶を永遠にうんぬんかんぬん。そのスピーチは耳にたこができるくらい何度も聞かされたよ。それに、いかに神は――」

「――細部に宿りたまうか」とカラザーズがひきとった。「あのスピーチは虫酸《むしず》がはしるな」

「僕がいちばん嫌いなのは、『ひとつ残らず石をひっくり返して』ってやつ（「草の根を分けても」を意味する慣用句）。手を貸してくれ」僕は大きな石の端っこを指さした。

カラザーズが腰をかがめ、石の反対側の端を持った。

「一、二の三」と僕は声をかけた。「上げて」

ふたりがかりで持ち上げて通路にどかすと、石はごろごろ転がって柱の残骸にぶつかり、それを押し倒した。

その石の下にも主教の鳥株はなかった。しかし、かつて主教の鳥株を載せていた錬鉄製の花瓶台と、ついたての横木一本が見つかった。それに加えて、赤い砂岩の破片の下敷きになった、半分焦げた花の茎が一本。葉っぱは一枚も残っていないので、どういう種類の花なのかは不明。片端に一インチばかり緑色の部分があるのをべつにすれば、枝きれか鉄の棒のように見える。

「ついたての正面に置いてあったのか？」カラザーズがバリバリとガラスを踏みしだいて歩きながら訊ねた。

「そのついたての前、この台の上にあった」と、錬鉄製の台を指さして答えた。「十一月九日、空軍兵士のための祈禱集会と手づくり菓子即売会のあとにはね。かぎ針編みの肘か《アンテ》け覆《イマサカー》いが二枚、パンジー形のペン拭き一個、ロックケーキが半ダース。どうでもいいけど、ロックケーキっていうのはじつにぴったりのネーミングだな」

カラザーズはガラスのほうを振り返った。「爆撃で吹き飛ばされて身廊のほかの部分と混じってしまった可能性は？」

「大聖堂を破壊したのは高性能爆薬じゃない、焼夷弾だよ」

「ああ、そうだったな」カラザーズはこちらに歩いてくる堂守のほうを見やり、「ヴィクトリア女王の聖書っていったか？」

「ああ。亭主のジョージたち全員の出生、死亡、神経衰弱記録つきのね。空襲前に、ハンプトン・ルーシー教会以外のどこかへ移されたものがないか確認してくれ」

カラザーズはうなずいて堂守のところへ戻っていった。僕は錬鉄製の台を見ながら、次にどうすべきか考えた。

大聖堂に投下された爆弾の大半は焼夷弾だが、カラザーズの説にも一理ある。爆発の衝撃がどんな影響を与えるかは予測がつかないし、大聖堂の近辺では、高性能爆薬からガス管にいたるまで、多数の爆発があった。主教の鳥株は、身廊の中央通路か聖歌隊席まで吹き飛ばされたのかもしれない。

石をさらにどかし、ドレイパーズ・チャペルのガラスがどちらの方向に飛ばされたかを見定めようとした。破片の大半は、南と西のほうに散乱しているように見える。捜索すべきはむしろ反対の方角、身廊の後方だ。

ついたてのところまで戻り、そこから南と西に向かって掘りはじめた。ひとつ残らず石をひっくり返しながら。

鐘が時を告げ、ミスター・スピヴンズまで含めて僕ら全員が鐘楼を見上げた。屋根が落ちたおかげで、煙と粉塵の上にそそりたつ無傷の尖頂を見ることができた。鐘の音は美しく、周囲に広がる破壊の傷痕にも曇らされていない。

「おい。星だ」とカラザーズがいった。

「どこ?」

「そこだよ」とカラザーズが指をさす。

見えるのは煙だけだ。僕がそういうと、

「ほら、あそこ。尖頂の上。戦争の煙幕の上、破壊の残骸の上。人間の人間に対する非人間性にも悩まされることなき、来たるべきよりよき時代の、希望と美の空高き先触れ。いまだ見えざる復活の輝ける象徴」

「いまだ見えざる？」不安な目でカラザーズを見た。「希望と美の空高き先触れ？」

時代差《タイムラグ》ぼけの初期症状のひとつは、涙もろい感傷に浸りがちになること。一杯機嫌のアイルランド人とか、素面《しらふ》のヴィクトリア朝詩人のように。カラザーズは、この一日で少なくとも四度の降下を経験している。そのうち二回は数時間のインターバルしかない。オルガンの音管を調査している人間がほかに何人いるのかも神のみぞ知る。カラザーズは自分でも、その間ぜんぜん寝ていないとぼやいていた。

眉間にしわを寄せ、タイムラグ症状のチェックリストを思い出そうとした。涙もろい感傷、音声の識別困難、疲労——しかしカラザーズは鐘の音をちゃんと識別したし、レイディ・シュラプネルの大聖堂復元プロジェクト関係者はひとり残らず睡眠不足に悩まされている。この一週間で僕がとった睡眠といえば、〈聖クリスピンの日〉戦時協力バザーの開会式中だけ。「ようこそ」のあいだうとうとし、「組織委員会のみなさんの紹介」の半分を眠りこけた。

ほかの症状はなんだっけ？　無関係な問題への執着。応答の遅れ。視野のかすみ。

「その星だけど」と僕はいった。「どんなふうに見える？」

「星がどんなふうに見えるかって、どういう意味だ？」とカラザーズが答えた。応答に遅れはない。「星みたいに見えるに決まってるだろ」

鐘の音がやみ、煙い空気の中にそのこだまだけが残っている。

「星がどんなふうに見えると思ってる?」カラザーズはそういうと、堂守のほうへ大股に歩いていった。

短気はまちがいなくタイムラグ症状のひとつだ。ネット運用指針には、タイムラグ罹患者はただちに『当該環境から離脱させ』て当直からはずすべしと特記されている。でもそんなことをしたら、なぜコヴェントリーにいないのか、オックスフォードで僕らがなにをしているのか、レイディ・シュラプネルに僕が自分で説明する羽目になる。

そもそも僕がいまここで瓦礫の山をつつきまわしているのもそのせいだ。本来予定されていたように、十四日午前八時の大聖堂前になぜ降下しなかったのか、それを自分でレイディ・シュラプネルに説明したくないから。ずれのせいですと説明しても無駄だ。レイディ・シュラプネルはずれの実在を信じていない。それに、タイムラグの実在も。

いや、カラザーズが完璧に支離滅裂な状態にならないかぎり、このままもうしばらくここに残ることにしよう。そして主教の鳥株を首尾よく見つけ出し、それから帰還すれば、『ええ、空襲のさなかの大聖堂の中にありました』とレイディ・シュラプネルに報告できるし、そのあと多少の睡眠をとることもできるだろう。ひと眠りしてから、非AFS制服の、もつれた細糸を撚《よ》りなおし、煤だらけのひたいをすすいで涼やかなる風に身をゆだね、疲れた魂を至福の休息で癒し——

カラザーズが近づいてきた。疲れたようすも、気が散っている気配もない。よし。

「ネッド！　さっきから呼んでたのに聞こえなかったのか」

「ごめん。ちょっと考えごとをしてて」

「だろうな。五分間も呼びつづけてたんだぞ。彼女、弁当《ドゥーキー》持ってたか？」

聞き違いか、でなければカラザーズのタイムラグが思ったより深刻なのか。「ドゥーキー？」と用心深く訊ねた（dookie には「クソ」の意味もある）。

「ああ、ドゥーキーだよ！」とカラザーズ。「彼女、ドゥーキー持ってたか？」

いよいよだめだ。堂守の目をごまかしてなんとかカラザーズをオックスフォードに連れ帰って付属病院へ放り込み、それからまたひとりでもどってきて大聖堂の捜索をつづけるしかない。たぶん今度は、リバプールとの中間地点にあるカボチャ畑に出ることになるだろう。

「ネッド、聞こえないのか？」カラザーズが心配そうに訊ねている。『彼女、ドゥーキー持ってたか？』っていったんだよ」

「彼女って？」離脱の必要があるとどう説得したものか悩みながらいった。タイムラグ患者は、自分がタイムラグにかかっているとはけっして考えない。「レイディ・シュラプネル？」

「いや」カラザーズはひどく腹立たしげにいった。「陛下だよ。皇后。おれたちにこの任務を与えたとき。『あの美しい、美しい大聖堂が』とかなんとかいったときだよ」こちらに向かってくる堂守を指さし、「われわれが謁見したとき、皇后陛下はドゥーキーといっしょだったかと訊かれたんだ。だれのことなのか、おれには見当もつかん」

僕にもつかなかった。ドゥーキー。彼女が王に与えたあだ名だという可能性はまずない。もしかして、役立たずの義弟のこと？　いや、エドワードは一九四〇年にはすでに退位しているし、王妃は彼のことをなんとも呼んでいない。

わかった、王妃の愛犬だ。ようやくそう思い当たったが、それがわかってもとりたてて役には立たない。クイーンマムの愛称で親しまれた晩年のエリザベス皇太后は、ウェルシュ・コーギーを飼っていた。しかし、第二次世界大戦中はどんな犬を飼っていただろう？　ヨークシャーテリア？　小型のスパニエル？　それにもし飼っていたとしても、雄か雌か？　それにもしドゥーキーが愛犬じゃなくて侍女だったら？　それとも王女のだれかのあだ名だったら？

堂守がやってきた。

「ドゥーキーのことをお訊ねだとか」と僕。「あいにく、ドゥーキーは陛下といっしょではありませんでした。戦争が終わるまで、ウィンザーのほうへ。ええと、その、爆撃を恐れてね」

「たしかに中にはそういう人間もいるな」堂守はミスター・スピヴンズと新入生のほうを見やっていった。「神経の細い連中が」

新入生はついに懐中電灯の操作方法を突き止めたらしく、スイッチを入れて、その光で内陣の黒ずんだ壁を照らし、それから、階段横の瓦礫の山にトンネルを掘ろうとしているらしいミスター・スピヴンズのほうに向けた。

「灯火管制は？」と僕はカラザーズに声をかけた。

「ああくそっ。それを消せ！」と叫び、カラザーズが新入生に向かって瓦礫の山を歩き出した。

「先々週、屋根に登ったとき、なにを見つけたと思う？」堂守が内陣のほうを見ながらいった。そちらでは、カラザーズが新入生から懐中電灯を奪いとり、スイッチを切るところだった。「義理の弟がとにかく不注意なやつで、マッチを擦りやがったんだ。『なにやってる？』といったら、『煙草に火をつけてるんだよ』だと。『ついでに焚火でもして、ド《ルフ》イツ空軍《トヴァッフェ》にどこを狙えばいいか教えてやったらどうだ？』といってやった。そしたら、義弟の莫迦《ばか》は、『マッチ一本じゃないか。なんの害がある？』」

堂守はルフトヴァッフェがかくもやすやすと狙いをつけた場所の残骸を悲しげな顔で見渡した。義弟に責任があると考えているんだろうかと思ったが、かわりに堂守は、「ハワード主任司祭もおかわいそうに」と首を振った。「あの人にはたいへんな打撃だよ、この大聖堂を失ってしまうとは。いくらいっても帰ろうとしない。一晩中ここにいた」

「一晩中？」

堂守はうなずいた。「火事場泥棒を見張ってたんだろうな」瓦礫の山にさびしげな視線を投げ、「くすねるものがたいして残ってるわけじゃないが。それでも、もしなにか焼け残っていたら、泥棒に盗まれたくはない」

「ええ」

堂守は悲しげに首を振った。「あの姿を見せてやりたかったよ。瓦礫のあいだを行ったり来たり、うろうろしつづけてた。『帰って横になったらどうです。わたしとミスター・スピヴンズが交替しますから』といったんだが」

「ということは、火事のあとはずっとだれかがここにいた？」と僕は食い下がった。

「まあそれに近いな。おれがいったんお茶を飲みに帰ったときをべつにすれば。それに、けさ雨が降りはじめたとき、雨合羽《マッキントッシュ》と傘を家からとってこいと義弟にいったんだが、いつまで待っても戻ってこないんで、自分でとりに帰ったよ……暗くなってきたな」と東の空を神経質に見つめてつけ加えた。「独軍機《ジェリー》がもうすぐまた戻ってくる」

実際には戻ってこなかった。今夜、ルフトヴァッフェはかわりにロンドンを爆撃することにしたのだ。しかし、外が暗くなってきたのは事実。教会の奥、カラザーズが灯火管制について新入生を怒鳴りつけているあたりは薄闇に包まれ、ガラスの吹き飛んだ東の窓は、幾すじものサーチライトが交錯する、煙にかすんだ暮れゆくブルーブラックの空に向かって口を開けている。

「夜になる前にできるかぎりのことはやっておかないと」僕はそういって、さっきの場所の発掘作業を再開した。瓦礫の山に視線を走らせ、主教の烏株が爆風にどこまで飛ばされたのかを見積もる。それも、もし火事場泥棒に盗まれていなければの話。堂守がお茶のために帰宅したあいだ、少なくとも一時間は無人だった。その間は、だれでも消え失せた南扉からここに入ってきて、主教の烏株でもなんでも、好きなものを持ち出すことができた。

いや、僕は睡眠不足で頭がぼけてきているに違いない。だれだろうと、たとえ深刻なシェルショックを患っている人間でも、あれを盗もうなんて思うわけがない。それに、がらくた市で買おうとも思うわけがない。なにしろ、ものは主教の烏株だ。軍需用屑鉄回収運動だってつきかえすだろう。もちろん、対ナチ心理兵器としての潜在的可能性に気づいた人間がいれば話はべつだが。

だから、このどこかにあるはずだ。ついたての残骸や、『――遠に』と書かれた墓碑の一部に混じって。夜になる前に発見するつもりなら、急いだほうがいい。いまもなお燻りつづけ、羽毛の焦げる強いにおいを放っている礼拝用のひざ置きクッションをとって通路にどかすと、身廊の後方に向かって瓦礫を掘りはじめた。

僕が発掘したのは、ひざ置き台の破片、蠟燭一本用のブロンズ製燭台一個、それに、

『天の下なるすべてのために』のページが開いた黒焦げの聖歌集。裏表紙の内側に紙が一枚はさまっていた。

十一月十日の日曜礼拝の式次第だった。とりだして、畳んだ紙を開くと、端のほうの黒く焦げた部分がぱりぱりと剝がれ落ちた。

あの新入生の懐中電灯がほしいと思いながら、薄闇の中で目を凝らし、なんとか文字を判読しようとした。

『……主祭壇の赤いカーネーションは、デイヴィッド・ハルバースタム英国空軍大尉の思い出のために捧げる。説教壇のピンクのベゴニアと、主教の鳥株に生けた黄色い菊の花束は、祭壇ギルド婦人会生花委員会の寄付によるもので、同委員会の会長、ロ――』

会長の名前の残りは焼け落ちていたが、とにかくこれで、主教の鳥株が五日前までここにあった証拠が手に入った。では、いまはどこにあるのか？

発掘をつづけた。さらに暗くなり、前夜ルフトヴァッフェを折りよく導いた月が夜空に昇ったが、たちまち煙と粉塵のベールの陰に姿を消した。

教会のこの一画は、ばらばらにならずにひとかたまりで倒壊したらしく、僕ひとりの力で持ち上げられるものはたちまち尽きてしまった。カラザーズのほうに目を向けたが、堂守を相手に王室関連の話に没頭している。たぶん、そのついでに、多少の情報も引き出していることだろう。邪魔はしたくない。

かわりに新入生に向かって、「手を貸してくれ！」と叫んだ。新入生はミスター・スピヴンズのとなりにしゃがみこみ、彼がトンネルを掘るのを見守っている。「こっちだ！」と大声で怒鳴り、新入生を手招きした。

両者とも、僕には一顧だにしなかった。ミスター・スピヴンズはトンネルの中にほとんど姿を消し、新入生はまた懐中電灯をいじっている。

「おーい！　こっちに来てくれ！」とまた大声を出したとき、いろんなことがいっぺんに起きた。ミスター・スピヴンズがトンネルから姿を現し、新入生がさっと体を起こしたとたんにひっくり返って、その拍子に懐中電灯が点灯し、その光がサーチライトのように夜空を切り裂き、長く黒い動物がトンネルからものすごい勢いで飛び出してきて、瓦礫の上を走り抜けた。猫だ。ミスター・スピヴンズが荒々しいうなり声をあげ、そのあとを追って駆け出した。

両者のうしろ姿を興味深げな顔で見ている新入生のところへ歩いていって、懐中電灯のスイッチを切り、手を貸して立たせてやり、それからいった。「梁を持ち上げるのを手伝ってくれ」

「あの猫、見ました？」猫が姿を消した内陣の階段の下を見ながら新入生がいった。「いまの、猫だったでしょ？　意外と小さいんだなあ。狼ぐらいのサイズかと思ってたのに。それにあんなに素早いなんて！　猫ってみんなああいうふうに黒いんですか？」

「焼け落ちた聖堂を徘徊していた猫なら、みんな黒いだろうね」

「本物の猫！」新入生は非AFS作業服の埃を払って僕のあとについてきた。「最高だな、もう四十年近くも前に絶滅した動物を見られるなんて。実物見たの生まれて初めてですよ」

「そっちの端を持ってくれ」と、石造りの樋を指さした。

「なにもかも最高だな。ほんとにここにいるなんて。すべてがはじまった場所に」

「あるいは、すべてが終わった場所」とそっけなくいった。「そっちじゃない、上の」

新入生はひざを伸ばしたまま腰をかがめて持ち上げ、ちょっとよろめいた。「とにかく興奮するなあ！　コヴェントリー大聖堂の仕事は苦労しがいのある経験になるってレイディ・シュラプネルがいってたけど、まったくそのとおりですね！　これを目にしながら、大聖堂はほんとうは滅び去ったわけじゃない、いまこの瞬間にも灰の中から立ち上がり、過去の栄光すべてをとり戻して復活するんだと思えば」

タイムラグ患者みたいな口振りだが、たぶん違うだろう。レイディ・シュラプネルに徴発された新入生はみんなタイムラグにかかったような口をきく。

「いままでに降下は何回？」

「これがはじめてです」新入生は勢い込んで答えた。「まだ信じられませんよ。つまり、いまこうして一九四〇年にいて、主教の鳥株を探してる――過去の宝物、過ぎ去りし時代の美を発掘していることが」

僕はうんざりして新入生の顔を見やった。「主教の鳥株の実物を見たことはないんだろう？」

「ええ。でも、きっと最高の芸術品ですよ。だって、それがレイディ・シュラプネルのひいひいひいお祖母さんの人生を変えちゃったんだから」

「ああ。それに、僕ら全員の人生もね」

「おーい！」ドレイパーズ・チャペルにいたカラザーズが声をあげた。地面にひざをついている。「こっちになんかあるぞ」

カラザーズがいる場所は爆風の向きとは反対のほうだったし、最初のうちは、でたらめに積み重なった木材の山しか見えなかった。しかしカラザーズは、その山の中のなにかを指さしている。

「見えた！」堂守がいった。「金属みたいだな」

「その懐中電灯を使え」カラザーズが新入生にいった。

新入生は、点灯方法をもう忘れてしまったらしく、しばらくあちこちいじりまわしてからスイッチを入れ、カラザーズの顔をまともに照らした。

「こっちじゃない。そこだ！」カラザーズは懐中電灯をひったくり、木材の山に向けた。たしかに金属の輝きが見える。僕の心臓がびくんと跳ね上がった。

「その板をそっちへどかして」と僕。全員が山のまわりに集まった。

「そいつだ」と堂守が指さし、カラザーズと新入生が問題の物体を瓦礫の中からひっぱりだした。

金属は煤で黒く汚れ、衝撃で激しく変形していたが、なんなのかはひと目でわかった。

「砂バケツだ」堂守がつぶやき、わっと泣き出した。

感染力でもないかぎり、堂守がタイムラグに罹患することはありえないが、彼のありさまはタイムラグ患者そっくりだった。

「そのバケツはゆうべ見たばっかりなのに」煤でまっ黒のハンカチで顔を覆い、くぐもった声でいう。「いまはこれだ」

「きれいにするよ」カラザーズが堂守の背中をぎこちなく叩いた。「新品同様になるさ」

それはどうかと思う。

「把手がそっくり吹き飛んでる」堂守が大きな音を立てて鼻をかんだ。「おれが自分で砂を入れたんだ。おれが自分でそいつを南扉に吊り下げた」

南扉は教会の反対の端にある。ドレイパーズ・チャペルと南扉とのあいだには、身廊の全長と、何列もつづく堅いオーク材の信徒席が横たわっていた。

「把手も見つかるさ」とカラザーズがまたしても真実性に乏しい慰めの言葉をかけ、お祈りでもするようにひざまずくと、堂守といっしょに木材の山を掘り返しはじめた。

新入生は地下へ降りる階段の下を覗いている。たぶん、猫でも探してるんだろう。僕はその場を離れ、天井がまるごと落ちた場所へと引き返した。

そして、かつて中央通路だった場所に立ち、どこを探すべきか合理的に判断しようとした。爆発の衝撃は砂バケツを、スミスズ・チャペルの窓から入ってきた爆風とは反対の方向へ吹き飛ばしたことになる。その移動距離は、教会の全長の半分近い。ということは、主教の鳥株はどこにあってもおかしくない。

それに、外はもう暗い。サーチライトが点灯し、いくつもの長い弧を描いて夜空を切り裂き、北の空は第一から第十七までの消防分署がまだ消火に成功していない火事の炎で暗いオレンジ色に輝いている。しかし、そのどちらも明かりとしては役に立たず、月は夜空のどこにも見あたらなかった。

もうそんなに長くは捜索をつづけられない。レイディ・シュラプネルはネットの前で待ちかまえて、いったいどこへ行っていたのか、なぜ主教の鳥株を見つけられないのかと責め立てるだろう。そして僕はまたここに送り返される。運が悪ければ、がらくた市の任務に戻されるかもしれない。あのおぞましいペン拭きだの茶盆用刺繍入りクロスだのコチコチに堅いロックケーキだののまっただ中へ。

単純に、帰るのをやめてここに残るという選択もある。歩兵科に入隊して、どこか安全で静かな場所に派遣してもらう。ノルマンディーの海岸とか。いや、Dデイはまだ先、一九四四年。北アフリカだ。エル・アラメイン。

端っこの焦げた信徒席を押しのけ、その下敷きになっていた瓦礫をどかす。その下は敷石だった。染物屋の礼拝堂《ダイアーズ・チャペル》の砂岩の床。僕は笠木の破片に腰かけた。

ミスター・スピヴンズがとことこ駆けてきて、床をひっかきはじめた。「無駄だよ」と声をかけた。「ここにはない」

これから買う羽目になるスイートピー形のペン拭きを想像して、絶望的な気分になった。

ミスター・スピヴンズが足元にうずくまり、同情するように僕を見上げた。

「力を貸せるものなら貸したいと思ってるんだろ?」と僕は話しかけた。「きみたちが人間の最良の友と呼ばれるのも当然だ。忠実で誠実でたしかな存在。人間の悲しみに共感し、勝利の喜びを分かち合うことのできる正真正銘の友、人間にとっては分不相応なすばらしい友人。戦場でも煖炉の前でも、終始変わらず人間と運命をともにし、たとえ死と破壊に囲まれようと主人を見捨てることはない。嗚呼、いと気高き犬よ、汝こそは、ありうべき人間の姿を映す鏡、よりよき人間を毛皮にくるみしもの、戦争にも野心にも汚されず、富にも名声にも――」

そして、ミスター・スピヴンズの頭を撫でようとした手が毛皮に触れるより早く、無理やりオックスフォードへと連れ戻され、付属病院に放り込まれていた。

「みんなが自分のやることだけ気をつけて、ひとごとに口出ししなけりゃ、この世はいまよりずっとずっとさっさと動くこったろうよ」と公爵夫人が、あらっぽいうなり声をあげました。

――ルイス・キャロル（『不思議の国のアリス』より　山形浩生訳＝以下同）

2

スペイン異端審問官――夢見る尖塔の街、オックスフォード――脱出――纏綿《てんめん》――救出――解説――マートンのグラウンド――盗み聞き――文学と実人生の違い――ニンフとおなじ種類――重要な手がかり――ウィンダミア卿夫人の扇――名案

「あなたのパートナーの話では、重度のタイムラグに罹患しているそうですね、ヘンリーさん」といいながら、ナースが血流速度計つきブレスレットを僕の腕にはめた。

「ねえ」と僕はいった。「そりゃたしかにあの犬の件ではちょっと興奮しすぎたかもしれない。でもすぐにコヴェントリーへ戻らなきゃいけないんだ」

本来の目標時刻より十五時間もあとに着いただけでもじゅうぶん悪いのに、今度は部分的に捜索しただけで大聖堂を離れることになってしまった。これはぜんぜん捜索しないのとおなじぐらいよくないし、たとえあの場を離れた時刻のすぐ近くに戻れたとしても、やはり空白の時間は生じるから、そのあいだに堂守が例の猫の導きであれを発見して安全な場所に保管しろと義弟に命じ、かくして主教の鳥株は歴史の表舞台から永遠に退場してしまうことになる——かもしれない。

「どうしてもあの廃墟に戻らなきゃいけないんだ。主教の鳥株が——」

「無関係な問題への執着」ナースが携帯に音声メモをとった。「衣服の乱れと身体の汚れ」

「焼け落ちた大聖堂で任務についてたんだ。それに、すぐ戻らなきゃ。主教の——」

ナースは体温計を僕の口に突っ込み、手首にモニターを貼りつけて、

「過去二週間で降下は何回？」

ナースが携帯に数値を入力するのを眺めながら、法律に定められた降下回数の上限を思い出そうとした。八回？　五回？

「四回だ」と答えてから、「検査の必要があるのはカラザーズのほうだよ。彼は僕よりずっと汚れてるし、あいつの言葉を聞かせてやりたかったな。星がどうのこうの、『いまだ見えざる未来』がなんとか」

「いま、どんな症状がありますか？　見当識喪失は？」

「いや」

「眠けは？」

　これは難問だ。レイディ・シュラプネルに鞭を入れられている全員が必然的に睡眠不足をかこっているが、このナースがそれを考慮に入れてくれるとは思えないし、どのみち僕は、ロンドン大空襲《ブリッツ》で毎晩爆撃に怯えている人々と違って、ゾンビ状態に陥るほどの眠けに悩まされているわけではない。

「いや」とようやく答えた。

「応答の遅れ」とナースは携帯に向かっていった。「最後に睡眠をとったのはいつ？」

「一九四〇年」と即答したが、これは『せっかちな応答』の問題を抱えている証拠かもしれない。

　ナースはさらに携帯に入力した。「音声の識別に困難を覚えることは？」

「いや」と答えてにっこりほほえみかけた。付属病院のナースは、いつもどことなくスペイン異端審問官を思わせるが、このナースは、やさしげといってもいいような顔をしている。拷問官の助手みたいな。拷問台に縛りつけたり、鉄の処女の扉を開いたりする係。

「視野がかすむことは？」

「いや」と目をすがめないように気をつけて答えた。

「指は何本ですか？」

応答の遅れととられようが、この質問には多少の思考が必要だ。一本や三本とまちがえやすいから、二本という答えがいちばん可能性が高そうだが、もしかしたら僕を混乱させるためにわざと五本出しているかもしれない。もしこれが正解なら、じつはひっかけ問題で、正解は四本なのでは？　正確にいうと、親指《サム》は手指《フィンガー》の範疇には入らないのだから。いや、もしかしたら、ナースは自分の手を背中にまわしているのかも。

「五本」とようやく答えた。

「ほんとうに四回しか降下していないのなら、どうしてここまでひどい状態になったんです？」

僕の当て推量がナースの立てた指の数とどんなにかけ離れていたにしても、こんなことをいわれる筋合いはない。それとも聞き違いだろうか。もう一度質問をくりかえしてくれと頼もうかと思ったが、《音声の識別困難》と入力されそうな気がしたので、かわりに正面突破を試みることにした。

「状況がどんなに深刻なのかわかってほしい。献堂式は十七日後に迫ってる。レイディ・シュラプネルは――」

ナースは堅いカードを一枚よこすと、僕の罪状をまた携帯に陳述しはじめた。僕はカードに目を落とし、文章を読ませてさらにくわしく目のかすみ具合を調べるテストではないことを祈った。とくに、カードが空白に見えるとあってはなおさらだ。

「どうしても主教の鳥株を——」と僕。

ナースがカードをとって裏返した。「なにが見えるか教えてください」

オックスフォードの絵はがきみたいに見えた。ヘディントン・ヒルからの眺め。オックスフォードの古き良き夢見る尖塔群と苔むす石、中世の最後のこだまが今なお響く、楡の木陰に抱かれた静かな中庭、古代の智恵と学問の伝統のつぶやき——

「もうじゅうぶんね」とナースがいって、僕の手からカードを奪いとった。「重度のタイムラグです、ヘンリーさん。二週間の絶対安静を指示します。タイムトラベルは禁止」

「二週間？　しかし献堂式は十七日後に——」

「献堂式の心配はほかの人たちにまかせて、体を休めることに専念して」

「でも、わかってほしいんだけど——」

ナースは腕を組んだ。「わかる気なんかありません。任務への献身は見上げたものだけど、時代遅れの宗教の古めかしいシンボルを再建するために自分の健康を犠牲にするなんて、とても理解できないわ」

僕だってやりたくてやってるわけじゃない。レイディ・シュラプネルがそれを望んでいる。そして、レイディ・シュラプネルは自分が望むものをかならず手に入れる。彼女はすでに、英国国教会とオックスフォード大学を征服し、大聖堂ひとつを六カ月で建設するのは不可能だと毎日のように訴える四千人の建設作業員を制圧し、国会からコヴェントリー市議会にいたるまで、〝古めかしいシンボル〟の再建に反対するあらゆる声を圧倒している。僕に立ち向かえる望みはない。

「五百億ポンドの予算があれば、医学にどれほど貢献できると思う？」ナースは携帯にかにか入力しながらいった。「エボラⅡの治療法が発見できる。全世界の子供たちにＨＩＶのワクチンを接種できる。最高級の医療機器を買える。レイディ・シュラプネルがステンドグラスの窓に浪費しているお金だけでも、このオックスフォード大学付属ラドクリフ病院は最新設備を備えたまったく新しい施設を建設できるのよ」ナースの携帯が一枚の紙片を吐き出した。

「これは任務への献身なんかじゃなくて、むしろ――」

「犯罪的無思慮と呼ぶべきですね、ヘンリーさん」ナースは紙片をちぎりとって僕につきつけた。「この指示に一言一句まで忠実にしたがってください」

がっくりとその紙片を見つめた。一行めには、『十四日間連続のベッド療養』。

僕が連続してベッド療養できる場所などオックスフォードには存在しない。いや、それをいうなら英国中どこにもない。戻ったことがわかろうものなら、レイディ・シュラプネルはかならず僕の居場所を突き止め、ベッドからひきずりだして報いを与える。ばーんとドアを開けて入ってくるなりベッドの上がけをひっぺがし、僕の耳をつかんでひきずりだし、ネットに放り込む――その光景が目に浮かぶようだ。

「高タンパクの食事をとり、毎日少なくともグラス八杯の水分を摂取すること」とナースがいった。「カフェイン、アルコール、刺激物はすべて禁止」

ひとつアイデアが閃いた。「ここに入院させてもらえないかな？」と期待をこめて訊ねた。レイディ・シュラプネルを締め出しておける人間がもしこの世にいるとしたら、それはこの病院の異端審問官たちだけだ。「隔離病棟とか」

「隔離？　もちろん不可能です。タイムラグは病気じゃないんですよ、ヘンリーさん。体内時計と内耳の混乱によって生じる生化学的な不均衡です。医学的な処置は必要ありません。必要なのは休息と現在時」

「でもきっと眠れないだろうし――」

ナースの携帯が鳴り出し、僕はびくっと飛び上がった。

「重度の神経過敏」といいながらナースはそれを携帯に入力し、僕に向かって、「あといくつか検査をします。服を脱いでこれを着て」と命じて抽斗《ひきだし》からとりだした紙のガウンを僕のひざに投げた。「すぐ戻ります。ガウンは背中のテープで留めて。それに、顔も洗って。煤だらけですよ」

ナースが部屋を出てドアを閉めた。僕は診察台を降りた。すわっていた場所に長く黒いしみを残して戸口に歩み寄った。

「こんなにひどいタイムラグの症例ははじめてね」とナースがだれかに話している。その相手がレイディ・シュラプネルじゃないことを祈った。「あの状態じゃ、レポートを書いても韻文の詩になりそう」

返事は聞こえなかったから、相手はレイディ・シュラプネルじゃない。

「それに、根拠のない不安を感じてるみたい。タイムラグの通常の症状じゃないわね。不安の原因が突き止められないか、スキャンしてみる」

不安にはれっきとした根拠があるし、ナースが話を聞いてくれさえすれば、いますぐその原因がなんなのか教えてやれるのだが、とても聞いてくれそうにない。それに、彼女がいくら猛女でも、しょせんレイディ・シュラプネルの敵ではない。

ここにとどまるわけにはいかない。スキャンを受けるとなったら、ストラップで体を固定されて長い密閉チューブの中に九十分間閉じ込められ、外部とはマイクで会話することになる。イヤフォンの中でまくしたてるレイディ・シュラプネルの声が聞こえるようだ。

『そこにいたのね。いますぐその機械から出てきなさい！』

ここにいるわけにはいかないし、部屋に帰るわけにもいかない。真っ先に探すに決まっている。付属病院の中でどこか場所を見つけてひと眠りすれば、これからどうしたらいいか考えられるようになるかもしれない。

ダンワージー先生だ。静かで人目につかない場所を見つけてくれる人間がもしだれかいるとしたら、それはダンワージー先生だろう。煤でいくらか汚れた紙のガウンを抽斗に戻すと、ブーツを履いて、窓から這い出した。

付属病院からだと、ウッドストック・ロードをちょっと行けばすぐベイリアルに着くが、そんな危険はおかせない。救急車入口にまわり、アデレードまで出てから庭を横切り、ウォルトン・ストリートに出た。サマヴィルの校門が開いていれば中庭を抜けてリトル・クラレンドンに行き、ウスターからブロードを通ってベイリアルの裏門から中に入れる。

サマヴィルの門は開いていたものの、思っていたよりずっと長い道のりだったし、ようやく着いてみると、門に異常事態が発生していた。ひとりでにねじ曲がってしまったらしい。おまけに鉄製の渦巻き模様が爪や鉤や針を生やし、僕の作業服にたえずひっかかる。最初は爆弾の衝撃のせいだと思ったが、そんなことはありえない。ルフトヴァッフェが今夜爆撃するのはロンドンだ。それにこの門は、鉤や針まで含めて、鮮やかな緑色に塗ってある。

体を横にして門の隙間をすり抜けようとやってみたが、非AFS制服の肩章が鉤のひとつにひっかかってしまい、あわてて後退しようとしたらさらにひどくからまってしまった。体を自由にしようとでたらめに両手をばたばた動かした。

「手を貸しましょう」と礼儀正しい声がいった。可能なかぎり首をひねって振り返ると、ダンワージー先生の秘書が立っていた。

「フィンチ。助かったよ、きみがいてくれて。ちょうどダンワージー先生に会いにいくところだったんだ」

ひっかかっていた肩章をはずして、フィンチが僕の袖をつかみ、「こちらでございます。いいえ、そちらではなく、こちらへ。ええ、そうです。いや、そうじゃなくて、こちらのほうへ」と、ようやく僕を自由へと導いてくれた。

しかしそれは、僕がよじのぼりはじめたのとおなじ側だった。「これじゃだめだよ、フィンチ。その門を抜けてベイリアルの構内に入らなきゃいけないんだから」

「そちらはマートンですよ。いまいらっしゃるのはマートンのグラウンドです」

振り返って、フィンチが指さすほうを見た。たしかにそのとおりだ。サッカー場があり、その向こうにはクリケット・グラウンドがあり、さらにその向こうはクライストチャーチ・メドウ、足場と青いビニールシートに包まれたコヴェントリー大聖堂の尖頂が見える。

「ベイリアルの門がどうしてここに？」

「これはマートン学寮《カレッジ》の歩行者用ゲートですよ」

ゲートに目を凝らした。これまたフィンチのいうとおり。自転車を締め出すための、ターンスタイル式のゲートだ。

「タイムラグにかかっているとナースから聞いてはいましたが、まさか……いえ、こちらです」フィンチは僕の腕をとり、小道にそって歩かせた。

「ナース？」

「ダンワージー先生の指示で付属病院へ迎えにいったんですが、もう出られたあとで」フィンチは建物のあいだを抜けてハイ・ストリートに出た。「ダンワージー先生がぜひ会いたいと。もっとも、いまのそのご様子では、いったいなんの役に立つのかわかりかねますが」

「ダンワージー先生が僕に会いたいって？」わけがわからない。彼に会いたがっているのは僕だと思っていたのに。それともうひとつ、新たな疑問が湧いた。

「付属病院にいるとどうしてわかった？」

「レイディ・シュラプネルが電話をよこしたんです」と聞いたとたん、僕はすばやく近くの店の戸口に身を隠した。

「だいじょうぶですよ」フィンチはそういって、僕が隠れている店先にやってきた。「ダンワージー先生は、あなたがロンドンのロイヤル・フリー病院に運ばれたと伝えましたから。彼女が向こうにたどりつくまで少なくとも三十分はかかるでしょう」フィンチは無理やり僕を店の玄関先からひっぱりだし、ハイ・ストリートを横断させた。「個人的な意見を申し上げれば、マンハッタン総合病院に入院したというべきでしたね。いったいどうやってあの女性に耐えてるんです？」

油断なく見張るんだぞと自分に言い聞かせながら、フィンチのあとについてセント・メアリー教会に隣接する歩道に足を踏み入れ、なるべく壁ぎわから離れないようにして歩いた。

「彼女はものごとの正しい手順を一顧だにしません。適切なルートを使わず、必要書類を用意しようともしない。たんにその場所を襲撃し略奪する――ペーパークリップ、ペン、携帯」

それに史学生、と心の中でつぶやいた。

「どんな備品を注文すればいいのか見当もつきません。まあ、注文している時間があればですが。ダンワージー先生のオフィスに彼女を入れないようにするだけで時間がぜんぶつぶれてしまう。ひっきりなしにやってきて、くどくどしゃべり散らすんですよ。笠木、真鍮飾り、聖句集。先週はウェイドの墓碑の欠けたへりでした。いつどうして欠けたのか、空襲の前なのか最中なのか、へりはもともとざらざらだったのかつるつるだったのか。本物と完璧におなじにしなきゃいけないっていうんですよ。『神は――』」

「『細部に宿る』」

「わたしを徴発しようとさえしました。ロンドン大空襲へ行って、主教のバスタブを探せと」

「鳥株《バード・スタンプ》」と僕は訂正した。

「そういいましたよ」フィンチは鋭い視線をこちらに向け、「音をちゃんと識別できないんですね？　ナースがそういってました。それに、どう見ても方向感覚を失っている」フィンチは首を振った。「そんな状態で役に立つわけがないのに」

「ダンワージー先生はどうして僕に会いたいと？」

「事件《インシデント》がありまして」

〝事件〟というのは、ＡＦＳでは、高性能爆薬の爆発、瓦礫の山と化した住居、埋もれた死体、大規模な延焼などなどの婉曲表現だ。しかしもちろん、フィンチが指しているのはそういう種類の事件じゃないだろう。いや、もしかしたら、僕はまだ《音声の識別困難》がつづいているのかもしれない。

「事件？」

「大惨事ですよ、じっさいには。ダンワージー先生の史学生のひとりが。一九世紀で。鼠をつまんで《ピンチ》」

　うん、まちがいなく《困難》だ。ヴィクトリア朝英国にはたしかに鼠がいたが、だれもわざわざそれをつまんだりしない。反対に嚙みつかれるか、もっと悪い結果を招く。

「いまなんと？」と用心深く訊き返した。

「『着きましたよ』といったんです」たしかに着いていた。ベイリアルの門。ただし、横手の通用門ではなく、正面の門だ。守衛詰所と中庭が見える。

　中庭を横切り、ダンワージー先生の部屋へつづく階段を上がろうとしたが、どうやらま

ベアトリスが入っているのだと（註）

だ方向感覚を失っているらしく、フィンチがまた僕の腕をとり、庭園のほうを抜けてビアードへと先導した。

「ダンワージー先生は、教員社交室《シニア・コモン・ルーム》をオフィスに代用する羽目になりました。彼女は来客お断りの閉じたドアやノックの習慣を一顧だにしませんから。だからダンワージー先生は、外オフィスと内オフィスのシステムを即席でつくったんです。もっとも個人的には、濠でもめぐらさないと効果はないと思いますね」

フィンチがドアを開けると、食料品貯蔵室だった部屋が現れた。いまは病院の待合室みたいに見える。壁ぎわにはクッションつきの椅子が一列に並び、小さなサイドテーブルにはオンデマンド雑誌が積んである。フィンチのデスクは内扉のすぐ横、ほとんど真ん前といってもいい場所に置かれていた。いざとなれば、ドアとレイディ・シュラプネルとのあいだに身を投げ出す覚悟なのだろう。

「いるかどうか見てきます」フィンチはデスクの向こうにまわりかけた。

「ぜったいにだめだ！」奥の部屋からダンワージー先生の声が轟いた。「まったくの問題外だ！」

ああ、神さま、彼女が来ている。僕は壁を背にして身を縮め、隠れ場所を求めて必死にあたりを見まわした。

フィンチが僕の服の袖をつかみ、「違いますって」と制止したが、そのときにはもう、僕も演繹していた。

「どうしてだめなのかわかりません」女性の声が答えた。レイディ・シュラプネルじゃない。大音声《だいおんじょう》というよりむしろかわいい声だし、「わかりません」のあとの言葉は聞きとれなかった。

「だれ？」フィンチに袖をつかまれたまま、体の力を抜いて訊ねた。

「惨事の主です」とフィンチがささやきかえした。

「いったいどうしてあんなものをネットを抜けて持ち帰れるなどと思ったんだね」とダンワージー先生がどなりつける。「時間理論は学んだはずだ！」

フィンチがびくっとした。「いらっしゃったことをダンワージー先生に伝えてきましょうか」

「いや、いい」更紗《さらさ》のカバーがかかった椅子のひとつに身を沈めた。「待つよ」

「そもそもどうしてあれをネットに持ち込んだりした？」とダンワージー先生が吠える。

フィンチは古いオンデマンド雑誌を一冊とって、こっちに持ってきた。

「読むものならいらないよ。ここにすわって、いっしょに盗み聞きしてるからさ」

「雑誌の上にすわっていただけないかと思いまして。更紗についた煤を落とすのはたいそう骨が折れますから」

立ち上がり、フィンチが開いた雑誌を椅子の上に置くのを待って、また腰を下ろした。

「かくも徹底的に無責任な行為に手を染めるなら」とダンワージー先生の声。「せめて献堂式が終わるまで待ってほしかったな」

壁にもたれて目を閉じた。ミス災厄《カラミティ》がどんな罪を犯したのかはつまびらかでないが、たまに自分以外の人間がレイディ・シュラプネル以外の人間に怒鳴られているのを聞くのはいい気分転換になる。とくに、ダンワージー先生が、「それは言い訳にならん」と叱責したときは。「キャブを河から引き上げたあと、どうして川岸に放り出しておかなかった？わざわざネットを抜けて持ち帰る必要がどこにある？」

キャブを引き上げるというのは、鼠をつまむよりさらにありそうにないことだという気がする。それに、キャブにしろ鼠にしろ、水葬から救い出す必要があるとは思えない。とくに鼠は。だって、鼠は沈む船から泳いで逃げ出すんじゃなかったっけ？　それに、一九世紀にはタクシーが存在しない。馬に牽《ひ》かせた辻馬車《キャブ》なら存在したが、ネットを抜けられるかどうかはともかく、重すぎて引き上げることなんかできないはずだ。

本やヴィドの中なら、盗み聞きされている人間はいつも思慮深く、盗み聞きしている人間に知識を与えるべく、自分がなんの話をしているのかちゃんと説明してくれる。被盗聴者は、「もちろん、知ってのとおり、ここでわたしがいうキャブとは、シャーロック・ホームズが濃い霧の中でバスカヴィル家の犬を追跡している最中に橋から転落したあの辻馬車のことであって、それを盗む必要があると考えたのは以下の理由による」と解説し、この段階で、ドアに耳をくっつけている相手に向かって窃盗事件の一部始終が説明されることになる。間取り図とか地図とかが口絵の横に思慮深く用意されていたりする。

現実世界の盗聴者に対してそういう配慮はない。状況を要約するかわり、ミス災厄は、「だって、命取り《ベイン》がたしかめに戻ってきたんですよ」といい、謎はさらに深まった。

「血も涙もない怪物」と彼女はいったが、それが戻ってきた命取りのことなのか、ダンワージー先生のことなのかも定かではなかった。「それに、また家に戻ってしまうだけでしょうし、そうしたらあいつがまたやるに決まってるわ。彼に姿を見られたくなかったんです。同時代人じゃないのがばれてしまうし、隠れる場所はネットしかなかった。四阿《あずまや》で一度見られてるんですから。わたしが考えてなかったのは――」

「まさにそれだ、ミス・キンドル」とダンワージー先生。「きみは考えていなかった」

「どうなさるおつもりですか」ミス災厄が訊ねた。「送り返すんですか？　溺死させるつもりじゃないですよね」

「あらゆる可能性を検討するまで、なにをするつもりもない」

「冷酷非情な人」

「運転手《キャビー》好きでは人後に落ちないよ。しかしこの状況では、その結果、危険にさらされるものが大きすぎる。行動する前に、あらゆる影響と可能性を考慮せねばならん。まあ、きみにとってはなじみのない考え方だろうが」

運転手？　運転手なんかがどうしてそんなに好きなんだろう。だいたいタクシーの運転手はどいつもこいつもおしゃべりが過ぎる。とくに大空襲のころの連中はひどかった。口は災いのもとという金言にまったくなんの敬意も払っていない。いつもいつも、だれがどんなふうに生き埋めになったとか、爆弾でどこへ吹き飛ばされたとか。『頭が通りの向こうまで吹っ飛ばされて、店のウインドウに突っ込んだんですよ。帽子屋だった。ほら、お客さんみたいにタクシーに乗ってる最中にね』などなど。

「わたしは送り返してくれますよね。スケッチに行くといって出てきたんです。戻らなかったら、河で溺れたと思われちゃう」

「わからん。どうするか決めるまで、部屋で待機していたまえ」

「連れて帰っても？」

「だめだ」

不吉な沈黙につづいてドアが開き、そしてそこに、これまでの人生で見た中でもっとも美しい生きものが顕現した。

フィンチは一九世紀といったから、フープスカートを予想していたが、彼女はすらりとした体に緑がかった丈の長いガウンをまとっていた。水に濡れているかのように、それが肌にぴったり張りついている。赤みがかった鳶色の髪は水草のように肩から背中へと流れ、それらすべてが相俟《あいま》って、黒い水面から亡霊のごとく浮上した、ウォーターハウス描くところのニンフ像のように見えた。

僕は例の新入生のようにぽかんと口を開けて立ち上がり、ナースにいわれたとおり顔を洗っておくんだったと臍《ほぞ》を噛みつつＡＲＰヘルメットを脱いだ。

彼女は垂れ下がる長い袖をつかみ、カーペットの上で絞って水気を切った。フィンチが雑誌を一冊ひっつかみ、彼女の下にそれを広げた。

「ああ、よかった。来ていたのか、ネッド」とダンワージー先生が戸口からいった。「まさにいま会いたいと思っていた人物だ」

ニンフが僕を見た。深く澄んだその瞳は緑がかった茶色、森の湖の色。彼女がその目を細くして、

「あれを送るおつもりじゃないでしょうね」とダンワージー先生にいった。

「だれも、あるいはなにも送るつもりはないよ。じっくり考えてみるまでは。さあ、風邪を引く前に部屋に帰って、濡れた服を着替えなさい」

ニンフは水の滴るスカートの裾を片手でつまんで歩き出した。戸口で振り返り、その薔薇色の唇を開いて、最後の祝福か最後の一言を、おそらくは愛と献身の言葉を僕に向かってささやく。「なにもやらないで。もういっぱいだから」といって、戸口から優雅に姿を消した。

その魔力の囚われ人となった僕は彼女のあとを追おうとしたが、ダンワージー先生が僕

の腕をつかんでいた。

「では、フィンチは首尾よくきみを見つけたわけだ」といいながら、フィンチのデスクの前をぐるっと迂回して、内オフィスへと誘う。「レイディ・シュラプネルにしょっちゅう派遣されている教会バザーのどれかで一九四〇年に行っているんじゃないかと心配だったが」

中庭を歩いていく彼女の姿が窓越しに見えた。敷石に水を滴らせつつ歩む優雅で美しい……なんていったっけ？　ドリュアス？　いや、それは木に棲んでるやつだ。セイレーン？

ダンワージー先生が窓辺にやってきた。「なにもかもレイディ・シュラプネルの責任だ。キンドルはうちの史学生でも最優秀のひとりだったのに。レイディ・シュラプネルと六カ月つきあって、いまはあのありさまだ！」それから僕に手を振り、「それをいうなら、きみはこのありさまだ。あの女は高性能爆薬同然だな」

セイレーンが視界から消え、もとの霧の中へと姿を消した——というのはしかし正しくない。セイレーンは岩の上に棲む生きもので、難破船の水夫を誘惑する。それに、たしかドリュアスに似た響きの名前だった。なんだろう。デルファイド？　いや、それは終末と災厄を予言するやつだ。

「……そもそも彼女を派遣する権限などあの女にはない」とダンワージー先生が力説して

いる。「何度もそういったが、あの女が耳を貸すか？　もちろん貸すもんか。『ひとつ残らず石をひっくり返して』だと。キンドルをヴィクトリア朝へ派遣する。きみをがらくた市へ派遣する。それも、針刺しだの布巾だのを買わせるために！」

「それに仔牛足ゼリー」

「仔牛足ゼリー？」とダンワージー先生がけげんな表情でこちらを見た。

「病人食ですよ。ただし、病人が食べるとは思えない。僕なら食べませんね。たぶん、次のがらくた市にまわすんだと思います。毎年毎年、がらくた市を巡回するんですよ。フルーツケーキみたいに」

「ああ、なるほど」ダンワージー先生はむずかしい顔で、「まあとにかく、いまは石がひとつひっくり返って、キンドルくんが深刻な問題を引き起こした。それに関して協力を仰ぎたい。まあかけてくれ」と、革張りの肘かけ椅子を身振りで示した。

オンデマンド雑誌を手に先まわりしていたフィンチが耳元でささやいた。「革についた煤を落とすのはたいへんなので」

「いやはや」ダンワージー先生は眼鏡を直しながら、「それにしてもひどいありさまだな。どこにいたんだ？」

「サッカー場です」

「ずいぶん荒れた試合だったようだな」

「マートンのグラウンドの歩行者用ゲートで発見しました」とフィンチが説明した。

「付属病院にいると思ったが」

「窓から脱出したんです」

「なるほど。しかし、どうしてまたそんな姿に？」

「主教の鳥株を探してたんですよ」と僕。

「マートンのグラウンドでかね」

「付属病院に運ばれる直前まで、大聖堂の廃墟にいらっしゃったんです」とフィンチがすかさず説明してくれた。

「見つかったのか」

「いいえ。だから先生に会いにきたんです。廃墟の捜索を済ませる時間がなくて。それでレイディ・シュラプネルが――」

「いまのわれわれにとって、彼女はたいした問題ではない。よもや自分がこんなせりふを口にする日が来るとは夢にも思わなかったがね」とダンワージー先生は沈痛な面持ちでいった。「フィンチくんから、状況説明は受けたと思うが」

「はい。いいえ。先生の口からあらためてうかがったほうが」

「ネットに関して、ひとつの危機が出来《しゅったい》している。航時学部にはすでに通知して――フィンチ、チズウィックはいつ来ると？」

「たしかめてまいります、先生」といってフィンチが部屋を出ていった。

「きわめて深刻な状況だ」とダンワージー先生がいった。「うちの史学生のひとりが――

――」

フィンチが戻ってきた。「もうこちらに向かっているそうです」

「よろしい。では、彼が到着する前に説明を済ませておこう。うちの史学生のひとりが扇を盗み、ネットを抜けてそれを持ち帰った」

扇。まあそれなら、鼠よりははるかに筋が通る。あるいはキャブよりも。それに、くすね《ピンチ》るという話も理解できる。「ウィンダミア卿夫人の母親みたいに」

「ウィンダミア卿夫人の母親？」ダンワージー先生がそう訊き返し、フィンチに鋭い視線を投げた。

「重度のタイムラグです」とフィンチがいった。「見当識喪失、音声の識別困難、過度の感傷、論理的思考力の低下」

「重度？」ダンワージー先生がいった。「これまでに何度降下した？」

「今週だけで十四回です。がらくた市が十回、主教の妻たちが六回。いや、十三回でした。ビトナー夫人の件をいつもとりちがえて。彼女はコヴェントリーでした。僕がさっきまでいたコヴェントリーじゃなくて、現代のコヴェントリーに住んでいます」

「ビトナーか」ダンワージー先生が興味を引かれたように、「エリザベス・ビトナーのことじゃあるまいね。そうなのか？」

「ええ、そうです。コヴェントリー大聖堂最後の主教の未亡人ですよ」

「おやおや、最後に会ってからもう何年になることやら。ネットの最初期の実験をやっていた頃の知り合いでね。すばらしい娘だった。はじめて会ったときは、これまでの人生で出会ったもっとも美しい女性だと思ったよ。彼女がビティ・ビトナーと恋に落ちたのは残念だった。身も心も完全にあいつに捧げていたからなあ。どんなようすだった？」

とても娘には見えませんでしたよ、と心の中で答えた。体が弱そうな白髪の老婦人で、会っているあいだじゅうずっと居心地が悪そうにしていた。たぶん、レイディ・シュラプネルが彼女を徴発して中世に派遣するんじゃないかと気が気じゃなかったんだろう。「とてもお元気そうでした。ただ、関節炎を患ってらっしゃるとか」

「関節炎か」ダンワージー先生は首を振った。「リジー・ビトナーが関節炎とは、とても想像でききん。しかしまたどうして会いにいったんだね。旧コヴェントリー大聖堂が焼失したとき、彼女はまだ生まれてもいないだろう」

「レイディ・シュラプネルは、主教の鳥株が新大聖堂の地下室に保管されているのではないかと考えたんです。大聖堂が売却されたとき、ビトナー夫人はその場にいたので、もしかしたら地下室に保管されていた品物の処分を監督して、鳥株を目にしたのではないかと」

「で、結果は？」

「いえ。あれは火災で焼失したとおっしゃっていました」

「コヴェントリー大聖堂の売却を余儀なくされたときのことはよく覚えているよ。人々は宗教に関心を失い、礼拝の出席者が激減し……リジー・ビトナーか」と愛情を込めた口調でいう。「関節炎とは。髪の毛も、もう赤毛ではなくなっていただろうね」

「無関係な問題への執着」とフィンチが大きな声でいった。「ミス・ジェンキンズの話では、ヘンリーさんはきわめて重症のタイムラグだそうです」

「ミス・ジェンキンズ？」

「付属病院でヘンリーさんを担当したナースです」

「美しきもの」僕は口を開いた。「白衣の天使。そのやさしき手はあまたの熱きひたいを癒せり（ウォルター・スコットの詩『マーミオン』より）」

　フィンチとダンワージー先生は目を見合わせた。

「彼女の話では、いままで見たタイムラグ患者の中でも最悪の症例だそうで」

「だからここに来たんですよ」と僕。「二週間の安静を言い渡されたんですが、レイディ・シュラプネルは――」

「けっしてそんなことを許さない」とダンワージー先生がひきとった。「献堂式まであとたった十七日だ」

「ナースに事情を説明したんですが、耳を貸してくれなくて。部屋に戻ってベッドに入れと」

「いやいや、レイディ・シュラプネルが最初に探す場所だ。フィンチ、彼女はいまどこだね」

「ロンドンです。いましがた、ロイヤル・フリーから電話がありました」

僕は椅子からぱっと飛び上がった。

「連絡に行き違いがあって、ヘンリーさんが運ばれたのはロイヤル・メイソニックだったと伝えました」

「よろしい。ロイヤル・メイソニックに電話して、彼女を引き留めておくように伝えたまえ」

「すでにそのようにいたしました」

「すばらしい」とダンワージー先生。「すわりたまえ、ネッド。どこまで話したかな？」

「ウィンダミア卿夫人の扇までです」とフィンチ。

「ただし、史学生がネットを抜けて持ち帰ったのは、扇ではなく――」

「ネットを抜けて持ち帰った？」と僕。「過去からネットを抜けてなにかを持ち帰ることはできないはずだ。不可能なんでしょう？」

「どうやらそうではなかったらしい」

そのとき、外オフィスからけたたましい物音が聞こえてきた。

「彼女はロイヤル・フリーにいるはずじゃなかったのか」ダンワージー先生がフィンチにそういったとき、ドアがばんと開き、白衣の小男がビービー鳴りつづける携帯を手に、息せき切って飛び込んできた。航時学部の学部長だ。

「ああ、ちょうどよかった、ミスター・チズウィック」とダンワージー先生。「きみと相談しなければならない出来事が――」

「こっちはレイディ・シュラプネルの件で相談したい」とチズウィック。「あの女はまったく手がつけられない。夜も昼もおかまいなく電話してきて、おなじ時刻のおなじ場所にどうして二回以上人間を送れないのか、一時間あたりの降下回数をなぜもっと増やせないのかと責め立てる。しかも、うちの研究スタッフとうちのネット技術者全員を組織的に強奪しては過去に送り出し、慈善箱を見物させたり飛梁《とびばり》を分析させたりしてるうえに」鳴りつづける携帯をかざして、「またあの女だ。この一時間で六回めだよ。行方不明の史学生の所在を教えろといいつづけてる。航時学部がこのプロジェクトに同意したのは、提供された資金で時間理論の研究を進めるチャンスだと考えたからだ。しかしその研究は完全にストップしている。あの女はうちの研究室の人員の半分を自分専用の職人として徴発し、技術部の全コンピュータを押さえてしまった」

チズウィックがまだ鳴りつづけている携帯のキーを押して呼び出し音を止めた。ダンワージー先生はそのチャンスを利用して口をはさみ、「時間旅行理論のことできみと話がしたかったんだ。うちの史学生のひとりが――」

チズウィックは聞いていない。静かになった携帯が、今度は一センチずつ紙を吐き出しはじめている。

「これを見ろよ！」三十センチほどの長さに達した紙をひきちぎり、チズウィックはダンワージー先生の前でふりかざした。「うちのスタッフのだれかに命じて、拡大ロンドン全域の全病院に電話をかけて、行方不明の史学生を見つけろとさ。ヘンリー。そいつの名前だ。ネッド・ヘンリー。うちのスタッフを使えって？　スタッフなんかひとりも残ってるもんか！　あの女が全員徴発して、残ってるのはルイスだけだ。そのルイスももうちょっとで拉致されるところだったんだぞ！　さいわいルイスは――」

ダンワージー先生が口をはさんだ。「もし航時史学生がネットを超えて過去からなにかを持ち込んだらどうなる？」

「あの女に訊かれたのか？」とチズウィック。「そりゃそうだろうな。あの主教の鳥株のことしか頭にないから、なんとか過去へ行ってあれを盗んでこられないか、そればっかり考えてる。過去から現在へなにかを持ち込むことは時空連続体の法則に反すると何度も何度も口を酸っぱくしていったのに、あの女がなんと答えたと思う？『規則は破るためにあるんですよ』だと」

チズウィックは制止されないまま暴走しつづけた。ダンワージー先生はデスクの自分の椅子に身を沈め、はずした眼鏡を考え込むようにためつすがめつしている。

「そりゃおれだってなんとか説明しようとはしたさ。物理法則は法律や規則とは違う、法則なんだから、それを破ることは壊滅的な結果を招くことになるって」

「壊滅的な結果とは、たとえばどんな？」とダンワージー先生。

「予測不可能だ。時空連続体はカオス系で、すべての事象が他のすべての事象と複雑かつ非線形に関連しているから、結果は予測できない。ある物体を過去から現在に持ってくることは、記時錯誤的な齟齬《そご》を招くことになる。軽く済んだ場合でも、その齟齬がずれの増大を招くだろう。最悪の場合には、時間旅行が不可能になるかもしれん。あるいは、歴史の流れが変わってしまうとか、宇宙が崩壊するとか。だからそうした齟齬はありえない、おれはレイディ・シュラプネルにそう説明したんだ！」

「ずれの増大か。齟齬がずれの増大の原因になる？」

「理論的にはそのとおり。ずれは、レイディ・シュラプネルの資金を使ってうちが研究するはずだったテーマのひとつだが、あのばかげた大聖堂のおかげで肝心の研究は完全にストップだ！　あの女はまったくどうしようもない！　先週は、一降下あたりのずれを減少させろとおれに命令しやがった。おれに命令したんだぞ！　ずれのなんたるかもまったく理解してない」

ダンワージー先生は身を乗り出し、眼鏡をかけた。「ずれの増大があったのか？」

「いや。たんにタイムトラベルの仕組みがまったくわかってないだけだ。あの女は——」

「カボチャ畑」と僕はいった。

「なんだと？」ミスター・チズウィックが振り返って僕をにらみつけた。

「農夫の妻は、彼がドイツ軍の落下傘兵だと思った」

「落下傘兵？」チズウィックは目を細くして、「行方不明の史学生ってのはきみのことじゃないだろうな。名前は？」

「ジョン・バーソロミュー」とダンワージー先生がいった（一九世紀末頃のスコットランドの地図製作者）。

「そのようすからすると、レイディ・シュラプネルに徴発されたようだな。なんとかしてあの女を止めなきゃいかんぞ、ダンワージー」携帯がまた鳴りはじめ、それと同時にまた紙を吐き出した。チズウィックは声に出して読み上げた。「『いまだヘンリーの所在に関する情報なし。どういうこと？　ただちに居場所を連絡しなさい。それと、一八五一年の大博覧会に赴いて主教の鳥株の起源を調査する人間があと二人必要』」チズウィックは紙をくしゃくしゃにまるめてダンワージー先生のデスクに投げた。「いますぐなんとかしなきゃいかん！　あの女がこの大学《ユニヴァーシティ》全体を破壊する前に！」といって大股に部屋を出ていった。

「あるいは、既知宇宙《ユニヴァース》全体を」とダンワージー先生がつぶやいた。

「追いかけますか？」とフィンチが訊ねた。

「いや。アンドルーズと連絡をとってみてくれ。それと、ボドレアン図書館のデータベースをあたって、記時錯誤的齟齬に関するファイルを呼び出してほしい」

フィンチが出ていった。ダンワージー先生は眼鏡をとり、むずかしい顔でレンズの向こうを覗いている。

「こんな相談を持ちかけるにはタイミングが悪いのはわかってますが」と僕は口を開いた。「どこか僕が療養できそうな場所に心当たりはないですか。オックスフォードを離れて」

「干渉」とダンワージー先生はいった。「干渉のおかげでこの騒ぎになった。これ以上干渉しても、事態は悪くなるばかりだろう」また眼鏡をかけて立ち上がり、「明らかに、最上の策は、どうなるかようすを見ることだな、どうにかなるとしての話だが」といいながらうろうろ歩き出す。「あれの消失が歴史に影響を与える可能性など、統計的にはゼロに等しい。とくにあの時代に関しては。数を抑えるために、山ほど集めては定期的に河に投げ込んでいたんだから」

扇の数を？　と心の中で自問した。

「それに、あれがネットを抜けられたこと自体、齟齬を引き起こさないという証拠だ。もし齟齬が生じるなら、ネットは開かなかったはずだからな」ジャケットの裾で眼鏡のレンズを拭い、光にかざした。「百五十年以上にもなる。もしあれが宇宙を破壊するなら、もうとっくにそうなっている可能性が高い」

ダンワージー先生はレンズに息を吐きかけてまた拭った。

「それにわたしは、レイディ・シュラプネルのプロジェクトがコヴェントリー大聖堂を復元する時間線が複数存在することなどぜったいに信じない」

レイディ・シュラプネル。ロイヤル・メイソニック病院からいつ戻ってきてもおかしくない。僕は椅子の中で身を乗り出した。「ダンワージー先生、タイムラグから回復するまで体を休められる場所をどこか知りませんか」

「その一方、齟齬が生じなかった理由は、なんらかの結果が――壊滅的なものであれ、そうでないものであれ――生じる前にあれが戻されたからだという可能性もおおいにある」

「ナースからは二週間の絶対安静を言い渡されたんですが、せめて三、四日休めれば、それで――」

「しかし、もしそうだったとしても」ダンワージー先生は立ち上がり、また歩き出した。

「それでも、しばらくようすを見ているのが悪いということにはならない。それがタイムトラベルの利点だ。三、四日でも、二週間でも、一年でも待ったうえで、それでもなお、ただちにあれを戻せる」

「ここにいることがもしレイディ・シュラプネルに知れたら――」

ダンワージー先生は足を止め、まっすぐ僕を見た。「そのことは考えなかった。ああくそ、この件がもしレイディ・シュラプネルに知れたら――」

「もしどこか、静かで人目につかない場所さえ教えていただければ――」

「フィンチ！」ダンワージー先生が叫ぶと、フィンチがプリントアウトを持って外オフィスから入ってきた。

「これが記時錯誤的齟齬の記録です」とフィンチがいった。「たいしてありませんね。ミスター・アンドルーズは一五六〇年です。レイディ・シュラプネルが明かり層の調査に派遣したそうで。ミスター・チズウィックを呼び戻しましょうか？」

「そんなことよりもっと急ぎの用件がある。このネッドが、だれにも邪魔されずにゆっくり休んで、タイムラグから回復できる場所を見つけてやる必要がある」

「レイディ・シュラプネルに――」と僕。

「まさしく」とダンワージー先生がいった。「今世紀は問題外だ。二〇世紀もだめだな。のどかで人里離れた場所。河沿いの田園邸宅《カントリーハウス》とか。テムズ河がうってつけだろう」

「まさか――」とフィンチが口を開きかけた。

「いますぐ出発する必要がある。レイディ・シュラプネルに知れる前に」

「おお！」フィンチが息を呑んだ。「ええ、わかります。しかしヘンリーさんのいまの体調ではとても――」とフィンチはいいかけたが、ダンワージー先生はみなまでいわせず、

「ネッド」と僕に向かっていった。「ヴィクトリア朝に行ってみるのはどうかね」

ヴィクトリア朝。テムズ河をボートで下る夢のような長い午後、白いドレスにひらひらのヘアリボンをつけた少女たちとエメラルドの芝の上でクロッケーを楽しみ、そのあとは柳の木陰でお茶の時間、優美なセーヴルのカップを口に運ぶかたわらには礼儀正しい執事が控え、どんな気まぐれにもそくざに応じてくれる。そしておなじ少女たちが薄い詩集を朗読し、その声がかぐわしき空気に花びらのごとく漂う。「それは黄金の昼下がり、子供時代の夢のつどう地に横たえておくれ、記憶のなぞめいた輪の中――」（『不思議の国のアリス』巻頭詩より）

フィンチは首を振った。「いい考えだとは思えません、ダンワージー先生」

「ばかな《ナンセンス》」とダンワージー先生はいった。「あの口ぶりを聞いただろう。彼ならまさにぴったりだ」

「……ありえないことを除外していったあと、最後に残れば、どんなにありそうになくても、それが真実だ」

——シャーロック・ホームズ（コナン・ドイル『四つの署名』より）

3

単純明快な仕事——天使、大天使、智天使、力、玉座、統治、それともうひとつ——眠け——ヴィクトリア朝の歴史と慣習に関する講習——手荷物——クレッパーマン少尉の元気が出る話——さらに手荷物——音声の識別困難——魚用フォーク——セイレーン、シルフ、ニンフ、ドリュアス、それともうひとつ——到着——犬は人間の最良の友ならず——もうひとつの到着——突然の出発

「はたして名案でしょうか」とフィンチがいった。「彼はすでに重度のタイムラグを患っています。そんな長旅は——」

「かならずしもそうではない」とダンワージー先生がいった。「それに、仕事を済ませたあと、回復するまでいくらでも長く滞在できる。さっきの彼の言葉を聞いただろう。あそ

こは完璧な休暇スポットだよ」

「しかしいまの状態では、とても――」フィンチが不安そうにいう。

「まったくもって単純明快な仕事だ。子供でもできる。重要なのは、レイディ・シュラプネルが戻る前に仕事を済ませることだ。それに、このオックスフォードで、ミゼリコード（聖歌隊席の畳み込み椅子の裏にとりつける持送りの板。しばしば精巧な彫刻が施され、美術品としての価値を持つものもある）探索任務に駆り出されていない史学生はネッドひとりだけなんだよ。彼をネットへ案内したら、そのあと航時学部に電話して、ネットで落ち合おうとチズウィックに伝えてくれ」

電話が鳴り、フィンチが出た。長々と耳を傾けてから、ようやく口を開き、「いえ、たしかにロイヤル・フリーにいたんですよ。でも、TWR検査の必要があるということになって、聖トマスに移送されました。ええ、ランベス・パレス・ロードの」フィンチは受話器を耳から離し、またひとしきり相手の話を聞いた。「いえ、今度はまちがいありません」

フィンチは電話を切り、「レイディ・シュラプネルからでした」と無用の説明を加えた。

「残念ながら、すぐにも戻ってきそうですね」

「TWR検査とは？」とダンワージー先生が訊ねた。

「わたしの発明です。ヘンリーさんはネットに行って準備をはじめたほうがよろしいでしょう」

ありがたいことに、研究室まではフィンチが付き添ってくれた。正反対の方角に向かっている気がしたのに、着いてみると、扉はたしかに研究室の扉だったし、外にはおなじSPCCのデモ隊がいた。

デモ隊が持つ電子プラカードにいわく、『いまあるやつでなにが悪い？』『コヴェントリー大聖堂はコヴェントリーに』『大聖堂はおれたちのものだ！』

デモ隊のひとりが差し出したチラシにいわく、『コヴェントリー大聖堂の復元には五百億ポンドの費用がかかります。それだけの資金があれば、現存するコヴェントリー大聖堂を買い戻して修復するばかりか、おなじ場所にもっと大きな新しいショッピングセンターを建てることさえ可能です』

フィンチが僕の手からチラシをひったくってデモ隊に突き返し、ドアを開けた。

ネットは内部も前とおなじに見えた。もっとも、端末の前のまるまる太った若い女性には見覚えがない。白衣を着込み、ブロンドのショートヘアを光輪のように輝かせているせいか、ネット技術者というより智天使のように見えた。

フィンチが中に入ってドアを閉めると、彼女がさっと振り向いた。「なんの用？」

もしかしたら智天使というより大天使かも。

「降下の手配をお願いしたいんです」とフィンチ。「ヴィクトリア朝英国へ」

「問題外」と言下に切り返す。

まちがいなく大天使だ。アダムとイヴをエデンの園から放り出したタイプ。

「ダンワージー先生の許可は出てるんですよ、ミス……」

「ウォーダー」と切り口上で答える。

「ミス・ウォーダー。優先降下です」

「どれもこれもぜんぶ優先降下ね。レイディ・シュラプネルはそれ以外の降下を許可しないから」女性ネット技術者はクリップボードをとり、それを燃えさかる剣のようにふりかざして、「降下十九回、そのうち十四回は一九四〇年のARPおよびWVSの制服が必要なのに、衣裳部の在庫はゼロ。それにフィックスぜんぶ。回収スケジュールはもう三時間遅れだし、今日一日が終わるまでにレイディ・シュラプネルはあと何回の優先降下を思いつくかは神のみぞ知るよ」クリップボードを叩きつけて、「そんなことやってる時間があるもんか。ヴィクトリア朝英国！　まったくの問題外だとダンワージー先生に伝えて」女性技術者は端末に向き直り、キーを叩きはじめた。

　フィンチは動じるようすもなくべつの作戦を試した。「チャウドゥーリーさんはどちらに？」

「問題はまさにそれよ」ウォーダーはまたくるっと振り向いて、「バードリ・チャウドゥーリーはいったいどこにいるのか。なぜここでネットを動かしていないのか。教えてあげる」また威嚇するようにクリップボードを振り上げ、「レイディ・シュラプネルが――」

「まさか、チャウドゥーリーさんまで一九四〇年に送られたわけじゃないでしょうね」と思わず口をはさんだ。バードリはパキスタン系だ。日本軍のスパイとまちがわれて逮捕されてしまう。

「いいえ。レイディ・シュラプネルがバードリを運転手にして、行方不明の史学生を捜しにロンドンまで行っちゃったのよ。その結果、あたしがここで衣裳部とネットと愚劣な質問で時間を無駄にする莫迦の面倒をみる羽目になったわけ」クリップボードをデスクに叩きつけ、「さあ、これ以上ばかな質問がないなら、とっとと消えて。計算しなきゃいけない優先フィックスがあるから」くるっと端末に向き直り、猛烈にキーを叩きはじめた。

いや、もしかしたら大大天使かも。巨大な翼と百の目がついていて、『そしてその姿は見るも怖ろしかった』ってやつ。名前はなんだっけ？　サラバンド？

「ダンワージー先生を呼んできたほうがよさそうですね」フィンチが僕の耳もとでささやいた。「ここで待っててください」

渡りに船だった。付属病院のナースに問診された例の眠けが襲ってきて、とにかくいまはすわって休みたい。ネットの反対側の壁ぎわに椅子を見つけて腰を下ろし、もう一個の椅子からガスマスクと消火用手押しポンプの山をどかして足を載せ、フィンチが戻ってくるのを待つあいだ、大大天使の名前を思い出そうとした。『その周りにも内側にも、一面に目があった』（ヨハネの黙示録四章八節）。Sではじまる名前だ。サムライ？　いや、それはレイディ

・シュラプネル。シルフか？　いや、それは風の精だ、ひらひら飛ぶやつ。水の精はべつの字ではじまる。Nだ。ネメシス？　いや、それもレイディ・シュラプネル。なんて名前だっけ？　泉の水を汲もうとしたヒュラースがそれに出くわし、水の中にひきずりこまれた。白い腕がからみつき、水中にたなびく鳶色の髪でからめとって、暗く深い水の中で溺れさせ……。

　どうやら眠りこんでしまったらしい。次に目を開けると、ダンワージー先生がいて、技術者がクリップボードで先生を威嚇していた。

「問題外です。フィックスが四件と回収が八件残っていて、おまけにあなたのところの学生が濡らして台なしにした衣裳の替えを用意しなきゃいけないんですよ」彼女はクリップボードにはさんだ紙を荒々しくめくった。「いまから予定を入れるとしたら、いちばん早くて七日の金曜日、午後三時半ですね」

「七日？」フィンチがあっけにとられた口調で、「来週じゃないですか！」

「今日だ」とダンワージー先生がいった。

「今日？」技術者はクリップボードを武器のようにふりかざした。「今日？」

熾天使《セラフィム》だ。『その周りにも内側にも、一面に目があった』『火は光り輝き、火から稲妻が出ていた』（エゼキエル書一章十三節）

「時空座標を新たに計算する必要はない」とダンワージー先生がいった。「キンドルを回収したときのものを使う。それに、きみがマッチングズ・エンドに設定してある降下がそのまま流用できる」研究室の中を見まわして、「衣裳担当の技術者はどこだね」

「一九三二年です。聖歌隊員のローブをスケッチしにいったわ。サープリスがリネン製かコットン製かをたしかめてくるレイディ・シュラプネルの優先降下でね。その結果、いまはあたしが衣裳部の責任者。それとネットの。それとこの部屋のものぜんぶの」クリップボードにはさんだ書類をもとに戻し、ネット制御端末の上に置いた。「なにもかもぜんぶ問題外。もし先生の降下を割り込ませたとしても、その人、そんな状態で行けるわけがないでしょう。それに、ヴィクトリア朝の歴史と慣習について講習を受けなきゃいけないし」

「ネッドは女王とお茶を飲みにいくわけではない。任務の性格上、同時代人との接触は——もし接触が生じたとしても——ごくわずかなものだ。ヴィクトリア朝に関する事前講習の必要はない」

　熾天使がクリップボードに手を伸ばす。

　フィンチが頭をひっこめた。

「彼、二〇世紀科でしょ。ということは専攻エリア外。事前講習なしで行くことは認められません」

「わかった」ダンワージー先生は僕に向き直り、「ダーウィン、ディズレイリ、インド問題、『不思議の国のアリス』、リトル・ネル、ターナー、テニスン、『ボートの三人男』、クリノリン、クロッケー――」

「ペン拭き」と僕。

「ペン拭き、かぎ針編みの肘かけ覆い《アンティマカサー》、花冠の髪飾り、アルバート王子、フラッシュ、フロックコート、性の抑圧、ラスキン、フェイギン、エリザベス・バレット・ブラウニング、ダンテ・ゲイブリエル・ロセッティ、ジョージ・バーナード・ショウ、グラッドストン、ゴールズワジー、ゴシック復古調、ギルバート&サリバン、庭球、パラソル。以上」それから熾天使に向かって、「これで準備完了だ」

「一九世紀は、三学期にわたる政治史講座と二学期の――」

「フィンチ、ジーザスへ行って、ヘッドギアとテープをとってきてくれ。ネッドには高速サブリミナル学習をやってもらって、そのあいだにきみが」とダンワージー先生は熾天使のほうを向き、「彼に衣裳を着せて降下の手配をする。夏服が必要だな。白のフランネル、リネンのシャツ、舟遊び用のブレザー。手荷物には……」

「手荷物！」熾天使が目を剥いた。「手荷物なんかそろえてる暇があるもんですか！　降下十九件と――」

「いいとも。手荷物はこちらでなんとかしよう。フィンチ、ジーザスに行ったついでに、ヴィクトリア朝降下用の手荷物もとってきてくれ。それと、チズウィックに連絡はついたか？」

「いいえ、先生。不在でした。伝言を残してきました」

部屋を出ようとしたフィンチは、背の高い痩せた黒人青年にぶつかりかけた。書類の束を携え、せいぜい十八歳ぐらいにしか見えない。外のデモ隊のひとりだろうと思って、チラシを受けとろうと手を伸ばしたが、彼はダンワージー先生のところに歩み寄ると、神経質な口調で、「ダンワージー先生ですか？　航時学部のT・J・ルイスです。チズウィック先生をお捜しとか」

「ああ」とダンワージー先生。「どこにいる？」

「ケンブリッジです」

「ケンブリッジ？　そんなところでいったいなにをやってる？」

「きゅ、求職活動です」とルイスは舌をもつれさせた。「チ、チズウィック先生は退職しました」

「いつ？」

「たったいま。あと一分でもレイディ・シュラプネルの下で働くのは耐えられないと」

「ふむ」ダンワージー先生は眼鏡をとり、じっとレンズを見つめた。「ふむ。いいだろう。ルイスくん、だったかな？」

「TJと呼んでください、先生」

「TJ、それでは副学部長に――なんという名前だったかな。ラニフォードだ――話がしたいと伝えてくれたまえ。火急の用件だ」

TJは悲しげな顔になった。

「まさか、彼も辞めたんじゃないだろうな」

「いいえ。ラニフォード先生は一六五五年で屋根葺き用のスレートを調べています」

「そうだろうとも」ダンワージー先生はうんざりしたようにいった。「ふむ、それでは、だれでもいいから航時学部の責任者だ」

TJはさらに悲しげな表情になった。「ええと、その、たぶんそれは僕じゃないすかね」

「きみ？」ダンワージー先生は驚いたようにいった。「しかしきみはまだ学部生だろう。航時学部に残っているのがきみだけだなんていわんでくれ」

「でも、そうなんです。レイディ・シュラプネルがやってきて、僕以外は全員連れてかれちゃいました。僕も連れてかれるところだったんですが、黒人の場合、二〇世紀の最初の三分の二と一九世紀全体は危険度10で、立入禁止なもんで」

「その程度の理由でよく彼女があきらめたな」

「いいえ、あきらめませんでした。ムーア人の扮装で一三九五年に行って、尖塔の建築様式を調べてこいといわれました。十字軍が連れ帰った捕虜で通るだろうと」

「十字軍は一二七二年に終わった」

「ええ、先生。僕もそう指摘しました。それに、過去全体が黒人については危険度10だという事実も」TJはにやっと笑って、「黒い肌で得したのはこれがはじめてかも」

「よろしい。それではなんとか手を考えてみよう」とダンワージー先生。「ジョン・クレッパーマン少尉の話は聞いたことがあるかね」

「いえ、先生」

「第二次世界大戦、ミッドウェイ海戦だ。彼の乗艦のブリッジにいた全員が死亡し、艦長の役割を引き継ぐことになった。戦争や災害とはそういうものだよ。ふつうの状況ではけっしてありえない責任をふつうの若者が担うことになる。いまの航時学部もそれとおなじだ。換言すれば、これはきみにとって大きなチャンスになる。ルイスくん、きみは時間物理学専攻だね」

「いいえ、先生。コンピュータ・サイエンスです」

ダンワージー先生はため息をついた。「ふむ、まあいい。クレッパーマン少尉にしても、それまで一度として魚雷を発射したことなどなかった。それでも彼は駆逐艦二隻と巡洋艦一隻を沈めたのだよ。きみの最初の任務は、記時錯誤的齟齬が生じた場合、どのような徴候が現れるかを調べることにある。そんなことは生じないという答えは却下」

「キ・ジサク・ゴテ・キソゴ」TJはそう復唱しながら、書類の束のいちばん上の紙にメモした。「いつまでに必要ですか？」

「昨日だ」ダンワージー先生がそういって、ボドレアン図書館所蔵の文献リストを手渡した。

TJは困惑した表情を浮かべて、「ええと、つまり過去へ遡って――」

「もうこれ以上、新しい降下はぜったいに受けませんよ」とウォーダーが口をはさんだ。

ダンワージー先生はうんざりしたように首を振り、「できるだけ早くということだ」

「あ、はい。承知しました、先生。ただちに」といってTJは戸口に歩き出した。半分ほどいったところで立ち止まり、「クレッパーマン少尉はどうなったんですか？」

「名誉の戦死を遂げた」とダンワージー先生。

TJはうなずいた。「だと思った」

TJが出ていくのと入れ違いにフィンチがヘッドギアを持って入ってきた。

「ベルリンのエルンスト・ハッセルマイヤーを呼び出して、記時錯誤的齟齬についてなにか知らないか訊ねてくれ。もし知らないなら、だれが知っているか訊け」とダンワージー先生。「そのあと、大聖堂まで行ってほしい」

「大聖堂？」フィンチはびくっとして、「もしレイディ・シュラプネルがいたら？」

「ドレイパーズ・チャペルに隠れろ。だれか航時学部の人間がいないか見てきてほしい。だれでもいい。学部生よりは経験のある人間がだれかいるはずだ」

「ただちに」とフィンチが答えて、こちらにやってくると、ヘッドギアを僕の耳にかぶせた。「サブリミナル学習テープです」

僕は袖をまくって、催眠薬の注射に備えた。

「その状態で薬を使うのは感心しませんね」とフィンチがいった。「ノーマルスピードで聞くしかないでしょう」

「フィンチ」といいながら、ダンワージー先生がこちらにやってきた。「キンドルはどこだ?」

「自室で待機するようにと先生が指示されました」

フィンチが答えて、ヘッドギアを操作した。『ヴィクトリア女王は、一八三七年から一九〇一年までイングランドを統治しました』と耳の中でテープがしゃべりはじめた。

「例の降下のとき、ずれはどの程度だったかも訊いてこい」とダンワージー先生がフィンチに向かっていう。「前回、彼女が――」

『――英国に空前の平和と繁栄をもたらしました』

「ああ」とダンワージー先生。「それと、それ以外の降下のさいにずれがどの程度だったかも――」

『――上品でのんびりした社会として記憶される――』

「――それから聖トマス病院に電話して、なにがあってもレイディ・シュラプネルを引き留めるようにと」

「かしこまりました」フィンチが部屋を出ていった。

「ということは、リジー・ビトナーはいまもまだコヴェントリーに住んでるんだな」とダンワージー先生がいった。

「ええ。ご主人が亡くなったあと、ソールズベリから戻ってきたんです」と答えたが、もっとくわしい説明を期待されているような気がして、「新大聖堂の話と、ビトナー主教がそれを救うためにどんなに苦労したかをくわしく聞かされました。参会者を増やすためにコヴェントリー教訓劇を復活させたり、旧大聖堂の瓦礫の中で大空襲展をやったり。かつて廃墟だった場所と、新しい大聖堂を案内してくれました。ご存じのとおり、いまはショッピングセンターになってますけど」

「ああ。昔から、あれは大聖堂よりショッピングセンター向きだと思っていた。二〇世紀半ばの建築は、ヴィクトリア朝建築に匹敵するほどひどいからな。とはいえ、見てくれはそう悪くなかったし、ビティはあれが気に入っていた。最初は来世教会かどこかに売却されたんじゃなかったかな。そのへんのことは、主教の鳥株がないかたしかめるために調査済みだろう」

僕はうなずき、それからダンワージー先生は部屋を出ていったらしいが、その場面は記憶にない。空襲警報解除のサイレンみたいな音が片耳の中で鳴り響き、もう片方の耳ではサブリミナルが女性の隷属的な役割について講義していた。

『ヴィクトリア朝社会において、女性はほとんど、あるいはまったく力を持っていませんでした』ヴィクトリア女王をべつにすればね、と心の中でつぶやいたとき、ウォーダーが濡れた布を持ってこちらにやってきた。僕の顔と両手を布でごしごしこすり、それから上唇の上に白いローションを塗りつけた。

『ヴィクトリア朝期の女性の役割は、子守や家事など、〝家庭の天使〟（コヴェントリー・パトモアの同名の詩より）のそれに限定されていました』

「唇にさわるんじゃないよ」ウォーダーがそういって、首にかけたメジャーのテープを引き出した。「髪の毛はそれでなんとか間に合わせるしかないね。フェノクシディルの時間はないし」僕の頭のサイズをメジャーで測りながら、「真ん中分けにして。いったでしょ、唇にさわるんじゃないの」

『女性は、神経が繊細すぎて学校教育には向かないと考えられていたため、女性向けの教育科目は、絵画、音楽、行儀作法に限定されていました』

「なにもかもばかげてる」織天使は僕の首にテープを巻いた。「オックスフォードになんか来るんじゃなかった。ケンブリッジには舞台美術の理想的な専門課程があったのに。もしケンブリッジに行ってれば、いまごろ『じゃじゃ馬ならし』の衣裳を担当してたかもしれない。ここで三つの仕事をいっぺんにこなすかわりに」

僕はのどぼとけとテープのあいだに指を入れ、窒息を未然に防いだ。

『ヴィクトリア朝の女性は、性格がやさしく、言葉がやわらかで、従順でした』

「こんなことになったのがだれのせいなのかは、いわなくてもわかるでしょ」織天使は僕の首からほどいたテープをぱちんと鳴らして巻き戻した。「レイディ・シュラプネルよ。だいたい、なんでコヴェントリー大聖堂を復元しようとか思うわけ？　英国人でもないくせに。アメリカ人なのよ！　英国貴族と結婚したからってだけじゃ、この国にやってきてあたしたちの教会を復元する権利があることにはならない。だいたいその結婚生活だってたいして長つづきしなかったくせに」

僕の腕をぐいと持ち上げ、脇の下にテープをくぐらせる。

「それに、なにか復元したいんだったら、どうしてそれだけの価値があるものを選ばないわけ？　たとえばコヴェント・ガーデン・シアターとか。でなきゃロイヤル・シェイクスピア劇団を援助するとか。昨シーズンは予算不足で二公演しかできなかった。それも片方は、一九九〇年代に上演した古臭いヌード版『リチャード三世』の再演。もちろん、ハリウッド出身のだれかさん相手に、芸術を理解しろっていうほうが無理なのはわかってるけどさ。ヴィド！　インタラクティヴ！」

織天使は僕の胸まわり、袖丈、股下丈を手早く無造作に採寸してから姿を消し、僕は椅子に戻って壁に頭を預け、溺れ死ぬことができたらどんなに平和だろうと想像した。

次のパートはいくらか混乱している。ヘッドギアはヴィクトリア朝のテーブルセッティングについて講釈し、警報解除のサイレンは空襲警報のサイレンに変化し、そして熾天使が畳んで重ねたズボンを何着か持ってきて試着してみろといったが、どの部分も記憶があまりはっきりしていない。

いつかの時点で、フィンチがヴィクトリア朝手荷物の山を持ってきた——スーツケース《ポートマントゥ》、大きなカーペットバッグ（カーペット地の旅行かばん）、小さな手提げかばん《サチエル》、グラッドストンバッグ（真ん中から両側に開く小型の旅行かばん）、それにバンドボックスふたつ。ズボンと同様、その中から好きなのを選べばいいんだろうと思ったが、ぜんぶ持っていくのだと判明した。「残りを持ってきます」といってフィンチが出ていった。熾天使は白いフランネルのズボンに決め、ズボン吊りを探しに出ていった。

『オイスター・フォークは、歯先が皿のほうを向くようにして、スープ・スプーンの上に置きます。オイスター・スピアはそのとなり。左手でしっかり蠣殻《かきがら》を持ち、身全体を持ち上げて殻からはずします。このとき、必要があれば随時スピアを使用します』

何度かうたた寝してしまい、そのたびに熾天使に揺り起こされて、各種の衣類を試着しろと命じられた。熾天使は上唇の上に塗った白いローションを拭いとった。

僕は新しい口髭におそるおそる指でさわってみた。「どんなふうに見える？」

「傾いてる」と熾天使がいった。「でも、それはどうしようもない。荷物に剃刀《かみそり》は入れてある？」

「はい」と大きな籐の編み籠《ハンパー》を持ってやってきたフィンチが答えた。「アシュモレアン博物館で借りたヘアブラシが二本と、髭剃りブラシと石鹸入れがひとつずつ。それと、こちらが現金です」

フィンチは小型スーツケース並みのサイズの財布を僕に差し出した。

「あいにく、硬貨がほとんどです。あの時代の銀行券は傷《いた》みがひどくて。携帯用寝具がひと組と、ハンパーにはぎっしり食料品を詰めておきました。箱には缶詰を入れてあります」といってまたそそくさと出ていく。

『魚用フォークは、肉用フォークとサラダ用フォークの左側に置きます。歯先が鋭く、斜めになっているのが特徴です』

熾天使が試着しろとシャツを差し出した。仕立て屋よろしく、反対の腕には濡れた白いドレスをかけている。だらりと垂れたドレスの袖を見ながら、僕は水の精の姿を思い出していた。カーペットの上で濡れたドレスの袖を絞る、美そのものの絵姿。水の精は魚用フォークを使うんだろうか。口髭を生やした男は好きかな。ウォーターハウスが描いた絵の中で、ヒュラースは髭を生やしてたっけ？　あの絵の題名は、たしか『ヒュラースと……』なんだっけ？　なんて名前だった？　Nではじまる名前。

さらに混乱したパート。フィンチがさらにたくさん手荷物を持ってきたのは覚えている。

蓋がついた籐のバスケットとか。それに熾天使が僕のチョッキのポケットになにかを突っ込み、フィンチが僕の肩を揺すってダンワージー先生はどこかと訊ねたこと。

「ここにはいないよ」と答えたが、それはまちがいだった。ダンワージー先生は籐のバスケットの横に立ち、フィンチに報告を求めていた。

「あの降下のとき、ずれはどの程度だった？」

「九分です」とフィンチが答えた。

「九分？」ダンワージー先生はむずかしい顔になった。「彼女のほかの降下では？」

「最小限です。二分から三十分。あの降下現場は人家から離れた場所にありますから、目撃される可能性はほとんどありません」

「問題の一回をのぞいてはな」とダンワージー先生がまだむずかしい顔でいった。「帰りは？」

「帰り？　帰還降下時にずれは生じません」

「それはわかっている。しかし、今回は状況が状況だ」

「はい、先生」フィンチはウォーダーのところへ歩いていって二、三分話をしてから戻ってきた。「帰還降下時にずれはありません」

ダンワージー先生はほっとした顔になった。

「ハッセルマイヤーは？」

「伝言を頼んであります」

ドアが開き、T・J・ルイスが薄い書類の束を持って急ぎ足で入ってきた。「入手できた範囲で研究論文を読んでみました。そうたくさんはありませんね。齟齬の検証実験に必要な設備を用意するには莫大な費用がかかるんだそうで。航時学部は大聖堂プロジェクトの予算を使ってその実験設備を整える予定でした。時間物理学者の大多数は齟齬が可能だとは考えていません。例外は藤崎《フジサキ》ぐらいで」

「藤崎は可能だと考えているのか。彼の説は？」

「藤崎はふたつの仮説を立てています。ひとつは、それが齟齬ではないというもの。つまり、時空連続体の中には、統計的に無視《ノンシグニフィカント》できる物質や事象があるという説です」

「どうしてそんなことがありえる？　カオス系では、あらゆる事象が他のすべての事象とつながっているんだぞ」

「ええ。しかし、カオス系は非線形なので……」ＴＪは書類に目を落とし、「フィードバック・ループやフィードフォワード・ループ、冗長性や干渉があります。したがって、ある特定の物体なり事象なりの影響がとてつもなく増幅される場合もあれば、それがうち消されてしまう場合もある」

「つまり、記時錯誤的な齟齬とは、その時代からとりのぞいてもなんの影響も残さないようなものの場合に限られる、と？」

ＴＪはにっこりした。「ええ、そのとおりです。たとえば航時歴史家が肺の中に入れて持ち帰る空気とか――」僕に目を向け、「煤とか。本来属している時代からとりのぞかれても、連続体になんの影響も与えないようなもの」

「その場合、問題のものは、もとの時間的位置に戻すべきではない？」

「その場合は、おそらく戻せないでしょう。連続体がそれを許しません。戻した状態でも無視できるものならべつですが。残念ながら、この種の齟齬は、空気や煤のようなものにほぼ限定されているようです。もっと大きな物体の場合は、無視できない影響を与えることになります」

ペン拭きもアウトか。秋の聖歌隊フェスティバルと募金バザーでカボチャのかたちをした橙色のやつを一個買い、そのことをすっかり忘れて帰ろうとしたとき、ネットは開かなかった。扇のときはどうして開いたんだろうな。壁にもたせかけた眠い頭でぼんやり思った。

「生きものはどうだね」

「無害な細菌ならだいじょうぶかもしれませんが、それ以外はだめでしょうね。生物が連続体に与える影響は、無生物の場合とくらべて桁違いに大きくなります。知的生物となると、複雑な相互作用が可能ですから、さらに桁が上がります。それにもちろん、現在や未来に影響を与えうるものはぜんぶアウトですね。ウイルスや微生物まで含めて」

ダンワージー先生はＴＪの話をさえぎり、「藤崎のもうひとつの仮説は？」

「藤崎の第二の仮説は、齟齬はたしかに存在するが、連続体はそれに対抗する防御手段をあらかじめ備えているというものです」

「ずれか」

ＴＪがうなずいた。「ずれのメカニズムは、時間旅行者を潜在的な危険のあるエリアから動かすことで、齟齬の潜在的可能性のほとんどすべてを未然に防ぎます。藤崎仮説では、ずれの大きさには限度があり、記時錯誤を防止できるほど大きなずれを起こせなかった場合に齟齬が生じる、と」

「その場合はどうなる？」

「理論的には、歴史の流れが変わったり、さらに深刻なケースでは宇宙全体が崩壊することもありえますが、現代のネットにはそれを防ぐ安全機構があります。ずれが危険レベルに達して齟齬の危険性を察知したとたん、ネットは自動的に停止するよう改良されています。さらに藤崎は、そんなことはありえないけれど、万一もし現実に齟齬が生じた場合には、連続体はその齟齬を修正するような別種の防御システムを発動し、その結果として」また書類に目をやって、「問題の齟齬が生じた現場の周辺エリアでずれを劇的に増大させ、偶然の出来事を増やすことで——」

ダンワージー先生が僕のほうを向いた。「コヴェントリーでなにか不自然な偶然を経験したかね」

「いいえ」

「がらくた市では？」

「いいえ」できるものなら一度ぐらいはそういう偶然を経験したかった。ココナッ落としの屋台とプラムケーキの露店のあいだを歩いていると、偶然ばったり主教の鳥株に出くわすとか。

ダンワージー先生がＴＪのほうに向き直り、「ほかには？」

「周辺の時間エリアにおけるずれの増大です」

「エリアの大きさは？」

ＴＪは唇を噛んだ。「大半の齟齬は五十年の範囲内で修正されると藤崎はいってますが、理論的にはそうなるというだけで、データの裏付けはありませんね」

「ほかには？」

「もしほんとうに深刻な場合には、ネットに障害が発生します」

「どんな障害だ？」

ＴＪは眉根にしわを寄せた。「ネットが開かなくなる不具合。行き先錯誤。しかし、確率的に見て、そういうことはまず起こりえないというのが藤崎の主張です。連続体は本質的に安定な状態にある、でなければもうとっくに崩壊していたはずだ、と」

「ずれの劇的な増大は見られないが、にもかかわらず明らかに齟齬と思われる事態が生じた場合は？　それが連続体になんらかの影響を与える前に修正されたということか？」

「はい。もしそうでなければずれ《スリッページ》があるはずですから」

「よし、上々の仕事ぶりだったよ、クレッパーマン少尉」ダンワージー先生は、端末の前でせわしなくキーを叩いている熾天使のところに歩み寄った。「ウォーデンくん、一八八〇年代と九〇年代に対して実施した降下の全リストと、その際のずれ《スリッページ》データおよび通常のパラメーターがほしい」

「ウォーダーです」熾天使がいった。「それにいまは無理。回収があるんですから」

「回収はあとでいい」ダンワージー先生はＴＪのところに戻り、「ルイスくん、きみには変則的なスリッパを探してほしい」といった。

　というか、とにかく僕の耳にはそういったように聞こえた。警報解除サイレンがまた鳴り出し、いまはそれに高射砲の音みたいなドンドンガンガンの一定したリズムが混じっている。

「それとにわとり降下《チキン・ドロップス》」

「はい、先生」と答えてＴＪが出ていった。

「フィンチ、帽子《ハット》はどこだ？」とダンワージー先生。

「ここです」とフィンチは答えたが、これも聞き違いのはず。僕は白のフランネルとチョッキを着ているが、帽子はない。でも、ヴィクトリア朝の人間はみんな帽子をかぶってたんじゃなかったっけ？　トップハットと、あの硬くてまるいやつ。なんだっけ？　Nではじまる言葉だ。

熾天使が僕のほうに身をかがめている。ということは、僕はまた腰を下ろしているらしい。彼女は僕を立たせ、ブレザーを試着させようとした。

「これに袖を通してみて」と、栗色の縦縞が入ったやつを突きつける。「違う、右腕だってば」

「袖が短すぎる」むきだしになった手首を見ながらいった。

「名前は？」

「僕の名前？」短すぎる袖となんの関係があるんだろう。

「あんたの名前！」熾天使は栗色の縦縞ブレザーをひったくり、赤いブレザーを突きつけた。

「ネッド・ヘンリー」今度のブレザーは、指の先まで袖に隠れてしまう。

「よかった」赤のブレザーを脱がせて濃紺と白のブレザーを差し出し、「時代人らしい名前を考える手間は省けるわね」袖をたくしあげて、「これで我慢して。それと、テムズ河には飛び込まないこと。もう新しい衣裳を用意する時間なんかないんだから」麦わらのかんかん帽を頭にかぶせた。

「帽子はここにありました。先生のいうとおりでしたね」といったが、ダンワージー先生はいなかった。フィンチもいなかったし、熾天使は端末に戻り、親の仇のようにキーを叩いている。

「バードリがまだ帰ってこないなんて信じられない。こんな修羅場にあたしひとり残して。座標設定。衣裳準備。航時者にもう四十五分も待ちぼうけを食わせてる。まったく、あんたの優先降下なんか、いくらでもあとまわしに未婚の娘たちはつねに付き添い《シャペローン》の女性を同伴していました。通常は年配で未婚のおばもしくは従姉が付き添いになります。相手との婚約が成立するまで、男性とふたりきりになることは許されません。ネッド、ちゃんと聞いて」

「聞いてるよ。未婚の娘はつねに付き添いを同伴してたんだ」

「だからいい考えとは思えないと申し上げたんです」いつのまにかそこにいたフィンチがいった。

「派遣できる人間はほかにだれもいない」とダンワージー先生。「ネッド、注意して聞いてくれ。任務について説明する。行き先は一八八八年六月七日の午前十時だ。テムズ河の右側にはデザート用フォークが置かれていますが、これはお菓子やプディングを食べるさいに使用します。こうしたデザートの場合、そこにマッチングズ・エンドがデザート用ナイフを使用するのは……」

ナイフ。ナイス。ナイアス。そうそう、例の水の精の名前はナイアスだ。『ヒュラースとナイアス』。ヒュラースが水瓶に水を汲もうとしたとき、ナイアスたちが彼の体に髪の毛と濡れた袖をからみつかせて水の中に深く深くひきずりこんだ。

「あれを戻したあとは、なんでも好きなことをしていい。二週間のうち残った時間はきみの自由だ。テムズ河で舟遊びを楽しむなり、デザート皿の右側に、刃を内側に向けて置きます」ダンワージー先生が僕の肩を叩いた。「わかったな？」

「なにがです？」と訊き返したが、ダンワージー先生は聞いていなかった。ネットを見ている。大きなハム音が高射砲の音を呑み込むほど大きくなり、ネットのベールが下がりはじめた。

「どうした？」ダンワージー先生が熾天使に訊ねた。

「回収よ」といいながら熾天使がキーを叩く。「いつまでも放っとくわけにはいかないから。そっちの降下は、この回収が終わり次第やります」

「いいだろう」ダンワージー先生がまた僕の肩を叩き、「頼りにしてるぞ、ネッド」というのがハム音を通して聞こえた。

ベールが床に触れ、ゆるやかなひだができる。ハム音のピッチが高くなり、警報解除サイレンの音になり、空気が結露にゆらめいたかと思うと、カラザーズがネットの中に出現した。外に出ようとベールと格闘しはじめる。

「じっとして、ベールが上がるまで待ちなさい」熾天使がキーを叩きながら命じた。ベールは五十センチほど上がったところでストップした。

「待てだと？」その下に潜り込んだカラザーズが嚙みつくようにいった。「待てだと？ おれはまるまる二時間も待ってたんだぞ！」やみくもに手を振りまわして、肩にひっかかったベールをたくしあげ、「そっちはいったいなにやってんだ？」

ベールからようやく体を自由にすると、カラザーズはよろよろと端末に歩み寄った。全身泥だらけで、ブーツは片方だけしか履いていない。非AFS制服の前には大きな鉤裂きがあり、垂れ下がった布地が片脚のうしろにへばりついている。「フィックスが出れば、おれがどこに着いたかは一目瞭然じゃないか。すぐ回収しなかったのはどういうわけだ？」

「邪魔が入ったのよ」とウォーダーはダンワージー先生をにらみつけた。カラザーズに向かって好戦的に腕を組み、「ブーツはどこへやったの？」

「ばかでかいマスチフ犬の口の中さ！ 足が無事だっただけめっけもんだ！」

「あれは本物のAFSウェリントンだったのに。それと、その制服。いったいなにをしたの」

「おれがこの制服になにをしたかって？ おれは命からがら二時間逃げまわってただけだよ。抜けた先は、前とおんなじクソいまいましいカボチャ畑だ。ただし、前回よりあとの時点だったに違いない。農夫の女房が待ちかまえてやがった。何頭も犬を連れてな。戦時協力ってことで、血に飢えた群れをまるごと徴発したんだろう。ウォリックシャー全土から駆り集めたに違いない」

カラザーズは僕に目をとめた。ふらつく足で近づいてくると、「ここでなにしてる？」と問いただした。「付属病院にいるはずだろう」

「一八八八年に行くんだよ」と僕。

「おまえが戻ったことはレイディ・シュラプネルに洩らすなとあのナースにきつく口止めしといたのにな」カラザーズはうんざりした口調でいった。「しかし、なんでまた一九世紀くんだりへ送られるんだ？　例の曾祖母の件か？」

「曾々々々祖母だよ」と僕。「違うんだ。付属病院で二週間の絶対安静を言い渡されて、それでダンワージー先生が僕を一八八八年に送ってくれることになった」

「そんなのだめだ」とカラザーズ。「ダンワージー先生が許してもおれが許さん。おまえはコヴェントリーに戻って主教の鳥株を探すんだ」

「僕は探してたのに、きみが無理やり送り返したんじゃないか。忘れたのか？」

「そうするしかなかった。おまえはすっかりおかしくなってうわごとをわめきちらしてたからな。犬の話をべらべらしゃべって、いくさのときも平和のときも人間のもっとも高貴な盟友だとか、終始変わらぬ人間の真の友だとか。はっ！　これを見ろ！」カラザーズは作業服の鉤裂きを突き出した。「これが人間の真の友の仕打ちだよ！」靴下の足を持ち上げ、「人間のもっとも高貴な盟友がおれの足を食いちぎろうとしたんだぞ！　どのぐらいでまた行けるようになる？」

「ナースからは二週間の降下禁止を言い渡された。コヴェントリーに行かせたいなら、なんで付属病院なんかに連れてったんだい」

「注射とか薬とかで治ると思ったんだよ。降下を禁止するんじゃなくて。おまえがいないんじゃ、主教の鳥株をどうやって見つける？」

「僕が戻ったあとも見つからなかった？」

「大聖堂さえ見つからなかったよ。午後いっぱい努力はしたんだが、いちばん近くてあのカボチャ畑だ。いまいましいずれのせいで――」

「ずれ？」ダンワージー先生がはっとしたようにいった。僕らが立っているところに歩いてきて、「いつもよりずれが大きかったのかね」

「いったじゃないですか」と僕。「カボチャ畑ですよ」

「どのカボチャ畑？」

「バーミンガムとコヴェントリーの中間地点にあるやつ。犬のいる」

「十五日のコヴェントリー大聖堂へ戻るのに苦労してて」とカラザーズが説明した。「今日だけで四回トライしたけど、いちばん近くて十二月八日でした。いままでのところ、僕らの中でいちばん近くまで行ったのがネッドで、だから彼が必要なんですよ。ネッドに戻ってもらって、瓦礫をひっかきまわして主教の鳥株を探してもらわないと」

ダンワージー先生はけげんな顔で、「空襲の前、十四日に行って主教の鳥株を探すほうが楽なんじゃないかね」

「この二週間ずっとそれをやろうとしてたんです」とカラザーズ。「レイディ・シュラプネルは、あれが空襲の時点で大聖堂にあったかどうかを知る必要があるといって、だから僕らは、空襲がはじまる直前、八時十五分前の大聖堂に行く降下を手配した。でも、どうしてもその場所に近づけなくて。日付がずれるか、目標時点に着いても六十マイル離れたカボチャ畑のど真ん中か」と泥だらけの自分の制服を指さす。

「僕ら？」ダンワージー先生は渋い顔で、「何人の史学生がそれに挑戦しているんだね」

「六人。いや、七人です」とカラザーズ。「ほかの仕事で不在の人間以外は全員」

「僕以外はもう全員試したそうで」と僕が口をはさんだ。「だから僕が、がらくた市からひっぱりだされることになったんです」

「がらくた市は？」

「めいめいが処分したい品物を並べて売る市です。ほとんどは前回のがらくた市で買ったものですけどね。それと自分でつくった売り物。紅茶入れの箱とか、刺繍入りの針刺しとか、ペン拭きとか——」

「がらくた市がなんなのかは知っている」とダンワージー先生。「そっち方面の降下でずれはあったのか？」

僕は首を振った。「いつもと同程度でした。ほとんどは空間的なずれで、だれにも姿は見られてません。司祭館の裏とか、お茶のテントのうしろとか」

ダンワージー先生は唐突にカラザーズのほうを向いた。「コヴェントリーへの降下ではどの程度ずれていた？ちゃんとコヴェントリーに着いた降下では？」

「いろいろですね。ポールスンが抜けたのは十一月二十八日だったし」口をつぐみ、頭の中で計算するような顔になる。「平均してだいたい二十四時間ってとこかな。ターゲットにいちばん近づけたのは、十五日の午後。いまじゃもう、そこへも行けない。だからネットが行く必要があるんですよ。新入生はまだ向こうにいますが、あいつは自分じゃどうやって戻るのかも知らないみたいだし。どんなトラブルにはまるかわかったもんじゃない」

「トラブルか」ダンワージー先生がつぶやき、技術者のほうを向いた。「ずれの増大はすべての降下で記録されているのか？　それともコヴェントリーへ行くものだけ？」

「あたしが知るわけないでしょう。衣裳担当技術者なんですよ。バードリの代理を押しつけられてるだけなんですから。ネット技術者は彼です」

「そうだ、バードリだ」ダンワージー先生はぱっと顔を輝かせた。「よし。バードリはどこにいる？」

「レイディ・シュラプネルといっしょです、先生」とフィンチがいった。「それに、いまごろもうこっちに向かってるかもしれません」

しかし、ダンワージー先生は聞いていないようだった。

「きみが代理をつとめているあいだに」とウォーダーに訊ねる。「一九四〇年十一月十四日の大聖堂行き以外の降下は担当したかね」

「一回だけ。ロンドンです」

「そのときのずれはどの程度だった？」

ウォーダーは、こんなことやってる時間はないのよといいたげな顔をしたが、どうやら思い直したらしく、キーを叩いた。「空間的なずれはゼロ。時間的なずれは八分」

「ということは、コヴェントリーだな」ダンワージー先生がひとりごとのようにいった。

「どっちのほうに八分？　早く、それとも遅く？」

「早くです」

ダンワージー先生はカラザーズのほうに向き直った。「もっと早い日付のコヴェントリーにだれか送って、空襲まで向こうで待機させる手は試したか？」

「はい、先生。それでもやっぱり目標時間よりあとに出ました」

ダンワージー先生は眼鏡をはずしてレンズを点検し、またかけた。「ずれの度合いはランダムに見えるかね？　それともだんだんひどくなっている？」

「ひどくなってますね」とカラザーズ。

「フィンチ、もう一回キンドルのところへ行って、マッチングズ・エンドにいるあいだ、なんらかの偶然もしくは歴史的不一致に気づかなかったか訊いてきてくれ。ネッド、きみはここで待て。ルイスと話をしてくる」そういってダンワージー先生は出ていった。

「いったいなんの話だったんだ?」と、うしろ姿を見送りながらカラザーズがいった。

「ウィンダミア卿夫人の扇だよ」と答えて僕は腰を下ろした。

「立って」と熾天使がいった。「降下の準備はできてるわ。位置について」

「ダンワージー先生を待ったほうがいいんじゃないかな」

「あと十九件の降下が待ってるのよ。ダンワージー先生が割り込ませたこの優先降下は勘定に入れずに。それに——」

「わかった、わかったよ」僕は手提げかばん、スーツケース、グラッドストン、籐のバスケットを抱え上げてネットのほうへ歩き出した。ベールはあいかわらず床から五十センチの高さまでしか上がっていない。僕は左の脇に抱えていたかばん類を床に置き、ベールを持ち上げてかいくぐると、外のかばんをひっぱりこんだ。

『ヴィクトリア朝時代には、科学的・技術的な変化が急速に進展しました』とヘッドギアがいう。『電信やガス灯の発明、ダーウィンの進化論は、社会の枠組みを大きく変えました』

「荷物を持って、バツ印のところに立って」

『とくに旅行は短期間で一変しました。蒸気機関車の発明につづき、一八六三年には最初の地下鉄道が完成し、ヴィクトリア朝人はますます速く移動することが可能になったのです』

「準備はいい？」織天使がキーボードの上で手を止めて訊ねた。

「たぶん」といいながら、荷物がぜんぶちゃんとベールの中に入っていることをたしかめた。蓋つき籐製バスケットの角が外にはみだしている。「待って」といって、足で手前にかき寄せた。

「準備はいいかと訊いたのよ」

『手頃な値段の安楽な旅行は、ヴィクトリア朝人の視野を広げ、階級間の強固な障壁を崩す――』

織天使がベールをひっぱりあげて僕の耳からヘッドギアをむしりとり、端末の前に戻った。

「もういい？」

「うん」

織天使がキーを叩きはじめた。

「ちょっと待って！　どこへ行くのかまだ知らないんだけど」

「一八八八年六月七日」と答えて熾天使はキーを叩きつづける。

「じゃなくて、そのあと」僕はベールに切れ目を探しながらいった。「ダンワージー先生の指示がぜんぶは聞こえなかったんだ。タイムラグのせいで」と耳を指さし、「音声の識別困難」

「知性の発揮困難ね。こんなことしてる時間はないのに」といって部屋を飛び出し、叩きつけるようにドアを閉めた。

「ダンワージー先生はどこ？」という彼女の声が廊下から聞こえた。相手はたぶんフィンチだろう。

たしかダンワージー先生はマッチングズ・エンドがどうとかいってた。それと舟遊び。それともそっちはヘッドギアの講釈だっけ？『まったくもって単純明快な仕事だ』と先生はいった。

「どこなの？」と熾天使がまた訊ねるのが聞こえた。レイディ・シュラプネルの声にぞっとするほどよく似ている。

「だれがです？」とフィンチの声。

「だれなのかは重々承知のはずですよ」と大音声が轟く。「病院にいるという答えは却下。鬼ごっこはもうたくさんよ。ここにいるのね」

ああ、神さま。

「ドアの前からどいて、わたしを通しなさい」レイディ・シュラプネルが咆哮した。「彼はその中です」

僕は荷物を床に放り出して、必死に隠れ場所を探した。

「いえ、いませんよ」フィンチが雄々しく答えた。「ラドクリフ病院です」

隠れ場所はどこにもない。少なくとも、今世紀には。熾天使が必要な準備作業すべてを終えていることを祈りつつ、またベールの下をくぐって端末に飛びついた。

「通しなさいといったんです」とレイディ・シュラプネルの声。「バードリ、その男をドアの前からどかしなさい。ヘンリーさんはここにいます。タイムラグの仮病を使って現在でぶらぶらすることなど許しません。いますぐ主教の鳥株を探しにいってもらいますよ」

「でも、ほんとにタイムラグなんですよ」とフィンチ。「それもひどい重症で。視野はかすんでいるし、音声の識別困難も顕著です。それに、思考能力も著しく低下しています」

ネット端末のスクリーンには、『準備ができました。《送出》ボタンを押してくださ い』と出ている。僕はネットとの距離を目で測った。

「とても降下に耐えられる状態ではありません」

「ばかばかしい。さあ、いますぐドアから離れなさい」

僕は大きく深呼吸してから《送出》ボタンを押し、頭から先にネットへ飛び込んだ。

「信じてください」フィンチが必死の口調でいう。「ここにはいません。クライストチャーチです」

「どきなさい！」とレイディ・シュラプネルが一喝し、小競《こぜ》り合《あ》いの音が響いた。

僕は床の上を滑り、顔から先にバツ印に到達した。ベールが足の上に下がってくる。あわてて足をひっこめた。

「ヘンリーさん、いるのはわかってますよ」とレイディ・シュラプネルが叫び、そしてドアがばんと開いた。

「だからいったでしょう。ここにはいないって」とフィンチがいった。

そして、僕はいなかった。

「旅路の果ては恋の逢瀬《おうせ》」
――ウィリアム・シェイクスピア（『十二夜』二幕三場より　小津次郎訳／岩波文庫＝以下同）

4

突然の到着――文学と実生活の違い――列車の汽笛と空襲警報の類似性――アドレナリンの恩恵――任務について考える――ハワーズ・エンド――時宜《じぎ》を得た新聞――ふたりのご婦人――遅い到着――接触！――〝オックスフォード、夢見る尖塔の都〟――流行意匠服装図――運命――蛇ににらまれた兎の謎が解ける――紹介

うつぶせの状態で線路の上に出た。線路をまたいで横たわる姿は、二〇世紀の連続活劇のパール・ホワイトさながら。もっとも彼女の場合、こんなにたくさんの荷物は持っていなかった。スーツケースその他は、ネットに飛び込んだ拍子に脱げてしまったかんかん帽ともども、周囲のあちこちに散乱している。

レイディ・シュラプネルの声はまだ耳の中で鳴り響いていたから、立ち上がって用心深

くあたりを見まわしたが、彼女の気配はどこにもない。船や河の気配もない。線路は草におおわれた土手の上にあり、その土手の両脇と下のほうには木立が並んでいる。

タイムトラベルの鉄則第一条は、『正確な時空位置を確認すること』だが、どっちを見てもたしかめるすべはなさそうだった。季節は明らかに夏だが――空は青く、枕木のあいだから生えた草は花を咲かせている――文明のしるしといえば線路だけ。ということは、一八〇四年よりあと。

これがヴィドなんかだと、いつも地面に新聞が落ちてて、『真珠湾爆撃さる！』とか『マフィケング（南アフリカ共和国中部の町。ボーア戦争の激戦地）ついに解放！』とか、有益な見出しがでかでかと出ているものだし、そこから目を上げると、ショウウインドウの時計が都合よく現在時刻を教えてくれるものなのに。

腕時計に目をやったが、腕時計はなかった。自分の手首をじっと見つめ、ウォーダーがシャツを着せるときにはずしたんだっけと考えた。チョッキのポケットに彼女がなにかを押し込んだのは覚えている。金の鎖がついたそれをひっぱりだしてみた。懐中時計。もちろん。一九世紀では、腕時計は時代錯誤になる。

苦労して懐中時計の蓋を開け、ローマ数字を判読するのにまたひと苦労したが、最終的に時刻を読むのに成功した。X時十五分過ぎ。懐中時計を開けるのにかかった時間と線路に寝ていた時間を考慮すれば、目標時ぴったりだろう。年が違うとか、場所が違うとかいうのでないかぎり。

どこへ出る予定だったのかを知らない以上、ここが正しい場所なのかどうかは知る由もないが、時間的なずれが少なければ、空間的なずれもそう大きくないのが通例だ。

レールの上に立ち、線路の先のほうに目をこらした。北の方角では、線路はさらに深い森の中へとつづいている。反対の方角は木立の密度が低いように見えた。それにひとすじの黒い煙が立ち昇っている。工場？　それともボートハウス？

荷物をまとめてそちらへ確認にいくべきだが、僕はレールの上に立ったまま、あたたかい夏の空気に混じる、クローバーと刈りたての干し草のにおいを満喫していた。

公害と交通渋滞と主教の鳥株は百六十年の彼方。いや、そうじゃない。主教の鳥株がコヴェントリー大聖堂に寄贈されたのは一八五二年だ。

気の滅入る考え。しかし、コヴェントリー大聖堂という呼び名はまだ存在しない。セント・マイケル教会が主教管轄になったのは一九〇八年だ。それに、レイディ・シュラプネルもいない。あの切り口上の命令からも、凶悪な犬の群れからも、爆撃で破壊された大聖堂からも一世紀以上へだたった、もっと文明的な時代。ものごとのペースはずっとのんびりしていて、人々は礼儀正しく、女性はやわらかな言葉で話し、慎み深い。

周囲の木々や花々を見渡した。線路に花咲くキンポウゲと、星みたいなかたちの小さな白い花。付属病院のナースは、僕には休息が必要だといったけれど、ここに来ればだれだって否応なく休息することになる。こうして線路に立っているだけで百パーセント回復した気分だった。視界がかすむことも、耳の奥で空襲警報が鳴り響くこともない。

というのは結論が早すぎたらしい。空襲警報のサイレンがまた鳴り出し、それから唐突にやんだ。僕は霧を払うように頭を振り、何度か大きく深呼吸した。

まだ治ってはいないようだけど、すぐに治るさ。この澄んだ空気を吸っていれば。雲ひとつない空を見上げ、立ち昇る黒い煙のすじを眺めた。なんだかさっきより高くなり、近づいているような——農夫の野焼きかな？

熊手によりかかって立つ農夫の姿をぜひとも見たいと思った。現代の心配ごととも現代のせわしなさとも縁のない日々を送る農夫。薔薇におおわれた農家は白い杭垣に囲まれ、こぢんまりした台所があり、やわらかな羽ぶとんのベッドと——

空襲警報のサイレンが短く鋭い轟音を鳴らした。警官の呼び子みたいな音。それとも列車の汽笛みたいな……。

アドレナリンはじつによく効くドラッグだ。全身に活力を吹き込み、火事場の莫迦力を発揮させることで知られる。それにスピード。

グラッドストンバッグ、手提げかばん、ハンパー、スーツケース、カーペットバッグ、箱、なぜかまた落ちていた帽子をひっつかんで土手の下へと投げ落とし、自分もそのあとにつづいて飛び降りたときには、黒煙はまだ木立の陰を抜けてもいなかった。

フィンチがあれほど気を揉んでいた蓋つきバスケットはまだ線路の上。向こう側のレールの真上にのっかっている。噴出するアドレナリンの助力で僕がそれをかっさらい、土手の斜面を転がり落ちたとき、列車が耳を聾する轟音とともにごうごうと走り過ぎた。

百パーセント回復していないのは確実だ。土手の下にかなり長いあいだ横たわって、その事実をとっくりと嚙みしめ、なんとか呼吸を再開しようとした。

しばらくして体を起こした。線路の土手はかなりの高さがある。例の蓋つきバスケットと僕の体は相当長い距離を転げ落ちたあと、蕁麻《いらくさ》の茂みにぶつかって止まったらしい。その結果、線路の上から見たときとは景色がずいぶん違っていた。ハンノキの林の向こうに、白い木造の建物の角と雷文装飾の一部が見える。きっとあれがボートハウスだろう。

バスケットと自分の体の乱れを直してから、土手をよじのぼり、線路の前方と後方を用心深く見定めた。どっちの方角にも煙は見えないし、音もない。よし。小走りに線路を横断してもろもろを回収し、また左右を確認してから大急ぎで戻ってくると、ボートハウスめざして木立のあいだを歩き出した。

アドレナリンのもうひとつの効用は、頭をはっきりさせること。そのおかげで、ボートハウスに向かってとぼとぼ歩くうち、いくつかの事実が頭の中で驚くほど明瞭になってきた。そのうちいちばん重要なのは、あそこに着いたあとなにをすべきなのかさっぱりわからないということだ。

はっきり覚えているのは、ダンワージー先生が「では、任務について説明する」といったことと、スティルトン・スプーンや襟に関するごちゃごちゃと警報解除サイレン、それから先生が、二週間のうちの残りは僕の好きなようにしていいといったこと。ということは明らかに、二週間の一部はそうじゃないことを意味している。それにネットに入ったとき、だれかが「頼りにしている」といった。

なんの頼りにされてるんだろう。船と河がどうとか。それになんとかエンド。オードリー・エンド。いや、それは違う気がする。Nではじまる単語。いや、それは水の精だっけ？　願わくは、ボートハウスに着くまで記憶が甦りますように。

ボートハウスではなかった。列車の駅だった。緑のベンチの上の壁に木彫りの看板がかかっていた。オックスフォード。

さて、これからどうすればいいんだろう。オックスフォードにはボートハウスとテムズ河がある。でも、駅へ出たということは、列車に乗ってそのなんとかエンドへ行って、そこから船に乗る段取りかもしれない。ダンワージー先生が鉄道がどうとかいっていたのをなんとなく覚えている。それともヘッドギアの講釈だっけ？

駅に出たのはずれのせいで、ほんとうはフォリー橋に出るはずだったのかもしれない。ボートと河がどうとかという話を聞いたのはたしかに覚えている。

とはいえ、この大荷物はとてもボートには乗りそうにない。

線路の向こうのプラットホームを見やった。緑のベンチのいちばん端に、ガラス板をかぶせた掲示板がある。列車の時刻表だ。なんとかエンドがもしそれに載っていたら、列車でそこに向から手筈だとわかる。とくに、そこ行きの列車がもうすぐ出発する場合には。

プラットホームは、少なくともいまは無人だった。かなりの高さがあるようだが、登って登れないほどでもないし、どっちを見渡しても、青空を汚す煙はどこにもなかった。線路の左右をもう一度確認してから、待合室のドアを見た。なにもない。念には念を入れ、さらに三回か四回、線路の安全をたしかめてから、最大限のスピードで線路を横断し、プラットホームのへりに荷物を投げ上げ、それにつづいて自分もよじのぼった。

ホームはやはり無人だった。ベンチの端に荷物を積み上げ、時刻表のほうに歩いていった。行き先に目を走らせる。レディング、コヴェントリー、ノーサンプトン、バース。いや、きっと小さな途中駅なんだろう。エイルズベリー、ディドコット、スウィンドン、アビンドン。時刻表の駅名すべてを熟読した。〝エンド〟の文字はひとつもない。

駅の窓口に行って、なんとかエンド行きの次の列車は何時発ですかと訊ねるわけにもいかない。なんて名前だっけ。なんとかエンド。ハワーズ・エンド？ いや、それはE・M・フォースターの小説だ。この時代にはまだ書かれてもいない。なんとかエンド。タール街にビター・エンドという名前のパブがあったが、それも違う気がする。Nではじまる言葉だった。いや、それはナイアス。こっちの頭文字はMだ。

ベンチに戻って腰を下ろし、あらためてじっくり考えてみた。ダンワージー先生は、「任務について説明する」といい、それからオイスター・スピアと女王のお茶会についてなにか話し――いや、それはきっとヘッドギアのほうだ――それから、「行き先は一八八八年六月七日」といった。

ほかのことを心配する前に、いまがほんとうに一八八八年六月七日なのかどうかたしかめるべきかもしれない。もしまちがった時点にいるのなら、列車だろうとボートだろうと、どこかに行くのは無駄なこと。その場合はここにとどまって、ウォーダーがフィックスを出して、僕を送り出した時点がまちがっていたことに気づき、ランデヴーを設定して回収してくれるのを待つ必要がある。まあとにかく、カボチャ畑にいるわけじゃなし。

いくらか回復してきたいまになってようやく、ウォーダーがあらかじめ懐中時計を過去の時刻に合わせておいたのかもしれないという考えが頭に浮かんだ。だとすれば、懐中時計の時刻はなんの証拠にもならない。

立ち上がり、駅舎の窓のほうに歩み寄って、中に時計がないか覗いてみた。あった。時刻は十一時二十分前。懐中時計をとりだして、蓋を開けてみる。XI時二十分前。

小説やヴィドの中では、時間旅行者がちゃんと日付を確認できるように新聞売りの少年が立っていたり、過ぎた日付をバツ印で消したカレンダーが壁に掛けてあったりするものだが、どこを見てもカレンダーはないし、新聞売りの少年もいない。それに、気さくなポーターが近寄ってきて、「六月七日にしちゃあ、今日はいい天気ですな、旦那。去年とは大違いだ。八七年の夏はないも同然だったからねえ」と話しかけてくれることもなかった。ベンチに戻って腰を下ろし、必死に頭を絞った。モールバラ・エンド、ミドルセックス・エンド、モンタギュー・エンド、マープルズ・エンド。

汽笛が響き（今度は一発で汽笛だとわかった）、列車が轟音とともにプラットホームを通過していった。突風にあおられ、かんかん帽が飛ばされてしまう。あわてて走っていって帽子をつかまえ、しっかりかぶり直したとき、おなじ風に飛ばされてきた紙が僕の足のうしろに張りついた。

手にとってみると、新聞だった。一八八八年六月七日付けのタイムズ。

ということは、正しい時点にいるわけだ。あとは、これから僕がなにをすることになっていたのかを突き止めるだけ。

腰を下ろし、両手で頭を抱えて記憶を振り絞った。カラザーズがブーツをかたっぽなくして出てきて、ウォーダーがクリップボードを叩きつけ、ダンワージー先生はテムズ河と連絡相手についてなにかいった。連絡相手。

「連絡相手はテニスンだ」とかなんとか。ただし、その名前じゃない。Tではじまる名前。それともA。それにフィンチも連絡相手のことをなにかいっていた。連絡相手。

なにをすべきか僕が知らない理由もそれで説明がつく。きっと、連絡相手に会えとしかいわれていないんだ。あとは連絡相手の彼または彼女が教えてくれる手筈。安堵の波が押し寄せた。連絡相手がぜんぶ説明してくれる。

ということは、唯一の問題はそれがだれで、どこにいるのか。「連絡相手はだれそれ」とダンワージー先生はいった。なんて名前だっけ？　チズウィック。いや、それは航時学部長。訂正、前学部長だ。「連絡相手は――」クレッパーマン。クレッパーマン少尉。いや、それは名誉の戦死を遂げた水兵だ。自分がなにをやってるのか知らなかったせいで死んだ若者。

「連絡相手は――」だれ？　それに答えるように、べつの列車が耳をつんざく汽笛を何度か鳴らしてホームに入ってきた。火花が飛び散り、蒸気がしゅうしゅうとすごい音をたて、やがて列車が止まった。三両めからポーターが飛び降り、ドアの前にフラシ天のカバーをかけたストゥールを置いてから、また車内に戻った。

数分後、さっきのポーターが帽子箱と大きな黒い傘を持って出てきた。華奢な体つきの老婦人に向かって片手をさしのべ、ホームに降りるのに手を貸してから、つづいて若いレイディに手をさしのべる。

老婦人はクリノリンのペチコートにボンネット、レースの長手袋というファッション。僕は一瞬、やっぱり年が違ってたんじゃないかと思ったが、若い婦人のほうは、丈の長いフレアスカートで、ひたいまで隠れる帽子をかぶっている。顔立ちは美しく、荷物のことでポーターに指示を与える声は、言葉がやわらかで慎み深い口調だった。

「ほら、いったとおりでしょう。あの人が迎えにくるわけがないわ」老婦人はレイディ・シュラプネルさながらの響きわたる声でいった。

「きっとすぐにいらっしゃるわ、伯母さま」と若い女性がいった。「カレッジのお仕事で遅くなってしまったのかも」

「莫迦おっしゃい《ポピコック》」と老婦人。こんなせりふをナマで聞く日が来ようとは。「どこかで釣りでもしてるのよ。大のおとなが、みっともない趣味だこと。わたくしたちがいつ着くか、手紙で知らせたの？」

「はい、伯母さま」

「時刻も教えてあるんでしょうね」

「はい、伯母さま。きっとすぐいらっしゃいますわ」

「それまでのあいだ、このおそろしい暑さの中で待たされるのね」

僕には心地よい陽気に思えたが、まあ僕の場合は、首まできっちりボタンを留めた黒いウールを着ているわけじゃないし、レースの長手袋もしていない。

「うだるような暑さだわ」老婦人はビーズの小さなハンドバッグからハンカチをとりだした。「くたびれましたよ。ちょっと、気をつけてちょうだい！」巨大なトランクと格闘しているポーターを怒鳴りつける。フィンチのいうとおりだった。時代人はほんとにスチーマートランクを持って旅行するらしい。

「気を失いそう」伯母さまはハンカチで弱々しく顔を扇《あお》ぎながらいった。

「こちらにおすわりになったら、伯母さま」若い女性がもう一方のベンチに導いた。「伯父さまはきっとすぐにいらっしゃるわ」

老婦人はペチコートの衣擦《きぬず》れの音とともに腰を下ろした。

「そんなふうに扱うもんじゃありません!」とポーターを一喝し、「なにもかもハーバートのせいです。結婚だなんて! それも、ちょうどわたくしがオックスフォードに来るというときに。ちょっと、革に傷をつけないでちょうだい!」

どちらのレイディも僕の連絡相手じゃないことは明白だが、少なくとも、《音声の識別困難》はなくなったらしい。それに、ふたりが話している言葉も理解できる。過去に関しては、かならずしもいつも言葉がわかるとはかぎらない。はじめてがらくた市に赴いたときなど、十にひとつしか理解できなかった。九柱戯《スキットルズ》に的落とし《シャイ》に手工芸品《セール・オブ・ワーク》。

それに、《過度の感傷癖》も克服したようだ。若いレイディは見目麗しいハート形の顔と、さらに美しいくるぶし形のくるぶし——列車から降り立つとき、白いストッキングに包まれたそれが一瞬だけ垣間《かいま》見えた——をしていたけれど、それを語るべき形容詞を頭の中で熱狂的に並べて、風《シルフ》の精や智天使《ケルビム》になぞらえることはなかった。さらにいいことに、シルフやケルビムという単語を苦もなく思い出すことができた。すっかり治った気分。

「わたくしたちのことなんかすっかり忘れてますよ」と伯母さまがいった。「蠅《フライ》を雇わないと」

いや、すっかり治ったわけじゃないのかも。

「馬車を雇う必要はないでしょう」と若い女性。「伯父さまは忘れたりしませんわ」

「忘れてなかったらここにいるはずですよ、モード」老婦人がスカートの裾を直し、ベンチ全体が広がったスカートにすっぽり隠れてしまう。「それに、どうしてハーバートが来ていないの？　結婚だなんて！　使用人は結婚などするものじゃありません。それに、ハーバートがふさわしい結婚相手を見つけられるはずがあって？　言い寄る相手を近づけぬよう、厳しく言い渡してあります。ということは、きっとふさわしくない相手に決まっています。ミュージックホールで知り合っただれかですよ」それから声をひそめて、「でなきゃ、もっと悪い場所で」

「教会で知り合ったと聞きましたけど」とモードが辛抱強くいった。

「教会で！　恥知らずな！　いったい世の中はどうなってしまうのかしらね。わたくしの若い時分には、教会はおつとめの場所で、交際の場ではありませんでしたよ。いっておきますけど、いまから百年後には、大聖堂とミュージックホールの区別もつかなくなってるでしょうよ」

あるいは大聖堂とショッピングセンターの区別も。

「なにもかも、隣人愛についてのあの説教のせいね。果たすべき義務や、分をわきまえることについての説教はどうなってしまったことやら。それに時間を守ることについても。あなたの伯父も、ちゃんとした説教を聞いていれば――どこへ行くの？」

モードは駅舎のドアのほうに歩き出していた。「時計を見に。もしかしたら、伯父さまがまだいらっしゃらないのは、列車が予定より早く着いたんじゃないかと思って」

僕は手助けしようとポケットから懐中時計をとりだし、時刻の読み方を忘れていないことを祈った。

「そしてわたくしを、どこの馬の骨とも知れぬ者たちのもとに、ひとりで残していくつもり？」伯母さまはレースの長手袋をした指を曲げ、モードに突きつけた。聞こえよがしの脇ぜりふで、「連れのいない女性に折りあらば話しかけようと公共の場所を徘徊する男たちがいるというのに」

僕は懐中時計の蓋をぱちんと閉じてチョッキのポケットにしまい、せいいっぱい無害な顔をつくった。

「そういう男たちの目的は」と伯母さまが大声でささやく。「無防備な女の荷物を盗むことですよ。あるいは、もっと悪いこと」

「わたしたちの荷物を盗むのはもちろん、持ち上げられる人がいるとも思えませんけど」とモードがささやき返し、僕の中で彼女に対する評価が急上昇した。

「たとえそうであっても、あなたはわたくしが後見すべき相手だし、兄がわたくしたちを迎えにこられない以上、悪い影響からあなたを守ることはわたくしのつとめですよ」といって伯母さまは僕のほうに陰険な視線を向けた。「ここにはもう一瞬たりともいられません。それを手荷物預かり所に運びなさい」とポーターに命じる。ポーターは大きな三つのバンドボックスやトランクの山と必死に格闘して、どうにか手押し車に載せたところだった。「それから、預かり証をもらってきてちょうだい」

「列車がもうすぐ出発なんで、奥さま」とポーターが訴えた。

「わたくしは列車には乗りません。それと、貸し馬車《フラィ》を雇ってきてちょうだい。まともな御者のいるものを」

　ポーターは、盛大に蒸気を噴き上げている列車のほうを絶望的な表情で見やった。

「奥さま、発車のときあの列車に乗ってるのがわっちの仕事なんで。乗り遅れたら、仕事をなくしちまいます」

　僕が馬車を呼んできますよと申し出ようかと思ったが、伯母さまに切り裂きジャックだと思われたくなかった。いや、それも時代錯誤？　一八八八年に、切り裂きジャックの殺《キ》人歴《ヤリア》はもうスタートしてたんだっけ。

「ふん、お話にもなりませんね。その横柄な態度を会社に知らせたら、どのみち職を失いますよ。これはいったいなんという鉄道？」

「グレート・ウェスタン鉄道です、奥さま」

「とてもグレートなどという名前では呼べませんね、従業員が乗客の荷物をプラットホームに放り出し、卑しい犯罪者に盗ませるようでは」と、また僕のほうに陰険な視線を投げる。「無力な老婦人に手助けを拒む従業員のいる鉄道会社をそんな名で呼べるものですか」

ポーターは、〝無力な〟という言葉におおいに異議がありそうな顔で、すでに車輪が回転しはじめた列車を見やり、それから距離をはかるように駅舎の戸口に目を向け、帽子をぐいとかぶり直すと、駅舎に向かって手押し車を押しはじめた。

「来なさい、モード」伯母さまはクリノリンの巣から立ち上がった。

「でも、もし伯父さまがいらっしゃったら？」とモード。「すれ違いになってしまうわ」

「時間を守ることの大切さについて、いい教訓になるでしょうよ」といって伯母さまは駅舎に向かった。

その堂々たる航跡を追ってモードも歩き出し、途中で謝罪するような笑みを僕に向けた。巨大な車輪をゆっくりと回転させて列車が動きはじめ、蒸気の力を集めながらしだいに速度を上げて走り出した。僕は駅舎の戸口に不安な視線を投げたが、あわれなポーターが出てくる気配はない。客車がゆっくりと僕の前を通過し、それから緑の貨物車がつづく。ポーターは間に合いそうもない。最後尾の車掌車がランタンを揺らして走り過ぎたとき、ドアをばんと開けてポーターが飛び出してきた。プラットホームを全力疾走し、思いきりジャンプする。僕は思わず腰を浮かせた。

ポーターは片手で手すりをつかみ、勢いをつけていちばん下のステップに足を載せると、そこにしがみついて肩で息をついた。列車が駅を離れるとき、ポーターは駅舎のほうに向かってこぶしを振った。

将来はきっと社会主義者になって、労働党のために選挙で運動することだろう。

あの伯母さまのほうは？　親戚一同が死に絶えたあともしぶとく生き延び、使用人にはなにひとつ与えない遺言状を残すに違いない。二〇年代まで生きて、煙草とチャールストンに悩まされたのならいい気味だ。モードについては、だれかいい結婚相手が見つかったことを祈った。しかし、あの伯母さまが鵜《う》の目鷹の目でたえず監視していたのでは、まず無理だったに違いない。

数分間ベンチに腰を据えたまま、彼らの将来と自分自身の将来に思いをはせた。僕の未来については、さらに混沌としてきている。行き先を問わず、次の列車がやってくるのは十二時三十六分、バーミンガム発だ。連絡相手とここで会う手筈だったんだろうか。それとも、オックスフォードの町に行って落ち合う手筈？　ダンワージー先生が御者がどうとかいっていたのはなんとなく覚えている気がする。辻馬車に乗って町へ行く段取りなんだろうか。「連絡相手」とダンワージー先生はいった。

駅舎のドアがばんと開き、若い男がさっきのポーターとおなじぐらいの速度で飛び出してきた。白のフランネルにちょっと曲がった口髭という、僕自身とおなじような格好で、片手にかんかん帽を持っている。プラットホームに走り出て、いちばん端まで大股に歩いてゆく。だれか捜しているらしい。

あれが連絡相手かな、と祈るような気持ちで思った。遅刻したせいで、ここで僕と落ち合えなかったとか。それを裏付けるように青年は立ち止まって懐中時計をとりだし、驚嘆すべき手ぎわでぱちんと蓋を開けた。「遅かったか」といって、またぱちんと蓋を閉める。

もしあれが僕の連絡相手だとすれば、自分からそう名乗り出てくれるんだろうか。それともこっちから近づいていって、「しっ、僕はダンワージー先生の使いだ」とささやく？ それとも合い言葉が決められていて、「キヌザルは真夜中に出航する」といわれたら、「スズメはトウヒの木にいる」と答えるとか。

〝月は火曜に沈む〟と、もっと簡単な〝失礼ですが、未来からおいでの方ですか？〟ではどっちがいいだろうと頭を悩ましていると、青年がこちらのほうに戻ってきた。しかし、僕のほうにはちらっと目を向けただけでそのまま行き過ぎて、プラットホームの反対の端まで歩き、線路のほうを見つめた。それからまた戻ってきて、「失敬。十時五十五分のロンドン発の列車はもう着いた？」

「ええ」と僕。「五分前に発車しましたよ」発車でよかったんだっけ？ もしくはそれも時代錯誤で、この時代は〝出発〟というべきだったのかも。

どうやらそうじゃなかったらしく、青年は「やっぱり」とつぶやき、かんかん帽を頭にかぶって駅舎に姿を消した。

しばらくしてまた戻ってくると、「失敬。大年増の姥桜《うばざくら》たちを見なかったかい」

「おおどしまのうばざくら？」がらくた市に舞い戻った気分で訊き返した。

「『足もとには黄ばんだ枯葉が散りはじめ、老いが忍び寄ってくる』（『マクベス』五幕三場より福田恆存訳／新潮文庫＝以下同）やんごとない婆さんがゾロ目だよ。寄る年波で腰もつむじもすこぶる曲がってる。『ウィリアム父さんお歳をめして』ってやつ（『不思議の国のアリス』より）。ロンドンからの汽車で着くはずだ。ボンバジン（綾織りの黒く染めた服地）に黒玉《ジェット》色だと思う」狐につままれたような顔の僕を見て、「高齢のご婦人ふたり連れ。ここで落ち合うはずだったんだけど。先に着いて、どっか行っちゃったわけじゃないだろうなあ」といいながら、あてもなく左右を見渡す。

いまさっき行ってしまったふたりのレイディのことだろうか。しかし、この若者は伯母さまの兄には見えないし、モードのほうはおよそ高齢じゃない。

「ふたりとも老齢？」

「年寄りだよ。前にも一度、秋学期に会うはずだったんだが。見なかったかい？　ひとりはまず確実に、かぎ針編みの肩掛け《フィシュー》をしてる。もうひとりは華奢な体つきの老嬢で、鼻がとがった青鞜《ブルーストッキング》の社会運動派。アミーリア・ブルーマーとベッツィ・トロットウッドだ（前者はアメリカの女性解放運動家、後者は『デイヴィッド・カッパーフィールド』の登場人物で、主人公の大伯母）」

じゃあ人違いだ。名前も違うし、列車を降りるときに見えたストッキングはブルーじゃなくて白だった。

「いや、見なかったな。僕が見たのは若い娘と――」

男は首を振った。「僕の尋ね人じゃないな。こっちのはノアの大洪水前から生きてる大年寄りだから。いまどきまだ大洪水を信じてる人間がいればの話だけど。ダーウィンならなんと呼ぶだろうな。前ペラスギ人か？　先三葉虫人？　きゃつめ、きっとまた列車をまちがえたに違いない」

掲示板のところに歩いていって時刻表をたしかめ、うんざりした顔で背すじを伸ばした。「べらぼうめ！」これまた本の中でしか知らなかった言葉。「ロンドン発の次の列車が着くのは三時十八分じゃないか。それじゃ遅すぎる」

男は帽子をひざに叩きつけた。

「だったらしようがない、そういうことだ。マイター亭でマグズにいくらか融通してもらえりゃ話はべつだが。いつだって一、二クラウンはまわしてくれる。シリルがいないのが残念だ。彼女はシリルが大好きなのに」かんかん帽をかぶり直し、駅舎に入っていった。

連絡相手だという可能性もこれまでか。べらぼうめ！

そして、どこ発にしろ、次の列車は十二時三十六分まで来ない。もしかしたら、ネットを抜けた場所で連絡相手と落ち合う手筈だったのかも。その場合は、荷物を抱えて線路のあの場所に戻らなければ。もし見つかればの話だが。スカーフかなにかを目印に置いてくればよかった。

それとも、テムズ河の川岸で落ち合うはずだったのか。それともボートで河を下ったどこか？ ぎゅっと目を閉じた。ダンワージー先生はジーザス・カレッジがどうとか話していた。違う、それは用意する品物についてフィンチと話していたときだ。先生は、『任務について説明する』といい、それからテムズ河がどうとかと、クロッケーとディズレイリと……つぶった目蓋に思いきり力を込め、必死に思い出そうとした。

「失敬」と声がいった。「邪魔してすまん」

僕は目を開けた。姥桜ふたり連れと会い損ねたさっきの青年だった。

「失敬」とまたいって、「きみはテムズ河へ行くんじゃないか？ いや、もちろんそうだよな。かんかん帽にブレザーにフランネル。どう見ても処刑見物の格好じゃない。この季節、オックスフォードにゃほかになんにもないからね。オッカムの剃刀だ、とペディック教授ならいうところだ。つまり僕が訊きたいのは、きみは友だちとか一族とかといっしょに河下りをするつもりなのか、それともひとりで行くつもりなのかってこと」

「僕は――」やっぱりこの青年が連絡相手で、これが複雑怪奇な合い言葉だって可能性はあるだろうか。

「失敬。やりかたをまちがえた。まともに自己紹介もしてなかったな」男は左手でかんかん帽をちょっと傾《かし》げ、右手を差し出した。「テレンス・セント・トゥルーズだ」

僕はその手を握って、「ネッド・ヘンリー」といった。

「どこのカレッジ？」

ダンワージー先生がテレンス・セント・トゥルーズなる人物の名前を口にしたかどうかを考えていたので、ついうっかり無防備な答えを返してしまった。

「ベイリアル」そしてその瞬間、無駄と知りつつ、相手がブレイズノーズかキーブル・カレッジの学生であることを祈った。

「やっぱりな」テレンスはうれしそうにいった。「ベイリアルの学生はひと目でわかるよ。ジャウェット（プラトンの翻訳で知られる神学者。一八一七～九三）の影響だね。指導教授《チューター》は？」

一八八八年のベイリアル・カレッジにだれがいたっけ。ジャウェット。しかし彼は生徒をとらなかった。ラスキン？　いや、ラスキンはクライストチャーチだ。エリス？

「今年は病気で休学していたから」と用心のために答えた。「この秋から復学するんだ」

「それまで、河を旅して体力を回復しろと医者にいわれたってわけか。新鮮な空気に運動に静寂とかいうごたくを並べて。それに、もつれた煩《わずら》いの細糸をしっかり撚《よ》りなおしてくれる眠り（『マクベス』二幕二場より）」

「うん、まさにそのとおり」どうしてわかったんだろう。やっぱり彼が僕の連絡相手だったのかも。「今朝、医者にいわれてこっちに来たんだよ」こちらからなんらかの合図が必要だった場合を考えて、「コヴェントリーから」とつけ加えた。

「コヴェントリー？　セント・トマス・ア・ベケットが殺された場所だろ。『かの不逞の僧をだれが厄介払いしてくれる？』（当時カンタベリー大主教だったベケットについて国王ヘンリー二世がつぶやいたとされる言葉）」

「違うよ。それはカンタベリー」

「じゃ、コヴェントリーはなんだっけ？」テレンスはぱっと顔を輝かせて、「レイディ・ゴダイヴァとピーピング・トムだ」

ふむ、とにかくこの男は連絡相手じゃない。とはいうものの、コヴェントリーの名物といえば自動的に（大聖堂の廃墟でもレイディ・シュラプネルでもなく）ゴダイヴァ夫人の名前が出てくる時代にいると思うだけでうれしくなる。

「つまりこういうことなんだ」テレンスは僕のとなりに腰かけた。「今朝シリルと河下りに出かける予定で、ノインボブ渡して貸しボートをおさえ、荷造りもぜんぶ済ませたんだが、そうしたらうちの教授が、自分はサラミスの海戦に関する論文を書くんで時間がないから、かわりに姥桜の親戚を駅まで迎えにいってくれと言い出してさ。そりゃね、いくら急いでたって、相手がチューターときちゃいやとはいえないし、うちの親父の件やなんかがなくても、大先生が殉教者記念碑の件でトサカに来てるときとあっちゃなおさらだから、フォリー橋へシリルを荷物番に残し、借りたボートをジェイブズがよその人間に貸さないように念を押して――というのもあいつには一度ならず前科があるからで、ラッシュフォースの妹がエイトの見物にきたときなんか、内金《うちきん》まで入れてあったのにジェイブズが平気で他人に貸しやがったもんだから、おかげでセント・オールデートまで歩く羽目になった――そのあと、どう見ても出迎えの時刻には間に合いそうになかったんで、ペンブルックまで来たとき馬車を止めた。ボート代ぴったりしか持ち合わせはなかったが、馬車の勘定はその姥桜たちに持ってもらえるだろうとあてにしてたんだよ。ところがこのとおり、教授は列車をまちがえてて、こっちは来学期の学費からもうビタ一文引き出せない。というのもダービーで全額ビーフスティクに注ぎ込んだせいだけど、どういうわけかジェイブズは、学部生相手だと信用貸しの期限をのばしてくれないんだ。だからいまの僕は、南のマリアナ（テニスンの同名の詩より）みたいににっちもさっちもいかなくなって、シリルのほうは向こうで『石碑の上の忍耐の像のように、ほほえみをもって苦しみにたえて』いるわけさ（『十二夜』二幕四場より）」そこまでひと息にまくしたててから、テレンスは期待するような視線をこちらに投げた。

　彼の長ぜりふはがらくた市以上に意味不明で、理解できた単語は三つにひとつだし、文学的引用はひとつもわからなかったが、話の要点は不思議とよくわかった。すなわち、ボート代が足りない。

　そして、それが意味するところはひとつ。彼はぜったいに僕の連絡相手じゃない。ただの文無し学生だ。それとも伯母さまのいう〝ならずもの〟のひとりで、駅に網を張り、カモを会話にひきずりこんで、寸借詐欺を企てているのかもしれない。あるいはもっと悪いことを。

「シリルは金を持ってないのかい」

「まさか、持ってるもんか」テレンスは長々と足を伸ばして答えた。「あいつは一シリングだって持ってたためしがないよ。だから考えてたんだが、もしきみが河下りの計画で、僕らもおなじだとしたら、それぞれが持ってるものを合わせてみたらどうかな。ほら、スピーク（ナイル河の水源を発見した英国の探検家）とバートン（『アラビアン・ナイト』の全訳で知られるが、探検家としても著名。タンガニーカ湖を発見した）みたいにさ。もちろん、テムズ河の水源はとっくに発見されてるし、どのみち僕らは上流へ行くわけじゃないけどさ。それに野蛮な原住民とかツェツェ蠅とかもいない。どうかな。僕らといっしょに河下りをするってのは」

「ボートの三人男」思わずそうつぶやいて、テレンスが連絡相手ならよかったのにと思った。『ボートの三人男』は昔から僕の愛読書だった。とくに、ハリスがハンプトン・コートの迷路で迷うくだりが最高だ。

「シリルと僕は下流へ行くんだ」とテレンスが話している。「のんびりマッチングズ・エンドまで下ろうかと思ってたんだけど、どこでもきみが好きなところで止まるよ。アビンドンにはいくつかいい史跡がある。シリルは史跡が好きでね。ビシャム修道院《アベイ》でもいい。

クレーヴのアンが離婚を待つあいだ過ごしていたところだ。それとも、きみがただゆったり河を漂って、『やさしく呟くせせらぎに満ちた流れ』（『ヴェローナの二紳士』二幕七場より）を楽しむつもりならそうしてもいいし」

僕は聞いていなかった。マッチングズ・エンドという名前を耳にした瞬間、さっきまで必死に思い出そうとしていた地名がそれだとわかった。「連絡相手はだれそれ」とダンワージー先生はいった。まちがいなくこの男がそのだれそれだ。テムズ河と医者の指示に言及したこと、曲がった口髭、僕のとそっくりのブレザー。それがぜんぶ偶然のわけがない。

でも、どうして正体を明かさないんだろう。プラットホームは無人なのに。駅長が盗み聞きしているんだろうかと駅舎の窓から中を覗いてたしかめようとしたが、なにも見えなかった。それとも、僕が正しい相手じゃない場合に備えて用心しているのかも。

「僕は――」といいかけたとき、駅舎のドアが開き、山高帽をかぶりカイゼル髭を生やした恰幅のいい中年紳士が出てきた。山高帽に手をやり、なにか聞きとれない言葉をつぶやいてから、掲示板のほうに歩いてゆく。

「ぜひともいっしょにマッチングズ・エンドへ行きたいね」と地名を強調していった。「この前までコヴェントリーにいたから、川旅はいい転地療養になりそうだ。ボートの借り賃はいくらだい」同時代通貨がぎっしり詰まった財布をフィンチはどこにしまったんだっけと考えながらズボンのポケットを探った。

「六シリング三ペンス《シクサンスリー》。それで一週間分だ。手付けのノインボブはもう渡してあるから」

財布はブレザーのポケットの中だった。「持ち合わせがあるかどうかわからないけど」

財布を傾け、紙幣と硬貨をてのひらの上にざらざらあけた。

「それだけあればボートが買える。コイヌール（英王室所蔵のダイヤ）だってね。きみの荷物？」とテレンスは山積みにした僕のかばん類を指さした。

「ああ」と答えてスーツケースに手を伸ばしたが、テレンスはもう、紐で束ねた箱といっしょにそれを片手でつかみ、反対の手でグラッドストンバッグとハンパーを持っていた。僕はもうひとつの箱とカーペットバッグと手提げかばんと蓋つきバスケットを持ち、あとについて歩き出した。

「馬車を待たせてある」テレンスはそういって階段を降りていったが、駅の前では汚らしいまだらの犬が一匹、うしろ足でのんびり耳を掻いているだけだった。犬は通り過ぎるテレンスになんの注意も払わず、僕はまた押し寄せる歓喜の波を感じた。邪悪な狂犬や撃墜されたルフトヴァッフェ操縦士から遥か遠く離れて、もっと静かでのんびりした、もっと上品な時代にいるのだ。

「礼儀知らずの野蛮な悪党め」とテレンスがいった。「待ってろといったのに。コーンマーケットで辻馬車を拾うしかないな」

犬が姿勢を変え、陰部を舐めはじめた。うん、そりゃま、完璧に上品とはいかないけど。

それに、さほどのんびりしているわけでもない。「よし、ついてこい。無駄にする時間はないぞ」といって、テレンスはハイズブリッジ・ストリートを小走りで歩き出した。

大量の荷物と、でこぼこがひどい未舗装のハイズブリッジ・ストリートが許すかぎりの速さでそのあとを追った。蹴つまずいたり荷物を落としたりしないで歩くにはありったけの注意力が必要だった。

「早く来いよ」テレンスが坂の上で立ち止まり、「おっつけ午《ひる》だ」

「いま行く」ずり落ちそうになっている蓋つきバスケットを抱え直してよろよろと坂を上がり、てっぺんを目指した。

ようやく坂の上まで来ると、あの猫を前にした新入生みたいにあんぐり口を開けた。いまいる場所はコーンマーケットの、セント・オールデートとハイ・ストリートの交差点。中世風の塔の下だった。

車の流れが途切れるのを待つあいだ、何百回も足を止めたことがある場所だ。でもそれは、二一世紀のオックスフォードの話。観光客用のショッピングセンターや地下鉄の駅があるオックスフォードだ。

そして、これこそが本物のオックスフォード、「その塔に陽光を浴び」る、ジョン・ヘンリー・ニューマンとルイス・キャロルとトム・ブラウンのオックスフォードだ。クイーンズとモードリンの両カレッジまで曲がりくねりながらつづくハイ・ストリート、高窓と鎖で固定された蔵書を擁する旧ボドレアン図書館、そのとなりはラドクリフ館《カメラ》とシェルドニアン大講堂。そして、ブロード・ストリート沿いの一画には、全盛期を誇るベイリアル。マシュー・アーノルドとジェラード・マンリー・ホプキンズとH・H・アスキスのベイリアル・カレッジ。あの門の中では、かの偉大なるベンジャミン・ジャウエットが、もじゃもじゃの白髪に風格のある声で、「けっして説明するな。けっして謝罪するな」と学生に教えている。

コーンマーケットの塔の時計が十一時半の鐘を鳴らし、オックスフォードすべての鐘がそれに唱和した。セント・メアリー教会、クライストチャーチのグレートトム、モードリンの銀のピールがハイ・ストリートのはるか先から聞こえてくる。

オックスフォード。「中世の最後のこだま」が残る「挫かれた大義の街」（ピューリタン革命で処刑されたチャールズ一世を支援したことを指してマシュー・アーノルドがいったとされる言葉より）。僕はいま、そこにいる。「夢見る尖塔の美し都」（アーノルドの詩「テュルシス」より）とつぶやき、あやうく馬なし馬車《じどうしゃ》に轢かれそうになった。

「跳んで！」テレンスが僕の腕をつかみ、ぐいと引き寄せた。「ああいう機械はまったくやっかいきわまる」ものほしそうな目で自動車を見送ってから、「この騒ぎじゃ、辻馬車はつかまりそうにない。歩いたほうがよさそうだ」といって、しんどそうな顔で買い物籠を提げたエプロン姿の女性たちの一団の中に突進すると、ハンパーを持つ手で自分の帽子にちょっとさわって、「失敬」とつぶやいた。

テレンスのあとについて活気に満ちた人混みをかきわけ、八百屋の前を過ぎ、コーンマーケットを歩いた。帽子屋のショウウインドウに目を向け、ガラスに映る自分の姿を見たとたん、思わず足が止まった。籠いっぱいのキャベツを抱えた女性が僕の背中にぶつかり、ぶつぶつ文句をいいながら迂回していったが、ろくに気にもとめなかった。

研究室に鏡はなかったし、ウォーダーが着せてくれた衣裳のことはほとんど気にかけていなかった。まさかこんな姿とは。河遊びに出かけるヴィクトリア朝紳士そのままの自分をまじまじと見つめた。硬い襟、小粋なブレザー、白いフランネル。そしてなによりも、頭の上のかんかん帽。人間だれしも生まれながらに着ることを定められた衣服があるとするなら、僕の場合はこの帽子がそれだ。青いリボンをぐるっと巻いた軽い麦わら製の帽子は、颯爽とした快活そうな雰囲気を与えている。それが口髭と合わさると、結果はかなりショッキングなものだった。例の伯母さまがあんなにあわててモードを追い立てたのも不思議はない。

よく見ると、口髭はちょっと傾いているし、目はタイムラグでどんよりした感じだが、どちらもすぐに改善されるだろうし、いまでも全体的な効果はじつに満足すべきものだった。もしそういってよければ――

「どうした、そんなところに羊みたいに突っ立って。来いよ」テレンスが僕の腕をつかみ、ひきずるようにしてカーファックスを横断し、セント・オールデートを歩いてゆく。

　テレンスは歩きながら快活なおしゃべりをたえまなくつづけた。

「鉄道馬車のレールに気をつけろよ。先週、僕も蹴つまずいて倒れたんだ。でも、レールがほんとに危ないのは、歩行者より馬車のほう。車輪がちょうどぴったりはまる幅だから、ひっくり返っちゃうんだよ。いやまあ、僕もひっくり返ったんだけどさ、さいわいやってきたのは農家の荷馬車で、それを牽《ひ》いてたのはメトセラ並みの年寄りの騾馬《らば》だった。でなきゃ造物主と会う羽目になっていたよ。きみ、運を信じるほうかい」

　道を渡り、さらにセント・オールデートを進んでゆく。そのとき、ブルドッグ亭の看板が見えた。頭から湯気をたてた学生監が学生を追いまわす絵が描かれている（オックスフォード大学の学生監補佐はブルドッグと呼ばれる）。それにクライストチャーチの金色の壁とトム・タワー。それに壁で囲まれた学生監公館の庭。そこから子供たちの笑い声が聞こえてくる。アリス・リデルと姉妹たち？　心臓が止まりそうになった。チャールズ・ドジスンが『不思議の国のアリス』を書いたのはいつだっけ？　いや、もっと前、一八六〇年代だ。でも、通りをわたった向こうには、アリスが羊からお菓子を買ったあの店がちゃんとある。

「これがおとといなら、運なんぞ信じるもんかといっただろうけど」テレンスは、クライストチャーチ・メドウにつづく小道を過ぎて歩きながら、「しかし昨日の午後から、僕は本物の信者だよ。いろんなことがあったからなあ。ペディック教授が列車をまちがえ、そしたらきみがあそこにいた。つまり、きみはどこかぜんぜんべつの場所へ行くところだったかもしれないし、ボートの借り賃を持ってなかったかもしれないし、そもそもあそこにいなかったかもしれないじゃないか。そしたらシリルと僕はどうなっていたことか。『運命が操り糸を握り、男は子供のごとく操られるままに動く。成功は天よりもたらされる』（ランズダウン侯爵ヘンリー卿の戯曲『高潔な恋』五幕一場より）」

一台の辻馬車が僕らの横で止まり、御者が、「ってくかね、だんがった？」と、まるで理解できない訛りで声をかけてきた。

テレンスは首を振り、「この荷物をぜんぶ積み込むのを考えたら、歩いたほうが早い。すぐそこだし」

そのとおりだった。フォリー橋、居酒屋、そしてテムズ河。川岸にはおんぼろのボートがもやってある。

「『運命よ、もう駄目、自分で自分がどうにもならないの。きまったことはきまったこと、成行きにまかせましょう』（『十二夜』二幕五場より）」と暗誦しながらテレンスが橋をわたった。「運命に出会うとしようじゃないか」桟橋につづく階段を降りていくと、川岸に立つ男に向かって「ジェイブズ」と呼びかけた。「僕らのボートをよそに貸してないだろうな」

ジェイブズの姿は、『オリヴァー・ツイスト』から抜け出したようだった。ぼさぼさのあご鬚と、きっぱり敵意に満ちた態度。ありえないほど汚いズボン吊りに両の親指をひっかけて立ち、その両手は信じられないことにもっと汚かった。

ジェイブズの足元には、茶と白の巨大なブルドッグがぺちゃんこのみっともない鼻面を両の前足に載せて寝そべっている。この距離からでも、屈強そうな肩とがっちりした好戦的なあごが見分けられる。『オリヴァー・ツイスト』のビル・サイクスもブルドッグを飼ってたんだっけ？

テレンスの友人のシリルらしき人物はどこにも見えない。ジェイブズと犬に殺されて、テムズ河に放り込まれてしまったのか。

テレンスはそうとも知らずおしゃべりをつづけながら、川岸をボートのほうへ歩いていく。そして怪物のほうへ。僕はじゅうぶんな距離を保って用心深くついていった。駅前にいた犬みたいに、僕らを無視してくれることを祈ったが、ブルドッグは僕らに気づくなりはっと体を起こした。

「着いた着いた」テレンスが朗らかにそういうと、ブルドッグがこっちに走ってきた。

僕はカーペットバッグと手提げかばんと箱をどしんと落とし、蓋つきバスケットを胸の前で楯のように抱えて、棒切れが落ちていないかと必死に見まわした。

走ってくるブルドッグの巨大な口が開き、長さ一フィートの犬歯とサメのような歯の列がむきだしになった。一九世紀のブルドッグは牛攻《ブル・ベイティング》め用だったんじゃなかったっけ？たしか、そこからファイティング・ブルの名がついたのでは？　雄牛ののど笛に飛びかかって食らいつくのでは？　鼻がぺちゃんこなのも、あごががっちりしているのもそのためなのでは？　敵ののど笛から口を離さずに息ができるように、ぺちゃんこの鼻を目指して交配されてきたのでは？

「シリル！」テレンスが叫んだが、僕らを助けに現れる人間はいない。そしてブルドッグは矢のようにテレンスの前を素通りして僕のほうに走ってくる。

僕は蓋つきバスケットを放り出した。バスケットが川岸のほうに転がり、テレンスがそれに飛びついた。ブルドッグが足を止め、それからまたこっちに向かってきた。

忍び寄る蛇ににらまれた兎がどうして催眠術にかかったみたいに身動きできなくなるのか前から不思議だったが、その理由がいまわかった。きっと、蛇が見慣れない動きをするせいだ。

ブルドッグはまっすぐこっちに駆けてくるが、その動きは走るというより転がっているようで、横方向の運動成分も含まれているため、まっすぐ僕ののど笛めがけて向かってきているにもかかわらず、左のほうに傾いている。もしかしたら僕をそれてしまうんじゃないかと思うぐらい大きな傾きだったから、そうはならないと気づいたときにはもう手遅れだった。

ブルドッグが僕めがけて跳躍し、僕は両手でのどを守りながら尻もちをつき、カラザーズにもっと同情してやるんだったと思った。

ブルドッグは両の前足で僕の肩を押さえつけた。その巨大な口は僕の顔のほんの数センチ先。

「シリル！」とテレンスがまた叫んだが、顔をそむけてどこにいるのかたしかめる勇気はなかった。とにかく、テレンスが武器を持っていることを祈るしかない。

「よしよし、いい子だ」僕はブルドッグに声をかけたが、自分の耳にもあまり説得力があるようには聞こえなかった。

「きみのバスケット、あやうく濡れ鼠になるところだったぜ」といいながら、テレンスが視界に入ってきた。「いやあ、八四年の対ハロー戦以来の名キャッチだったな」と自画自賛して、バスケットを僕の横に置く。

「よかったら……」僕はのど笛から注意深く片手を離し、ブルドッグを指さした。

「おお、もちろんそうだとも。こりゃあ僕が考えなしだったね。まだきちんと紹介もしてなかった」テレンスは僕らの横にしゃがみこむと、「こちらはヘンリーさん」とブルドッグに向かっていった。「われら愉快な仲間の新顔にして、財政的救世主だ」

ブルドッグは巨大な口を大きく開けて、涎《よだれ》を垂らしながらにんまりした。

「ネッド、紹介するよ。これがシリルだ」

ジョージが、「河へゆこうじゃないか」という案を出した。彼が言うには、河へゆけば、新鮮な空気と運動と静寂が得られる。環境の変化はぼくたちの精神（ハリスの精神をも含む）を楽しませ、勤労は食欲を増進し、快い眠りを与えるであろう、とのことであった。

——ジェローム・K・ジェローム『ボートの三人男』（丸谷才一訳／中公文庫）

5

ブルドッグの頑強さと凶暴性——シリルの家系図——さらに荷物——テレンス、荷物を積む——ジェイブズ、荷物を積む——乗馬——クライストチャーチ・メドウ——詩と実生活の違い——ひとめ惚れ——タージ・マハール——運命——水しぶき——ダーウィン——水葬からの救出——絶滅種——自然力——ブレニムの戦い——幻

「はじめまして、シリル」と挨拶はしたものの、体は起こさなかった。突然の動きは犬の攻撃を誘発する場合があるとなにかで読んだ覚えがある。それともあれは熊だっけ？　フ

ィンチがかけてくれたテープが執事用じゃなくてブルドッグ用だったらよかったのに。現代のブルドッグは堅いマシュマロだ。オーリエル・カレッジのマスコット犬は気のいい性格で、いつも守衛詰所の前に寝そべって、通りかかる人が撫でてくれるのを待っている。

しかしこれは一九世紀のブルドッグだ。ブルドッグという犬種は、もともと牛攻め《ブル・ベイティング》のために育種された。このチャーミングな闘争競技では、頑強な体と凶暴な性格を強化すべく改良された犬が、囲いの中にいる雄牛（または他の猛獣）の大動脈に食らいつく。当然のことながら牛はそれに怒り、ブルドッグを角で突き刺したり、角にひっかけて投げ飛ばしたりしようとする。ブル・ベイティングが法律で禁止されたのはいつのことだっけ？一八八八年よりはずっと前のはずだ。でも、頑強さと凶暴性が血統から消えてしまうにはしばらく時間がかかるんじゃ……。

「知り合えて光栄だよ、シリル」と僕は期待を込めていってみた。

シリルは、うなり声かもしれない音をたてた。あるいはげっぷ。

「シリルはすばらしい血統の出なんだよ」テレンスは、あおむけに横たわる僕の脇にしゃがみこんだまま、話をつづける。「父親は、メデューサの子、デッドリー・ダン。曾々祖父のエクセキューショナーは、史上最強の一頭に数えられる牛攻め犬で、一度も試合に負けなかった」

「ほんとに？」と弱々しくいった。

「シリルの曾々祖父はオールド・シルバーバックとも戦った」テレンスは畏敬に満ちた表情で首を振り、「体重八百ポンドのグリズリーだぜ。がっちり食いついて、五時間離さなかった」

「でも、そのころの頑強さと凶暴性は血統からもう失われてるんだろ？」と希望をこめて訊ねた。

「いやいや、とんでもない」

シリルがまたうなり声をあげた。

「凶暴な血統だなんて考えるのは大まちがいだよ」とテレンスがつづけた。「職業的な必要に迫られた場合をのぞけばね。熊の鉤爪にひっかかれたら、そりゃだれだって凶暴にもなるさ。なあ、シリル」

シリルはまた低い声でのどを鳴らした。今回はたしかにげっぷのように聞こえた。

「黄金のエクセキューショナーの心にはたしかに凶暴性があったといわれてるけどね。シリル、ヘンリーさんは僕らといっしょに川旅をするんだよ」ブルドッグがまだ僕を押さえつけたまま涎まみれにしているというのに、テレンスはまるで無頓着に、「ボートに荷物を積み込んで、ジェイブズと話をつけたらすぐ出発だ」といって懐中時計をひっぱりだし、ぱちんと蓋を開けた。「来いよ、ネッド。もう十二時十五分前だ。シリルと遊ぶのはあとにしてくれ」バンドボックスを二個とも持ち上げて、桟橋のほうに歩き出した。

シリルも手伝うつもりらしく、僕の上から離れると、蓋つきバスケットのほうに歩いていってにおいを嗅いだ。僕は起き上がり、バスケットを救出してから、テレンスのあとを追って桟橋に向かった。

ジェイブズは桟橋に積み上げた荷物の巨大な山の横に立ち、好戦的に腕を組んでいた。

「金を払う前に荷物を積み込むのをおれが許すと思ってるやつがいるが」とだれにともなくいう。「しかしジェイブズさまにかぎってその手は食わねえ」感動的に汚い手を僕の鼻先につきつけた。「ファーンセクス」

ノインボブ同様、ファーンセクスがなんなのかもさっぱりわからない（noinbob は nine bob ＝九シリング、farnsecks は四シリング六ペンスの訛りか）。「ほら」僕はテレンスに財布を差し出した。「ジェイブズと話をつけてきてくれ。僕のほうは残りの荷物を運ぶから」

スーツケースと、シリルが飛びかかってきたときに吹っ飛ばされて階段の途中まで転がり落ちていた手提げカバンを回収し、下の桟橋に持っていった。シリルは僕の横をご機嫌でよたよたついてくる。

テレンスはボートの上に立っていた。ペンキが剝げかけた深緑の塗装、舳《へ》先《さき》には《ヴィクトリー号》とステンシルされている。いかにもおんぼろの老朽ボートだが、サイズが大きいのはさいわいだった。桟橋に積み上げられた荷物の山は、すべてテレンスのものだと判明したからだ。

「美人だろ?」テレンスは僕の手からスーツケースを受けとって、中央の座席の下に入れた。「荷物を積み込んだら、すぐに漕ぎ出そう」

　それにはいささか時間がかかった。テレンスの荷物——巨大なグラッドストンバッグ一個、バンドボックス二個、手提《ヴァリース》げかばん一個、ハンパー三個、木箱一個、ブリキの箱一個、ラグひと巻き、釣り竿二本——を舳先のほうに積み、僕の荷物を船尾のほうに積んだところ、人間が乗り込むスペースがどこにもなくなってしまい、荷物をいったんぜんぶ運び出して最初からやり直すことになった。

「科学的な方法でやらなきゃだめだよ」とテレンスがいった。「大きなものを最初に配置して、その隙間を小さな荷物で埋める」

　僕らはそうした。グラッドストンからはじめ、最後はラグを広げて隅に押し込んだ。今回は、中央にさしわたし約一フィートの空間ができた。シリルがただちにやってきて、そこに寝そべった。

　僕の荷物はいくつか置いていってもかまわないよと自発的に申し出るべきじゃないかという気がしたが、しかしどれになにが入っているのか知らない以上、うかつなことはしないほうがいいと思い直した。

「やっぱりドースンを連れてくるんだったな。ドースンは荷造りの天才なんだよ」

　ドースンというのはきっとテレンスの家の召使いだろう。いや、こっちもペットのアライグマかもしれない。

「僕らがオックスフォードに来たとき、ドースンはシリルと僕の持ち物ぜんぶをトランク一個に詰めて、まだ余裕があったんだぜ。もちろんドースンが来たら、彼の荷物が増えるわけだけどね。それにドースン自身も」テレンスは考え込むように荷物を見つめた。「もしかしたら、小さいものからはじめれば――」

僕は最終的に、ノインボブ（それがなんなのかはともかく）をもうひとつチップに与えて、ジェイブズにやらせてみたらどうかと提案した。ジェイブズは力まかせに荷物をぐいぐい押し込みながら、ぶつぶつ文句をいいつづけた。「金も払わずこのジェイブズさまを半日も待たせたあげく」と座席の下に手提げかばんを突っ込み、「今度はボートに荷物を積み込めだとよ。召使いじゃないってんだ、べらぼうめ。おまけに、阿呆の二人組みたいに突っ立ってそれを見物してやがる」

たしかにそのとおり。少なくとも僕はそうだった。ジェイブズを見物することは、ある種の病的な魅力があった。ジェイブズの血統から頑強さと凶暴性がまだ失われていないのは明らかだ。箱のどれかにこわれものが入ってなきゃいいんだけど。ボートから追い立てられたシリルは、蓋つきバスケットをくんくん嗅ぐ仕事に戻った。きっと食べものが入ってるんだろう。テレンスは懐中時計をとりだし、もっと早くできないのかとジェイブズに訊ねたが、それは愚の骨頂に思えた。

「もっと早くとこの男はいう」ジェイブズはテレンスのバンドボックスの側面をぶっ叩いた。「このふたりが持ってるものを一切合切持ってこなけりゃ、こんなに時間はかからんだろうよ。ナイルの源でも探しにいくのかと思うところだ。このボートが沈んだら当然の報いだな」

さんざんに毒づき、ヴァリースを何カ所かへこませたあと、ジェイブズはついにすべての荷物の格納に成功した。科学的ではなかったし、舳先の山はいまにも崩れそうに見えたが、とにかく僕ら三人が乗り込める空間は残っている。

「予定ぴったりだ」テレンスが懐中時計の蓋を閉じ、ボートに乗り込んだ。「やめ《アヴァスト》、シリル。出発だ、とっとと乗れ」

シリルがのんきそうに乗り込み、船底に寝そべってたちまち眠りについた。

「おーい、ネッド。出航の時間だぞ」

ボートのほうに歩き出すと、ジェイブズが前に立ちふさがり、チップを求めて片手を突き出した。一シリングやったが、どうやら多すぎたらしい。ジェイブズは乱杭歯をむきだしてにんまり笑い、ただちに道を空けた。僕はボートに乗った。

「ようこそ」とテレンス。「流れに乗るまでは操縦がむずかしいんだ。きみが漕いでくれ。僕はコックスをやるから」

僕はうなずき、オールのあいだに腰を下ろしてから、心もとない気持ちでそれを見つめた。学校時代に何度かボートを漕いだことはあるが、自動操縦つきホバーボートだけだ。このボートのオールは木製だし、重さは一トンぐらいありそうだ。それに連動機構も見あたらない。いっしょに動かそうとしたのに、片方は水面をぺしゃんと叩き、もう片方は水にかすりもしなかった。

「ごめん」といってもう一回やってみた。「病気してからあんまり漕いでなくて」

「すぐに勘が戻るさ」テレンスは快活にいった。「乗馬みたいなものだよ」

二度めは両方のオールが首尾よく水中に入ったが、今度は二度と出てこない。コヴェントリー大聖堂の焼け落ちた屋根の梁を持ち上げたときのように、満身の力を込めてオールを引くと、噴水のようなしぶきが上がり、ボート上のすべてに降り注いだ。

「阿呆の二人組だ！」ジェイブズがだれにともなくいった。「ボートに乗るのは生まれてはじめてと見える。イフリーまでも行かんうちに溺れ死にだ。そうしたらジェイブズさまのボートはどうなる？」

「失敬、最初は僕が漕いだほうがよさそうだ」テレンスはこちらに這ってきて場所を交替した。「きみはコックスをやってくれ」オールを両手に持つと、達人の手さばきでオールの先をなめらかに水中に沈め、ほとんどしぶきも上げずにまた引き上げた。「とりあえず、この難所を抜けるまで」

この難所とは、橋と、スキフ、パント、手漕ぎボートの群れと、黄色と赤に塗装された大型の屋形船《バージ》二隻からなる文字どおりの森だった。テレンスはそれらを追い越して精力的に漕ぎながら、操舵索をまっすぐひっぱれと僕に命令を怒鳴り、僕はそのとおりにしているつもりなのに、どうやらこのボートはシリルとおなじ癖があるらしく、どうしても左のほうに傾いてしまう。

必死の努力にもかかわらず、ボートは着実に横へそれて、柳の木立と壁のほうに近づいてゆく。

「取舵《とりかじ》いっぱいだ」とテレンスが叫ぶ。「取舵！」

取舵がなんなのか見当もつかなかったが、実験的に操舵索を引いてボートが多少なりともまっすぐ進むようにしてみた。そのときには、ボートの群れを過ぎ、広々とした野原の向かい側にいた。

その野原の正体に気づくまでしばらく時間がかかった。クライストチャーチ・メドウだ。ただし、僕の知るメドウではない。ブルドーザーも足場もはためく青いビニールシートもない。赤い砂岩とモルタルと屋根葺きスレートの山から隆起してくる大聖堂もない。石工ロボットに命令を怒鳴る作業員も、作業員に命令を怒鳴るレイディ・シュラプネルもいない。環境と教育とオックスフォードの街並みに対する破壊および世の中全般に抗議するデモ隊もいない。

雌牛のトリオがのどかに胃の中のものを反芻しているこの場所は、現在、西塔の尖頂がそそり立ち、青いビニールシートにおおわれて、レイディ・シュラプネルとコヴェントリー市議会が鐘楼建設交渉を終えるのを待っている。

牛たちの前を過ぎて砂利道がのび、その真ん中あたりで、ふたりの教授がクライストチャーチの蜂蜜色の壁に向かってぶらぶら歩いている。ふたりは頭を寄せ合い、哲学だかクセノフォンの詩だかについて語り合っている。

レイディ・シュラプネルは、ここに大聖堂を建てる許可をどうやって勝ちとったんだろうと、あらためて不思議に思った。一九世紀のオックスフォード市は、クライストチャーチ・メドウにたった一本の道路を通すだけで大学側と三十年間の交渉を余儀なくされたあげくに敗北したし、そののちオックスフォードに地下鉄がやってきたときは、地下鉄駅を話に出しただけでさらに大きな怒号の嵐が巻き起こったというのに。

しかし、時間物理学は、核エネルギー駆動の微細構造発振器を建設しないかぎり一歩も先へ進めない段階に到達していた。そして多国籍企業は、四十年も前、過去をレイプすることも収奪することもできないと判明した時点でタイムトラベルへの関心を失い、資金提供は期待できなくなった。建設資金なし。研究助成金なし、給与の財源なし。資金ゼロ、終わり。だが、レイディ・シュラプネルは、鉄の意志と無尽蔵の財布の持ち主だった。そして、条件を呑まないなら資金はケンブリッジにまわすと脅迫した。

「だめだだめだ」とテレンスがいった。「それじゃ岸にぶつかるぞ！」

あわてて索を引き、ボートを流れの中央に向けた。

前方には、学寮の艇庫とチャーウェル河の緑のアーチ、さらにその向こうには、モードリンの灰色の塔と、テムズ河の長いカーブが見える。頭上の空は薄くかすみのかかった青。行く手には白い積乱雲が陽光に輝いている。遠いほうの川岸の近くには睡蓮が浮かび、そのあいだに覗く水は深く澄み切った茶色。ウォーターハウスが描くニンフの瞳のよう。

「『茶色なるは河、金色なるは砂』（ロバート・L・スティーヴンソンの詩「舟はいずこへ」より）」と引用してから、それが一八八八年以前に書かれたものであることを祈った。

「『右も左も木立にはさまれ、永遠《とわ》に流れつづける』」とテレンスが先をつづけたので、心配は杞憂だったようだ。

「もっとも現実はそうじゃない」とテレンス。「ここを過ぎると、あとはイフリーまで、左右はほとんど畑だからね。それにもちろん、永遠に流れつづけることもない。せいぜいロンドンまでだ。詩っていうのはそういうものさ、正確であることはめったにない。たとえばシャロット姫だ。『姫は小舟の鎖を解き、身を横たえると、幅広き流れにのってはるばると運ばれる』（テニスン「シャロット姫」より 西前美巳訳／岩波文庫『対訳テニスン詩集』）。シャロット姫は小舟に横たわってキャメロットまで流されてゆくんだが、そんなことはありえない。つまりさ、寝そべってたんじゃ舵をとれないだろ？　四分の一マイルも行かないうちに葦の茂みにひっかかってにっちもさっちもいかなくなったはずだ。つまりさ、シリルと僕はボートをまっすぐ進めるのにいつも苦労する。なんにも見えない船底に寝そべってるわけでもないのにだぜ」

テレンスのいうとおりだった。じつのところ、ボートはまた川岸めがけてまっすぐ進んでいた。深緑の葉を茂らせた栗の木の枝が河に向かって大きく張り出している。

「取舵いっぱいだ」とテレンスがじれったげにいった。

僕は索をひっぱり、ボートは棒きれと栗の木の葉で浮き巣をつくったアヒルめがけて直進しはじめた。

アヒルはガアガア鳴いて翼をばたつかせた。

「取舵だ！　右へ！」テレンスが狂ったようにオールを逆向きに漕ぎ、ボートはかろうじてアヒルをかわして河の中央へ戻った。

「河の仕組みはいまだに謎だね」とテレンスがいった。「パイプや帽子を河に落とそうものなら、岸からほんの一フィートしか離れてなくたって、たちまち流れに呑まれてまっすぐ海まで出てしまい、喜望峰をまわってインドへ流れ着く。たぶん、かわいそうなプリンセス・アージュマンドもそうなったんだろうなあ。でも、ボートに乗ってると話が違う。流れに乗りたいと思っても、渦だの副流だのに巻き込まれて、運が悪けりゃ、気がついたら曳舟道に乗り上げてたってことになりかねない。それに、もしシャロット姫が葦に突っ込まなくたって、水閘《ロック》の問題がある。取舵だ、きみ！　取舵だ、面舵《おもかじ》じゃない！」テレンスは懐中時計の蓋を開け、時刻をたしかめてから、さらに精力的に漕ぎはじめ、ときおり僕に向かって取舵だと怒鳴った。

しかし、このボートの不都合な左傾化癖と、どうやらブライ船長（バウンティ号の船長）に雇われたらしいという事実にもかかわらず、ついに僕はのんびりできるようになってきた。

連絡相手と首尾よくめぐりあい——明らかに、この連絡員はきわめて優秀で、オックスフォードの学生という役割を完璧に自分のものにしている——マッチングズ・エンドへの途上にある。クライストチャーチ・メドウは広々とした野原だし、レイディ・シュラプネルは百六十年の彼方。

マッチングズ・エンドでなにをする手筈なのかはまだ思い出せないが、部分的に記憶が甦ってきた。ダンワージー先生が『あれを戻したあとは』と語っていたこと、そしてフィンチに向かって、『まったくもって単純明快な仕事だ』といい、統計的に無視できる《ノンシグニフィカント》ものがどうとか話していたことはたしかに思い出した。僕が戻すべき統計的に無視できるものがなんなのかはまだ思い出せないが、それがこのボートの舳先に積まれた荷物の山のどこかにあるのは確実だから、とにかくこの荷物をぜんぶマッチングズ・エンドに置いてくればいいだけの話だろう。それに、任務の詳細はたぶんテレンスが知っているはず。オックスフォードからじゅうぶん離れたら、すぐにそれを訊ねてみよう。どうやらイフリーでなにか約束があり、僕らはそこへ向かっているらしい。具体的にどういう計画なのか、イフリーに着けばわかる可能性もある。

それまでのあいだ、僕の仕事は、ゆっくり休んで、タイムラグとレイディ・シュラプネルと無数のがらくた市がもたらしたダメージを癒し、のんびり寝そべってナースの指示とシリルのお手本にしたがうだけ。ブルドッグはごろんと横向きに寝て、楽しげにいびきをかいている。

ヴィクトリア朝が完璧な療養所だとすれば、この河は完璧な病棟だ。疲れを癒すあたたかな陽射しが僕のうなじに降り注ぎ、水面をすくうオールの音がささくれた神経を静めてくれる。平和な景色、見渡すかぎりの緑、のどかな蜜蜂のささやきとシリルのいびきとテレンスの声。

「ランスロットを見るがいい」どうやらまたシャロット姫の話に戻ったらしく、「鎧兜に身をかため、楯と槍を持って馬に乗り、『ティラ・リラ』と歌ってるんだぜ。『ティラ・リラ』！　騎士ともあろう者が、まったくどんな歌を歌ってるのやら。『ティラ・リラ』。しかしそれでも」とオールを漕ぐ手を休め、「ランスロットは恋に落ちるところはちゃんとやってる。いくらか演技過剰の気はあるにしても。『飛び散る織物、あちこちに広がり、端から端までひび割れる鏡』ってところ。ひとめ惚れって信じるかい、ネッド？」

ダンワージー先生の部屋で濡れた袖を絞っていたあのナイアスの姿がわれ知らず脳裡に浮かんだが、あれはどう見てもタイムラグの症状、ホルモン失調のなせる業だったし、それを思い出してしまうこともまずまちがいなく右におなじ。

「いや」と僕はいった。

「昨日までは僕もそうだったよ」とテレンス。「運命だって信じてなかった。オーヴァーフォース教授は、そんなものは存在しない、なにもかも偶発的な出来事と偶然のなりゆきだという。しかし、だとしたらどうして彼女がちょうど河のあの場所にいた？ どうしてシリルと僕は、アッピウス・クラウディウスを読むかわりに、ボート遊びに出ることにした？ あのときちょうど、『Negotium populo romano melius quam otium commiti』ってところを訳してたんだよ。『ローマ人は娯楽よりも仕事をよく理解する』。そして思ったんだ、これこそまさにローマ帝国が崩壊した理由だ、娯楽より仕事をよく理解したせいで滅びたんだ、ってね。大英帝国がおなじ道をたどることはなんとしてでも食い止めなきゃいけない。それでシリルといっしょにボートに乗ってゴッドストウをめざして、木々に囲まれたこのあたりを通っているとき、妖精かと思うようなとても美しい声が『プリンセス・アージュマンド！ プリンセス・アージュマンド！』と呼ぶのが聞こえて、それで岸のほうを見たら、そこに彼女がいたんだ。生まれてこのかた、あんな美しい生きものは見たことがなかったよ」

「プリンセス・アージュマンドのこと？」

「違う違う、姫君だよ。全身ピンク色の服を着て、黄金色の巻毛に色白の美しい顔。紅い頬と薔薇の蕾のような唇、それに鼻ときたら！ つまりさ、『この姫の顔の何という美しさ』なんて言葉じゃとても足りない。まあ、馬に乗りながら『ティラ・リラ』なんて歌う男にそれ以上は期待できないけどさ。僕は両手でオールを握ったまま、その場に凍りついた。彼女が天使か精霊で、僕の声を聞いたら消え失せてしまうんじゃないかと怖くて、動くことも声を出すこともできなかった。そしたらそのとき彼女が顔を上げて僕を見て、『まあ。猫をごらんになりませんでした？』といったんだ。

『シャロット姫』そっくりだったよ。呪いはなかったし、鏡が割れて飛びまわったりもしなかったけどね。それが詩のよくないところだ、なんでも誇張しがちなところがね。ボートの船底に寝そべりたいとか、胸が張り裂けて死にそうだとか、僕はそんなことぜんぜん思わなかったな。岸辺へと優雅に漕ぎ寄せて、ボートからぽんと飛び降り、探しているのはどんな猫で、最後に見た場所はどこですかと訊ねた。彼女いわく、体は黒で、顔とかわいいちっちゃな足は白、二日前にいなくなって、なにかあったのではと心配しております。心配ありませんよ、猫は九つの命を持つといいますからねと僕が答えたら、そのとき、彼女の付き添い《シャペローン》、従姉だとあとで聞いたけど、その女性がやってきて、見ず知らずの殿方と話してはなりませんといった。そしたら彼女は、『あら、でもこちらのお若いかたは、ご親切に手を貸してくださるって』。従姉のほうが『それはどうもご親切に、ミスター……？』というから、僕はセント・トゥルーズですと名乗り、相手は『はじめまして。わたくしはミス・ブラウン、こちらはミス・ミアリングです』といってから彼女のほうを向いて、『トシー、もう行かないと。お茶の時間に遅れてしまうわ』。トシー！　こんな美しい名前を聞いたことあるかい？　『おお、永遠に麗しき、永遠に愛おしき名よ！　その名はわが耳に尊く響く！』トシー！」テレンスは感極まったように叫んだ。

「トシー？　じゃあプリンセス・アージュマンドって？」

「トシーの猫だよ。もともとはインドの王女《マハラニ》さまで、タージ・マハールは彼女にちなんで名づけられたんだ。もっとも、だったらタージ・アージュマンドって名前になりそうなものだけどね。父親がインドに行ってたんだ。セポイの反乱、ラージャ、二者は交わることなし（キプリングの言葉。この前段は、「東は東、西は西」）、その他いろいろ」

　まだ話の筋道が見えない。「プリンセス・アージュマンドの父親が？」

「違うよ。ミアリング嬢の父親、ミアリング大佐だ。英領インド《ラージ》の大佐だったんだけど、いまは魚を集めてる」

　魚を集めるとはどういうことなのか訊ねる気力もなかった。

「ともかく、その従姉がもう行かなきゃいけないといって、それでトシー――ミアリング嬢が、『おお、またお目にかかれることを祈っております、セント・トゥルーズさま。わたくしたち、明日の午後二時に、イフリーのノルマン教会を見学にまいりますの』。そしたら従姉が『トシー！』と叱り、ミアリング嬢は、僕がプリンセス・アージュマンドを見つけたときのために教えているだけだと反論したから、僕は草の根分けて探しますと誓って、そのとおりにしたんだよ。ゆうべと今朝は、シリルといっしょに河を行ったり来たりしながら、『猫ちゃん、猫ちゃん』と呼びつづけた」

「シリルと?」こういう状況で、はたしてブルドッグは捜索に適した存在なんだろうか。

「シリルはブラッドハウンドに迫るほど優秀な猟犬なんだ。そうやって探してるとき、ペディック教授にばったり出くわして、姥桜の親戚の出迎えを頼まれたんだ」

「でも、猫は見つからなかった?」

「ああ。どのみち見つかる可能性は低かった。マッチングズ・エンドからこんなに遠く離れてたんじゃなあ。ミアリング嬢はオックスフォード近郊に住んでいるものと思っていたけれど、じつは旅行で訪ねてきていただけだった」

「マッチングズ・エンドって?」

「下流のほうだ。ヘンリーの近く。ミアリング嬢が母親に連れられてオックスフォードの霊媒に——」

「霊媒?」僕は弱々しい声で訊き返した。

「ああ。ほら、テーブルを傾け、おしろいをはたいた顔にガーゼ《チーズクロス》のベールをかけて、『伯父さんはあの世でしあわせに暮らしていますよ』とか、『遺言状はサイドボードのいちばん上の段の左側の抽斗に入っています』とかご託宣を垂れる手合いだよ。そんなの僕はいままで信じてなかったけど、さっきもいったとおり、それをいうなら運命だって信じてなかったからね。それに、あれは運命だったに違いない。ミアリング嬢との出会い、きみが駅にいたこと、ミアリング嬢が今日の午後、従姉とイフリーへ行くと教えてくれたこと。

ところが僕はボートの借り賃の持ち合わせがなかった。だから運命に違いないよ。つまりさ、もしきみがテムズ河に行くつもりじゃなかったり、ジェイブズに払う金を持ってなかったりしたら、ぜんたいどうなったと思う？　いまこうして彼女に会うためイフリーへ向かうこともできなかったし、二度とふたたびミアリング嬢に会えなかったかもしれない。それはともかく、この霊媒ってやつは、遺言状だけじゃなくて、行方知れずの猫を見つけるのもすごく得意らしくて、だからミアリング嬢一行は降霊会のためにオックスフォードにやってきた。でも、プリンセス・アージュマンドの居場所はさしもの霊も知らなくて、ミアリング嬢は猫がマッチングズ・エンドから自分のあとを追ってきたかもしれないと考えたそうなんだが、そんなことはまずありそうにないね。つまりさ、犬だったら主人を追ってくるかもしれないけど、猫ってのは――」

このとっちらかった説明によって、ひとつだけはっきりしたことがある――テレンスは僕の連絡相手じゃない。マッチングズ・エンドで僕がなにをすることになっているのか、テレンスはなにも知らない。もし行き先がマッチングズ・エンドだとしても。もしかしたらそれだって勘違いかも。僕は見ず知らずの時代人と――犬は勘定に入れずに――行動をともにしてしまい、本来の連絡相手は駅のホームだか線路だか艇庫だかで待ちぼうけを食っている。そこに戻らなければ。

オックスフォードのほうを振り返った。陽光を浴びて遠く尖塔が輝いている。すでに二マイルの彼方。ボートから飛び降り、歩いて引き返すわけにもいかない。それだと荷物を残していくことになる。すでに連絡員を見捨ててしまったんだから、荷物まで見捨てるわけにはいかない。

「テレンス」と僕は口を開いた。「悪いけど――」

「ばかばかしい！」と前方でだれかが叫び、ばしゃんと水しぶきが上がって、あやうくボートが水浸しになるところだった。グラッドストンバッグの上の蓋つきバスケットが河に落ちそうになっている。僕はあわててそれに飛びついた。

「なんだい、いまの？」カーブの向こうに目を凝らした。

テレンスはうんざりした顔で、「ああ、きっとダーウィンだな」

もう完治したと思うたびに、まだタイムラグの後遺症がかなり残っていて、《音声の識別困難》を患っていることを思い知らされる。

「失礼、いまなんと？」と用心深く訊ねた。

「ダーウィンだよ。オーヴァーフォース教授が木登りを教えたおかげで、最近は罪もない通行人の上に飛び降りることを覚えちゃってね。針路を変えろ、ネッド」テレンスは、僕がボートを向けようとしている方向を指さした。「川岸から離れるんだ」

その指示にしたがいつつ、カーブの向こうの柳の下に目を凝らした。

「先週は、コーパス・クリスティー学寮の男子学生二人組が女連れで乗ってたパントのど真ん中に飛び降りたんだ」テレンスは河の中央に向かって漕ぎながらいった。「シリルはひどく嫌ってる」

じっさいシリルはひどく不興げな顔をしていた。体を起こして、柳のほうを見ている。また水しぶき。さっきより大きい。シリルの耳が警戒するように動く。僕はシリルの視線を追った。

《識別困難》の対象がじつは音声じゃなかったのか、それとも《視野のかすみ》が新たな次元に到達したのか。高齢の男性がひとり、柳の下の水中でもがき、盛大かつ無意味な水しぶきをあげている。

なんてこった、ほんとにダーウィンだ。

ダーウィンそっくりの白いあご鬚と頬髯、頭は禿げ上がり、黒のフロックコートらしきものが周囲の水面に広がっている。上下逆さまの帽子が数ヤード離れた川面に浮かび、男はそれをつかもうとした拍子に水中に没した。また浮上して、げほげほ咳をしながら両手をふりまわすが、帽子はさらに遠くへ漂ってゆく。

「なんとまあ。僕のチューターのペディック教授じゃないか！」とテレンス。「急げ、ボートを回せ、違う、そっちじゃない！　早く！」

テレンスは狂ったようにオールを漕ぎ、僕は少しでも速度を上げるべく、素手で水を掻いて協力した。シリルは、トラファルガー海戦を指揮するネルソン提督さながら、ブリキの箱に両の前足を載せて立っている。

「止まれ！　ペディック教授にぶつかる」テレンスがオールをどかし、船べりから身を乗り出した。

老人は僕らに気づいていないようだ。コートは彼の体のまわりで救命胴衣のようにふくらんでいるが、どう見ても、まだ浮力が足りない。三度めか四度めにまた水中に没したが、それでもまだ片手はむなしく帽子のほうを向いている。僕も船べりから身を乗り出し、老人の体をつかもうとした。

「襟をつかんだぞ」とテレンスに叫んだが、ウォーダーが僕に着せてくれたやつは襟が着脱可能だったことをふと思い出し、かわりにフロックコートの襟をまさぐった。「つかまえた」といって、上にひっぱる。

老人の頭が鯨のように水面に躍り出《ブリーチし》たかと思うと、これまた鯨のように口から大量の水を噴き出してボートの中を水浸しにした。

「『かつて人と天使により姿を見られしもの、咆哮とともに浮上せり』（テニスン「クラーケン」より）。離すなよ」とテレンスがいい、ペディック教授の片手をしっかりつかんでボートに引き上げ、もう片方の手を探った。教授が水を噴いたとき、襟をつかんでいた手は離してしまったが、教授の反対の手が水面に出ていたので、それをつかんでひっぱると、頭がまた浮上した。水から上がった犬のように教授はその頭をぶるぶる振って水を切った。

　どうやってボートに乗せたものか見当もつかない。舷縁が沈んで水中に潜り、テレンスが叫んだ。「シリル、だめだ！　ネッド、下がれ！　転覆するぞ！　だめだ、手を離すな！」しかし、どうやら大量の荷物がバラストの役割を果たしたらしく、最後にようすを見にやってきたシリルがボートのこちら側に余分な重量を加えたにもかかわらず、なんとか転覆はまぬがれた。

　試行錯誤の挙げ句、僕は教授の片腕をしっかりつかみ、反対側にそろそろとまわりこんだテレンスが転覆を避けるためスーツケースに足を踏ん張ってから反対の腕をつかみ、僕らは力を合わせてせえのでひっぱり、ずぶ濡れで悲惨なありさまの教授をどうにかボートの中へと引き上げた。

「ペディック教授、だいじょうぶですか？」とテレンス。

「まったく問題ない、きみらのおかげでな」といいながら、教授は袖を絞った。さっきフロックコートだと思ったものは、黒いギャバジンの大学式服《アカデミックローブ》だった。「きみらが偶然通りかかったのは思わぬ僥倖《ぎょうこう》だ。これはしたり！　帽子が！」

「拾いましたよ」テレンスが河に身を乗り出し、房飾りつきの角帽をつかんだ。

「荷物に毛布が入ってるはずなんだけど。ドースンが出してたのは覚えてるから」とテレンスが荷物をひっかきまわしながらいった。「いったい河の中でなにやってたんです？」

「溺れていた」とペディック教授はいった。

「まさしく。もうちょっとで溺れ死ぬところでしたね」テレンスはブリキの箱に手を突っ込み、「でも、どうして河の中に？　落っこちたんですか？」

「落ちた？　落ちたかと？」教授は憤然たる面持ちで、「突き落とされたのだ」

「突き落とされた？」テレンスはびっくりしたように訊き返した。「だれに？」

「あの恐るべき悪党、オーヴァーフォースにだ」

「オーヴァーフォース教授に？　どうして先生を河に突き落とすんです？」

「より大きな問題」とペディック教授はいった。「歴史研究において事実などとるに足りぬ。勇気は重要ではなく、義務や信念も同様。歴史学者はより大きな問題を気にかけなければならぬ。はっ、笑止千万！　科学的なごたくの山だ。煎じつめれば、あらゆる歴史は個体群に働く自然力の結果に過ぎないだと？　煎じ詰めれば！　モンマスの戦いが！　スペイン異端審問が！　薔薇戦争が！　煎じ詰めれば自然力だと！　個体群だと！　エリザベス女王は！　コペルニクスは！　ハンニバルは！」

「最初から話してもらったほうがよさそうですね」とテレンスがいった。

「最初から《アブ・イニシオ》か。卓抜な提案だ」とペディック教授。「吾輩は、サラミスの海戦に関するヘロドトスの記述を題材に執筆中の論文が直面した問題について熟慮すべく、ウォルトン氏が『頭を休め、精神を癒し、孤独を忘れさせ、落ち着きのない思考をなだめる』理想的な思考の助けとして推奨する方法にしたがい、テムズ河べりへと釣りにやってきた。しかし、悲しいかな、この方法が功を奏することはなかった。なぜならそこで、『piscatur in aqua turbida』（「濁り水に釣果あり」を意味する成句）に遭遇したからだ」

やれやれ。わけのわからんことをまくしたて、古典を引用をしまくる男がまたひとり。しかも今度はラテン語ですか。

「教え子のタトル弟《マイナー》が、エイトの練習中にちょうどこのあたりの岸辺で白いかまつか《ガジョン》を見たと教えてくれたのでな。よい若者だ。暗誦はさんざんだし、習字はさらに悲惨だが、魚については信頼できる」

「やっぱり荷物に入ってたよ」テレンスが緑の毛布を持ってやってきた。それを教授に差し出し、「さあ、それを脱いで、これを体に巻いてください」

ペディック教授がローブのボタンをはずした。「兄のタトル・メジャーもそっくりだった。恐るべき筆跡」

片方の袖から腕を抜いたところで、教授の顔に妙な表情が浮かび、もう片方の袖に手を突っ込んだ。

「いつも随筆を書き損じた」その手が袖の中で必死になにかを探っている。「『Non omnia possumus omnes』（「われわれは万能ではない」ウェルギリウスの「牧歌」より）を、『オポッサムは乗合馬車《オムニバス》に乗せてもらえない』と訳しおった」最後にもう一度ぐるっと手を回転させてから、袖から腕を引き抜いた。「あれではとても試験は受けられんと思ったものだ」といいながら握りこぶしを開くと、小さな白い魚が現れた。

「おやおや、ウグビオ・フルヴィアティリス・アルビヌス（白子の小さな魚）が」といって、手の中で跳ねる魚を見つめる。「帽子はどこだね」

テレンスが教授の角帽を差し出し、ペディック教授はそれで河の水をすくってから、帽子の中に魚を入れた。「すばらしい標本だ」と帽子を覗いていう。「いまでは大蔵大臣補佐官だよ。女王の顧問」

僕はそこにすわって、魚を検分するペディック教授を見つめながら、僕らが釣り上げた大物に対する感嘆の念を抑えきれずにいた。奇矯なオックスフォード教授《ドン》の典型。これまた現代では絶滅した種だ。ダンワージー先生を勘定に入れればべつだけど、先生の場合は奇矯と形容するには分別がありすぎる。それに僕は、ジャウェットやR・W・ローパーがいた栄光の時代のオックスフォードに居合わせなかったことで、なんとなく損をしたような気が昔からしていた。もちろんいちばん有名なのはスプーナーだ。クイーンズ・イングリッシュを言いまちがえる天賦の才のおかげ。学業をおろそかにした学生に向かって、「きみは一学期を無駄にした」（wasted a term）といおうとして、「一匹のみみずを賞味した」（tasted a worm）といい、ある日曜には、朝の賛美歌の題名を「Kinquering Congs Their Titles

Take」と発表した（Conquering Kings の言い違え。日本語で言えば、「鉄筋コンクリート」が「テッコンキンクリート」になるようなものか。スプーナーにちなんで、この種の音韻交替はスプーナリズムと呼ばれる）。

僕のお気に入りの教授はクロード・ジェンキンズ。家の中が散らかり放題で、玄関のドアが開かなくなることもあり、ある時会議に遅刻した言い訳に、「家政婦がさっき亡くなったが、台所の椅子にたてかけてきたから、わたしが戻る頃には元気になっているだろう」といった。

しかし、彼らはみんな人間的な魅力《パーソナリティ》があった。論理学教授のクック・ウィルスンは、二時間にわたってよどみなく演説をつづけたあげく、「以上の話を前置きとして……」と述べた。数学教授のチャールズ・ドジスンは、ヴィクトリア女王から、『不思議の国のアリス』はたいへんすばらしかったから、次の本が出たら一冊送ってほしいとの手紙をもらい、数学論文の『行列式要約』を献本した。それに、晴雨計は垂直より水平に置いたほうが見栄えがすると信じていた古典文学の教授。

そしてもちろん、バックランドがいる。自宅に私設動物園をかまえ、彼の訓練された鷲は、ある朝、クライストチャーチ聖堂の早禱の折り、通路でこれみよがしに翼を半分広げていた（その当時の教会はエキサイティングだったことだろう。ビトナー主教も、会衆が減少したとき、コヴェントリー大聖堂に動物たちを導入する対策を試してみればよかったのかもしれない。あるいはスプーナリズムを）。

しかし、そうした種属の一員とじかに接する機会があろうとは思ってもみなかった。しかも、ペディック教授は最上級の標本だ。いまも角帽の中で泳ぐ小魚を興味深げに観察しつつ、歴史という主題に関する演説をつづけている。

「オーヴァーフォースは、王や戦いや出来事の年代記としての歴史研究は時代遅れだと言い放った。『ダーウィンは生物学に革命を起こした――』」

ダーウィン。オーヴァーフォースが木登りを仕込んだのとおなじダーウィンだろうか。

『歴史もまた、革命的な変化を必要としている』とオーヴァーフォースは主張する。いわく、『歴史はもはや、日付や出来事や事実の記録であってはならない。そんなものは、進化論における一羽のフィンチ、一片の化石程度の重要性しかない』

それってすごく重要だってことなんじゃないの。

『歴史理論の背後に横たわる法則のみが重要なのだ。すなわち自然の法則が』と。『しかし、よきにつけ悪しきにつけ歴史をかたちづくる出来事はどうなる？』と訊ねると、『出来事は些事だ』とオーヴァーフォースは言い放った。ジュリアス・シーザーの暗殺も！　テルモピレーに立つレオニダスも！　些事だと！」

「とにかく、川岸で先生が釣りをしていたら」テレンスが教授のローブを干そうと荷物の上に広げながら、「オーヴァーフォース教授がやってきて先生を河に突き落とした、と」

「然《しか》り」ペディック教授はブーツを脱いだ。「柳の下に立ち、ミミズを針にかけている頃だった――鯉は赤ミミズを好むが、コナカイガラムシでも代用できる――莫迦者のダーウィンが頭上の枝から飛び降り、『いと高く浄《きよ》き空から真っ逆様に……凄じい勢いで炎々《えんえん》と燃えさかる焔《ほのお》に包まれて』（ミルトン『失楽園』第一巻より　平井正穂訳／岩波文庫＝以下同）サタンの軍勢のごとく、まっしぐらに落ちてきて盛大な水しぶきをあげ、そのおかげで釣糸を落としてしまった」教授は陰険な視線をシリルに投げ、「犬めが！」

犬か。僕はその貴重な情報に感謝した。ダーウィンというのはオーヴァーフォースの飼い犬だったんだ。しかし、犬がなぜ木から飛び降りたりするのかはまだよくわからない。

「いつか人の命を奪うに違いない」ペディック教授は靴下を脱いでぎゅっと絞り、また履いた。「先週の火曜は、ブロード・ストリートの並木からトリニティ・カレッジ出納長の上に飛び降りた。おかげで出納長は腰を抜かしたそうだ。どうもオーヴァーフォースのやつはバックランド気どりらしい。とはいえ、種々の欠点はあったにせよ、バックランドは飼っている熊に木から飛び降りる芸を仕込んだりなどしなかった。ティグラト・ピレセル（ウィリアム・バックランドがしばしばパーティに同席させた愛熊。アッシリア王にちなんで名づけられた）はいつもたいそう行儀がよかったし、ジャッカルたちもおなじだ。まあ、だからといってバックランドの家の夕食に招ばれたいと思う者はなかったがな。ワニ肉の料理を振る舞われかねん。あるディナー・パーティでは、肉料理の皿がハタネズミだったのを覚えているよ。しかし、すばらしい鮒を二匹飼っていた」

「ダーウィンのせいで釣糸を取り落として……」と、テレンスがペディック教授を話の本筋に戻そうとした。

「然り。振り返ると、オーヴァーフォースが立っていた。バックランドのハイエナそっくりの笑みを浮かべて、『釣りかね？　はっ、そんなふうにのんびり時間を無駄にしていたのでは、ハヴィランド・チェアは金輪際手《こんりんざい》に入るまい』『サラミスの海戦でテミストクレスがペルシャ軍を欺いた策略について考えていたのだ』と答えると、オーヴァーフォースいわく、『それは釣り以上に時間の無駄だな。歴史はもはや、たんなる出来事の記録ではない。科学なのだ』。

『たんなる出来事！』と吾輩はいった。『ギリシャ軍がペルシャ艦隊を打ち負かしたことが、たんなる出来事だというのか？　その後数百年にわたる歴史の流れを決定したんだぞ！』オーヴァーフォースはそれを一蹴するように手を振って、『歴史理論にとって、出来事など些事にすぎん』『アジャンクールの戦いが些事だと？　クリミア戦争が些事だと？　スコットランド女王メアリーの処刑が些事だと？』『細部だ！　ダーウィンやニュートンにとって細部が重要だったか？』

じっさいの話、重要だったと思う。レイディ・シュラプネルのお気に入りの格言どおり、「神は細部に宿る」のだから。

『ダーウィン！　ニュートン！　この実例自体、きさまの主張と矛盾している。歴史において重要なのは個人であって個体群ではない。歴史をかたちづくるのは人間の力であって自然の力ではない。勇気や名誉や信念はどうなる？　悪行や怯懦《きょうだ》や野心はどうなる？』

「それに愛」とテレンスが口をはさんだ。

「然り」とペディック教授がうなずき、『アントニーとクレオパトラの愛は？　それも歴史にとって些事なのか？』水中のオーヴァーフォースに向かってそう訊ねた。『リチャード三世の悪行は？　ジャンヌ・ダルクの熱情は？　歴史を左右するのは個人の人間性だ、個体群ではない！』」

「水中の？」僕はあっけにとられて訊き返した。

「オーヴァーフォース教授を河に突き落としたんですか？」とテレンス。

「突き落としはたんなる出来事であり、事件であり、事実だ」とペディック教授はいった。「したがって、オーヴァーフォースの理論にとっては些事にすぎん。引き上げてくれと河の中で怒鳴るオーヴァーフォースに向かってはっきりいってやったよ。『個体群に対して働く自然力だ』とね」

「やれやれ」とテレンスがぼやいた。「ボートをまわしてくれ、ネッド。戻らなきゃ。オーヴァーフォース教授がまだ溺れ死んでなきゃいいけど」

「溺れ死ぬ？　ありえん！　きゃつの歴史理論にとって溺死は重要ではない。もっとも、クラレンス公はマデイラワインの大桶で溺れ死んだがな。両手を振りまわして助けを叫ぶオーヴァーフォースに訊ねてやった。『殺人はどうだ？　それに助けは？　どちらも些事だ、なぜなら両者ともに、きさまがその存在を否定した意思や道徳心を必要とするのだからな。きさまの理論のどこに目的や計画や意思がある？』『やっぱりそうか！』オーヴァーフォースは盛大にばたつきながらいった。『きみの歴史理論は、大構想《グランドデザイン》を前提にした議論でしかない！』『然り、そしてグランドデザインが実在する証拠はたしかにある』といいながら手を差し出して、『きさまの歴史理論には確率しかないのか？　自由意思はない？　親切な行為もない？』とオーヴァーフォースを川岸にひっぱりあげた。『もちろんこれできさまも、個人や出来事が歴史にとって些事ではないと認めざるをえまい』と、じつにもっともな道理を説いた。するとあの悪党め、吾輩を河に突き落としおった！」

「でも、オーヴァーフォース教授は安泰なんですね」テレンスが心配そうに念を押した。

「安泰なものか！　あの男は頑迷固陋《がんめいころう》、無知蒙昧、傲岸不遜、唯我独尊、幼稚にして凶暴なる害虫だ！」

「つまり、溺死するおそれはないんですね」

「もちろんないとも」とペディック教授。「いまごろはきっと、あの愚劣な歴史理論をハヴィランド委員会に開陳しておるに違いない！　そして吾輩を溺れ死ぬにまかせて！　折りよくきみたちが通りかからねば、クラレンス公と運命をともにしていたところだった。そしてあの悪党、オーヴァーフォースめが、ハヴィランド・チェアを手中にしておっただろう！」

「まあとにかく、だれもだれかを殺してはいないわけだ」テレンスがそういって、不安げに懐中時計を見た。「ネッド、操舵索を頼む。教授を送り届けたあと引き返して二時までにイフリーへ行くとしたら、もう時間がない。急がないと」

よかった。フォリー橋まで戻ったら、なにか口実をつくって——船酔いとか、病気がぶり返したとか——テレンスとイフリーに行くのはやめにしたといって、それから駅に戻ろう。連絡員と接触する希望はまだ残されている。

「イフリー！」ペディック教授がいった。「まさに行こうと思っていた場所ではないか。河《デース》むつ釣りの絶好のポイントだ。タトル弟の話では、イフリー水閘の半マイル上流で、二股尾びれの虹鱒を見たそうだ」

「でも、戻ったほうがいいんじゃないですか」テレンスが悲しげにいった。「ずぶ濡れの服を着替えないと」

「ばかな。もうほとんど乾いておる。それに、この絶好の機会は逃すに惜しい。きみらも釣糸と餌ぐらい持っておるだろう」

「でも、オーヴァーフォース教授はどうするんです？」と僕。「先生のことを心配するんじゃないですか」

「は！　とっくにどこかへ行って、いまごろは個体群に関する論文を書きながら、犬に自転車乗りを教えているだろうよ！　歴史をつくるのは個体群ではない、個人だ！　ネルソン卿にカトリーヌ・ド・メディシスにガリレオ！」

テレンスは懐中時計に焦がれるような視線を投げた。「いいですよ、ほんとに風邪を引かない自信があるなら。じつをいうと、イフリーで二時に約束があるんです」

「ならば、『進みつづけよ！　まだ進めるうちに！』（ナサニエル・パーカー・ウィリスの無題詩より）」とペディック教授。「『Vestigia nulla retrorsum』（「引き返す道はない」ホラティウスの書簡詩より）」

テレンスは決然とオールを握った。

柳の木立が小さくなって灌木の茂みになり、やがてそれが芝生にとってかわられて、前方のゆるやかな長いカーブの先に灰色の教会塔が見えてきた。イフリーだ。

懐中時計をとりだし、ローマ数字の時刻を判読した。Ⅱ時五分前。まあ少なくともテレンスは約束の時間に間に合うだろう。願わくは、僕のほうの連絡員が待っていてくれますように。

「止めろ！」教授が叫び、ボートの上ですっくと立ち上がった。

「立たないで――」テレンスがオールをとり落とした。僕は支えようと手を伸ばし、テレンスの足元に転がったラグをつかんだ。ボートは危なっかしく揺れ、水が舷側から流れ込んでくる。シリルがぼんやりした目をぱちぱちさせ、ゆらゆらと立ち上がる。それが最後の駄目押しになりかねない。

「おすわり」と僕は命令し、ペディック教授が当惑したようにあたりを見まわしてまた腰を下ろした。

「セント・トゥルーズくん、ただちにボートを岸につけたまえ」と川岸を指さし、「見ろ」

僕ら全員が——シリルまで含めて——野良ニンジンとキンポウゲにおおわれた草地を見た。

「これぞまさしくブレニムの原《スペイン継承戦争の戦地》そのものの似姿だ。見よ、ソンダーハイム村の彼方と、その向こうのネイベル河を。わが主張を完璧に証明している。無目的に働く力！　あの日、勝利を手にしたのはモールバラ公だった！　ノートはあるかね。それに釣糸」

「あとにしたほうがよかありませんか。イフリーに行ったあと、帰り道にでも」

「タラールに対する攻撃は、正午過ぎ、まさにこの陽射しのもとでおこなわれた」といいながらペディック教授がブーツを履いた。「釣り餌はなにがある？」

「でも時間がないんですよ」とテレンス。「約束があって——」

「『Omnia aliena sunt, tempus tantum nostrum est』《セネカ》」と教授が引用した。「時のみが我らのもの」

僕はテレンスのほうに身を乗り出し、「僕と教授はここに残していってくれていいよ。約束を済ませたあとで戻ってきてくれ」と耳打ちした。

テレンスはちょっとうれしそうな顔になってうなずき、ボートを川岸に向けた。「でも、きみがいっしょに来てくれないと、操舵索を操る人間がいなくなる。ペディック教授、先生は上陸して、戦場の研究をしててください。僕らはイフリーに行ってから、迎えに戻ってきますから」テレンスはボートをつける場所を探しはじめた。

教授が登れそうなくらい傾斜がゆるやかな岸を探すのに永遠の時間がかかり、釣り道具を探すのにはさらに時間がかかった。テレンスは血走った目で懐中時計をにらむ合間にグラッドストンバッグをひっかきまわし、僕はブリキ箱の中を漁って、釣糸とフライの箱を探した。

「あった！」テレンスが叫び、教授のポケットに毛針の箱を押し込むと、オールの片方をつかんでボートを川岸に接舷した。

「おーい陸地《ランド》だぞ」といってぱっと立ち上がり、片足で川岸の泥を踏む。「さあどうぞ、教授」

ペディック教授はなんとなくあたりを見まわし、角帽をとって、それをかぶろうとした。

「待って！」と僕はあわてて手を伸ばした。「ボウルかなんかないかい、テレンス。白のガジョン用」

ふたりでまた荷物をひっかきまわした。テレンスはバンドボックス、僕は自分の手提げかばん。糊のきいたカラーが二枚、僕にはスリーサイズ小さい黒のエナメル靴が一足、歯ブラシが一本。

シリルがにおいを嗅いでいた蓋つきバスケット。あの中には食べものと、料理用の鍋が入ってるかもしれない。船尾に積まれたがらくたの山をひっくり返し、それから座席の下を覗いた。いや、あそこだ。舳先にちょこんと載っかっている。そちらに手を伸ばしたとき、

「やかんだ！」と、テレンスが把手を持ってやかんをかざした。

テレンスからそれを受けとり、帽子の中の魚と水をやかんに空けて、ペディック教授に角帽を返した。「いますぐはかぶらないほうがいいですよ。水が蒸発するまで」

「利発な生徒だ」と教授が満面の笑顔になった。「『Beneficiorum gratia sempiterna est』（恩恵に対する感謝は永遠。クィントゥス・クルティウス・ルーフス『アレクサンドロス大帝事蹟』八巻八章十一節）」

「陸《おか》へ上げるものはこれでぜんぶだな」僕がまだやかんを下ろす間もないうちに、テレンスは教授をボートから岸へ下ろすと、「一時間で戻ります」といってボートに乗り込み、オールをつかんだ。「もしかしたら二時間」

「ここにいるとも」ペディック教授は川岸のへりに立っている。「『Fidelis ad urnum』（最後まで忠実に）」

「また河に落っこちないかな」と僕。

「だいじょうぶさ」テレンスはあまり説得力のない口調でいい、エイッ・ウィークのレースさながら、がむしゃらに漕ぎはじめた。

地面にかがみこんで鼻眼鏡越しになにかを検分しているペディック教授の姿が急速に遠ざかってゆく。ポケットから毛針の箱が落ち、岸を半分転がり落ちた。教授はさらに大きく腰を曲げてそれに手を伸ばす。

「もしかしたら……」と僕がいいかけたとき、テレンスが力いっぱいひと漕ぎしてカーブを曲がり、行く手に教会と石造りのアーチ橋が見えてきた。

「橋の上で待ってるといってたけど」テレンスが息をあえがせた。「見えるかい？」

目の上に片手をかざして橋に目を凝らした。北側のへり近くにだれかが立っている。ボートは猛スピードで橋に近づいた。白の日傘をさす、白いドレス姿の若い女性。

「いるかい？」オールを漕ぎながらテレンスが訊ねる。

彼女は青い花柄の白い帽子をかぶり、その下の赤みがかった鳶色の髪が陽光を浴びて輝いている。

「遅すぎたか」とテレンス。

「いや」でも、僕は遅すぎた。

彼女は、いままで見た中でもっとも美しい生きものだった。

Non semper ea sunt quae videntur.
(ものごとはいつも見かけどおりとはかぎらない)

――フェイドロス

6

英国の薔薇――ひらひら――《向こう側》からの便り――シリル、ボートを見張る――観光――執事――しるしときざし――田舎の教会墓地で――新事実――ある別名――説明――水浸しの日記――切り裂きジャック――ひとつの問題――葦の中のモーゼ――さらに別名――もっと意外ななりゆき

ああ、僕はたしかに、あのナイアスがいままで見た中でもっとも美しい生きものだといった。しかし彼女はずぶ濡れで泥だらけだったし、ラファエル前派の池から浮上したように見えたとはいえ、まごうかたなき二一世紀の女性だった。

それとおなじく、いま橋の上に立つ生きものはまごうかたなき一九世紀の女性だった。いかなる歴史家だろうと、橋の上に立つ彼女の――キッドの手袋をした手で白いスカート

の裾をさりげなくつまみ、貴族的な首の上で頭をまっすぐに立ててはいても——時が止まったような雰囲気、澄み切った瞳の汚れなさを記録することは望むべくもない。さながら一輪の優美な花、ヴィクトリア朝末期という選ばれた時代の温室環境でしか育つことのない花だった。だれも手を触れたことのない、蕾からいま花弁を開いた英国の薔薇、温室の天使。あと数年もすればこの世界から絶滅し、自転車にまたがるモダンガールや煙草片手のフラッパーガールや婦人参政権論者にとってかわられるだろう。

ひどい憂鬱の虫にとりつかれた。僕が彼女を自分のものにすることはけっしてない。白いパラソルをさし、緑がかった茶色の澄んだ瞳で見つめ、若さと美が結晶化した彼女は、とうの昔にテレンスと結婚し、とうの昔に世を去って、いま丘の頂きに見えているような教会の墓地に葬られている。

「面舵だ」とテレンスがいった。「違う、面舵！」テレンスは橋のたもとに向かって必死に漕いでいる。そこにはボートの係留用らしい杭が何本か立っていた。

僕はロープを持ってぬかるんだ泥の上に飛び降り、杭にそれを巻きつけた。

テレンスとシリルはもうボートを降り、橋に向かって川岸の急斜面を登っている。

えらく不細工な結び目をつくってロープを杭に結わえながら、どうせならフィンチも半結びとか縮め結びとかのサブリミナルテープを聞かせてくれていたらよかったのにと思った。そうしたらボートを正しく係留できたのに。

ここはヴィクトリア朝英国なんだ、と自分に言い聞かせた。人々がおたがいに信頼しあえた時代。あの熱意あふれる若者はあの美しい娘を手に入れて、いまごろはもう橋の上で口づけを交わしているはず……。

そうじゃなかった。テレンスはぬかるんだ土手に立ち、茫然とあたりを見まわしている。「姿が見えない」と幻の美女のほうをまっすぐ見ながらいう。「でも、従姉は来てるし、四輪馬車《ランドー》もある」と、教会のすぐ横にとまっている無蓋馬車を指さした。「ということは、まだここにいるはずだ。いま何時だろう」自分の懐中時計をとりだして蓋を開け、「会えなくなったと伝えるためだけに従姉をよこしたはずはない。もし彼女が——」といいかけたとき、その顔がぱっと輝いた。

フリル姿の少女が僕らの頭上の土手の上に現れた。白いドレスのスカートにも、ヨークにも、袖にも、ぜんぶひらひらのフリルがついている。パラソルも縁のところがぐるっとフリルになっていて、短い白の手袋もフリルつき。そして、戦場に乗り込んでいく旗の群れさながら、すべてのフリルがいっせいにはためく。その埋め合わせなのか、彼女の帽子にフリルはなく、かわりに巨大なピンクのリボンが風にひらめく。帽子の下のブロンドの巻毛もひらひらと揺れていた。

「ほら、従姉さん、セント・トゥルーズさまよ」といって、少女は斜面を降りはじめ、その足どりに合わせてすべてがひらひらと動いた。「きっと来てくださるっていったでしょ」

「トシー」白ずくめの幻がとがめるように声をかけたが、トシーはすでに曳舟道のほうへと走り出していた。乱れるスカートの裾をわずかにたくしあげ、白いブーツを履いたとても小さな足の爪先だけをかろうじて覗かせて、小さな歩幅で上品に走ってくる。

水際まで来て立ち止まり、僕らのほうを向いてまつ毛をぱちぱちさせながら、シリルに向かっていった。「かあいいわんちゃんはトシーに会いにきたの？　トシーがシリルちゃんに会いたがってるの知ってた？」

シリルはげんなりした顔になった。

「シリルちゃんはいいこちゃんにしてたのね」とトシーが猫撫で声でいう。「でも、ご主人ちゃまはいけない子でちゅよ。待っても待っても来なかったんでちゅから」

「足止めを食わされて」とテレンスが言葉をはさんだ。「ペディック教授が——」

「ぐずの男の子が約束をすっかり忘れちゃったんじゃないかって、トシーは心配してたんでちゅよ。そうでちゅよね、シリルちゃん？」

シリルはあきらめたような顔をテレンスに向けてから、頭を撫でさせるべく、いかにも気が進まない足どりでトシーのほうに歩き出した。

「まあ！　まあ！」トシーの声は、僕がヴィクトリア朝小説で読んで頭に浮かべていたセリフそっくりに聞こえた。「まあ！」

シリルはとまどったように足を止め、テレンスを見やり、それからまた歩き出した。「いけない子！」トシーは唇をすぼめ、何度か小さな悲鳴をあげた。「おそろしい動物にドレスを台なしにされちゃう。絹のモスリンなのに」スカートを翻してシリルから裾を遠ざけ、「お父さまがあたしのためにパリでつくらせたのよ」

シリルはもう後退していたが、テレンスが突進して首輪をつかんだ。「ミアリング嬢がこわがってるじゃないか」ときびしい声で叱責し、人差し指を振ってみせる。「シリルにかわって不作法をお詫びします。それに、時間に遅れてしまったことも。溺れかけていたチューターを助けなければならなくて」

従姉がやってきた。

「こんにちは、シリル」とやさしい声をかけ、ブルドッグの耳のうしろを掻く。「こんにちは、セント・トゥルーズさん。またお目にかかれてさいわいです」彼女の言葉には幼児語のかけらもなく、知性にあふれた静かな口調だった。「こちらにいらっしゃったということは、プリンセス・アージュマンドが見つかったのでしょうか」

「ええ、教えてちょうだい」とトシーがいまさらのようにいった。「かあいそうな迷子のジュジュちゃんを見つけたの？」

「悲しいかな、答えは否です」とテレンス。「しかしわれわれは捜索をつづける所存です。こちらはヘンリーさん。ヘンリーくん、こちらはミアリング嬢とブラウン嬢」

「はじめまして、ミス・ミアリング、ミス・ブラウン」僕はサブリミナルの教えどおり、麦わらのかんかん帽に手をやって挨拶した。

「ヘンリーさんと僕とでボートを借りたんですよ」とテレンスは橋のたもとのほうに手を振った。ボートの舳先がかろうじて見える。「これからテムズ河を一インチ残らず捜索する所存です」

「それはご親切に」とミス・ブラウンがいった。「でもわたしたちが今宵《こよい》帰宅する頃には、きっと無事に戻っていると思います」

「帰宅？」テレンスががっかりした声でいった。

「ええ！」とトシー。「今夜マッチングズ・エンドに帰るのよ。戻らなきゃいけないって知らせをママが受けたから」

「なにか不幸があって呼び戻されたのではなければいいのですが」

「あら、違うわ。そういう伝言じゃないの。《向こう側》からの便り。『マッチングズ・エンドに戻り、幸福な運命を待て』って。だからママはすぐに戻ることにしたの。今夜の列車に乗るわ」

「ええ。さあ、マダム・イリトスキーのお宅に戻らなければ」ミス・ブラウンがキッドの手袋をした手を伸ばした。「プリンセス・アージュマンドを探すのに力を貸してくださってありがとうございます。お目にかかれて光栄でしたわ、ヘンリーさん」

「あら、でもいますぐ戻るなんてだめよ、従姉のヴェリティ」とトシー。「列車は六時半でしょ。それに、セント・トゥルーズさんとヘンリーさんはまだ教会を見てないのよ」「マダム・イリトスキーのお宅までは遠いのよ」と従姉のヴェリティが異を唱えた。「それにあなたのお母さまが、お茶の時間に戻るようにおっしゃってたじゃない」

「時間はたっぷりあるわ。ベインに馬車を飛ばせといえばいいんだから。教会を見たいでしょ、セント・トゥルーズさん」

「ええ、ぜひ」とテレンスは勢い込んだ口調でいった。シリルがうれしそうにふたりのあいだを駆けまわる。

トシーはかわいらしくためらうようなしぐさをした。「シリルをボートのそばで待たせておくわけにはいかないかしら」

「ああ、もちろんそうですね。シリル、おまえはここで待ってろ」

「墓地門の外で待たせればいいじゃないか」と口を出したが、無駄だった。テレンスはもうすっかりトシーのいいなりで、手のほどこしようがない。

「ここで待て、シリル」とテレンスが命令した。

シリルは、ジュリアス・シーザーがブルータスに向けた視線もかくやという目で主人を見つめてから、前足に頭を載せ、日陰ひとつない川岸にうずくまった。

「悪い人たちがボートを盗まないように見張ってるのよ、勇敢なわんこちゃん」トシーはそういうと、日傘を広げて小道を歩き出した。「最高に古臭い教会なの。とっても古風で古式ゆかしいから、みんなわざわざ遠くから見物にやってくるわ。あたし、観光って大好き。来週はハンプトン・コートへ連れてってくれるってママが約束してくだすったのよ」

トシーはテレンスとぺちゃくちゃしゃべりながら先に立って坂道を歩き、僕は幻といっしょにそのあとにつづいた。

教会はトシーの言葉どおりだった。あちこちに立つ看板から判断するかぎり、じっさい〝みんなわざわざ遠くから見物にやってくる〟らしい。看板第一号は坂の下にある手書きのプラカードで、『順路に沿ってお進みください』とあった。それに続いて、『礼拝中の見学は禁止』『芝生に立ち入るべからず』『花を摘むべからず』。

「ママはハンプトン・コートのギャラリーで降霊会を開くんですって。ほら、ヘンリー八世の奥さんのひとりだったキャサリン・ハワードの霊が徘徊してるとこ。彼、奥さんが八人もいたのよ。ベインは六人だけだっていうけど、だったらヘンリー八世なんて名前になるはずないわ」

僕はブラウン嬢のほうを横目で見たが、彼女はおだやかにほほえんでいる。すぐそばで見ると、なおいっそう美しく見えた。帽子についたベールはうしろで留めてあり、赤みがかった鳶色の髪の上に純白の滝のように下がっている。そのベール越しに覗くきれいな肌とピンクの頬は、ほとんどこの世ならぬものに見えた。

「ヘンリー八世の奥さんたちはみんな首をはねられたのよ」トシーが話している。「首をはねられるなんてぞっとするわ」トシーはブロンドの巻毛を軽く揺すって、「頭を刈られて、ざらざらした無地のシフトを着せられちゃうのよ。なんの飾りもついてない服」

フリルもね、と僕は心の中でいった。

「キャサリン・ハワードの霊が頭だけじゃなきゃいいけど」とトシーはいった。「ほら、全身じゃないときだってあるでしょ。ノーラ・ライアンがマッチングズ・エンドに来たときは、ある霊の片手だけを実体化させたの。その手がアコーディオンを弾いたのよ」トシーはいたずらっぽい目をテレンスに向けた。「ゆうべ、霊があたしになんていったか知ってる？　見知らぬ人と出会うでしょう、って」

「霊はほかにどんなことを教えてくれたんですか」とテレンスが訊ねた。「背が高くて、色黒で、ハンサムだとか？」

「いいえ」トシーはまじめくさった顔でいった。「霊は叩音《ラップ》で『Cに』と告げてから、『気をつけて』って。ママはプリンセス・アージュマンドについてのお告げだと思ってるけど、あたしは海《シー》って意味だと思う。でも、そばに海なんかないから、きっとそれは、その見知らぬ人が河からやってくるって意味だったのよ」

「僕みたいに」とテレンスがいった。手のほどこしようがない。

丘のてっぺんが近づいてきた。頂上には、幌を畳んだ馬車が一台。運転台の御者はよりにもよって昼間礼服の盛装だった。燕尾服に縞模様のズボン。御者は読書中で、馬は落ち着きなく芝を食んでいる。『駐車禁止』の看板がないのが不思議だった。

僕らが近づくと、御者は本を閉じ、ぎくしゃくした動きで背すじをまっすぐ伸ばした。

「でも、もうちょっとで来られなくなるところだったわ」トシーは御者に目もくれず馬車の横を通り過ぎ、「マダム・イリトスキーの召使いが馬車で送ってくれるはずだったのに、彼がトランス状態になってしまって。あたしたちだけでランドーに乗るのはママが許してくれないし。そのとき思いついたの、ベインに御者をやらせればいいんだわって。ベインはうちの新しい執事。ママがチャティスボーン夫人から盗んだの。夫人はかんかんになってた。いい執事はなかなか見つからないから」

縞模様のズボンやぎくしゃくした動きはそれで説明がつく――フィンチのテープがきわめて明快に語ったとおり、執事は馬車を御さない。僕は執事に目をやった。思ったより若く、長身で、げっそりやつれた顔をしている。睡眠不足に悩まされているような顔。そのつらさはよくわかる。僕自身、もう何世紀も眠っていないような気分だった。

フィンチのテープによれば、執事はポーカーフェイスを保つものらしいが、この男はその点も違った。明らかに、なにか心配ごとがある顔だ。なんだろう。この小旅行か、それとも、ヘンリー八世は八人の妻を持っていたと思っている人間に仕えるわが身の将来か。それ通り過ぎるとき、どんな本を読んでいるのかと横目で盗み見た。カーライルの『フランス革命』だった。

「あの執事はきらい」と彼がそこにいないかのようにトシーがいった。「いつも反対してばっかり」

どうやら従姉のヴェリティも彼のことが気に入らないらしい。馬車の横を通るとき、視線をまっすぐ前方に向けたままだった。僕は執事に会釈して帽子に手をやった。執事は本をとり、読書を再開した。

「前の執事のほうがずっとよかった。うちを訪ねてきたレイディ・ホールに盗まれたの。想像できる？　うちに泊まっていたくせに！　召使いが本を読むのを許すべきじゃないってパパはいってるわ。道徳的な性質をだめにするから。それに考えを吹き込むから」

テレンスが教会の敷地の門を開けた。門の看板には、『お帰りの節は門を閉めてください』とある。

テレンスとトシーは扉のところまで歩いていった。扉のそこらじゅうに注意書きが貼り出されている。『午後四時以降の訪問禁止』『礼拝中の見学禁止』『写真撮影及び銀板写真《ダゲレオタイプ》禁止』『所用の節はハーウッド館のエグルワース教区委員に連絡を。ただし緊急の場合に限る』ルターの九十九の異議がいっしょに書かれていないのは驚きだ。

「この教会、かわいいー」トシーがいった。「ほら、扉の上に彫ってあるあの素敵なジグザグとか」

テープの助けがなくても、犬歯飾りが一二世紀のものであることは見分けがついた。レイディ・シュラプネルの大聖堂でこの数カ月を過ごしてきた成果だ。「ノルマン建築ですね」と僕はいった。

「古風な教会って、あたし大好き。ねえ」トシーが僕を無視してテレンスにいった。「現代の教会よりずっと簡素で」

警告ビラがびっしり貼ってある簡素で古風な扉をテレンスが押し開けると、トシーが日傘を畳んで中に入った。テレンスがそのあとにつづく。従姉ヴェリティも当然それにならうだろうと思っていた。フィンチのテープによれば、ヴィクトリア朝の若き淑女が付き添いなしで出かけるのは許されなかったそうだし、従姉ヴェリティは（夢幻の身でも）トシーの付き添いに違いない。川岸ではたしかに不興げな表情だったし、薄暗い教会の中はよからぬ企てのチャンスに満ちている。それに、扉の注意書きからして、教区委員が留守にしているのは明白だ。ところがブラウン嬢は、半開きの扉にも、その向こうの暗がりにも目をくれず、『唾吐き禁止』の注意書きで飾られた鉄の門扉を開き、教会墓地に足を踏み入れた。

ブラウン嬢は静かな足どりで墓のあいだをぶらぶら歩いてゆく。『花を摘むべからず』とか『墓石によりかかるべからず』とか書いた掲示板を過ぎ、だれかが思いきり寄りかかったらしい、ひどく傾いたオベリスクの前を通過する。

ヴィクトリア朝の若い淑女とふたりきりになったときにかけるべき言葉を思い出そうと、僕は頭をひねった。フィンチのテープは、出会ったばかりの若い男女が語り合うべき話題についてはなんの指針も与えてくれなかった。

政治の話じゃないことはたしかだ。一八八八年の政治状況なんかなにひとつ知らないし、若き淑女はまつりごとなどという俗事に頭を悩ますべきではないというのが当時の常識だ。それに、宗教でもない。ダーウィンはまだ論議の的なのだから。見たことのあるヴィクトリア朝劇で登場人物がどんなことをしゃべっていたのか思い出そうとした。『あっぱれクライトン』と『まじめが肝心』(前者はJ・M・バリー作、後者はオスカー・ワイルド作の喜劇)。社会階級ネタと気の利いた警句。政治思想に染まった執事というのはその手の芝居で人気のあるネタじゃないし、気の利いた警句はひとつも思いつかない。それに、ユーモアはいつも危険と背中合わせだ。

ブラウン嬢はいちばん向こうの墓石のところまでたどりついて、なにかを期待するような目でこちらを見ている。

そうだ、天気の話だ。でも、いったいどう呼びかけるべきだろう。ミス・ブラウン？ヴェリティさん？　ミレイディ？

「で」と彼女はいらだたしげにいった。「ちゃんと戻せたの？」

予期していた第一声とはいささか落差があった。「失礼？」

「ベインに見られたわけじゃないでしょ？　どこへ置いたの？」

「あいにくですか、どなたかと人違いを……」

「いいのよ」教会のほうに目をやって、「声は聞こえないから。ネットから連れ戻したときなにがあったのか正確に教えて」

タイムラグがいきなりぶり返したらしい。話の内容がさっぱり理解できない。

「溺死させたんじゃないでしょうね」と彼女は喧嘩腰でいった。「溺れ死にはさせないって約束だったのよ」

「なにを溺れ死にさせるって？」

「猫」

付属病院のナースと話をしたときよりまだひどい。「猫？　それってトシーの——ミアリング嬢の行方不明の猫？　プリンセス・アージュマンドのこと？」

「もちろんプリンセス・アージュマンドのことに決まってるでしょ」渋面になり、「ダンワージー先生から預かったんじゃないの？」

「ダンワージー先生？」僕はぽかんと彼女を見つめた。

「ええ。ネットを抜けて連れ帰るようにと猫を託されなかった？」

ようやく理解の光がともりはじめた。「きみはダンワージー先生のオフィスにいたあのナイアスか」とわれ知らず歎声をあげた。「でもそんなことありえない。彼女の名前はキンドルだった」

「それがわたしの名前。ミス・ブラウンは時代名よ。ミアリング家の血縁にキンドルなんて姓の親戚はいないし、わたしはトシーの又従姉ってふれこみだから」

光はまだ薄暗い。「きみがあのミス災厄《カラミティ》か。ネットを抜けてなにかを過去から持ち込んだ」

「猫」とキンドルがじれったげにいった。

猫。もちろんだ。キャブとかラットとかよりキャットのほうがずっと筋が通る。それに、僕がウィンダミア卿夫人の扇に言及したときダンワージー先生が浮かべた妙な表情もそれで説明がつく。「きみが持ち込んだのは猫だったのか。でもそんなこと不可能だ。過去から現代にネットを抜けてなにかを持ち帰ることはできない」

今度は彼女がぽかんと口を開ける番だった。

「猫のこと知らなかったの？　でも、あなたに託してあの猫を送り返すつもりだと思ったのに」と彼女はいい、僕は僕で、ダンワージー先生はそのつもりだったんだろうかと不安な思いで考えた。ネットの中に立っていたとき、フィンチは僕に待てといった。フィンチが猫を連れてこようとしたのに、猫を渡す前に僕が先走って降下を敢行した？

「僕といっしょに猫を送り返すって話だった？」

彼女は首を振った。「ダンワージー先生はなにも教えてくれないのよ。きみはもうじゅうぶんなトラブルを引き起こしたんだから、もうこれ以上は話をややこしくしないでくれ、って。でも、ダンワージー先生のオフィスで姿を見たから、きっとあなただと思っただけ」

「僕は自分のタイムラグのことでダンワージー先生に相談にいってたんだよ。付属病院で二週間の安静を言い渡されて、ダンワージー先生がそのために僕をここに送り込んだ」

「つまり、ヴィクトリア朝に？」とキンドルがおもしろがるような口調でいった。

「うん。オックスフォードにいたんじゃ休んでられないからね。レイディ・シュラプネルが――」

キンドルはさらにおもしろがるような顔になった。「先生があなたをここへよこしたのは、レイディ・シュラプネルから逃がすため？」

「ああ」とうなずいてから、僕ははっと身を堅くして、「彼女、ここへ来てるわけじゃないよね」

「そういうわけじゃないけど。あなたが猫を連れてきたんじゃないなら、だれが預かってきたのか知らない？」

「さあ」研究室での会話を思い出そうとしながら答えた。『連絡相手はだれそれ』とダンワージー先生はいった。アンドルーズだ。いま思い出した。ダンワージー先生は『連絡相手はアンドルーズ』といった。

「アンドルーズと接触しろとかいわれたけど」

「ほかになにか小耳にはさまなかった？　その人をいつ送り出すかとか、降下の首尾はどうだったかとか」

「いや。でも、僕はかなりの時間ぼんやりしてたから。タイムラグのせいで」

「アンドルーズの話を聞いたのは正確にいつ？」

「今朝、降下を待ってるとき」

「いつ抜けたの？」

「今朝だよ。午前十時」

「だったらそれで説明がつくわ」キンドルはほっとした顔でいった。「戻ってみたらプリンセス・アージュマンドがいなくて、ずっと心配してたの。なにかまずいことが起きてあの子を過去に送り返すことができなかったんじゃないか、それともベインが先に見つけてまた河に放り込んだんじゃないかって。ミアリング夫人は行方不明の猫のことでオックスフォードのマダム・イリトスキーに相談するといってきかなかったし、そのあとあなたの連れの若者が登場して、わたしも本格的に心配しはじめたわけ。でも、これで万事まるくおさまるわね。どう考えても、プリンセス・アージュマンドが送り返されたのはわたしたちがオックスフォードへ出発したあと。だったらこの旅行もむしろ好都合。わたしたち全員が屋敷を留守にしているから、あの子が送り返されてもそれを目撃する人間はいない。ベインも同行しているから、わたしたちが戻るまであの子を溺れ死にさせるわけにはいかない。猫を連れ戻す降下はうまくいったはずよ。そうじゃなきゃ、あなたがいまここにいるわけないから。ダンワージー先生は、猫がつつがなく戻されるまで一九世紀への降下はすべて棚上げにするといってた。ということは、これで万事まるくおさまった。ダンワージー先生の実験はうまくいったわけだし、わたしたちが戻ったらきっとプリンセス・アージュマンドが出迎えてくれる。心配することはもうなんにもない」

「待って」僕はすっかり混乱していた。「そもそもの最初からちゃんと説明してもらったほうがよさそうだ。すわって」

僕は『傷をつけぬこと』と注意書きの貼ってある木のベンチを指さした。注意書きの横には、矢が刺さったハートの絵と、『ヴァイオレットとハロルド、'59』の文字が彫りつけてある。キンドルは白いスカートを優雅に翻してベンチに腰かけた。

「よし。きみはネットを抜けて、猫を一匹、過去から現代に運んだ」

「ええ。そのときわたしは、十分間隔の間欠ランデヴーでネットが開くのを待って四阿《あずまや》にいた。降下点は、その四阿のすぐうしろにある小さな林の中よ。で、ダンワージー先生に報告するためにネットに入ろうとしたとき、ベインの姿が見えた。プリンセス・アージュマンドを抱えて――」

「待った。そもそもきみはヴィクトリア朝でなにをしてるんだい」

「レイディ・シュラプネルの命令で、トシーの日記を読むために派遣されたの。主教の鳥株のありかに関する手がかりがその日記に書いてあるかもしれないと彼女が思いついて」

もちろんだ。今回のことすべてが主教の鳥株に関係していることぐらい、最初からわかっていてしかるべきだった。「でも、トシーと主教の鳥株にどんな関係が？」だしぬけに、ぞっとするような考えが頭に浮かんだ。「まさか、トシーがレイディ・シュラプネルのひいひい祖母さんだなんていわないでくれよ」

「ひいひいひいひい祖母さんよ。いまが問題の夏なの。トシーがコヴェントリーに行って、主教の鳥株を目撃し、そして――」

「――人生が永遠に一変した」と僕がひきとった。

「彼女が死ぬまで書きつづけた何巻にもわたる膨大な量の日記の中で、その後もくりかえしくりかえし、微に入り細にわたって言及しつづけた出来事。レイディ・シュラプネルはそれを読んで、コヴェントリー大聖堂を再建するという考えにとりつかれ、彼女の人生もまた永遠に変わってしまった」

「それに僕らの人生もね。でも、レイディ・シュラプネルがもう日記を読んでるんなら、どうしてわざわざきみを一八八八年に送って日記を読ませようなんてするわけ？」

「人生を一変させた経験をトシーが最初に記録した巻――一八八八年の夏に書かれた巻――は水を吸って損傷がひどいの。レイディ・シュラプネルはコーパス・クリスティーの法科学科にいる科学分析の専門家に解読作業をやらせてるけど、まだたいした成果が上がってなくて、だから現場で現物を読んでこいとわたしを派遣した」

「でも、トシーが日記のほかの巻で微に入り細にわたって何度も言及してるんなら――」

「それが具体的にどうやって人生を変えたのかとか、何日にコヴェントリーに行ったのかとか、そういうことは書いてないのよ。レイディ・シュラプネルは、問題の巻にはほかにも重要なことが書かれてるんじゃないかと考えてる。不幸にして――むしろ幸いにしてというべきかもしれないけど――トシーは日記もあのしゃべりかたとおなじような調子で書いてるもんだから他人に読まれたくないらしくて、王冠並みに厳重な鍵と錠で日記帳をガードしてる。いままでのところ、わたしもまだ手が出せずにいるわけ」

「まだよくわからないんだけど、主教の鳥株が行方不明になるのは一九四〇年のことだろ。一八八八年に書かれた日記にどんな使い道がある？」

「だれが教会に寄贈したのかを知る手がかりがあるかもしれないとレイディ・シュラプネルは考えてる。コヴェントリー大聖堂の寄贈品記録は空襲で焼失したから。寄贈した人間もしくはその子孫が開戦時に主教の鳥株をとり戻して安全な場所に保管した可能性もある、と」

「あれを寄贈した人間は、たぶん厄介払いしたかっただけだと思うけどなあ」

「ええ。でも、相手はレイディ・シュラプネルよ。『ひとつ残らず石をひっくり返して』。だからこの二週間、わたしはトシーのあとをついてまわって、彼女が日記帳に鍵をかけずに置き忘れるチャンスを待っていた。それともうひとつ、彼女がコヴェントリーへ出かけるのをね。もうそろそろ行くはずなのよ。それとなくコヴェントリーの話を出したら、まだ一度も行ったことがないといってたし、トシーが六月中にコヴェントリー旅行に行くのはわかってるから。でも、いままでのところはともに成果なし」

「それでトシーの猫を誘拐し、身代金として日記帳を要求した？」

「まさか。ダンワージー先生のところへ報告に戻ろうとしたとき、ベインを見かけたの。あの執事——」

「読書家の」

「殺人傾向のある異常者よ。プリンセス・アージュマンドを抱きかかえ、ベインは川岸へとやってきた。完璧に美しい六月。薔薇がとってもきれいだったわ」

「なんだって？」また話の筋道がわからなくなる。

「それにキングサリ！　ミアリング夫人が丹精込めたキングサリの樹は、それはもう絵のような美しさですのよ」

「失礼ですが、ミス・ブラウン」どこからともなくベインが出現した。ぎこちない動きで小さく一礼する。

「どうしたの、ベイン？」

「ミアリングお嬢さまの飼い猫のことですが」と落ち着かない口調でいう。「セント・トゥルーズさまがいらっしゃるということは、居場所を突き止めてくださったのかと思いまして」

「いいえ、ベイン」とヴェリティが答え、温度が一気に二、三度下がったような気がした。

「プリンセス・アージュマンドはまだ行方不明です」

「心配だったものですから」ベインはまた一礼した。「そろそろ馬車をまわしておきましょうか」

「いいえ」ヴェリティは凍りつく声でいった。「ありがとう、ベイン」

「ミアリング夫人は、お茶の時間に間に合うようにと……」

「存じています、ベイン。ありがとう」

ベインはなおもためらうようなそぶりを見せ、「マダム・イリトスキーのお宅までは、馬車で三十分かかりますが」

「ええ、ベイン。もういいわ」ヴェリティはベインが馬車のすぐそばまで行くのを見届けてから、吐き捨てるように、「冷酷非情の猫殺し！　セント・トゥルーズさまが居場所を突き止めてくださったのかと思いまして？　そんなはずがないのは重々承知のくせに。心配してるなんてよくいえたもんだわ。怪物！」

「彼が猫を溺死させようとしてたのはたしか？」

「もちろんよ。河めがけて思いきり遠くまで放り投げたんだから」

「時代人の慣習なのかもしれないよ。ヴィクトリア朝の人々は猫を溺死させたって話を読んだ記憶がある。なによりも、数が増えすぎないように」

「それは生まれたての仔猫の場合で、成猫じゃない。それに飼い猫も。プリンセス・アージュマンドはトシーが自分の次に愛している相手なのよ。時代人が溺死させた仔猫は農場に棲みついてる野良猫で、飼い猫じゃない。つい先週も、マッチングズ・エンドのすぐ先の農夫がひと腹の仔猫を殺した。石の重しといっしょに袋に入れて、池に投げ込んでね。野蛮だけど、悪意はない。でもこれは悪意のかたまり。ベインはプリンセス・アージュマンドを河に放り込んだあと、ぽんぽんと両手をはたいて、屋敷のほうに帰っていった。にやにやしながら。だれがどう見ても、あの猫を溺れ死にさせる気だったのよ」

「猫は泳げるんだと思ったけど」

「テムズ河のど真ん中じゃなければね。わたしがなんとかしなかったら、あのまま流されていったに決まってる」

「シャロット姫だ」とつぶやいた。

「なに？」

「なんでもない。女主人の飼い猫を殺そうなんてどうして思ったんだろうな」

「さあね。猫嫌いなのかも。でなきゃ、猫だけの話じゃなくて、わたしたちみんながある晩、寝てるうちに殺されちゃうとか。切り裂きジャックの正体はあいつなのかもしれない。

一八八八年にはもう犯行がはじまってたんじゃなかったっけ？　真犯人の正体はけっきょく判明してないでしょ。まあとにかく、確実にいえるのは、プリンセス・アージュマンドが溺死するのを黙って見てるわけにはいかなかったってこと。絶滅種なのよ」

「だから河に飛び込んで救出した？」

「水の中をざぶざぶ歩いただけよ」ヴェリティは弁解がましくいった。「それから猫を捕まえて岸まで連れ戻したんだけど、そのとたん、ヴィクトリア朝のレイディはそんなふうに河へ入ったりじないいんだって気がついたの。靴も脱いでなかった。考えるより先に行動したのよ。それであわててネットに飛び込んだら、ネットが開いた。だれかに見られないように姿を隠そうと思っただけ。問題を起こすつもりなんかなかったのに」

問題か。彼女は、時間理論が不可能だとしていることをやってのけた。そしておそらく連続体に齟齬を引き起こした。ダンワージー先生がチズウィックを質問責めにし、哀れなT・J・ルイスをとっちめたのも無理はない。問題ねえ。

扇と生きた猫とではまるで話が違う。扇ひとつでさえ、ネットを抜けることはない。タイムトラベルが発明されたばかりの頃、ダービーとジェンティラがそれを証明した。ふたりは、過去の財宝を略奪する海賊船としてネットを開発し、モナリザからツタンカーメンの墓まで、ありとあらゆるものをかたっぱしから試した挙げ句、それがうまくいかないとわかると、もっとつまらないもので実験した。たとえばお金とか。しかし、顕微鏡的なサイズの粒子以外はなにひとつネットを抜けなかった。半ペンス硬貨だろうが魚用フォークだろうが、その時代のなにかを現代に持ち帰ろうとすると、ネットは開かない。細菌も、放射線も、流れ弾も通さない。ダービーとジェンティラのみならず全世界がそれに感謝してしかるべきだが、当時はとくにだれもありがたく思わなかった。

ダービーとジェンティラに研究資金を提供していた多国籍企業はその時点で興味を失い、タイムトラベルは歴史学者と科学者に引き渡された。なぜ過去のものを現代に持ち込めないかを説明するずれ理論と歴史保存則が誕生し、それは基本則として受け入れられた。過去からネットを通じてなにかを持ってこようとしても、ネットはけっして開かない。それが鉄の掟だった。いまのいままでは。

「猫を連れてこようとしたら、ネットが開いた。ただそれだけ？　降下点に関して、なにか変わったことはなかった？　遅れとか揺れとか」

ヴェリティは首を振った。「いつもの降下と変わらなかった」

「猫も無事だった？」

「ずっと眠ってた。降下点に入ったとき腕の中で眠り込んで、ダンワージー先生のオフィスに行ったときもまだ目を覚まさなかった。猫の場合は、タイムラグがそんなふうに作用するみたい。失神しちゃうのよ」

「ダンワージー先生に会いにいった？」

「もちろんよ」とまた弁解がましくいう。「自分がなにをしでかしたかに気づくなり、猫を先生のところへ連れていった」

「そして先生が、猫を連れ戻すことを決断した？」

「フィンチに食い下がって聞き出した話だと、これからヴィクトリア朝への全降下をチェックしてみて、ずれの過剰を示す徴候がもしなかった場合には、猫の失踪が連続体になんらかのダメージを引き起こす前に猫が戻されたことを意味するから、送り返す算段をするって」

でも、ずれの増大はたしかにあった。ダンワージー先生がコヴェントリーのことでカラザーズに質問していたのを思い出した。「僕らがコヴェントリーで出くわしたトラブルのことは？」

「フィンチの話だと、それは無関係だと考えてるみたい。そっちは、コヴェントリーが歴史の分岐点《クライシス・ポイント》になってるせいだって。ウルトラとの関係があるからよ（「ウルトラ」は、第二次大戦中、独軍「エニグマ」暗号の解読に成功したチームおよびその解読情報の通称。英国がバトル・オブ・ブリテンに勝利する重要な要因となった）。ずれの増大が見られるエリアはあそこだけ。ヴィクトリア朝への降下に関しては、ひとつもなかった」ヴェリティがこちらを見上げて、「あなたの降下は、どのぐらいのずれだった？」

「ゼロだよ。目標時刻ぴったり」

「よかった」ヴェリティはほっとした顔になった。「わたしが戻ったときも、ずれは五分だけだった。フィンチの話だと、齟齬はまず第一に、ずれの増大となって表れ――」

「教会のお墓ってほんとにだあいすき」トシーの声がいい、僕はヴィクトリア朝の恋人さながら、ヴェリティのそばからぱっととびのいた。ヴェリティは落ち着きはらって日傘を開き、優雅に立ち上がった。

「素朴なところがとっても素敵ね」トシーが旗の群れをひらひらさせて視界に入ってきた。「退屈で現代的なあたしたちの墓地とは大違い」足を止め、倒れかけた墓石を鑑賞する。「教会墓地は不衛生だ、地下の水を汚染するってベインはいうけど、すばらしく清潔だと思うわ。まるで詩みたい。そう思いませんこと、セント・トゥルーズさん？」

「『櫟《いちい》の木の陰、いかつい楡の木の下』」テレンスが従順に引用した。「『腐植土の小山が無数にうねり芝生を戴くところ――』」

腐植土の小山がうねるあたりはベインの理論を裏付けているような気もしたが、テレンスもトシーもそれには気づかなかった。とりわけ、「『それぞれの細い臥所《ふしど》に永遠《とわ》に横たわり、小村の粗野な父祖たちが眠るところ』」と朗々たる暗誦をつづけるテレンスは。

「テニスンって大好き。あなたはどう、従姉さん？」とトシーが訊ねた。

「トマス・グレイよ」とヴェリティが訂正した。「『田園の教会墓地で書かれた悲歌』」

トシーはそれを無視して、「まあ、ヘンリーさん、こちらにいらして教会の中を見なくっちゃだめよ。飾りのついたとってもすばらしい花瓶があるの。ねえ、セント・トゥルーズさん」

テレンスはトシーを見つめたままあいまいにうなずき、ヴェリティは顔をしかめた。「ヘンリーさん？」

「ぜひとも、あれを見なくちゃ」トシーは手袋の手でスカートの裾をつまんだ。「ぜひとも」と答えて僕はトシーに腕を貸し、僕らは全員そろって教会の中に入った。入口の大きな掲示板には、『不法侵入者は告訴されます』とあった。

教会の中は空気がひんやりして、古い木材と黴の生えかけた賛美歌集のにおいがかすかに漂っていた。内装は、がっしりしたノルマン様式の柱、ドーム天井を戴く初期英国式の内陣、ヴィクトリア朝様式の薔薇窓、それに祭壇の手すりには『内陣に立入るべからず』と記された大きな掲示板。

トシーはその警告を朗らかに無視し、ノルマン様式の石造りの洗礼盤にも目をくれず、説教壇の向かい側の壁龕にまっすぐ歩み寄った。「いままで見たこともないほど素敵なものじゃなくて？」

トシーがレイディ・シュラプネルのご先祖さまであることに疑問の余地はない。レイディ・シュラプネルの審美眼がどこに端を発しているかも明白だ。もっともトシーには情状酌量の余地がある。なにしろ彼女はヴィクトリア朝人。セント・パンクラス駅のみならず、アルバート記念碑を建てた時代に属しているのだから。

壁龕に飾られた花瓶は、サイズこそ慎ましいものの、その両者とそっくりだった。駅舎と違って一階建てだし、コリント式の柱もないが、しかし巻きつく蔦《つた》と、浅浮き彫りはしっかりある。浮き彫りされた絵柄はノアの方舟もしくはジェリコの戦い。

「これ、なんの絵のつもりだろう」と僕。

「幼児大虐殺」とヴェリティがつぶやいた。

「ナイル河で沐浴するファラオの娘たち」トシーがいった。「ほら、葦のあいだから覗いてるのはモーゼのかごよ。あたしたちの教会にもこれがあったらいいのにね。マッチングズ・エンドの教会は、古いがらくたの山しかないの。これ、まるでテニスンのあの詩みたい」トシーは両手を組み、「『ギリシャの壺に寄せる詩』」

テレンスが待ってましたとばかり、頼みもしないのにキーツの「ギリシャの壺に寄する賦」を引用しはじめた。僕は絶望的な気分でヴェリティを見やり、ふたりきりで話す機会をつくる口実がないかと考えた。犬歯飾り？　シリル？　ヴェリティは、時間ならいくらでもあるというように、石造りの円天井をのんびり見まわしている。

「『美は真であり、真は美であると。これこそはきみたちがこの地上で知り――』」とテレンスがキーツの暗唱をつづけている。

「幽霊が出ると思う？」とヴェリティが唐突にいった。

テレンスが引用をやめて、「幽霊？」

「幽霊？」トシーがうれしそうに訊き返し、ミニチュア版の悲鳴というか、黄色いプチ悲鳴《スクリーム》《ツイート》をあげた。「もちろんよ。マダム・イリトスキーは、この世とあの世をつなぐ門となる場所があるっていってたもの」

ヴェリティに目をやったが、彼女はいましがたトシーがネットに言及したことも知らぬげに、落ち着きはらった顔をしている。

「マダム・イリトスキーのお話だと、霊は、自分の魂があの世へと渡った門の近くを漂ってることが多いんですって」トシーがテレンスにそう説明した。「霊媒がよくしくじるのはそのせいよ。近くに門がないせい。だからマダム・イリトスキーは、よその家を訪ねていくんじゃなくて、いつも自宅で降霊会を開くの。それに、教会墓地が門になるのはとても論理的だわ」トシーは肋材で支えられた円天井を見上げ、またプチ悲鳴をあげた。「いまもここに霊がいるのかも！」

「霊がいるなら、教区委員が知っているはずね」と、ヴェリティがすかさず誘導する。

そうとも。そして警告の看板を出すだろう。『教会内に顕現すべからず』とか、『エクトプラズム厳禁』とか。

「ええ、そうよ！」トシーが叫び、またしてもプチ悲鳴をあげた。「セント・トゥルーズさん、教区委員に訊ねてみなきゃ！」ふたりは教会堂の外に出ると、掲示板を読み、教区委員のいるハーウッド館のほうへ歩き出した。教区委員もふたりに会えて大喜びだろう。

「ダンワージー先生から聞いてるのは、猫を救出した二時間後に送り返すから、異常なずれや偶然がないか報告しろってことだけ」ヴェリティが中断したところから話を再開した。

「だから、プリンセス・アージュマンドはもうマッチングズ・エンドに戻ってるものだと思ったのよ。でも、こっちに来てみたら、まだ行方不明のまま。いなくなってることにトシーが気づいて、家じゅうの人間を駆り出して捜索させていた。それでわたしも、なにか手違いがあったんじゃないかと心配になってきたの。でも、ダンワージー先生のところに戻って状況をたしかめる暇もなく、ミアリング夫人がどうしてもオックスフォードに行くと言い出して、みんなそろって旅行に連れ出され、そしてトシーはデ・ヴェッキオ伯爵と出会ってしまった」

「デ・ヴェッキオ伯爵って？」

「降霊会に同席した若者。金持ちでハンサムでチャーミング。じっさい理想的な相手ね。名字の頭文字がCじゃなくてVなのが惜しいけど。神智学に興味があるそうよ。あと、トシーにも興味を持ってる。トシーの手を握りたくて、降霊会のテーブルで彼女のとなりの席にすわると言い張った。『もしきみの足になにかがさわってもこわがっちゃいけない、ただの霊魂なんだからね』だって。だからテムズ河べりの散歩を提案したのよ、トシーを彼から引き離すために。そしたらテレンスがボートで通りかかったんだけど、彼の名字のイニシャルもやっぱりCじゃなかった。そのテレンスもトシーに夢中みたい。それが珍しいってわけじゃないけど。トシーと出会った若い男はみんな夢中になるから」ヴェリティはベールの下から僕を見上げて、「そういえば、あなたはどうして夢中にならないの？」

「彼女、ヘンリー八世には八人の妻がいたと思ってるんだぜ」

「ええ、それは知ってるけど、あなたは重度のタイムラグで、哀れを誘うティタニア状態だった。そのへんをほっつき歩いて、最初に出会った娘とたちまち恋に落ちる」

「僕が最初に出会った娘はきみだった」

もしヴェリティがその外見どおり〝手折られぬ英国の薔薇〟だったら、ベールの下の頬をピンクに染めただろう。しかし、あくまで二一世紀人たる彼女は、

「ひと晩ぐっすり眠れば治るわ」と、付属病院のナースそっくりの口調でいった。「トシーの求婚者たちもそうだったらいいのに。とくにテレンスね。トシーは彼にすごく惹かれてるみたい。マダム・イリトスキーがプリンセス・アージュマンドを見つけるための降霊会を特別に開く手配をしてくれたのに、それでも今日の午後はイフリーに来るといって聞かなくて。来る途中の馬車の中では、花嫁のケーキにプラムケーキはどう思うかって訊かれた。本気で心配になったのはそのときよ。わたしがあの猫を助けたせいで齟齬が生じたんじゃないかって。オックスフォードに行かなければ、トシーはデ・ヴェッキオ伯爵に出会うこともテレンスに出会うこともなかった。どっちの名前も頭文字がCじゃない」

また話が見えなくなってきた。「どうして頭文字がCじゃなきゃいけないんだい」

「あの夏――つまり、この夏――トシーが結婚した相手は、Cで始まる名前の男だからよ」

「どうしてわかった？　日記は読めないんじゃなかった？」

「ええ、読めないわ」ヴェリティは信徒席に歩み寄り、『礼拝中を除き、信徒席への着席を禁ず』と書いた立て看板のとなりに腰を下ろした。

「じゃあ、そのCは、彼女の人生を永遠に変えてしまったコヴェントリー旅行のことかもしれないじゃないか。コヴェントリーもCではじまるよ」

ヴェリティは首を振った。「一九三八年五月六日付けの日記にはこう書いてあるの。『この夏で私達は結婚五十周年。ミスターCなんとかの妻となり、私は思ってもみなかったほどの幸せを手に入れた』でも、結婚相手の名前は液洩れで消えてるの」

「液洩れ？」

「インクの染み。当時のペンはそんなふうだったのよ、知ってるでしょ」

「頭文字がCなのはたしかなんだね。Gとかじゃなく？」

「ええ」

ということは、デ・ヴェッキオ伯爵やテレンスだけでなく、ペディック教授やジェイブズも圏外になる。ありがたいことに、この僕も。

「彼女が結婚するそのチップス先生だかチェスタトンだかコールリッジだかはいったい何

者？」

「それがわからないから困ってるのよ。トシーはいままで一度もそんな人間の話をしていないし、マッチングズ・エンドを訪ねてきた人間にも該当者ゼロ。メイドのコリーンにも訊いてみたけど、そんな名前に心当たりはないって」

外から遠い声が聞こえてきた。ヴェリティが立ち上がり、

「いっしょに歩いて。建築を見学しているふりをするのよ」といって、洗礼盤のほうに歩み寄ると、興味深げな表情でそれを見つめはじめた。

「じゃあ、どこのだれかは知らないけど、問題のミスターCはトシーがまだ会ったことのない人物で、彼女がこの夏結婚する相手だと、そこまではわかってるわけだ」僕は『教会備品に妄《みだ》りに手を触れぬこと』と書かれた掲示板を見ながらいった。「ヴィクトリア朝人は長い婚約期間を経てから結婚するもんだと思ったけど」

「そのとおり」ヴェリティはむっつりした顔で答えた。「婚約のあと、三週つづけて日曜日に教会へ行って結婚の公告を読み上げなきゃいけない。両親の顔合わせや花嫁衣裳の準備はいうまでもなく。なのにもう六月も半ばよ」

「結婚したのはいつ？」

「それも不明。マッチングズ・エンドの教会は汎流行病《パンデミック》のときに焼失して記録が残っていないし、トシーの日記にも日付の言及がないの」

ひとつ思いついた。「でも、名前ぐらい書いてあるだろ？　五十年のあいだで夫の名前に言及したのが五月六日の一度だけなんてことはありえない」

ヴェリティは悲しげな顔になり、「彼女はいつも、『わが愛しき主人』とか『愛する伴侶』とか呼んでる。『愛しき』と『愛する』は下線つき」

僕はうなずいて、「それに感嘆符つきだろ」主教の鳥株の話が出てこないか、その日記を読んでみる必要がありそうだ。

ヴェリティといっしょに側廊のほうへ歩いていった。

「日記はこの夏を最後に十何年か中断して、再開されたのは一九〇四年から。その頃ふたりはもうアメリカで生活していて、ミスターCは、バートラム・W・フォーントルロイっていう芸名でサイレント映画に出ていた。一九二七年、トーキーの到来とともに、芸名をレジナルド・フィッツヒュー＝スマイスに変えてるけど」

ヴェリティはステンドグラスの窓の前で立ち止まった。窓は『開けるべからず』と書いた掲示板で半分隠れている。

「英国人貴族の役が十八番で、長い芸歴と名声を誇る俳優よ」

「ということは、実生活でも貴族だった可能性が高いね。だったら好都合じゃないか。少なくとも、たまたま出くわした流れ者とは違うんだから」またひとつ思いついた。「彼の死亡記事は？」

「芸名は出てるし、トシーの名前も出てるわ」ヴェリティは皮肉な笑みを浮かべて、「トシーは九十七歳まで生きた。子供が五人、孫が二十三人、ハリウッドの大手映画会社がひとつ」

「なのに亭主の名前の手がかりはゼロか。コヴェントリーは？　主教の鳥株を見てる最中にそこでミスターCと出会って、その出来事が彼女の人生を永遠に変えてしまった可能性は？」

「その可能性はある。でも、そこで問題がもうひとつ。コヴェントリー旅行の話はまだぜんぜん出てないのよ。ミアリング夫人は、キャサリン・ハワードの幽霊を見にハンプトン・コートへ行きたいと言ってるけど、コヴェントリーのコの字も話に出てないし、わたしがこっちに来る前に行ったっていうこともない。そのことを知ってるのは——」

「メイドに聞いたから」

「ええ。でも、トシーがこの六月中にコヴェントリーへ行ったことはわかってる。だから、一家がマダム・イリトスキーに会うためにオックスフォードへ来たのがすごく心配だったのよ。プリンセス・アージュマンドの失踪のせいで、本来ならコヴェントリーに行ってるはずの時期にオックスフォードへ来ることになったんじゃないかとか、トシーがこっちに来てるあいだにミスターCがマッチングズ・エンドに現れて、そのせいで出会いのチャンスをふいにしたんじゃないかとか。でも、ダンワージー先生とTJがプリンセス・アージュマンドを送り返したのなら、あの猫はふらふらどっかへ行ってしまっただけっていうことになる。もしかしたら、ミスターCが彼女を見つけて連れ戻してくれる人かもしれない。もしかしたら、プリンセス・アージュマンドが帰ってきたことでトシーが大喜びして、だからあんなに唐突に婚約したのかもしれない」

「それに、マッチングズ・エンドを長く留守にしてたってほどでもないだろ。たった一日だ。ミスターCがもしそのあいだに訪ねてきたんなら、きっとそのメイドが、きみたちが戻るまで客間で待っていてほしいと頼んだはずだ」

「どういう意味？」ヴェリティはスカートの裾を翻してさっと立ち上がった。

「当て推量だよ」僕は驚いて答えた。「ヴィクトリア朝人って、客間のある家に住んでるんじゃなかったっけ？　メイドが訪問者をそこに案内して待ってもらうんだろ？」

「あなたはいつこっちへ抜けてきたの？」

「今朝だよ。いっただろ。目標どんぴしゃり。一八八八年六月七日、午前十時」

「今日は六月十日よ」

六月十日？　「でも新聞の日付は――」

「古い新聞だったみたいね。わたしが抜けたのは七日の夜。八日にオックスフォードへ行って、今日で三日め」

僕はぽかんとして、「じゃあきっと――」

「――ずれの増大があったのね。齟齬が生じたことを示唆している」

「そうとはかぎらないよ。出発のときは大あわてだったからね」レイディ・シュラプネルとのいきさつを説明した。「ウォーダーの座標設定が完了していなかった可能性はある。でなきゃ、彼女がミスしたとか。僕の降下で十八回めだっていってたから」

「かもね」ヴェリティは信じていない口調で答えた。「どこへ出た？　フォリー橋？　テレンスとは橋で会ったの？」

「いや、オックスフォード駅だよ。テレンスはチューターに親戚の出迎えを頼まれて駅へやってきたんだけど、その親戚が現れなくて」河下りをするのかと訊かれたことや、彼の金銭問題を説明した。「だから僕がボートの借り賃を払った」

「つまり、もしあなたがいなければ、テレンスがいまここにいることもなかったわけね」ヴェリティはさらに心配そうな面持ちになった。「あなたがお金を出さなくても、彼がボートを借りられた可能性はあるかしら」

「無理だね」ジェイブズのことを思い出してそう答えたが、ヴェリティの不安げな表情を見て、「マイター亭のマグズとかいう女性に金を借りようとか、そんな話もしてたけど。でも、どうしてももう一度トシーに会う決意だったよ。もし金がなかったら、イフリーまで走り通したんじゃないかな」

「かもしれないわね。システムには大きな冗長性があるから。もしここでトシーと会えなかったら、マッチングズ・エンドで会った可能性も大いにある。昨日は、河を下るつもりだといってたし。それに、三日のずれはそんなに大きいわけじゃないし」ヴェリティはむずかしい顔になり、「それでも、ただの休暇旅行にしてはずいぶんずれが大きい気がする。それに、他のヴィクトリア朝降下の場合より大きい。戻ったらダンワージー先生に報告を――」

「――きっと霊がプリンセス・アージュマンドを連れ戻してくれるわ」トシーの声とともに、本人がひらひらやってきた。帽子を両手で持つテレンスをうしろにしたがえて歩きながら、「マダム・イリトスキーは失せもの探しで有名なのよ。ダービー公爵夫人がなくしたブローチのありかを教えてさしあげたら、公爵が千ポンドの謝礼をくだすったんですって。パパは、『知ってるのはあたりまえだ、自分でそこに隠したんだからな』っていうけど、でもママは、霊界の力のおかげだったって」

ヴェリティは立ち上がってスカートを下ろし、「教区委員はなんて？」と訊ねた。その沈着冷静さには感嘆するしかない。いままた、しとやかな英国の乙女に見える。「イフリー教会は幽霊が出るの？」

「いいえ」とテレンスがいった。

「ええ」とトシーが、円天井を見上げながらいった。「あの気むずかしい態じいさんがなんといおうと知ったことじゃないわ。もうここに来てるはずよ、べつの時代、よその土地の霊たちが。その存在を感じるもの」

「教区委員の話だと、この教会に幽霊は出ないけど、出てほしいと思っているそうです」とテレンス。『ゆーれー』なら床を泥だらけにすることも、注意書きを剝がすこともないし、それに、お茶の時間を邪魔する心配もないからって」

「お茶！」とトシーが声をあげた。「なんて素敵な考えかしら！　従姉さん、ベインにお茶の支度をするようにいってきてちょうだい」

「時間がないわ」手袋をつけながらヴェリティがいった。「マダム・イリトスキーのお宅に戻らなきゃいけないのよ」

「あら、でもセント・トゥルーズさんとヘンリーさんがまだ水車を見てないわ」

「おふたりなら、わたしたちが帰ったあとでも見学できます」ヴェリティはそういって足早に教会を出た。「マッチングズ・エンド行きの列車を逃したくないの」墓地門のところで立ち止まり、「セント・トゥルーズさん、おそれいりますが、馬車をまわしてくるよう執事に伝えていただけますかしら」

「喜んで」テレンスは帽子に手をやってから、木陰で読書中のベインのほうへ歩き出した。

トシーがついていってくれたらヴェリティとふたりで話をするチャンスができるのだが、彼女は門のところに残り、ふくれっ面でパラソルを開いたり畳んだりしている。ヴェリティとふたりだけになれる口実がなにかないだろうか。ヴェリティがすでにトシーとテレンスの仲を心配している現状では、トシーにテレンスのあとを追いかけたらと提案するわけにもいかない。だいいちトシーは命令されるほうじゃなくて命令するほうだし――

「あら、パラソルを教会に忘れてきてしまったみたい」とヴェリティがいった。

「いっしょに探しましょう」僕はいそいそと教会の扉を開き、あたりに騒音を響かせた。

「チャンスができしだい、オックスフォードに戻ってダンワージー先生に報告する」扉が閉まるなり、ヴェリティがそうささやいた。「あなたはどこにいる？」

「はっきりしないけど、テムズ河のどこかだと思うよ。テレンスはボートでヘンリーまで下るとかいってたから」

「あなた宛ての伝言ももらってくるようにする」ヴェリティは身廊の正面に向かって歩きながら、「何日か先になるかもしれないけど」

「僕はなにをすればいい？」

「テレンスをマッチングズ・エンドに近づけないようにして。トシーのほうは一時的にのぼせあがってるだけだと思うけど、リスクはおかしたくないから」

僕はうなずいた。

「心配しないで。ずれはたったの三日だし、プリンセス・アージュマンドがつつがなく戻されたんじゃないかぎり、ダンワージー先生があなたを送り出すことはなかったはず。きっとなにもかもだいじょうぶよ」ヴェリティは僕の腕を叩いた。「それと、ちゃんと睡眠をとって。タイムラグからの回復にきたんでしょ」

「そうするよ」

ヴェリティはひざ置き台の下から白い日傘をとりだし、戸口に歩き出したが、途中で立ち止まってにっこりした。「それと、もしチョーサーとかチャーチルとかいう名前の人と出会ったら、マッチングズ・エンドへ――」

「馬車がまいりました、お嬢さま」戸口の光を背にしたベインがいった。

「ありがとう、ベイン」ヴェリティは冷たくいって、その横をすり抜けた。

テレンスは馬車に乗り込むトシーに手を貸していた。「またお目にかかれることを祈ってますわ、セント・トゥルーズさん」トシーがもう機嫌を直した顔でいった。「あたしたちは今夜、鉄道でマッチングズ・エンドに帰るのよ。知ってる？　河沿いで、ストリートリーのすぐ下流」

テレンスはかんかん帽をとって胸の前に当てた。『『それまでは、さらば、美しき人、アデュー！』』

馬車ががくんと揺れて動き出した。

「ベイン！」トシーが文句をいう。

「失礼いたしました、お嬢さま」ベインが手綱を引いた。

「さようなら」トシーがハンカチと身につけたものすべてをひらひらさせながら僕らに呼

びかけた。「さようなら、セント・トゥルーズさん！」そして四輪馬車《ランドー》は去っていった。

テレンスは見えなくなるまでそれを見送った。

「行こう。ペディック教授が待ってるぞ」と僕。

テレンスは、馬車が残した砂塵を焦がれるように見つめたまま吐息をついた。「彼女、すばらしいだろ？」

「ああ」

「いますぐマッチングズ・エンドへ出発だ」テレンスは丘を下りはじめた。

「だめだよ」そのあとを追いながら、「ペディック教授をオックスフォードまで送っていかなきゃ。それに、大年増の姥桜はどうするんだい？　午後の列車で着くなら、迎えにいかなきゃ」

「トロッターズに頼むさ。あいつには、ルクレティウスの翻訳をやってやった貸しがある」テレンスは足を止めずにいった。「ペディック教授をボートで送り届けるのは一時間しかかからない。四時にはモードリンで教授を下ろせる。それでもまだ、日が落ちるまでには四時間ある。カラム水閘の先まで行けるよ。ということは、明日の昼にはマッチングズ・エンドに着ける」

テレンスをトシーから遠ざけておくという軽はずみな約束もこれまでか。そう思いながらテレンスのあとについてボートを係留してあるところへ歩いていった。

ボートはなかった。

「ジャックが　たてた
いえにあった
こむぎをたべた
ねずみをころした
ねこをいじめた……」

――マザー・グース「ジャックがたてたいえ」より

7

ヴィクトリア朝における水閘の重要性――「口は災いのもと」――トリスタンとイゾルデ――追跡――フランス革命――チップ反対論――トラウマを負った猫――煤――バターン死の行軍――眠り――ついにボートが見つかる――思いがけない展開――歴史における出会いの重要性――レノンとマッカートニー――缶切りを探す――僕が見つけたもの

シリルは前とおなじ場所におなじ姿勢で待っていた。憂鬱そうに頭を前足に載せ、茶色の瞳は非難がましい色をたたえている。

「シリル！」とテレンスが叫んだ。「ボートはどこだ？」

シリルは体を起こし、驚いたようにあたりを見まわした。

「ボートを見張ってろといったはずだぞ」テレンスが厳しく叱りつけた。「だれに盗まれたんだ、シリル？」

「ひとりでに流れてっちゃったってことはないかなあ」半結びのことを思い出し、僕はいった。

「ばかな。盗まれたに決まってる」

「ペディック教授が来て、乗ってったのかも」といったが、テレンスはもう橋の真ん中まで行っていた。

僕とシリルが追いついたとき、テレンスは河の下流を見つめていた。一羽の真鴨をべつにすると、猫の子一匹いない。

「だれが盗んだにしろ、上流へ向かったんだ」テレンスはそういうと橋を渡って水閘へと駆けていった。

堰守《せきもり》は堰の上に立ち、鉤竿で水門をつついていた。

「僕らのボートが水閘を通らなかったか？」とテレンスが声を張り上げて訊ねた。

堰守は耳に片手をあてて怒鳴り返した。「なにが？」

「僕らのボート！」テレンスは両手をメガホンにして叫んだ。「ボートが水閘を抜けて上流へ行かなかったか？」

「なにが？」

「僕らのボートが」とテレンスは手まねでボートのかたちをつくり、「水閘を抜けて」と大げさな身振りで水閘を指さし、「上流へ行かなかったか？」と川上に手を振った。

「ボートが水閘を通るかって？」堰守が怒鳴った。「ボートは水閘を通るに決まっとる！ぜんたいなんだと思っとる？」

ボートを目撃した可能性がある人間がいないかとあたりを見まわしたが、イフリーは完璧に無人だった。教区委員が『大声を禁ず』の看板を持って出てくることさえなかった。そういえば、お茶の最中だったとかトシーがいってたっけ。

「違う！　僕らのボート！」テレンスが怒鳴り、最初に自分を、次に僕を指さした。「水門を通って上流へ行かなかったか？」

堰守は腹を立てた顔になり、「だめだ、ボートなしじゃ水門は通さんぞ！　ふざけた真似をするな！」

「違う！」テレンスが怒鳴る。「借りた《ハイアード》ボートが盗まれたんだ！」

「電報《ワイアー》？」堰守は首を振った。「いちばん近い電信局はアビンドンだ」

「違う。電報じゃない。貸し舟《ハイアード》」

「嘘《ライアー》つきだと？」堰守は威嚇するように釣竿を振り上げた。「嘘つきとはなんだ！」

「なんでもない」テレンスがあとずさった。「貸し舟だ！　僕らが借りた！」

堰守はまた首を振った。「貸し舟ならフォリー橋へ行きな。ジェイブズって男だ」

シリルと僕はぶらぶら橋まで戻ってきた。僕は橋にもたれ、ヴェリティから聞いたことについて考えはじめた。溺れかけた猫を救い出し、その猫を抱いてネットに入ったら、ネットが開いたという。

それなら齟齬は生じなかったはずだ。もし齟齬を引き起こす可能性があるなら、ネットは開かない。レボヴィッツがヒトラー暗殺に赴こうとした最初の十回がそうだった。十一回め、彼は一九四六年のモンタナ州ボーズマンに出現することになった。その後もだれひとり、フォード劇場（リンカーン大統領の暗殺現場）や真珠湾や〝三月十五日〟（シーザー暗殺の日付）に近づけた者はいない。それに、コヴェントリーにも。

コヴェントリー周辺のずれの増大に関するTJとダンワージー先生の説は正しいのかもしれない。でも、どうしていままでずれの増大がなかったのだろう。コヴェントリーは明らかに歴史の分岐点なのに。

空襲が甚大な損害を与えたからではない。ルフトヴァッフェは、航空機や軍需品工場に損害を与えたが、壊滅させたわけではないし、三カ月間ぶっつづけでくりかえし襲ってきた。もちろん大聖堂は壊滅し、アメリカの憤激と同情を呼び起こしたが、それさえも決定的ではなかった。それに先立つロンドン大空襲で英国はすでに米国を味方につけていたし、真珠湾はわずか三週間後だ。

決定的に重要だったのはウルトラだ。それと、英国がポーランドからひそかに運び出し、ナチの暗号解読に使っていたエニグマ機。英国がそれを持っていることがナチに発覚すれば、戦争全体の帰趨が変わっていたかもしれない。

ウルトラは、コヴェントリー空襲を事前に警告していた。もっとも、十四日の午後まではごく婉曲的な警告だったから、司令部に通知して緊急の防御手段をとることしかできず、それらは（歴史はカオス系なので）相互にうち消しあった。司令部は、情報部がなんといおうが敵の主要攻撃目標はロンドンだと判断し、それにしたがって航空兵力を配置したし、誘導レーダーの電波を妨害する試みは計算ミスのせいで失敗した。

しかし、秘密はつねに核心を握る事象となる。うっかり洩れた一言が、諜報組織全体の安全性を危険にさらすこともありうる。もしなにか、ナチに疑念を抱かせるようなことが起これば——大聖堂が奇跡的に助かるとか、英国空軍《RAF》が大挙してコヴェントリーに現れるとか、あるいはだれかが空襲の件を事前に口にするだけでも（「口は災いのもと」）——ドイツは暗号システムを変更したかもしれない。その結果、連合軍はエル・アラメインと北大西洋で敗北し、ひいては第二次世界大戦にも敗れていたかもしれない。

カラザーズとあの新入生と僕が瓦礫の山やカボチャ畑に出た理由もそれで説明できる。

分岐点付近では、ほんのちょっとした行動も、その規模とは不釣り合いな重要性を持つことがある。結果がどんどん増幅して大きな雪崩を引き起こすから、どんなささいなことも——電話をかけそびれるとか、灯火管制のさなかにマッチを一本擦るとか、紙を一枚落とすとか、ほんの一瞬の出来事が——雪だるま効果のひきがねを引く。

フェルディナント大公の運転手がフランツ・ヨゼフ通りに入る曲がり角をまちがえたことが世界大戦のきっかけになった。エイブラハム・リンカーンのボディーガードは煙草を吸いに外へ出たばかりに平和を崩壊させた。偏頭痛に悩まされていたヒトラーは邪魔をするなと命令し、そのおかげでDデイ侵攻について知るのが十八時間遅れになった。ある中尉が一通の電報に『緊急』のマークをつけ忘れたせいで、キンメル海軍大将は日本軍の真珠湾攻撃が迫っているという警告を受けとらなかった。『くぎがふそくで　ていてつうてず　ていてつふそくで　うまはしれず　うまがふそくで　のりてはのれず……』（『マザー・グース』より　谷川俊太郎訳／講談社文庫）

そして、そうしたアトラクタの周辺では、極端なずれの増大とネットの閉鎖が生じる。

ということは、マッチングズ・エンドは分岐点じゃない。あの猫は歴史を変えなかったに違いない。今度の一件を防止するにはほんの数分のずれで事足りたのだから。ヴェリティはモンタナ州ボーズマンに放り出される必要さえなかった。もし彼女の到着が五分後なら、あの猫はもう水中に消えていただろう。五分前なら、ヴェリティは屋敷の中に入り、猫殺しの現場を目撃しなかっただろう。

いくら名前がプリンセス・アージュマンドでも、ヴィクトリア女王の飼い猫というわけじゃない。グラッドストンとかオスカー・ワイルドとかの愛猫とも事情が違う。あの猫は、およそ世の出来事に影響を与える立場にはないし、一八八八年は歴史の分岐点となる年ではない。インド大反乱は一八五九年に終結した。ボーア戦争がはじまるのは十一年後。

「それに、ただの猫一匹だ」と声に出していった。

シリルがはっとしたようにこちらを見上げた。

「ここにはいないよ。たぶんもう、無事マッチングズ・エンドに戻ってるさ」しかしシリルは体を起こし、用心深くあたりを見まわしはじめた。

「違う！　泥船じゃない、泥棒だ！」テレンスの怒鳴り声が河を越えてこちらに届く。

「泥棒！」

「鉄棒だと？」堰守が叫び返した。「ここは水門だ。金物屋じゃないぞ」

とうとう堰守はしっしっと追い払うようなしぐさで手を振り、水門小屋の中に入った。

テレンスが急ぎ足でやってきた。「盗んだやつはあっちへ行ったんだ。堰守は川下を指さしたから」

はたしてそうだろうか。さっきのしぐさは、『おまえとしゃべるのはもうたくさんだ』とか、『とっとと失せやがれ！』とかいう意味でもおかしくない。それに、テレンスをトシーに近づけないという観点からは、上流のほうがベターだ。

「たしかなのかい？　上流を指さしてたような気がしたけど」

「いや。まちがいなく川下だ」テレンスはもう橋を渡り切って、曳舟道を駆けてゆく。

「急いだほうがよさそうだぞ」とシリルに声をかけた。「じゃないととても追いつけなくなる」

僕とシリルはテレンスのあとを追って、ぽつぽつと点在するイフリーの家々を過ぎ、高いポプラ並木を過ぎ、小高い丘に登った。そこからは、河のかなり遠くのほうまで見晴らせた。舟影ひとつない川面がきらきら輝いている。「こっちに行ったのはほんとにまちがいない？」

テレンスはペースをゆるめもせずにうなずいて、「かならず見つけ出してボートをとり戻す。トシーと僕は結ばれる運命なんだ。どんな障害もふたりを引き離しておくことはできない。定めなんだよ。トリスタンとイゾルデ、ロミオとジュリエット、エロイーズとアベラールのように」

彼が引き合いに出したカップルが三組とも最後は死もしくは深刻な身体障害に直面しているという事実はあえて指摘しなかった。遅れずについていくだけでせいいっぱい。シリルははあはあ息をしながらよたよたついてくる。

「ボートに追いついたら、ペディック教授のところに引き返してオックスフォードへ送り届け、それからアビンドンまで行って一泊する。たった水閘三つ先だ。がんばれば、明日のお茶の時間までにマッチングズ・エンドに着ける」

できればそれは阻止したい。「かなりしんどい旅になるんじゃないかなあ。過労に気をつけろと主治医からいわれてるんだけど」

「僕が漕いでるあいだ昼寝をすればいいさ。お茶の時間がベストだよ。それなら向こうも追い返せないから。ディナーなんかと違って、正式の招待とか正装とかは必要ない。正午にはレディングに着ける」

「でも、河沿いの名所を見物するつもりだったのに」といってから、どんな名所があったのか思い出そうと必死に考えた。ハンプトン・コート？　いや、あれはヘンリーの下流だ。ウィンザー城も右におなじ。ボートの三人男が岸に上がって見物したのはなんだっけ？　墓だ。ハリスはしじゅうだれかれの墓を見物したがっていた。

「お墓を見たいと思ってて」

「墓？　テムズ河沿いにおもしろい墓なんかないぞ。せいぜいハンプトン教会のリチャード・ティチェルの墓ぐらいだ。ハンプトン・コート宮殿の窓から飛び降りて死んだんだよ。でも、どのみちハンプトン教会はマッチングズ・エンドの先だ。ミアリング大佐に気に入られたら、ディナーに呼ばれるかもしれないな。日本のことはくわしいかい」

「日本？」

「魚の原産地だよ」とテレンスはよくわからないことをいった。「もちろんいちばん望ましいのは一週間ほど滞在していけといわれることだけど、大佐は泊まり客を好かないらしい。騒がしいのはよくないからって。つまり、魚にだよ。それに大佐はケンブリッジに行ってる。そうか、霊媒のふりをする手もあるな。ミアリング夫人は霊に入れあげてるから。夜会服は荷物に入れてあるかい」

タイムラグがぶり返したらしい。「霊媒が夜会服を着るのか？」

「違うよ。連中が着るのはゆったりしたローブみたいなやつ。タンバリンとかチーズクロスとか、そういう商売道具を隠せる袖がついてる。そうじゃなくて、ディナー用。もし招待されたときのために」

荷物の中に夜会服が入っているかどうかなんて見当もつかない。ボートに追いついたときに――もしボートに追いつくことがあれば――荷物の中身を総点検して、ウォーダーとフィンチがいったいなにを持たせたのかちゃんと調べなければ。

「プリンセス・アージュマンドをまだ発見できないのがすこぶる残念だ。泊まっていけと招待される絶好の理由になるのに。迷える子羊と太った子牛とか、そういうやつ。トシーが土手を駆け下りてきて、猫を見つけたかと訊ねたときの姿、見たかい？　あんなに美しい生きものは見たことがないよ。黄金のようにまばゆく輝く巻毛、『その瞳は妖精の亜麻布のごとく青く、その頰は夜明けのごとし！』（ロングフェロー「ヘスペラス号の難破」より）よりいや、もっと明るい！　カーネーションのように！　薔薇のように！」

僕らは歩きつづけ、そのあいだじゅうテレンスはトシーの顔のさまざまな造作を百合や木苺や真珠や金糸に喩え、シリルは日陰に焦がれるような視線を投げ、僕はルイ十六世のことを考えていた。

プリンセス・アージュマンドはヴィクトリア女王の猫じゃないし、マッチングズ・エンドはミッドウェイ島じゃない。それはたしかにそのとおりだが、ドルーエの例もある。ドルーエだって、どこのだれでもない無名の男だった。ふつうなら歴史の本にはけっして登場することのない、無教養なフランスの農夫。

ただし、マリー・アントワネットを連れてフランスを脱出したルイ十六世が、馬車の窓から身を乗り出してドルーエに道を訊ね、教えてもらった礼に、チップとして——これまた、歴史の流れを変えた些細な行動の一例——札を一枚与えた。自分自身の肖像が描かれている札を。

ドルーエはそれを見て彼の正体に気づき、森を駆けずりまわって馬車を止める人間を集めようとした。それに失敗すると、ドルーエは納屋から荷車をひっぱりだして道をふさいだ。

もし航時者がその荷車を盗むとか、ドルーエを拘束するとか、ルイ十六世の御者にべつの道を通るように警告するとかしたら？　あるいは、ヴェルサイユ宮殿にいる段階で、ある航時者がルイ十六世の持つ札をコインに交換しておいたら？　ルイとアントワネットは王党派の軍勢と無事合流し、革命を鎮圧し、ヨーロッパの歴史がそっくり変わっていたかもしれない。

荷車一台のせいで。あるいは猫一匹のせいで。

「もうすぐスタンフォード水閘に着くはずだ」テレンスが快活にいった。「堰守にボートを見たかどうか訊いてみよう」

数分後、スタンフォード水閘にやってきた。まだるっこしいすれ違い会話をまた聞かされるのかと覚悟していたが、今度はテレンスがいくら声を張り上げて叫んでも、堰守は水門小屋から顔を出すことさえなく、数分間トライしたあと、テレンスはくじけるようすもなく、「ヌーナム・コートニーにだれかいるだろう」といってまた歩き出した。

答えを聞くのがこわくて、ヌーナム・コートニーまでどのぐらい距離があるのかと訊ねることさえしなかった。河の次のカーブの先には、曳舟道にそって柳の並木があり、視界をさえぎっていた。しかしそこを曲がりきると、テレンスが藁葺き小屋の前に立ち、前庭にいる幼い少女を考え込むように見つめていた。少女は、青と白のストライプのエプロンドレス姿でぶらんこに腰かけ、ペチコートを波打たせて、ひざに抱いた白い猫に話しかけている。

「かわいいにゃんこちゃん。ぶらんこにのるのが好きなのね？　あおいおそらへいきたいの？」

猫は返事をしなかった。ぐっすり眠っている。

四〇年代にはまだ猫が絶滅していなかったから、前にも猫の実物を見たことはある。でも、大聖堂で見た煤だらけのやつをべつにすると、目を覚ましている猫にはお目にかかっていない。ヴェリティは、ネットを抜けて連れてきた猫がタイムラグのせいで眠そうにしていたといったけれど、それが猫のふつうの状態じゃないとは納得していない。聖母マリア誕生祭のがらくた市で見た黒とオレンジの三毛猫は、縁日のあいだじゅうずっと、小間物屋台のアフガン編みの上で眠りつづけていた。

「なあ、どう思う？」テレンスが女の子を指さした。

僕はうなずいて、「ああ、ボートを見たかもしれない。さっきの堰守より話が通じないってことはないだろう」

「違うよ。女の子じゃない。あの猫」

「ミアリング嬢の猫は黒猫だっていわなかった？」

「ああ。足と顔だけが白。でも、ちょいちょいと靴墨を塗りつければ――」

「だめだ。彼女、その猫を熱愛してるんだろ」

「ああ。だから猫を見つけた人間にはことのほか感謝するはずだ。もしかして、念入りに煤を擦りこめば……」

「だめだよ」ぶらんこのほうに歩み寄った。「ねえ、ボートを見た？」

「見ましたわ」女の子は礼儀正しくいった。

「すばらしい」とテレンス。「だれが乗ってた？」

「なにに？」

「ボートにだよ」

「どのボート？」女の子は猫を撫でながら、「ボートはたくさんあるわ。テムズ河ですのよ」

「荷物を山ほど積み上げた、大きな緑色のボート」とテレンス。「見なかった？」

「かむ？」と少女がテレンスに訊ねた。

「だれが？　ヘンリーさんかい」

「シリルのことだよ」と僕。「いや、嚙んだりしないさ。ねえ、そういうボート見なかった？　荷物を山のように載せてるやつ」

「見たわ」といってぶらんこから降りると、少女は猫を肩の上に移した。猫はまだ目を覚まさない。「あっちへいったわ」と下流のほうを指さす。

「それはわかってる」とテレンス。「そのボートにだれが乗ってたか見たかい？」

「ええ」少女は赤ん坊にげっぷをさせるときのように猫の背中をとんとん叩いた。「かわいそうに。かわいいにゃんこちゃん、おっきなわんこがこわかったの？」

猫は眠りつづけている。

「ボートにはだれが乗ってた？」と僕。

少女は猫を腕に抱いてあやしながら、「しさいさん」

「司祭？　聖職者ってこと？　教会の人？」あの教区委員が『繫留を禁ず』の看板を出していたのかもしれない。それに背いた罰としてボートを流したのか……。

「ええ。ローブを着てたもの」

「ペディック教授だ」と僕。

「髪は白かった？」とテレンス。「マトンチョップみたいな口髭？」

少女はうなずき、猫の両前足の下に手を入れると、人形みたいに持ち上げた。「いけないわんこね、おまえをそんなにこわがらせるなんて！」

それでも猫は目を覚まさない。

「よし、じゃあ行こう」テレンスはもうはるか先を歩いている。〝いけないわんこ〟と僕とが追いつくと、「ペディック教授がボートに乗っていったっていう可能性にもっと早く気がつかなかったのが不思議だよ。そんなに遠くまで行ってるはずはない」といって、平原のあいだを南西の方角へなだらかに蛇行する河のほうを指さした。「マラトン平野そっくりじゃないか」

僕が見るかぎり、まさにどんぴしゃりの形容だった。しかしその類似性もペディック教授の興味を引くことはなかったか、それとも思った以上に漕ぐスピードが速かったらしい。教授もボートも、影もかたちも見えない。

テレンスは気にするようすもなく、「じきに見つかるはずだ」

「もし追いつけなかったら？」

「追いつくとも。五マイル先に水閘がある。そこを通過するのに待たされてるはずだ」

「五マイル？」弱々しく僕。

「それに、追いつかなきゃおかしい。それが宿命ってものだからね。アントニーとクレオパトラみたいに」

今度もまた、ハッピーエンドを迎えなかった恋物語。

「ボートの消失ごとき些細な問題がアントニーの障害になったか？　まあ、彼の場合にはボートじゃなくて艀《はしけ》だろうけどさ」

僕らは歩きつづけた。ヴィクトリア朝の太陽が照りつけ、テレンスは精力的なペースで足を動かしながら、トシーを天使に、妖精に、精霊に、クレオパトラ（真のアンハッピーエンド）に喩えた。シリルはバターン死の行軍もかくやというありさま。僕はといえば、ひたすら眠りに焦がれつつ、いったいいつから寝てないいんだろうと頭の中で計算をはじめた。

ネットを抜けてこっちに来たのは午前十時。懐中時計はⅣ時近くを指しているから、もう六時間か。その前は研究室で準備に三時間、ダンワージー先生のオフィスで一時間、オックスフォードのグラウンドで三十分、付属病院で三十分、合計すると十一時間になるが、それに先立って、主教の鳥株の捜索に費やした二時間と大聖堂の捜索に費やした一時間があり、さらに収穫祭慈善バザーと屑鉄回収運動の五時間がある。十九時間。

ネットを抜けてバザーに行ったのは午前だっけ、午後だっけ。午後だ。部屋に帰って晩飯を食べようと歩き出したとき、レイディ・シュラプネルにつかまって、がらくた市任務に派遣されたんだから。

いや、それはその前の日だ。それともその前の前の日。がらくた市の探索はどのぐらいつづけていた？　何年も。僕は何年も寝てない。

「もうあきらめるしかないよ」オックスフォードまでの距離はどのぐらいだろうと考えながら、うんざりした気分でいった。もしかしたらイフリーの教会で眠れるかも。いや、あそこは四時に閉まってしまう。それに、『信徒席で眠るべからず』の注意書きが賛美歌集台に貼りつけてあるに違いない。

「見ろ！」テレンスが叫んだ。河の真ん中あたりの、柳におおわれた中州を指さしている。

「いたぞ！」

たしかにペディック教授だ。ローブをはためかせて水際にかがみこみ、鼻眼鏡ごしに河の中を覗いている。

「ペディック教授！」テレンスが大声で呼びかけると、教授はあやうくひっくり返って河に落ちそうになった。

細い柳の枝をつかんで体を支え、なんとかバランスをとり戻すと、鼻眼鏡の位置を直してこちらを見た。

「僕らですよ」テレンスが両手をメガホンにして叫んだ。「セント・トゥルーズとヘンリーです。先生をほうぼう捜しまわったんですよ」

「おお、セント・トゥルーズくんか」ペディック教授が叫んだ。「来たまえ。チャブが好みそうな浅瀬を見つけた」

「先生がこっちへ来て、僕らを乗せてください」とテレンス。

「のける？」とペディック教授。ああ、またか。

「乗せてください」とテレンス。「ボートは先生が乗っていったんでしょ」

「おお、そうか。そこにいたまえ」ペディック教授は柳の林の中に姿を消した。

「ボートをもやうのを忘れてないことを祈ろう」と僕。

「ボートを繋いだ場所を忘れてないことを祈ろう」テレンスは土手に腰を下ろした。

僕もそのとなりにすわった。シリルはその場にうずくまったかと思うと、たちまち横向きに寝ころがっていびきをかきはじめた。うらやましい。

あとはボートを漕いではるばるオックスフォードまで教授を送り届けなければならない。

それにはゆうに三時間はかかる。魚と草地を目にするたびにボートをとめろと叫ぶ教授をもし説得できたとしても。

でももしかしたら、これで万事まるくおさまるかもしれない。ヴェリティはテレンスをマッチングズ・エンドに近づけるなといったけれど、たしかにそういう雲行きになってきた。オックスフォードに着く頃には日が暮れているだろうから、向こうで一夜を過ごすことになる。朝になれば、上流のパースンズ・プレジャーに行こうとテレンスを説得できるかもしれない。それとも、下流のロンドンとか、競馬とか。ダービー競馬の開催日はいつだっけ？

もしかしたら、テレンスもひと晩ぐっすり眠れば理性に目覚めて、トシーが知ったかぶりのおしゃべり娘だと気がつくかもしれない。異性にのぼせるのはタイムラグの症状とよく似ている。化学物質の平衡異常。ひと晩の安眠がなによりの薬。

教授はどこに消えたのか、気配もない。「デースの新種を発見して僕らのことなんか忘れちまったんだな」とテレンスはいったが、やがてボートが中州の端をまわって姿を現した。オールを漕ぐ教授の袖が黒い帆のようにふくらんでいる。

ボートは下流に接岸し、僕らはそっちに向かって曳舟道を駆け出した。シリルもよたよたあとをついてくる。

振り返って、シリルをせきたてた。「ついてこい、シリル！」と叫んだとたん、テレンスの背中にぶつかった。唐突に立ち止まって、まじまじとボートを見下ろしている。

「いかに素晴らしい発見をなしたか、とても信じまい」とペディック教授がいった。「この中州は、ダンリース・モウの戦いの舞台そのものだ」鍋をかざして、「吾輩が見つけた二重鰓ブルー・チャブをぜひ見てもらいたい」

テレンスはなおも茫然とした顔でボートを見ている。

ジェイブズに借りたときからあったやつをべつにすると、傷もへこみも見あたらない。穴が開いているわけでもなさそうだ。船尾も船首も、舟板は完璧に乾いている。

船尾の舟板。それに船首の。「テレンス……」

「ペディック教授」テレンスがかすれ声でいった。「僕らのものは？」

「もの？」ペディック教授がぼんやりした口調で訊き返した。

「荷物ですよ。ネッドの旅行かばんとバスケットと――」

「おお。中州の反対側のサリクス・バビロニカの根もとに置いてある。乗りたまえ。きみらを運んでやろう。黄泉の河の対岸へ魂を渡すカロンのように」

僕が先に乗り込み、テレンスに手を貸してシリルを乗せた。シリルは両の前足を舷縁にひっかけ、テレンスがうしろ足を持ち上げる。それからテレンス自身が乗り込んだ。

「河底の砂利がいいあんばいだ」といいながらペディック教授が漕ぎはじめた。「デースの生息には理想的な環境だ。ユスリカや蝿も多い。鰓耙《さいは》の赤い鱒を釣ったことがある。網はあるかね、セント・トゥルーズくん」

「網？」

「引網用だ。鉤を使うと口を損なう危険があるからな」

「魚をとってる時間はほんとにないんですよ。できるだけ早くボートに荷物を積み直して出発しないと」

「ばかな。理想的な野営地を見つけてある」

「野営地？」

「家に帰るのは時間の無駄だ。どうせここに戻ってこなければならんのだから。チャブは日没近くがいちばん食いがいい」

「でも、妹さんと連れはどうするんです？」テレンスは懐中時計をとりだした。「もう五時近い。いますぐ出発すれば、夕食の席でふたりに会えますよ」

「無用だ。生徒を迎えにやってある」

「その生徒が僕なんですよ、先生」

「ばかな。その生徒は、吾輩がテムズ河で溺れかけているときにボートで通りかかって――」鼻眼鏡ごしにテレンスの顔を見つめ、「これはしたり。きみか」

「十時五十五分の列車を駅で待ったんですが、妹さんと連れは乗っていなかった。ということは、三時十八分ので着いたはずです」

「来なかった」教授は水の中を覗き、「パーチにうってつけの水草だ」

「来なかったのは知ってますって。でも妹さんが三時十八分の汽車で着いたのなら――」

「妹のことではない」教授はローブの袖をたくしあげ、水の中に片手を突っ込んだ。「妹の連れの話だ。駆け落ちして結婚した」

「結婚した？」と僕。プラットホームにいた女性は、だれかが結婚したとかいっていた。

「妹の必死の努力にもかかわらず。教会で出会った。個人の行動の古典的な一例だな。歴史は性格だ。妹はかわりに姪を連れてきた」

「先生の姪御さん？」と僕。

「美しい娘だ」教授は長くて茶色っぽいねばねばした水草をちぎってとりだした。「分類用のいい標本になる。ふたりの到着をきみが出迎えられなんだのはあいにくだな。せっかく姪に会えたのに」

「迎えにいったのに、乗ってなかったんですってば」とテレンス。

「たしかかね」ペディック教授は水草を僕に手渡した。「モーディの手紙には、はっきり時刻が記してあったが」とコートのポケットを叩く。

「モーディ？」聞き違いであってくれと祈りながら訊き返した。

「哀れな亡き母親、モードにちなんでそう名づけられた」ポケットの中を覗きながら教授が答えた。「男子であれば、優秀な博物学者になっただろう。どうも手紙はオーヴァーフォースに殺されかけたときになくしてしまったらしい。十時五十五分だったのはまちがいない。しかし、明日の列車だった可能性はある。今日は何曜日だね？　おお、ここだ。とうとう楽園に到着だ。『遥かなる世界の涯、エリュシオンの野、金髪のラダマンテュスの住む所』（ホメロス『オデュッセイア』第四歌より　松平千秋訳／岩波文庫）」

ボートが岸にぶつかり、がくんという衝撃でシリルが目を覚ましたが、さっき僕が受けた衝撃にくらべればなにほどのこともない。モード。僕のせいでテレンスは『大年増の姥桜』と出会い損ねた。もし僕がいなければ、ペディック教授の妹と姪は、テレンスが駆けつけたとき、まだプラットホームのベンチで彼を待っていたはずだ。もし僕がテレンスに、そういう人物は汽車に乗っていなかったと教えなければ、ベイリアルに向かう途中のふたりに追いついていたはずだ。でもテレンスは『大年増の姥桜たち』といった。ふたりとも『ノアの大洪水前から生きてる大年寄り』だといった。

「ロープをとってくれ、ネッド」テレンスがボートを岸に引き上げながらいった。

人と人との出会いは、歴史の複雑なカオス的流れにおいて、札つきの分岐点だ。ネルソン卿とエマ・ハミルトン。ヘンリー八世とアン・ブリン。ワトソンとクリック。ジョン・レノンとポール・マッカートニー。そしてテレンスは、オックスフォード駅のプラットホームでモードと出会うはずだった……。

「ネッド？　ロープをとってくれ」

ロープを持って川岸の泥の上にジャンプすると、こんなことをしてる場合じゃないと思いながらボートをもやった。

「いますぐオックスフォードに出発したほうがいいんじゃないですか、姪御さんと会うために。それと妹さんに」とつけくわえた。駅にはいなかったかもしれないが、少なくとも出会ってはいたはずだ。「荷物はここに置いたままにして、あとでとりにくればいいでしょう。ご婦人がふたりきりで旅をしてるんですよ。荷物の面倒をみる人間がだれか必要でしょう」

「笑止」とペディック教授。「荷物を届けさせて、ホテルまで行く馬車を雇うことぐらい、モーディには造作もない。あの娘はすこぶる思慮分別がある。頭がからっぽのそこらの娘とはわけが違う。きみはきっとあの娘を気に入るだろう、セント・トゥルーズ。コナムシの持ち合わせはあるかね」と訊ね、柳の林のほうに歩き出す。

「なんとか説得できないかな」

テレンスは首を振った。「魚がからんでるかぎり無理だな。それに歴史。いまできる最上の行動は、暗くなる前にキャンプを張ることだ」テレンスは、僕らのスーツケースやかばんや箱が山積みになっている大きな柳の木のほうに歩いていって、ひっかきまわしはじめた。

「でも教授の姪は――」

「聞いただろ。思慮分別がある。頭がいいんだよ。教授の姪はたぶん、ちゃんと自分の意見を持ってて、女性もオックスフォード大学に行くべきだとか考えてる、例のおぞましいモダンガールだ」フライパンひとつと缶詰数個をとりだした。「いちばん不愉快なタイプの娘だよ。それと正反対なのがミアリング嬢だな。かわいくて無邪気で」

おまけに莫迦《ばか》、と心の中でつけくわえる。テレンスはトシーと出会うはずじゃなかった。モードと出会うはずだった。『きみはきっとあの娘を気に入るだろう』とペディック教授はいった。あの黒い瞳と美しい顔立ちからして、そうなるのはまちがいない。しかし、あのときの僕が不審人物に見えたのと、ヴェリティの考えなしの行動のせいで、本来は出会うはずのなかったテレンスとトシーが逢い引きを計画している。それがどんな事態を引き起こすかは神のみぞ知る。

「とにかく、明日の朝には会えるさ」テレンスがミートパイを切り分けながらいった。

「ペディック教授を送り届けたときに」

テレンスは明朝、彼女と出会う。カオス系にはあらかじめ冗長性と干渉とフィードフォワード・ループが織り込まれている。したがって、ある出来事の結果は、はなはだしく大きく増幅されずに打ち消しあう。『ある場所で会い損ねても、べつの場所で会う』。テレンスは今日、モードとの出会いを逃したが、かわりに明日出会うだろう。それにじっさい、教授を今夜オックスフォードに送り届けたら、時刻が遅くなりすぎて、教授の妹がもう客の訪問を受けつけず、モードと出会うチャンスをまた逃してしまう結果になるかもしれない。でも明日の朝なら、テレンスは美しく着飾ったモードと出会い、たちまちマッチングズ・エンドのことを忘れ去って、ポート・メドウに舟でピクニックに行こうとモードを誘う。

もしテレンスが彼女と出会うはずだったのなら。それに、ペディック教授の妹のことだ、もし僕がいなかったとしても、ポーターがうさんくさく見えるとか風が吹くとかの理由でやっぱりとっととホームをあとにして、テレンスの到着より早く辻馬車に乗り込んでいたかもしれない。そしてテレンスのほうも、早くボートを借りたいと気が急《せ》いて、やっぱりモードと出会うことなくフォリー橋へ直行していたかもしれない。TJによれば、カオス系には自己修復機能がある。

それに、ヴェリティのいうとおりだ。プリンセス・アージュマンドはこの時代に戻され、もし齟齬が生じていたとしても、それはもうとっくに修復されている。僕はここで休息をとり、体力の回復につとめる。すなわち、食事と睡眠――この順番で。

テレンスは地面に広げた毛布の上に、ブリキの皿とカップを並べている。

「なにか手伝うよ」口の中に唾が湧いてくる。最後になにか食べたのはいつだっけ？　婦人会の戦勝祈願手芸市で紅茶一杯とロックケーキ一個を食べたことしか思い出せない。少なくとも二日と五十二年前だ。

テレンスはハンパーの中からキャベツ一個と大きなレモン一個を発掘した。「ラグを広げてくれ。ふたりはボートの上で寝られるけど、あとひとりは岸で寝るしかない。それと、食器とジンジャービールを探しだして、並べてくれ」

荷物のところへ行ってラグを出し、地面に広げた。どうやらこの中州は、イフリーの教区委員の土地らしい。ほとんどすべての木立と、川岸に立つ無数の杭に看板がかけてある。『立入禁止』『入るべからず』『私有地』『不法侵入者は射殺する』『私有水域』『ボート禁止』『魚釣り禁止』『ゴミ捨て禁止』『キャンプ禁止』『ピクニック禁止』『上陸禁止』。

テレンスの箱をひっかきまわし、見慣れないかたちをした台所用品ひとそろいを見つけた。その中から、フォーク、スプーン、ナイフにいちばん似ているものを選び出して並べた。

「あいにく、あり合わせの食事になりそうだ」テレンスがいった。「途中で食糧を仕入れるつもりでいたから、ろくなものがない。まあとにかく、ペディック教授を呼んできてくれ。粗末なものだけど夕食の支度ができたって」

シリルといっしょに捜しにいって、水際にあぶなっかしく立っている教授を発見し、連れて戻った。

テレンスのいう「あり合わせの食事」のメニューは、ポークパイ、仔牛肉のパイ、冷製ローストビーフ、ハム、ピクルス、塩漬け卵、ビートの酢漬け、チーズ、バターつきパン、ジンジャービール、ポルトひと瓶。もしかしたら、僕が生まれてこのかた食べた中でもベストの食事かもしれない。

テレンスはローストビーフの最後のひと切れをシリルに与え、缶詰をとった。「こんちくしょうめ！　缶切りを忘れてきちまった。なのにここには缶詰の――」

「パイナップル」といって僕はにっこりした。

「違うよ」テレンスはラベルを読んで、「桃だ」ハンパーを覗き込み、「でも、パイナップルの缶詰もどこかに入ってる。もっとも、缶切りがなきゃ、どっちもおなじ味だけどね」

鉤竿で缶を開けられないか試してみる手もあるな。そう考えて心の中でくすっと笑った。『ボートの三人男』にはそういう場面がある。そのせいでジョージはあやうく死ぬところだった。命を救ったのは麦わら帽。

「ポケットナイフで開けられるかもしれない」とテレンス。

「だめだよ」と僕。三人男も鉤竿の前にポケットナイフを試している。それにはさみと爪《ヒチ》竿《ヤー》と大きな石。「なしで済ませるしかないね」と思慮深くいった。

「なあ、ネッド。きみの荷物の中に缶切りは入ってないのかい？」

フィンチのことを思えば、入っていてもおかしくない。こちこちになっていた脚を伸ばし、柳のほうまで歩いていって、自分の荷物を漁りはじめた。

手提《サ》げ《チ》か《ェ》ばん《ル》の中には、襟なしのシャツが三枚と、僕が着るにはどう見てもサイズが小さすぎるフォーマルな夜会服がワンセット、それに大きすぎる山高帽子がひとつ入っていた。河下りをするだけで済んだのはもっけのさいわいだ。

ハンパーを開けてみた。こっちのほうはもっと有望。大きなスプーンが数本と台所用品各種。その中に、偃月刀《えんげつとう》みたいな刃がついたやつと、長い柄が二本と穴あきの回転軸がついたやつがあった。このどれかが缶切りだという可能性はある。あるいは、武器の一種かもしれない。

シリルが助けにきてくれた。

「缶切りがどんなかっこうしてるか知ってるかい?」長い柄の先にひらべったい焼き網みたいなものがついた道具をかざして訊ねた。

シリルはサチェルの中を覗いてから、蓋つきのバスケットのにおいを嗅いだ。

「この中に入ってるのか?」輪っかに通して蓋を固定するようになっている留め具をはずし、バスケットの蓋を開けた。

プリンセス・アージュマンドが灰色の瞳で僕を見上げ、のびをした。

「よく言われることだが、猫は猫であり、それについてはいかんともしがたいようだ」

——P・G・ウッドハウス

8

僕の過ち——ヴィクトリア朝における話題としての肌着——猫に使用できる命令——完璧な一日の完璧な終わり——パンドラの匣《はこ》——ジョン王の過ち——安眠の重要性——オリアリー夫人の雌牛——缶詰を開ける——猫招き——白鳥——ヘンゼルとグレーテル

「ここでなにしてる？」と僕は訊ねた。

もっとも、彼女がここでなにをしているのかは明白だった。ダンワージー先生が僕といっしょに送り出し、僕は彼女の失踪がなんらかの結果を招く前にマッチングズ・エンドに連れ戻す手筈だったのだ。

ところが僕は三日遅れで、四十マイル離れた場所にいた。それにタイムラグがひどすぎて、自分の任務を理解していなかった。一方、ミアリング夫人はオックスフォードに出かけて霊媒に相談し、トシーはテレンスとデ・ヴェッキオ伯爵に出会い、テレンスはモードと出会い損ねた。

　そして、齟齬は修復されていなかった。それは目の前にいて、僕を見上げている。

「おまえはここにいるはずじゃないんだよ」と弱々しくいった。

　猫は灰色の瞳でじっと僕を見つめている。妙ちきりんな瞳孔はスリットのように垂直で、緑の斑点が散っている。猫がこんな色の目をしているなんて思いもしなかった。どんな猫も、闇の中で光る鮮やかな黄色の目をしていると思っていたのに。

　それに、犬は猫を追いかけるものだとも思っていたけれど、シリルはただじっとすわったまま、手ひどく裏切られたという顔で僕を見ている。

「ここにいるなんて知らなかったんだ」と弁解がましくいった。

　しかし、わかっていて当然だった。最後の最後にフィンチがバスケットに——それも、蓋つきのバスケット！——なにを入れたと思っていた？　チーズのかたまり？　タイムラグがひどいから僕を送るのは名案とは思えないといった彼の言葉に、ほかにどんな理由がある？

　いやまったくフィンチのいうとおりだ。トシーの猫が行方不明だとテレンスから聞かされたときでさえ、頭に浮かびもしなかった。猫はどこにいるかとヴェリティに訊かれたときも。莫迦、莫迦、莫迦。

ヴェリティに託してマッチングズ・エンドに連れ帰ってもらえたのに。トシーに渡してもよかった。なにか口実をつくってボートに戻り、河っぷちを歩いていたら偶然見つかったふりをすることもできた。自分が預かっていると知ってさえいれば。荷物を調べてみる程度のことさえ思いついていれば。莫迦、莫迦、莫迦。

猫が動いている。あくびをし、優雅にのびをして、白い前足の片方を伸ばした。僕はバスケットに身をかがめ、ほかの足を見ようとした。黒い毛皮しか見えない。

一縷《いちる》の希望が芽生えた。もしこれが、やっぱりプリンセス・アージュマンドじゃなかったとしたら？　顔が白い黒猫だとトシーはいったけれど、一八八八年には顔の白い黒猫なんて何百匹も、いや何千匹もいるだろう。なにしろ猫の数を増やさないために仔猫を河で溺死させる必要があったくらいなんだから。

「プリンセス・アージュマンド？」おそるおそる声をかけてみた。

灰色の瞳には反応のかけらもない。

「プリンセス・アージュマンド」もっとはっきりした口調で呼びかけたが、猫は目を閉じた。

これはプリンセス・アージュマンドじゃない。堰守の猫だ。それとも教区委員の猫で、僕らがイフリーの教会にいるあいだにバスケットの中に潜り込んだに違いない。

猫がまたあくびをして——ピンク色の舌と鋭い小さな歯がたくさん覗いた——立ち上がった。

シリルが、焼夷弾を前にしたＡＲＰ空襲監視員のようにあとずさった。

猫はバスケットから出てくると、四本の白い足でぶらぶら歩き出した。先っぽの白い尻尾をぴんと立てている。尻のほうも白い部分があり、パンツ《パンタロン》をはいているように見える。トシーはパンタロンのことなんか一言もいわなかった。そう考えて心に希望の光が射したが、それからここはヴィクトリア朝なんだと思い出した。育ちのいい人々はパンタロンとか、いかなる種類の肌着も話題にしないんじゃなかったっけ？　僕の荷物といっしょに、しっかり蓋が閉まる入れものに収容される前足の白い黒猫が、ほかにいるだろうか。

猫はもう空き地から出ようとしている。

「待て！　プリンセス・アージュマンド！」そう叫んでから、正しい命令を思い出した。「止まれ《ステイ》！」ときっぱりいった。「ステイ」

プリンセス・アージュマンドは止まらなかった。

「戻ってこい。ステイ。ストップ。おい」

プリンセス・アージュマンドは振り返り、大きな灰色の瞳でものめずらしげにこちらを見た。

「よしよし」僕はゆっくり前進しはじめた。「いい子だ」

プリンセス・アージュマンドはうずくまって前足を舐めはじめた。

「とってもいい子だ」といいながらさらに接近する。「そのまま……そのまま……よしよし」

プリンセス・アージュマンドは前足で優雅に耳のうしろをこすった。

あと一フィート。

「そのまま……よしよし……そのまま……」ぱっと飛びかかる。

プリンセス・アージュマンドは軽やかにジャンプして、林の中に姿を消した。

「あのさあ、まだ見つからないのかい？」テレンスが岸のほうから呼ぶ声がした。

僕は体を起こしてひじの土を払い、シリルを見た。「黙ってろよ」と念を押して立ち上がる。

テレンスが桃の缶詰を持って現れた。「そこにいたのか。見つかった？」

「さっぱり」急ぎ足で荷物のところへ引き返し、「つまり、まだぜんぶは確認してない」

バスケットの蓋を押し込み、これ以上びっくり仰天のタネが入っていないことを祈りながらカーペットバッグを開けた。入っていなかった。中身は、せいぜいサイズ5ぐらいしかない編み上げブーツが一足、水玉模様の大きなハンカチ一枚、魚用フォーク三本、飾りのついた銀のお玉、エスカルゴばさみ。「これはどうかな？」とかざして見せた。

テレンスはハンパーの中をかきまわしている。「それはちょっと……あった」赤い柄のついた偃月刀みたいなやつを手にとって、「スティルトン・チーズを持ってきてたのか。すばらしい」テレンスはその缶切りとチーズを持って戻っていき、僕は空き地のへりへと引き返した。

猫の気配はどこにもない。「おいで、プリンセス・アージュマンド」葉っぱを持ち上げてやぶの下を覗きながらいった。「おいで、お嬢ちゃん」

シリルが鼻先でやぶをつつくと、一羽の鳥が飛び立った。

「おいで、猫ちゃん。足もとにつけ《ヒール》」

「ネッド！　シリル！」テレンスの呼ぶ声がした。柳の枝から手を放し、葉ずれの音がした。「やかんの湯が沸いたぞ！」それにつづいて、蓋の開いた桃の缶を持って当人が姿を現した。「なにぐずぐずしてる？」

「ちょっと整頓しておこうかと思って」といいながら、エスカルゴばさみをブーツの片方に突っ込んだ。「荷造りを済ませておけば、明日の朝すぐに出発できるから」

「デザートのあとでいいだろ」テレンスが僕の腕をとった。「行こうぜ」

テレンスの先導で焚火のもとに集合した。シリルは用心深く左右に目を走らせ、ペディック教授はブリキのコップにお茶を注いでいる。

「Dum licet, inter nos laetemur amantes」（「許されるかぎり、たがいに愛しあい、幸せでいよう」プロペルティウスの詩より）といいながら教授が僕にコップを差し出した。「完璧な一日の完璧な終わり」

完璧。僕は猫を連れ戻すことに失敗し、テレンスとモードの出会いを妨害し、彼がイフリーに行ってトシーと会うことを可能にした。ほかになにをしでかしたかは神のみぞ知る。こぼれたミルクを嘆いてもしかたがない。とはいえこれは喩えが不適切だ。いくら必死に努力しても、それを瓶に戻すことはできないのだから。じゃあ、具体的にどれがふさわしいメタファーだろう。パンドラの匣を開ける？　袋の中の猫を出す？

なんにしても、嘆いてもしかたがない。もしこうしていればと考えてもしかたがない。できるだけ早く、これ以上被害が拡大する前に、プリンセス・アージュマンドをマッチングズ・エンドに連れ戻す。

テレンスをトシーに近づけるなとはいわれたけれど、あのときのヴェリティは猫のことを知らなかった。ただちにあの猫を消失地点へ戻さなければ。この任務を遂行するいちばんの早道は、プリンセス・アージュマンドを見つけたとテレンスに告げること。きっとテレンスは有頂天になって、いますぐマッチングズ・エンドに向かうと言い出すだろう。

でも、もうこれ以上、よけいな影響を生み出したくない。プリンセス・アージュマンドを見つけ出したことに感謝するあまり、トシーはミスターCじゃなくてテレンスと恋に落ちるかもしれない。それとも、猫がどうしてこんな遠くまでやってきたのかと疑念を抱き、消えたボートを追いかけたときのように誘拐犯を探索しはじめ、闇の中で堰に落ちて溺れ死ぬかも。それとも猫を溺死させるかも。それともボーア戦争を引き起こすかも。

マッチングズ・エンドに着くまで猫は隠しておいたほうがいい。もし猫をバスケットの中に戻すことができたら。もし猫を見つけることができたら。

「もしプリンセス・アージュマンドが見つかったら」なにげない質問に聞こえることを祈りながらテレンスに訊ねた。「どうやって捕まえるんだい」

「捕まえる必要はないと思うけどなあ。僕らの姿を見るなり、こっちの腕の中に大喜びで飛び込んでくるはずじゃないか。ひとりで生きていくのには慣れてない。トシ――ミアリング嬢から聞いた話だと、箱入り娘みたいな生活だったらしいから」

「でも、もしそうならなかった場合。名前を呼んだらやってくるのかな」

テレンスと教授は、どちらも耳を疑うような顔で僕を見た。「猫だぜ」とテレンスがいった。

「じゃあ、もしプリンセス・アージュマンドがおびえてやってこない場合、どうやって捕まえる?」

「なにか餌を用意すればいいんじゃないかな。腹を空かせてるはずだから」テレンスは河のほうを見つめながら、「彼女もいま、おなじこの河を見てるかなあ。『宵の涼風のなか、夜の翳りゆく広間に黄金の裳裾たなびかせ』（トマス・ムーア「夏祭り」とサラ・ヘレン・ホイットマン「夏の呼び声」をちゃんぽんにした引用）」

「だれが?」川岸のほうに目を向けた。「プリンセス・アージュマンド?」

「違う」テレンスはむっとしたように、「ミアリング嬢だよ。おなじこの夕陽を彼女も見つめているだろうか？　そして、僕とおなじく知っているだろうか、僕らふたりが一緒になる運命だということを。ランスロットとグイネヴィアのように」

　またしても不幸な末路をたどったカップル。もっとも、僕があの猫を見つけ出してマッチングズ・エンドに連れ戻さなかった場合に僕ら全員の身に降りかかってくるだろう不幸にくらべればなにほどのこともない。

　立ち上がり、皿を重ねはじめた。「さっさとかたづけて寝ることにしよう。明日の朝早く出発できるように」

「ネッドのいうとおりですよ」テレンスはペディック教授に向かっていい、未練たっぷりの顔で岸辺を離れた。「明日は早朝からオックスフォードへ出発しなきゃ」

「オックスフォードに戻る必要があると思うかい？」と僕。「ペディック教授も僕らと一緒にマッチングズ・エンドまで行ってもらって、そのあとオックスフォードに送ることもできるよ」

　テレンスは信じられないという顔で僕を見た。

「少なくとも二時間は節約になるし、河沿いにはペディック教授が研究できる史跡がいくらでもある」即興で、「遺跡に墓地に……ラニミード（ジョン王がマグナカルタに調印したテムズ河南岸の牧草地）」ペディック教授のほうを向いて、「マグナカルタの調印へと導いたのも盲目的な力だったんでしょうね」

「盲目的な力？　マグナカルタへと導いたのは人間の性格だ。ジョン王の無慈悲、教皇の優柔不断、ラングトン大主教の人身保護令状および法の定めに対するこだわり。力だと！　オーヴァーフォースがマグナカルタを盲目的力の観点から説明するところを見てみたいものだ！」教授は紅茶を飲みほし、決然とカップを置いた。「ラニミードに行かねば！」

「でも、妹さんと姪御さんはどうするんです？」とテレンス。

「必要なものがあれば用務員が手配する。それにモーディはなんでも自分でできる娘だ。そもそもジョン王の過ちは、オックスフォードへ行ったことだった。ロンドンにとどまるべきだったのだ。歴史の流れが根底から変わっていたかもしれん。われわれはおなじ過ちをおかさない」教授は釣り竿をとりあげて、「ラニミードへ行くぞ。それが唯一の道だ」

「でも妹さんたちには先生の居場所がわかりませんよ」テレンスが困りはてた顔で僕に助けを求めた。

「アビンドンから電報を打てばいいさ」と僕。

「そう、電報だ」ペディック教授はよろよろと河のほうへ歩き出した。

テレンスはそのうしろ姿を心配そうに見つめたまま、「先生を乗せたら、かえって遅くなるんじゃないかな」

「ばかな。ラニミードはウィンザーの近くだ。きみがマッチングズ・エンドでミアリング嬢と過ごしているあいだに、僕がボートで教授を送っていくさ。明日の正午にはマッチングズ・エンドに着ける。顔を洗って身だしなみを整える時間もある。バーリー・モウで休憩すればいい」と『ボートの三人男』に出てきた宿屋の名前をひっぱりだした。「ズボンのしわを伸ばして、靴を磨ける」

そしてきみが髭をあたっているあいだに、僕はこっそり抜け出して、猫をマッチングズ・エンドに連れ戻せる。もし猫が見つかれば。

テレンスはまだ納得していない顔だった。「時間の節約にはなるだろうな、たぶん」

「じゃあ、それで決まりだ」布をすくい上げ、ハンパーに突っ込む。「皿洗いを頼むよ。寝床のしたくをするから」

テレンスがうなずいた。「ボートにはふたり分の場所しかない。僕は焚火のそばで寝るよ」

「いや、僕が寝る」と答えてラグをとりにいった。

ボートの底に二枚だけ残して、残りのラグをぜんぶ空き地へ運んだ。

「焚火のそばのほうがいいんじゃないか？」テレンスが皿を重ねながらいった。

「いや、煙の近くで寝ちゃいけないと主治医にいわれてるから」

ズボンの裾をまくったテレンスが足首まで河に浸かって皿を洗っている隙に、ランタンとロープをくすねた。ペディック教授が漁網を持ってきていればよかったのに。

猫はなにを食べるのか、さっきテレンスに訊いておくんだった。スティルトンが少々残っている。猫はチーズが好きなんだっけ？　いや、それは鼠だ。鼠はチーズが好き。猫は鼠が好き。しかし、荷物の中に鼠が入っているとは思えない。

ミルクだ。猫はミルクが好物だったはず。収穫祭でココナッツ落としの露店を出していた女性は、玄関前に配達されるミルクを猫が舐めてしまうと文句をいっていた。『爪で蓋をとっちまうんだよ。まったく厚かましい動物だね』

ミルクはないが、瓶の底に乳脂が少々残っている。瓶をポケットに入れ、受け皿一枚、豆と肉の缶詰を各一個、パンの耳ひとかけ、それに缶切りを空き地に隠し、焚火のところに戻った。

テレンスは箱の中を漁っていた。「おかしいな。ランタンが一個見あたらない。二個入れてあったのに」空を見上げて、「雨になりそうだ。ボートで寝たほうがいいよ。多少きゅうくつだけど、まあなんとかなる」

「だめだ！　主治医から、川霧は肺によくないといわれてる」健康にいいという理由で主治医に河下りを薦められたことになっている以上、いかにもお粗末な言い訳だった。「彼女の話だと、僕は陸の上で寝るほうがいいって」

「だれ？」とテレンス。ヴィクトリア朝英国では、女性は医者にならないことを遅まきながら思い出した。弁護士にも、首相にもならない。

「主治医だよ。ジェイムズ・ダンワージー先生。夜は他人から離れて、内陸で寝るようにって」

テレンスはランタンの柄を持って立ち上がった。「ドースンが二個入れたのはわかってる。見てたんだから。どこに雲隠れしたのやら」

テレンスはランタンのガラス覆いをはずし、マッチを擦って芯に火をつけると、位置を調節した。僕はその手順を注意深く見守った。

ペディック教授が、二匹の魚を入れたやかんを持って現れた。「エデルスヴァイン教授にこの発見を伝えねば。テムズ河に生息するウグビオ・フルヴィアティリス・アルビヌスは絶滅したと考えられていた」薄闇の中でそれに目を凝らし、「みごとな標本だ」とつぶやくと、やかんをバスケットの上に置いて、またパイプをとりだした。

「もう寝たほうがよくないですか」と僕。「明日は朝が早いし」

「然り」教授は煙草袋を開けながら、「一夜の安眠は決定的な要素となりうる。サラミスの海戦のギリシャ軍は前夜たっぷり睡眠をとっていた」パイプに入れた刻み煙草を親指で押し込む。テレンスも自分のパイプをとりだした。「一方、ペルシャ軍は、海で一夜を明かし、ギリシャ軍の脱出を防ぐべく各船を配置していた」教授はパイプにマッチを近づけ、深く息を吸って火を熾した。

「まさしく。そしてペルシャ軍は大敗した」と僕。「そんな目に遭いたくはないものですね。というわけで」と立ち上がり、「寝るとしましょう」

「ヘイスティングズの戦いにおけるサクソン軍もまたしかり」ペディック教授は煙草袋をテレンスに手渡した。ふたりとも腰を下ろした。「ウィリアム征服王の部下たちはじゅうぶん休息をとり、戦さの準備を整えていた。他方、サクソン軍は十一日間におよぶ行軍をつづけていた。ハロルドが部下に休息の時間を与えていれば、ヘイスティングズの戦いで勝利をおさめ、歴史の流れが根本から変わっていたかもしれない」

もし僕があの猫を戻さなければ、右におなじ。

「僕らも明日の戦いに敗北したくはないですね」と、もう一度トライしてみた。「というわけで、寝るとしましょう」

「個人の行動」ペディック教授がパイプをふかしながら、「ヘイスティングズの戦いを決したのはそれだ。本来はサクソン軍のほうが有利だった。尾根に軍を引いていたからな。防御をかためた高地は、軍隊にとって最高の軍事的利点となる。ワーテルローにおけるウェリントンの軍を見るがいい。それに、南北戦争におけるフレデリックスバーグを見るがいい。北軍は平原を行軍し高地で防御をかためた敵陣に突っ込んで、一万二千の兵を失ったではないか。そしてヘイスティングズの戦いにおいては、イングランドはノルマンより豊かな国であり、なおかつ自分たちの土地で闘っていた。経済力が歴史を動かすなら、サクソン軍が勝利をおさめていてしかるべきだった。しかし、ヘイスティングズの戦いを勝ちとったのは経済力ではない。性格だ。ウィリアム征服王は、少なくともふたつの決定的な点に置いて戦いの流れを変えた。その最初は、ウィリアムが突撃のあいだ、馬から振り落とされたときのことだ」

シリルが寝そべっていびきをかきはじめた。

「もしウィリアムがそくざに立ち上がって面頬を上げ、自分が生きていることを部下の兵に知らしめなかったら、その時点で戦さに敗れていただろう。この事実をオーヴァーフォースは彼の自然力理論にどうあてはめる？　あてはめられるものか！　なぜなら歴史は性格だからだ。ヘイスティングズの戦いの第二の分岐点がこれを証明している」

パイプの煙草が燃えつきてふたりが立ち上がるまでに、それからまるまる一時間かかった。ボートのほうに歩いていく途中でテレンスが立ち止まり、引き返してきた。「ランタンはきみが持っていたほうがいいだろう」といってランタンを差し出した。「岸で寝るんだから」

「だいじょうぶだよ。おやすみ」

「おやすみ」テレンスはまたボートのほうに歩き出した。『『夜は休息の時』』とこちらに手を振り、『『労働が終わり、恋しい胸、安眠の幕に集うはいと愉し』』（ジェイムズ・モンゴメリー「夜」より）」

うん、まあ、それはそうなんだけど、僕はまず猫を見つけなきゃ。空き地に戻って、ふたりが眠りに落ちるのを待ちながら、あの猫が野放しになっている一瞬一瞬にも無数の影響が等比級数的に拡大しつつあることを考えまいとした。

狼に食われてしまったかもしれない。ヴィクトリア朝英国に狼はいたんだっけ？　それとも森の家の老婆に見つかって連れ去られたかも。でなきゃ通りすがりのボートに拾われるとか。

水間は閉じているし、ただの猫一匹じゃないか。自分にそう言い聞かせた。動物一匹が歴史にどんな影響を与える？

甚大な影響。アレクサンダー大王の軍馬、ブケパロスを見よ。それに、ウィリアム三世の馬はモグラの穴に足をとられてご主人さまを放り出したので、〝黒い毛皮のコートを着た小さな紳士〟がウィリアム三世を殺したといわれた。リチャード三世はボズワースの戦場に立ち、「馬一頭よこしたら国をやる！」と叫んだ。オリアリー夫人の雌牛を見よ。ディック・ホイッティントンの猫を見よ。

三十分待ってから、慎重にランタンの火を灯した。隠し場所から缶詰をとりだし、ポケットから缶切りをとりだし、そして缶を開けようとした。

これはまちがいなく缶切りだ。テレンスがそういったじゃないか。彼はこれを使って桃缶を開けたじゃないか。偃月刀の先で缶の蓋をつつき、それから偃月刀の側面でつついてみた。反対側のまるいほうでもう一度つつく。

偃月刀とまるいほうとのあいだにはスペースがある。たぶん、片方を缶の外側にあてがっておいて、それを梃子にして反対のほうを動かす仕組みだろう。いやもしかしたら、側面から開けるのかも。あるいは底から。あるいは持ち方が反対で、偃月刀のほうが柄なのかも。

試してみた結果、てのひらに穴が開いた。こんなはずじゃなかったのに。サチェルの中をひっかきまわし、包帯にするハンカチを探した。

よし、論理的に考えてみよう。偃月刀の先端は、ブリキを切り裂く部分になるはずだ。当然それは、缶の蓋にあてがわれるはず。もしかしたら、それをあてがう特定の場所があるのかもしれない。へこむ箇所がないか調べてみた。なかった。

「ヴィクトリア朝人はどうしてなにもかもこんなにややこしくするんだろうな」そうぼやいたとき、空き地のはずれにちらっとなにか光るのが見えた。

「プリンセス・アージュマンド？」ランタンをかざして低く呼びかける。僕の知識もひとつだけは正しかった。猫の目はたしかに闇の中で光る。やぶのあいだから、ふたつの黄色っぽい光がこちらを見ている。

「おいで、猫」パンの耳を差し出し、チッチッチと舌を鳴らした。「ほうら、食べものがあるよ。おいで」

輝く目がまたたき、そして消えた。パンの耳をポケットに戻し、空き地のへりに向かって注意深く歩き出した。「おいで、猫。おうちに連れて帰ってあげるよ。帰りたいだろ？」

静寂。いや、正確には静寂じゃない。蛙の鳴き声、葉ずれの音、そしてテムズ河の水が流れてゆくゴロゴロという独特の響き。でも、猫の音はなし。とはいえ、猫はどんな音をたてるんだろう。これまで僕が見た猫はみんな眠っていたからよくわからない。にゃおにゃおの音。猫はにゃーおと鳴くはずだ。

「にゃーお」といいながら、枝を持ち上げてやぶの下を覗いた。「おいでおいで。時空連続体を破壊したくなんかないだろ？　にゃーお。にゃーお」

また目が光った。あのやぶの向こう。パン屑を撒きながら、そのやぶを突っ切って歩き出した。「にゃーお？」ランタンをゆっくりと左右に揺らす。「プリンセス・アージュマンド？」そしてシリルにつまずき、転びそうになった。

シリルはうれしそうに尻を振った。

「戻ってご主人さまのところで寝ろ」と押し殺した声でいった。「おまえが来ても邪魔になるだけだ」

シリルはただちにぺちゃんこの鼻を地面に近づけ、円を描くようにしてくんくん嗅ぎはじめた。

「だめだ！」とささやく。「猟犬じゃないだろ。鼻もついてないくせに。ボートに戻れ」と河のほうを指さした。

シリルは嗅ぎまわるのをやめ、猟犬の目といってもおかしくないほど血走った目で僕を見上げた。その表情は明らかに「おねがい」と訴えていた。

「だめだ」ときっぱり言い渡した。「猫は犬が嫌いなんだよ」

シリルは、鼻らしきものを熱心に地面に押しつけ、また嗅ぎはじめた。とうとう根負けして、

「わかったわかった。来てもいいよ」どのみちついてくるに決まってる。「でも、そばを離れるんじゃないぞ」

空き地に戻り、乳脂を受け皿に注ぎ、ロープとマッチを持った。シリルは興味津々の顔でそれを見ている。

ランタンを持ち上げた。「『捜査開始《ザ・ゲーム・イズ・アフット》だ、ワトソン』（ホームズの決まり文句。原典は『ヘンリー五世』三幕一場）」と声をかけ、僕らは荒野に足を踏み出した。

とても暗く、蛙、河、葉ずれの音といっしょに種々様々なずるずるがらがらほーほーの音が聞こえてくる。風が出てきたので、ランタンを片手でかばいつつ、懐中電灯はなんと偉大な発明だろうと考えた。強力な光を放つばかりか、光線をどこでも好きな方向に向けることができる。一方、ランタンの光は、上下に動かすことでしかコントロールできない。ゆらめくあたたかい光の輪を放ちはするものの、唯一の効果は、その輪の外を漆黒の闇に包むことだけのような気がした。

「プリンセス・アージュマンド？」ときおりそう呼びかけ、「おいで、猫ちゃん」と「お

ー い」をかわるがわる混ぜた。歩きながらパン屑を撒き、有望そうなやぶの前で定期的に立ち止まっては、乳脂の皿を置いてしばらく待つこともやってみた。

成果なし。輝く目も、にゃーおの声も、なんにもなし。夜はますます暗く、ますます湿っぽくなってきた。雨が降り出しそうだ。

「なにか気配を感じないかい、シリル」

とぼとぼと歩きつづけた。午後に見たときはずいぶん開けた場所に見えたのに、いまやすべてが茨の茂みと密生する下生えと邪悪な鉤爪のような枝ばかりに見える。プリンセス・アージュマンドはどこにいてもおかしくない。

いた。河のそば。白の閃き。

「行くぞ、シリル」そうささやいて河のほうに歩きだした。

また見えた。草むらの真ん中でじっとしている。もしかしたら眠っているのかも。

「プリンセス・アージュマンド?」抱き上げようと、葦の茂みをかきわけた。「ここにいたのかい、いたずらっ子め」

白いものがとつぜん起き上がり、湾曲した長い首が出現した。

「クァーッ!」とそれが叫び、巨大な白いはばたきが爆発した。水しぶきを浴び、僕は皿をとり落とした。

「白鳥だ」と、いわずもがなの言葉が洩れる。白鳥。いにしえより伝えられるテムズの美の化身。雪のように白い羽毛と優雅な長い首で川面をのどかに彩るもの。「前からずっとこの目で見たいと思ってたんだよ」とシリルに述懐した。

シリルはいなかった。

「クァーッ！」白鳥がそういって、びっくりするほど大きな翼を広げた。眠りを妨げられて怒っているらしい。

「ごめんよ」といってあとずさった。「猫かと思って」

おなじみの「シャシャーッ」と白鳥が叫び、こちらめがけて走り出した。

「シャシャーッ」の「おお、白鳥よ」の詩は、そのどれひとつとして、白鳥がこんな声で威嚇するという事実に言及していない。あるいは、猫とまちがえられて激怒することにも。あるいは、噛むことも。

とげだらけの植物群から成るやぶを突っ切ってどうにか脱出し、木に登って、襲ってくるくちばしを足で蹴りつけて撃退した。白鳥は威嚇と呪いのうなりをあげながら河のほうによたよた歩き去った。

それが向こうの計略だった場合を考えて木の上でさらに十五分待ち、それからようやく地面に降りて傷の具合をたしかめた。ほとんどは尻のほうなのでよく見えない。血がついていないかぐるっと体をひねったとき、木のうしろから恥ずかしそうな顔で出てくるシリルが見えた。

「潰走だ。ペルシャ軍といっしょだよ。ハリスも白鳥と面倒を起こした。『ボートの三人男』では」あの章のことをもっと早く思い出せばよかったと思いながら、「白鳥の群れが彼とモンモランシーをボートからひきずりだそうとするんだ」

　奇跡的に直立した状態で地面に落ちていたランタンを拾い、「ハロルド王が白鳥を味方につけていたら、イングランドはまだサクソン人の領地だっただろうな」

　僕らはふたたび出発した。川岸に近づかず、白いものに油断なく目を光らせながら歩いた。

　ポリー・ヴォーン（同名の伝統的な英国民謡より）の恋人が彼女を殺したのは、古い詩に出てくる白鳥と見違えたせいだ。ポリーは白いエプロンをつけていたので、白鳥だと思って矢を射た。その気持ちは完璧によくわかる。将来的には、僕もまず矢を射て、それから質問することにしよう。

　闇はますます暗く、ますます湿っぽくなり、やぶはますますとげとげしてきた。白の閃きも輝く瞳もなく、ほとんど物音もしない。最後のパン屑を落とし、「おいで、猫ちゃん！」と呼びかけた僕の声は、暗いうつろな静寂の中にこだました。

　こうなったら事実を認めるしかない。あの猫が消えてからもうひさしい。荒野で飢え死にしたか、怒れる白鳥に虐殺されたか、パピルスの茂みの中でファラオの娘に見つかって歴史の流れを変えてしまったか。とにかく、シリルと僕が彼女を見つけることはない。

だめ押しのように、ランタンが煙をあげはじめた。

「無駄だよ、シリル。プリンセス・アージュマンドは行ってしまった。キャンプに戻ろう」

言うは易《やす》く行うは難《かた》し。猫探しにばかり気をとられて、帰り道のことは頭になかった。どのやぶもそっくりに見える。

ランタンを地面に近づけ、道々撒いてきたパン屑を探しながら思い出した。そういえば、ヘンゼルとグレーテルも不幸な末路をたどったカップルだった。

「帰り道を教えてくれ、シリル」期待を込めてそういうと、シリルははっとしたようにあたりを見まわし、それから地面にすわりこんだ。

もちろん、とるべき行動は河沿いに進むこと。しかし白鳥と遭遇する危険性を考慮しなければならないし、パン屑がみんな狼に食われてしまったはずもない。有望そうな方角に向かって歩き出した。

三十分後、霧雨が降りはじめ、落ち葉のつもる地面は濡れてつるつるになった。僕らは十一日間にわたって行軍しつづけているサクソン兵のように重い足どりで進んだ。英国を失うのも間近。

僕はあの猫を失った。自分がプリンセス・アージュマンドを連れているとも知らずに貴重な数時間を無駄にした挙げ句、やっとそれに気づいたとたん逃がしてしまった。なんの関係もない人物と旅に出て、テレンスにとっておそらく重要な出会いを邪魔し、そして……。

そのとき、ひとつの考えが浮かんだ。僕はテレンスとボートで旅に出て、ペディック教授を水葬から救うどんぴしゃりのタイミングで通りかかった。テレンスがモーディと出会っていたら、あの救出劇は実現していたんだろうか。それとも、正しいときに正しい場所にいて指導教授を救出できるように、テレンスはもともとモーディと出会わないはずだったのか？　いやそれとも、ペディック教授はもともと溺死するはずで、その彼を救出したことは、僕の罪状リストに新たな項目をつけ加えたのか？

でも、もしあれが罪だったとしても、そんなにうしろめたい気持ちにはなれなかった。おかげで僕の人生が相当ややこしくなったとはいえ、教授が溺死しなかったことはうれしい。あの猫を救ったときのヴェリティの気持ちがわかるような気がしてきた。

その猫は、この雨の中、どこかで道に迷っている。シリルと僕もそれはおなじ。自分がいまどこにいるのか見当もつかない。あんな木立や、あんな格好の茂みを前に見たことがないのはたしかだ。足を止め、それからもと来た方角に歩き出した。

すると、ボートがあった。それに例の空き地。僕の寝床。

シリルが先にそれを見つけ、うれしそうに尻尾を振って駆け出したが、途中で急ブレーキをかけた。もしや、寝床が白鳥に占領されてしまったのか……。

白鳥じゃなかった。ラグの真ん中にまるくなってすやすやと眠っているのは、プリンセス・アージュマンドだった。

「すべての謎の答えは小さな灰色の脳細胞の中にある」

――エルキュール・ポアロ

9

ヴィクトリア朝の第一夜――ぎゅうぎゅう詰め――いびき――雨――歴史の流れにおける天候の重要性――肺炎――猫が行方不明――早発ち――ペディック教授の二重鰓ブルー・チャブが行方不明――アビンドン――ボート漕ぎのアドバイス――ペディック教授が行方不明――お土産――打たれた電報――遅い出立

ヴィクトリア朝で過ごす第一夜は、付属病院のナースが念頭に置いていただろう〝安静〟とはいささか違っていた。それをいうなら、僕が念頭に置いていたものとも違う。思ったよりずっと快適度が低く、思ったよりずっとぎゅうぎゅう詰めだった。

プリンセス・アージュマンドはバスケットの中に戻し、しっかり錠を下ろしてから蓋の上に何個か重い石を載せておくつもりだった。しかし、爪と急な動きに用心しながら慎重に抱き上げると、猫は僕の腕に心地よさげに体をすりつけてきた。バスケットのそばまで運んで、中に入れようとひざまずくと、訴えるように僕を見上げてハミングしはじめた。

猫がのどを鳴らすという話は本で読んだことがある。しかしそれは、低いうなり声か、でなきゃノイズみたいな音だろうと思っていた。プリンセス・アージュマンドのハミングには、敵意の響きも電磁波的なところも皆無で、気がつくと僕はくどくど弁解をはじめていた。「バスケットの中に入っててもらわなきゃだめなんだよ」ぎこちなく猫を撫でながら、「また逃げられるリスクはおかせないから。宇宙の命運がかかってるんだ」

ハミングの音が大きくなり、プリンセス・アージュマンドは哀願するように、片方の前足を僕の手に載せた。僕は彼女を連れて寝床に戻り、「だって、明日は一日中ずっとバスケットの中にいなきゃいけないんだよ」と、ラグの真ん中に落ち着いているシリルに向かって弁明した。「もう僕のことを知ってるから、逃げたりしないよ」

シリルは冷たい目で僕を見た。

「前はおびえてたのさ。いまはもう馴れてる」

シリルは鼻を鳴らした。

猫を抱いたまま、ラグの上に腰を下ろして濡れた靴を脱ぎ、それから寝床に潜り込もうとした。言うは易く行うは難し。シリルは自分の領土の占有権を主張し、頑として動かない。「寄ってくれ！」猫を抱いている手を片方離し、シリルを押した。「犬はベッドの足元で寝るもんだろ」

シリルはこのルールを聞いたことがないらしい。僕の背中にぎゅうぎゅう体を押しつけ、いびきをかきはじめた。僕はラグがちゃんと体にかぶさるようにぐいとひっぱり、横向きの姿勢になると、両腕のあいだに猫を入れた。

プリンセス・アージュマンドも、動物が人間のベッドに入るときに守るべきルールを一顧だにしなかった。もぞもぞ動いてたちまち腕から抜け出し、寝床の反対側にまわってシリルを踏みつける。犬はかすかな「うーっ」で応じ、猫は僕の脚の上で爪をこねた。

シリルがまたぐいぐい体を押しつけてきて、ベッド全体と掛け布団すべてを占有する。プリンセス・アージュマンドは全体重を僕ののどぼとけに預け、首の上に横たわる。シリルがさらに押してきた。

このささやかなドラマが開幕から一時間を経た頃、雨が本降りになり、全員が掛け布団の下に移動し、またも縄張り争いが激化した。最終的に、犬と猫はくたびれて寝てしまい、僕は横になったまま、最初からずっと猫を連れていたことを知ったらヴェリティはなんというだろうかと案じ、雨のことを心配した。

明日も一日じゅう雨で、マッチングズ・エンドまでたどりつけなかったら？　天候が歴史の分岐点になった例はいくらでもある。一三世紀に日本を侵略しようとしたフビライ汗の艦隊は、神風《カミカゼ》によって壊滅した。

スペインの無敵艦隊は強風でちりぢりになり、タウトンの戦いの帰趨はブリザードが決した。ルシタニア号が針路をそれてドイツ軍Uボートと遭遇することになったのは霧のせいだったし、アルデンヌの森に達した低気圧前線のおかげで、第二次大戦の連合軍はあやうくバルジの戦いに敗北するところだった。

好天さえも歴史に影響する。ルフトヴァッフェのコヴェントリー空襲が成功したのは、気温が低く晴れた天気と〝爆撃機におあつらえ向きの満月〟のおかげだった。

天気の親友、病気も無視できない。もしペディック教授が雨の野外で寝たために風邪を引き、明日オックスフォードに帰らなければならなくなったとしたら？　合衆国大統領ウィリアム・ヘンリー・ハリソンは就任式で雨中に立っていたせいで風邪を引き、その一カ月後、肺炎で死去した。ピョートル大帝は船を見ているあいだに風邪を引き、一週間後に死んだ。

風邪だけじゃない。ヘンリー五世は赤痢で死に、その結果、英国人はアジャンクールの戦いで得たものすべてを失った。無敗のアレクサンダー大王はマラリアに敗北し、アジア大陸全土の運命が一変した。黒死病のことはいうまでもない。

天気、病気、気候変化、地殻変動――オーヴァーフォース教授いうところの盲目的な力――ペディック教授が認めようが認めまいが、そのすべてが歴史を動かす要因となる。

もちろん問題は、無数の戦争が示すとおり、オーヴァーフォース教授もペディック教授も、ともに正しいということだ。ふたりはちょうど一世紀早すぎたが、のちのカオス理論なら両者の考えを無理なく融合させていただろう。歴史はたしかに、人間の性格や勇気や裏切りや愛と同様、盲目的な力にも支配されている。それに事故とランダムな偶然にも支配されている。流れ弾や電報やチップにも。それに猫にも。

でも、それと同時に、歴史は安定した存在でもある。TJがそう語っていたのははっきり覚えている。それにダンワージー先生は、もし齟齬がなにか被害をもたらしたのなら、もうとっくに顕在化しているはずだといった。ということは、この猫は、長期にわたる影響を及ぼす結果を招く前に、本来の時空位置に戻されたに違いない。

あるいは、もうひとつの可能性は、この猫の失踪が他のどんなものにも影響しなかったということだが、それが真実じゃないのはわかっている。プリンセス・アージュマンドのおかげで、僕はテレンスとモードの出会いを邪魔することになった。だから、もうこれ以上、危険をおかすつもりはない。できるかぎり早く、猫をマッチングズ・エンドに連れ戻そう。ということは、朝になったらできるだけ早くボートを出さなければ。

ということは、雨が降ってはならない。ワーテルローでは雨が降って道が通行不能の泥沼になり、砲兵隊を足止めした。クレシーでも雨が降り、弓の射手の弦を濡らした。アジャンクールでも雨だった。

ミッドウェイ海戦時の雨のことを考えている最中に眠り込んでしまったらしい。夜明けの灰色の光ではっと目を覚ました。雨はやみ、猫は消えている。

靴下だけの足で飛び起きるとラグをひっぺがし、プリンセス・アージュマンドがどこかに隠れていないか探しはじめた。シリルがうるさそうにうなり、ごろんと寝返りを打つ。

「シリル！　猫がいない！　どこへ行ったか知らないか？」

シリルは「だからいっただろ」という目でこちらを一瞥し、寝具の中に潜り込んだ。

「探すのを手伝え！」シリルが下に敷いているラグを無理やりひっこ抜く。

大あわてで靴を履き、押し殺した声で「プリンセス・アージュマンド！」と必死に呼びかけた。「どこにいるんだい？　プリンセス・アージュマンド！」

すると彼女が、濡れた草を上品に踏みながらのんびり空き地に入ってきた。

「どこにいたんだ？　やっぱりバスケットに閉じ込めておくんだったよ」

プリンセス・アージュマンドは僕の前を通って乱れた寝床に行くと、シリルの横に寝そべり、眠り込んだ。

おなじリスクをおかすつもりはなかった。カーペットバッグをとって中のブーツ類やエスカルゴばさみを放り出す。ハンパーから肉切り包丁を出し、その切先でカーペットバッグの側面に何カ所か短い切れ込みを入れ、裏地の向こうまで突き抜けていることをたしかめた。サイズが小さすぎるツイードのジャケットをバッグの底に敷いてベッドをつくり、その横に受け皿を押し込んだ。

そっと抱き上げてカーペットバッグの中に入れ、留め金を留めたときも、プリンセス・

アージュマンドは目を覚まさなかった。ヴェリティのいうとおり、タイムラグを患っているのかもしれない。バッグから出した衣類はスーツケースに詰め込み、ラグはぐるぐる巻きにした。一枚だけ残ったラグの上にはシリルが寝ている。

「さあ起きろ、シリル。起床時刻だ。今日は早発ちだぞ」

シリルは片目を開け、疑り深い目で僕を見た。

「朝食だ」カーペットバッグを持って、焚火の名残《なご》りのほうへ向かった。枯枝を集めてやぐらを組み、ベテランの手つきで火を熾し、それからテレンスの荷物を漁ってテムズ河の地図を見つけ出し、火のそばに腰を下ろして旅程を検討した。

地図は蛇腹式に折り畳んであり、ぜんぶ広げてみると、テムズ河を端から端までカバーしたイラストマップになっていた。もちろん、この全長を僕らがカバーする必要はないはずだ。地図の読み方は学部生時代に習っていたが、この地図は必要以上に詳しいという欠陥があった。村や水閘や中州とそれらのあいだの距離ばかりか、堰、浅瀬、水路、曳舟道、史跡、おすすめの釣りスポットまで記載されている。ペディック教授の目には触れさせないほうがよさそうだ。

さらに、種々様々な解説が随所についている。たとえば、『テムズ河畔でも最も魅力的な景観の一』とか、『この地点は流れが速く注意を要します』とか。その結果、解説文の山にまぎれて、河を見つけるのがむずかしい。テレンスの話によると、マッチングズ・エンドはストリートリーのすぐ下流らしいが、どちらも見つからない。

ようやくラニミードを見つけた。『マグナカルタ調印の地として知られる史跡。地元の人々の中には、マグナカルタ島の石板の上で調印されたと主張する人もいますが、それはまちがいです。ブリームに適した水深。ガジョン、デース、ジャックは不漁』

ラニミードから河筋をたどってストリートリーを見つけ出し、指先でマークしてから、イフリーを探した。あった。『風雅な水車を擁し、遠方からも見物客が訪れます。一二世紀の教会、中サイズのチャブ』僕らの現在地はイフリーとアビンドンの中間地点で、ストリートリーまでは二十三マイルだ。

朝食の時間を三十分見ても、六時にはボートで出発できる。ペディック教授が途中アビンドンで上陸して妹に電報を打つ時間を計算に入れても、九時間あれば楽勝で着けるだろう。運がよければ、三時にはあの猫を失踪した場所に戻して、五時には齟齬が解消される。「お茶の時間には楽勝でマッチングズ・エンドに着けるよ」地図を畳んでシリルにそういった。テレンスのバッグに地図を戻し、卵と筋入りベーコンのかたまりとフライパンをハンパーからとりだした。

鳥たちがさえずりはじめ、昇ってきた朝陽が川面と空に薔薇色のリボンですじをつけた。緑豊かな岸にはさまれたうららかな河の流れは金色に輝き、齟齬を否定している——安全で悩みなき世界、広大無辺な神の御業を映すおだやかな鏡。

シリルが僕を見上げた。その表情いわく、『おまえさんのタイムラグはじっさいどの程度重症なんだい？』

「ゆうべはぜんぜん眠れなかったんだ。おまえのせいでね。さあ来い」

やかんを火にかけ、スライスしたベーコンをフライパンに敷いてから卵を割り入れ、岸辺のボートまで、テレンスと指導教授を起こしにいった。鍋の蓋をスティルトンのスプーンでカンカン叩き、「起床！」と叫ぶ。「朝食の支度ができたぞ」

「やれやれ」テレンスがぐったりした声でいい、懐中時計を手探りした。「何時だ？」

「五時半。早く出発したいんだろ。お茶の時間までにマッチングズ・エンドへ行くために。ミアリング嬢。覚えてる？」

「おお」テレンスは毛布をはねのけて飛び起きた。「そうだった。起きて、ペディック教授」

「『循環《めぐ》りくる「時刻」に呼び起された「曙」が、その薔薇色の手で「光」の門をあけた』（ミルトン『失楽園』第六巻より）船尾に横たわるペディック教授が眠たげに目をしばたたきながら引用した。

ふたりをボートに残して焚火のほうに駆け戻り、卵と猫のようすをたしかめた。プリンセス・アージュマンドはぐっすり眠っている。音もなく。すばらしい。カーペットバッグをほかの荷物の横に置き、目玉焼きを皿に移しはじめた。

「この調子なら、六時には河に出られるね」といいながら、シリルにベーコンをひと切れ分けてやった。「六時半には水閘を抜けて、アビンドンで上陸し、教授が電報を打つ。八時にはクリフトン・ハムデン、九時にはデイズ水閘、十時にはレディングだ」

十時には、僕らはまだアビンドンにいた。

なぜか増殖したように見える荷物の積み込みに二時間かかり、ようやく出発という段になって、ペディック教授が例の二重鰓ブルー・チャブが行方不明になっているのを発見した。

「たぶん動物に食われたんですよ」とテレンス。それがどんな動物なのか、僕には目星がついていた。

「新しい標本を釣らなければ」ペディック教授が釣り竿と釣り具を荷物からいそいそとりだした。

「時間がないんです」とテレンス。「まだ白のガジョンがいるじゃないですか」

そのとおり。それと、ガジョンのほうはきちんと鍵をかけた箱の中にしまっといたほうがいいですよ。でないとそれも動物に食われてしまって、マッチングズ・エンドには永遠にたどりつけなくなる。

「明日までにラニミードに行こうと思ったら、もう出発しなきゃ、先生」

「『Non semper temeritas est felix』」（リウィウスの『ローマ建国史』より）教授は箱の中の毛針を物色しなが

ら、「『性急さはかならずしも幸運を招かない』。いいかね、もしハロルド王が無分別な性急さで乱闘に突入しなければ、彼はヘイスティングズの戦いで勝利をおさめていたはずだ」細心の注意を払って毛針を釣糸につけ、何度か素振りをくれた。「早朝はチャブ釣りによい時刻ではない。ふつうは午後遅くなるまで上がってこないからな」

テレンスがうめき声をあげ、訴えるような目で僕を見た。

「いま出発すれば、夕方前にはパングボーンに着きますよ」僕は地図を開き、「パングボーンのテムズ河畔は、昔から釣り人のお気に入りの場所だったそうです。ニゴイ《バーベル》には理想的」それから地図の説明を朗読した。「最高のパーチ、ローチ、ガジョン。デースとチャブも豊漁。堰は大型の鱒で有名」

「パングボーンといったかね」ペディック教授が訊ねた。

「ええ。地図によれば、『あらゆる魚種について、テムズ河最高の釣果が期待できる』」と嘘をついた。

この作戦は図に当たった。教授はボートに乗り込んだ。

テレンスが口だけ動かして『ありがとう』と礼をいい、教授の気が変わる前にボートを出した。

懐中時計に目をやった。Ⅷ時二十分過ぎ。思ったより遅くなったが、それでもまだ五時にはマッチングズ・エンドに着けるはずだった。万事順調に進めば。

進まなかった。アビンドン水閘は閉じていて、堰守を叩き起こすのに十五分かかった。堰守は、水閘から水をちょろちょろとしか流さない姑息な手段で僕らに報復した。その一方、ボートの後部に積んだ荷物の山がバランスを崩し、二度もボートをとめて縛り直さなければならなかった。

その二回めのとき、ペディック教授が、「あの睡蓮を見たまえ。それと、川岸近くの速い流れ。バーベルに最適のポイントだ」と宣言し、僕らがとめる間もなくボートを降りた。

「時間がないんですよ」テレンスがあきらめたような口調でいった。

「パングボーンが待ってます」と僕。

「ええい《プショー》」と教授がいった。カーペットバッグとこの宇宙の命運を心配していなかったら、またあらためてヴィクトリア朝の感嘆詞に感動していたところだ。「これ以上に最適なポイントがあるものか」

テレンスが懐中時計をとりだし、絶望的な目で針を見つめた。どうすれば教授を動かせるだろう。ヘイスティングズの戦い？　サラミス？　ラニミード？

「頭の中で思い描いていたラニミードはまさにこんなふうでした」僕は河畔に広がる草地に手を振った。「ジョン王と部下たちが馬で駆けた、霧立ち昇る草原。じっさいの調印はどこで行われたとお考えですか？　ラニミード、それともマグナカルタ島？」

「ラニミードに決まっている。王がステインズで一夜を過ごし、その翌朝、馬でラニミードの原にやってきたことは証明されている」

「へえ。でも、たしかオーヴァーフォース先生は、マグナカルタ島だったという説得力豊かな説を唱えていましたが」

「マグナカルタ島だと？」教授は疑り深げにいった。

「じつに説得力がありましたよ」とテレンスが加勢した。「歴史は自然力の結果であるという彼の理論を裏付けるものです」

「たわごとを！」ペディック教授は釣り竿を放り出して叫んだ。

テレンスがすばやく竿をひっつかみ、ボートに投げ込んだ。

「説得力豊かだと？」ペディック教授は頭から湯気をたてている。「調印がラニミードでおこなわれたことには議論の余地のない証拠がある」教授はボートに乗り込んだ。僕はもやい綱をつかんで結び目を解いた。「説得力豊かな説が聞いて呆れる。貴族や領主の数からしてマグナカルタ島に集うには多すぎたし、ジョン王は、退路のない状況に甘んじるには猜疑心が強すぎる性格だった。自然力だと！」

その他いろいろがアビンドンまでつづいた。

水閘を抜けて村に着いたときは九時十五分になっていた。

ペディック教授は電報を打ちにいき、テレンスはボートの上で昼食を済ませるため、村へパンとハムの買い出しに出発した。

「あと、ミルクをひと瓶」と、僕はその背中に声をかけた。ふたりの姿が見えなくなるなりカーペットバッグを開け、プリンセス・アージュマンドのようすをたしかめた。

まだ眠っていた。カーペットバッグの口を開けたまま、それをひざのあいだに置いて、僕はオールをとった。ここまではずっとテレンスが漕いでいたが、速度を落とさないつもりなら、一日中ずっと彼に漕がせるわけにもいかない。このボートだって、漕ぐこと自体はスープラースキムとそう違いはないはずだ——オールがずっと重いのと、バランスが悪いのをべつにすれば。ぐいとオールを引いてみたが、なにも起きない。

背中をまっすぐにして座席にすわり、両足を踏ん張り、両のてのひらに唾をして、ぐいとオールを引いた。

今度はなにかが起きた。右のオールが水中からとびだし、オールの柄と柄が激しくぶつかって僕の両のこぶしが衝突した。左のオールがはずれ、ボートはぐるっと回転して、橋桁の石壁めがけてまっすぐ進みはじめた。

あわてて左のオールをオール受けに戻し、橋に衝突する前に両方のオールを水中に沈めようとしたが、その過程でまたこぶしとこぶしをぶつけてしまい、気がつくとボートは岸に向かっていた。

シリルは立ち上がり、ボートの岸に近い側へとよたよた歩いていく。船を捨てる用意をしているらしい。

よし、三度めの正直だ。片方のオールの先で岸を強く突き、ボートを流れに押し出してから、もう一度やってみた。オールの柄がこぶしにぶつからないように気をつけて。ぶつからなかった。左のオールの柄が鼻にぶつかった。

しかし、四度めの挑戦で不器用ながらもコツをつかんだ。数分後、なんとか基本はマスターした。流れを横切ってボートを進め、橋の下を通過し、方向転換してもう一度橋をくぐった。鮮やかなオールさばきとまずまずの勢い。

「違う違う！」うしろからテレンスの声がした。「そうじゃない。ストロークの最初に、スカルに体重を載せるんだ」

川岸に立つテレンスを振り返った拍子に両方のオールが水からすっぽ抜け、手にぶつかった。

「よそ見するな！　進行方向に気をつけろ！」テレンスの怒鳴り声は、いささか不公平に聞こえた。「手を交互に。トリムを保て。違う違う違う！」片手にパン、反対の手に牛乳瓶を持ったまま、テレンスが身振り手振りで叫ぶ。「前進。ひざを開いて。舳先をアウトに。姿勢に気をつけて」

怒鳴り声の指示ほど役に立つものはない。とくに、理解できない指示は。理解できた指示にはしたがおうとベストをつくした。たとえば「ひざを開いて」。しかしその代償はテレンスの新たな怒鳴り声、「違う違う違う！　ひざを閉じて！　フェザーだ（オールの水かきを水面と平行に返すこと）。

「横滑《クラブ》りになるぞ！　顔を上げて！」

しかし最終的にコツを呑み込み、トリムを保ち、顔を上げ、スカルに体重を載せ、ひざを開くと同時に閉じ、姿勢に気をつけ、テレンスのほうに漕ぎ寄った。

「ゆっくりしっかり」栈橋に手際よくボートを着ける僕に向かってテレンスがいった。

「そうそう。上出来だ。必要なのは練習だけだな」

「その機会はいくらでもあったはずなんだけど」といいながら、テレンスから牛乳瓶を受けとってポケットに入れた。「行こう。ペディック教授は？」

テレンスは彼の姿を捜すようにあたりを見まわした。「電報局から戻ってないのか？」

「いや」栈橋に上がり、ボートをもやった。「捜しにいったほうがよさそうだ」

「どっちかひとりがボートのそばに残るべきじゃないか」といって、テレンスがシリルにきびしい視線を向けた。「教授が戻ってきたときのために」

「名案だ」テレンスが教授を捜しているあいだに、もう一度猫のようすをたしかめ、もしかしたらちょっと外に出してやれるかもしれない。

「きみが行ったほうがいいな」とテレンス。「歴史が得意だから」テレンスは懐中時計をとりだして目をやった。

彼の注意がそれた隙に、カーペットバッグをとって背中に隠した。

「十時か」テレンスは乱暴に懐中時計の蓋を閉じた。「教授を見つけたときに、どうしても送っていくと言い張るべきだった」

「時間がなかったよ。それに、教授がこうと決めたらだれにも止められないときみが自分でいったじゃないか」

テレンスはむっつりうなずいた。「止められない力だ。ウィリアム征服王みたいなもんだな。歴史は個人だ」ため息をつき、「マッチングズ・エンドに着く頃には、彼女はもう婚約してるだろう」

「婚約？　だれと？」テレンスがトシーから求婚者の名前を聞いていればいいのだが。そのうちのひとりが問題のミスターＣかも。

「だれとかなんて知るもんか。トシー――ミアリング嬢ほどの女性だったらきっと一日に一ダースも結婚の申し込みを受けてるよ。教授はどこだ？　この調子じゃ永遠にマッチングズ・エンドに着けない」

「もちろん着くさ。運命なんだから。忘れたのかい？　ロミオとジュリエット、アベラールとエロイーズだろ」

「運命か。でも、運命はなんて残酷なんだろう、たった一日とはいえ、僕と彼女を引き離すなんて！」テレンスが夢見る視線を下流に投げている隙に、僕はカーペットバッグを持って脱出した。

シリルがとことこついてきた。「ここにいろ、シリル」と僕はきっぱり言い渡し、僕と二匹は村に向かって出発した。

電報局がどこにありそうか、どんな外観の建物なのか、まるきり見当もつかなかったが、村には店が二軒しかなかった。八百屋が一軒、釣り具と花瓶がショウウインドウに飾ってある店が一軒。釣り具店のほうを先に試してみた。「どこへ行けば電報が打てます?」と、モブキャップをかぶってにこにこしている老婦人に訊ねた。『鏡の国のアリス』に出てくる羊みたいな女性だった。

「川旅? イフリーの水車の柄がついた素敵なお皿があるわ。『テムズ河の楽しい思い出』という字が入ってるの。どっちに向かうところ? 上流、それとも下流?」

どっちでもありません、と心の中で答えてから、「下流ですよ。電報局は?」

「下流」老婦人はうれしそうな顔で、「だったらもうごらんになったわね。美しかったでしょ?」といって、水車の絵と『イフリー土産』の文字が刷りこまれた房飾りつきの黄色いサテンの枕を差し出した。

僕はそれを返して、「素敵ですね。電報はどこで打てます?」

「郵便局。でも、わたしは手紙のほうがずっといいと思うわ。あなたは?」すばやくとりだした便箋には、一枚一枚、『アビンドンからの便り』という文字が印刷されていた。

「一枚半ペンス、封筒が一ペニー」

「いえ、けっこうです。郵便局はどこですか?」

「通りのすぐ先。修道院の正門の向かいよ。もうごらんになった？　修道院の素敵なレプリカがあるんだけど。それとも、陶製の犬の置物のほうがいいかしら。手彩色よ。素敵なペン拭きもあるけれど」

とうとう、シリルとは似ても似つかない（それをいうならプードルにも似ていない）陶器のブルドッグを買ってようやく店を脱出し、それから門と郵便局を探し当てた。

ペディック教授はいなかったし、カウンターの向こうのモブキャップをかぶった老婦人は、教授が来たかどうかを知らなかった。

「主人が食事をしに自宅へ帰ってますので。一時間で戻りますけど。川旅ですの？」といって、イフリー水車の絵がついた花瓶を売りつけようとした。

教授は八百屋にもいなかった。『テムズ河観光記念』の文字が入った観光土産の歯磨き用コップを一個買って、「鮭はありますか？」と訊ねた。

「ええ」モブキャップをかぶったまたべつの老婦人がいい、カウンターに缶詰を出した。

「そうじゃなくて、生きてる鮭」

「自分で釣れますよ。アビンドンにテムズ河一の釣り場があるから」といって、ゴム製のウェーダーを売りつけようとした。

店を出てから、入口の前で辛抱強く待っていたシリルに、「さあ、次はどうする？」と訊ねた。

アビンドンは中世の修道院の周囲に広がる町だった。穀物倉と小農場を含む修道院跡はいまもそこにあり、ペディック教授がいちばん立ちまわりそうな場所に思えたが、彼はそこにもいなかった。歩廊にもいなかった。

教授以外の人影もなかった。歩廊の壁の脇にひざまずき、石畳に牛乳瓶を置いて、カーペットバッグの口を開けた。

シリルが腰を下ろし、賛成できないねという顔で見ている。

「プリンセス・アージュマンド？」と声をかけて猫を外に出してやった。「朝食にするかい」

石畳に下ろすと、プリンセス・アージュマンドは芝生の上を二、三フィート歩き、それから弾丸のように駆け出して、たちまち壁の角を曲がって姿を消した。

だからいっただろ、とシリルがいった。

「ぼやぼやしてないで追いかけろ」

シリルはすわったまま。

たしかにもっともだ。ゆうべの林の追跡行は赫々《かくかく》たる戦果をおさめたとはいいがたい。

「じゃあ、どうすればいいと思う？」

シリルは寝そべると、牛乳瓶に鼻を押しつけた。悪くないアイデアだ。カーペットバッグから受け皿を出し、ミルクを注いだ。「おいで、猫」と呼びながら、壁の前に皿を置いた。「朝ごはんですよ！」

　前述のとおり、これは悪くないアイデアだった。しかしながら、功を奏さなかった。修道院跡の捜索も右におなじ。広場の捜索も。木骨造《ハーフティンバー》りの家々の捜索も。

「猫がどんな生きものだか知ってたんだろ」と僕はシリルにいった。「どうして警告してくれなかったんだ？」

　だが、自業自得だ。彼女を出してやったのは僕。いまごろ彼女はロンドンに向かい、グラッドストンと面会して、マフィケングの陥落を引き起こしているだろう。

　村のはずれまでやってきた。道が細くなって途切れ、その先は狭い小河がジグザグに流れる牧草地になっている。

「もしかしたらボートに戻ってるかも」シリルに希望的観測を述べたが、彼は聞いていなかった。細い小河にかかる橋に通じる砂利道を見ている。

　その橋のたもとにペディック教授がいた。ズボンの裾をまくり上げ、魚とり用の大きな網を構え、ひざまで水に浸かっている。背後の土手には水を入れた（まちがいなく魚が泳いでいる）やかん。それと、プリンセス・アージュマンド。

「ここにいろ。ぜったいだぞ」シリルにそう命令してから、うずくまる猫に忍び寄った。網を買っておく先見の明がなかったことが悔やまれる。

　プリンセス・アージュマンドは白い前足で音もなく草を踏み、やかんのほうに忍び寄る。

猫とおなじぐらい一心不乱のペディック教授は、腰をかがめた姿勢で水に向かってゆっくりと網を下ろしてゆく。プリンセス・アージュマンドはやかんの中を覗き込み、前足を試験的に水に浸した。

その瞬間、僕はぱっと飛びかかり、網で魚をすくうようにして、口を開けたカーペットバッグで彼女をすくいあげた。同時にペディック教授も網を一閃させ、ぴちぴちはねる魚をすくった。

「ペディック教授！　ほうぼう捜しまわったんですよ！」

「トゲウオか」といいながら教授が網の魚をつかんでやかんに投げ込む。「このへんの鱒にはいい餌になるだろう」

「テレンスにいわれて呼びにきたんです」土手の斜面を上がるのに手を貸そうと、片手をさしのべた。「早くパングボーンに行きたくてうずうずしてます」

「『Qui non vult fieri desidiosus amet』」と教授はいった。「オヴィディウス。『怠惰を望まぬ者には恋を与えよ』だ」しかし教授は斜面を登ってきて土手に腰を下ろし、靴下と靴を履いた。「彼が姪のモーディと出会わなんだのは残念だ。きっと恋に落ちただろうに」

僕はブリキのやかんと魚網をとった。網の柄には『テムズ河土産』と印刷してある。シリルは、ここにいろといわれた場所にすわっていた。「いい子だ！」と声をかけると、走ってきて僕のひざに激突した。やかんの水がはねる。

ペディック教授が立ち上がった。「前進。今日はもう半分終わってしまったぞ」といって、村の方角へきびきび歩き出す。

「電報は打ったんでしょうね」郵便局の前を通るときにそう訊ねた。

教授はコートの内ポケットに手を入れて、二枚の黄色い紙片をとりだした。「ここの修道院には多少の歴史的価値があるな」紙切れをまたしまって、「護民官政治の時代、クロムウェルの手の者に略奪された」修道院の門の前で立ち止まり、「そこに見えるのは一五世紀の門だ」

「オーヴァーフォース教授は、護民官政治が自然力の結果だと考えているようですね」と水を向けてペディック教授を演説に誘導し、まんまと桟橋まで導いた。モブキャップをかぶった老婦人が、ボールター水閘の絵入りマグカップをテレンスに売りつけようとしていた。

「テムズ河下りのすばらしい記念になりますよ。お茶を飲むたびに今日のことを思い出すんですから」

「それだけはかんべんしてほしいね」とテレンスがいい、それから僕に向かって、「ぜんたいどこにいたんだ？」

「釣りだよ」と答えてボートに乗り込み、カーペットバッグを下ろし、ペディック教授に手を差し出した。教授は釣果を入れたやかんにかがみこみ、鼻眼鏡越しにじっと見つめている。

「彼、電報はちゃんと打ったんだろ」とテレンス。

僕はうなずいて、「黄色い紙を見た」

シリルは桟橋に寝そべってすやすや眠りこけている。「行くぞ、シリル」と僕。「教授？　光陰矢《テンプス・フユーギット》のごとしですよ！」

「何時間遅れか知ってるか？」とテレンスが懐中時計を僕の鼻先につきつけた。「こんちくしょうめ！　十一時近いぞ」

オールのあいだに腰を下ろし、ひざのあいだにカーペットバッグを置いた。「心配ないさ。ここからの航海は万事快調だ」

「こうやって、ボートにのって、ぶらーりぶらりするくらい、たのしいことはないんだよ。まったく、これくらいたのしいことは、なんにも――ほかにはなんにも……」

――ケネス・グレーアム『たのしい川べ』（石井桃子訳／岩波少年文庫）

10

航海は快調――画趣乏しき流域――ヴィクトリア朝人の自然に対する感傷の謎が解ける――歴史の流れにおけるがらくた市の重要性――ボートの三人男（犬は勘定に入れません）を目撃する――シリル対モンモランシー――迷路の逸話――交通渋滞――蒸気船《ティーケトル》――歴史の流れに対する些事の重要性――また白鳥――難破！――タイタニック号との類似性――ある生存者――気絶

驚いたことに、僕らの航海は、というか航江は快調だった。河はなめらかで船影もなく、さわやかな風が川面を吹き抜ける。陽光がまばゆく水面に照り映えていた。僕は姿勢に注意し、ひざを閉じると同時に開き、フェザリングし、トリムを保ち、力強く漕いで、昼前にはクリフトン水閘を抜け、教会の屋根が高くそびえるクリフトン・ハムデンの白亜層の崖を遠く望むことができた。

例の地図は、この流域を『テムズ河畔でもっとも画趣に乏し』いと論評し、それを見ずに済むよう、ゴーリングまでは鉄道で行くことを推奨していた。みずみずしい緑の牧草地をジグザグに走る花咲く生け垣、背の高いポプラ並木が立ち並ぶ土手――これで画趣に乏しいというなら、画趣に富んだ流域はどんな景色なのか、まったく想像を絶している。

いたるところ、花が咲き乱れていた――牧草地にはキンポウゲ、野良ニンジン、紫のハナタネツケバナ、土手には百合や菖蒲《しょうぶ》、水門小屋の庭には薔薇や金魚草。河の中にまで花がある。睡蓮はお椀形のピンク色の花を咲かせ、葦には紫と白の花冠を戴いている。きらめく青緑のトンボがそのあいだを飛び交い、巨大な蝶がボートの前をひらひらと横切ったかと思うと、山積みの荷物の上にちょこんと止まり、その重みで危ういバランスが崩れるんじゃないかと心配になる。

彼方には、楡林の上にそそりたつ尖塔が見えた。画竜点睛を欠くとすれば虹が出ていないことぐらいか。ヴィクトリア朝人が自然に対する感傷を増大させたのも無理はない。

テレンスが漕ぎ手になり、ボートは河のカーブを曲がって、朝顔のテラスがついた草葺きの小屋を過ぎ、黄金の色合いを帯びた石造りのアーチ橋に向かって進んだ。

「無惨なものだよ、テムズ河に加えられたこの仕打ちは」テレンスが橋のほうに手を振った。「鉄橋に堤防にガス工場。せっかくの景色が台なしだ」

ボートは橋をくぐってカーブを曲がった。川面にはほとんどボートが出ていない。ブナの木の下にもやってある釣り舟の前を通りかかると、乗っていたふたりの男がこちらに手を振って、大きな魚を何匹も吊した紐を高々とさしあげた。ペディック教授が寝ているのはもっけのさいわい。それにプリンセス・アージュマンドも眠っている。

テレンスと場所を交替するときにようすを見たが、あいかわらず死んだように眠っていた。両の前足をあごの下に敷いてカーペットバッグの中でまるくなっている姿は、時空連続体の崩壊を引き起こすことはおろか、歴史の流れに影響を与える力があるとはとても思えない。が、それをいうなら、ダビデの投石も、フレミングの黴が生えたペトリ皿も、エイブラハム・リンカーンが一ドル出してがらくた市で買った樽いっぱいの半端物もおなじこと。

しかしカオス系では、猫一匹や荷車一台はもちろん、風邪のひとつさえ重要な意味を持ちうるし、あらゆるポイントが分岐点になりうる。がらくた市の樽にはブラックストンの『英法釈義』全巻揃いが入っていた。そんなことでもなければリンカーンにはとても手の出なかった高価な書物だが、おかげで彼は法律家になることができた。

しかしカオス系には、フィードフォワード・ループも干渉パターンも平衡力もあり、個人の行動の圧倒的多数はたがいに打ち消しあう。暴風のほとんどは艦隊を撃破しないし、たいていのチップは革命を成功に導かないし、がらくた市で買われた品物の大半は埃をかぶるだけだ。

だから、プリンセス・アージュマンドが歴史の流れを変える可能性は——たとえ四日間失踪していたにしても——確率的には無限小だ。とくに、こんなすばらしい航江がこのままつづけば。

「あのさあ」アビンドンで昼食用に買ったパンとハムを出しながら、テレンスがいった。「このペースを保てれば、一時にはデイズ水閘を通過できるぜ。河にはだれもいない」

唯一の例外は、こちらに向かって河を上ってくる一艘のボート。乗客は男が三人、そろってブレザーに身を包み、口髭を生やしている。舳先には小さな犬が一匹ちょこんとすわって、行く手を見張っていた。近づいてくるにつれて、彼らの話し声がはっきりと耳に届いた。

「きみの番になるまであとどのぐらいだ、ジェイ？」漕ぎ手が、舳先のほうに寝そべる男に向かって訊ねた。

「まだ漕ぎはじめてからたったの十分だぞ、ハリス」と舳先の男がいった。

「わかったよ。だったら次の水閘までの距離は？」

あとのふたりよりずんぐりした体つきの三人めが口を開き、「お茶の小休止はいつにする？」と訊ねてからバンジョーをとった。

舳先の犬が僕らのボートを目に留めて吠えはじめた。「やめろ、モンモランシー」と舳先に寝そべる男がいった。「吠えるのは不作法だぞ」

「テレンス！」僕は腰を浮かせて叫んだ。「あのボート！」

テレンスが肩越しに振り返って、「あれならぶつからないさ。索をしっかり握ってろよ」

バンジョーを抱えた男が調子っぱずれなメロディを二、三小節奏で、歌いはじめた。

「わっ、歌はやめろ、ジョージ」漕ぎ手と寝そべる男とが異口同音にいった。

「それに、きみは歌ってものがさっぱりわかってないぞ、ハリス」とジェイがつけ加える。

「なにが悪い」とハリスが噛みつくようにいう。

「だってきみは自分が歌えると思ってるだけだろ」とジョージ。

「ああ」とジェイ。「『英国海軍の支配者』（ギルバート＆サリバンのオペレッタ『軍艦ピナフォア』より）を覚えてるか？」

「タララ・タララ・タララ・タララ・タララ・タララ・タラ」とジョージが歌う。

「あの三人だ！」と僕。「テレンス、あれがだれかわかるかい？　ボートの三人男、犬は勘定に入れません！」

「犬？」テレンスは軽蔑するようにいった。「あれが犬か？」船底でいびきをかいているシリルに愛情のこもった視線を投げ、「シリルならあんなのひと呑みだ」

「そうじゃないよ。『ボートの三人男』。パイナップル缶にジョージのバンジョーに迷路」

「迷路？」テレンスがぽかんとした顔で訊き返した。

「そうだよ。ほら、ハリスが地図を持ってハンプトン・コートの迷路に行って、みんなが彼のあとについて歩くんだけど、地図が役に立たなくて、全員が完全に迷ってしまって、管理人を呼んで出してもらわなきゃならなくなる」

もっとよく見ようと身を乗り出した。まちがいなくあの三人だ。ジェローム・K・ジェロームと、彼が不滅の生命を与えた（犬は勘定に入れずに）ふたりの友人が歴史的な川旅をしている。自分たちがいまから百五十年後にも名声を博し、チーズや汽艇や白鳥をめぐる彼らの冒険が幾世代にもわたって読み継がれることなど知るよしもない。

「鼻《ノーズ》に気をつけろ！」とテレンスが叫んだ。

「まさにそのとおり。あの一節は大好きだよ。ジェロームがハンプトン・コート水閘を通過するとき、だれかが『鼻に気をつけろ！』と叫んで、ジェロームはそれが自分の鼻のことだと思うんだけど、ボートの鼻先が水閘にぶつかるっていう意味だったんだ！」

「ネッド！」テレンスが叫び、ボートの三人男は手を振りながら怒鳴り、ジェローム・K・ジェロームが立ち上がり、片腕を伸ばしてジェスチュアをしはじめた。

僕は手を振り返し、「いい旅を！　白鳥に気をつけて！」と怒鳴り、そしてうしろにひっくり返った。

両脚が宙に浮かび、オールが水面にぶつかってしぶきを上げ、舳先の荷物が崩れ落ちた。まだあおむけになったまま、僕はカーペットバッグをひっつかみ、起き上がろうとした。

ペディック教授も右におなじ。「どうした?」といいながら、眠たげに目をしばたたく。「ネッドが前を見てなかったんですよ」といいながら、テレンスがグラッドストンバッグをつかむ。ボートは川岸にまともに突っ込んでいた。ジェローム・K・ジェロームが第六章でやったのとそっくりおなじ。

三人男のボートに目を向けた。モンモランシーが吠えている。ジョージとハリスは腹を抱えて笑っているらしい。

「だいじょうぶかい」ジェローム・K・ジェロームが声をかけてくれた。

僕が勢いよくうなずくと、三人男はこちらに手を振り、なおも笑いながら、白鳥との戦いとオックスフォードと歴史に向かって進みはじめた。

「操舵索をしっかり持ってろといったのに」テレンスがうんざりしたようにいった。

「わかってる。ごめん」といってシリルをまたいだ。シリルはこの騒動のあいだも眠りつづけ、真に有名な犬と出会うチャンスを逃してしまった。もっとも、モンモランシーの好戦的な性質と嫌味な態度のことを思えば、それで正解だったかもしれない。

「知ってる人に会ったもんだから」と言い訳しながら、落ちた荷物を積み直すのに手を貸した。「作家なんだよ」と説明してから、彼らがいま上流へと旅してるんなら、『ボートの三人男』はまだ書かれていないはずだと思い当たった。本が出たとき、テレンスが著作権表示のページを読まないことを祈ろう。

「吾輩の網はどこだ?」とペディック教授がいった。「このあたりの水はティンカ・ヴルガリス（欧州産のコイ科食用魚、テンチの学名）に最適だ」

荷物をきちんと積み直して結えつけ、ペディック教授をティンカ・ヴルガリスから引き離した頃には正午を過ぎていた。しかし、そこから先の旅は上々だった。二時前にはリトル・ウィッテンボームを通過。デイズ水閘でなにも問題がなければ、夕食時にはストリートリーに着ける。

デイズ水閘は記録的なタイムで抜けた。そして、交通渋滞にぶちあたった。

テムズ河がさっきまであんなにがらがらだったのは、全船舶がここに集結していたせいだった。パント、カヌー、アウトリガーつきの競漕用ボート、ダブルスカル、屋根付きボート、エイト、屋形船、筏、遊覧船がごった返し、どの船も川上をめざしている。先を急ぐ船は一隻もない。

日傘の娘たちは、よそのボートの日傘の娘たちとおしゃべりに興じながら、もっとボートを寄せてと連れに叫び、『ミドルセックス南部音楽愛好会年次遊覧会』とか『母親ピクニック』とかの横断幕を手すりの向こうに吊した汽艇の客たちは、眼下の遊覧船の人々になにか怒鳴っている。

いついつまでにどこそこに行くという用のある人は、見るからにだれもいない。屋形船の中年男性はデッキの椅子にすわってタイムズを読み、中年の奥様方は洗濯ばさみを口にくわえて洗濯物を干している。

棹を操って平底ボートをゆっくり進める、リボンつきの麦わら帽をかぶったセーラー・ドレスの少女は、棹が河底の泥に埋まって抜けなくなるとげらげら笑い出した。黄色いうわっぱりを着た画家は、この大混雑のただなか、筏の上にすっくと立ち、イーゼルの前で風景画を描いているが、前方は、花で飾られた帽子やパラソルやはためくユニオンジャックの群れに埋めつくされている。その向こうにある風景がどうして見えるのか謎だ。

縞模様のキャップにジャージ姿の某カレッジの学生が行楽客のパドルにオールをぶつけてしまい、ボートをとめて詫びをいうその背後から、やってきたヨットがあやうく衝突しそうになる。僕は操舵索をぎゅっと引き、その三隻にあやうく衝突しそうになった。

「僕が操縦したほうがよさそうだ」オール四本のアウトリガーつきボートとディンギーのあいだのせまい隙間にボートが突っ込んだとき、テレンスがあわてて立ち上がって場所の交替をうながした。

「名案だね」と応じたものの、漕ぐのはもっと悲惨だった。うしろ向きになるので行く手のようすがさっぱりわからず、いまにも北部スローター金物商店会テムズ観光会に突っ込むんじゃないかという気がしてしかたがない。

「ヘンリー・レガッタよりひどいな」テレンスが索をひっぱりながらいった。河の真ん中から岸寄りのほうへと移動したが、状況は悪くなるばかり。川岸付近は曳き綱で曳航されるパントや屋形船が密集し、それらの曳き綱が無数の仕掛け線のように行く手を横切っている。

船を曳きながら歩いている人々も、やはり急ぐようすはない。娘たちは二、三フィートひっぱっては立ち止まり、ボートを振り返って笑う。カップルは足を止めてたがいの目をうっとり見つめ、たるんだ曳き綱が河に落ちると、ようやくすべきことを思い出してぐいと綱を引く。おしゃべりに夢中になるあまり、ほつれた曳き綱が切れたのに気づかず、うしろにボートを残したまま歩きつづけるカップルの話をジェローム・K・ジェロームが書いていたけれど、僕にはむしろ、曳き綱で頭をちょん切られる危険のほうが大きい気がして、キャサリン・ハワードさながら、不安な目をしじゅう背後に投げていた。

上流のほうでとつぜんなにか騒動の気配があった。笛の音が鋭く響き、「気をつけろ!」の声。

「なに?」

「傍迷惑《はためいわく》な蒸気船《ティーケトル》だ」とテレンス。一隻の汽艇が蒸気を噴き上げながらごった返す船舶の群れを突っ切って出現した。行く手のボートはちりぢりになり、すさまじい波が起こる。

僕らのボートは大きく揺さぶられ、オールがはねあがった。僕はオールとカーペットバッグをひっつかみ、テレンスは蒸気船の消えゆく航跡に向かってこぶしを振り上げた。

「ハンニバルの象を思い出すな、ティキヌス河の戦いの」目を覚ましていたペディック教授がいい、ハンニバルのイタリア戦役について滔々と弁じはじめた。

僕らはアルプス山中、はるばるウォリングフォードへと向かう軍勢のただなかにいる。ベンスン水閘では通過待ちの列に一時間以上並び、そのあいだテレンスは三分おきに懐中時計をとりだしては時刻を教えてくれた。

「三時だ」とか「三時十五分」とか「おっつけ半だ。お茶の時間にはぜったい間に合わないな」とか。

気持ちはよくわかった。最後にカーペットバッグを開けたとき、プリンセス・アージュマンドは不吉に身じろぎし、ようやく水閘に入ったときはかすかなみゃあの声が聞こえたが、さいわいにもそれは周囲の喧騒とペディック教授のご高説にかき消された。

「交通問題は、ナポレオンがワーテルローの戦いに敗北した原因でもある」と教授はいった。「大砲を積んだ荷車が泥に車輪をとられて道をふさぎ、後続の歩兵までそれに足止めされてしまった。歴史はしばしば、こうしたじつに些細な出来事によって変わってしまう。道路の遮断、歩兵の行軍の遅れ、誤った命令」

ウォリングフォードで交通渋滞はいきなり消え失せた。パントは川岸に着けてキャンプと夕食の準備をはじめ、音楽愛好会は解散して会員たちは三々五々鉄道駅とわが家をめざし、そしてテムズ河は唐突にからっぽになった。

でも、マッチングズ・エンドは、まだ六マイルと水閘ひとつ彼方にある。

「着く頃には九時になってる」テレンスが絶望的な口調でいった。

「モールスフォードの近くで野営すればよい」とペディック教授。「あそこの水門の上流ではすばらしいパーチが釣れる」

「宿に泊まったほうがいいと思うよ」僕はテレンスの説得にかかった。「そうすれば着替えられるじゃないか。ミアリング嬢に会うときはきちんとした格好でいたいだろ。髭をあたって、フランネルにアイロンを掛けて、靴を磨いて、それから朝いちばんでマッチングズ・エンドを訪ねればいい」

そして僕に、みんなが宿屋で寝床に就いたあと、カーペットバッグを持ってこっそり抜け出し、だれにも見られず猫を戻せばいい。そうすれば明朝テレンスがマッチングズ・エンドに着くまでに、齟齬はひとりでに解消しているだろう。そしてテレンスはキャベッスープ氏だか石炭バケツ《コールスカットル》氏だかと手をつないだトシーと再会することになる。

「ストリートリーには宿屋が二軒ある」地図を見ながらテレンスがいった。「雄牛亭と白鳥亭。白鳥亭だな。トロッターズの話だと、ここのエールは最高らしいから」

「白鳥がいるわけじゃないよね」用心深い視線をシリルに投げた。シリルも目を覚ましていて、びくびくした顔をしている。

「そりゃそうだろ」とテレンスがいった。「ジョージとドラゴン亭にドラゴンはいないんだから」

僕らは漕ぎつづけた。空は僕の帽子バンドとおなじブルーから薄いラベンダー色に変わり、いくつか星が出てきた。蛙や蟋蟀《こおろぎ》がさえずりはじめ、カーペットバッグからはもっとかすかな鳴き声……。

オールをぐいと引いて大きな水しぶきを上げ、ペディック教授に先生の歴史理論はオーヴァーフォース教授の理論と具体的にどこがどう違うんですかと訊ねることでクリーヴ水閘までの道のりをなんとか無事に乗り切ると、ボートを飛び降りて猫にミルクを与え、それからカーペットバッグを舳先に積んだ荷物のてっぺん、テレンスとペディック教授からできるかぎり離れた場所に置いた。

「個人の行動、それが歴史を動かす力なのだ」とペディック教授は力説している。「オーヴァーフォースの盲目的で非人間的な力ではない。『世界の歴史は偉大な人間たちの伝記にほかならない』(『英雄崇拝論』より)とカーライルが記しているとおりだ。コペルニクスの天才、キンキナトゥスの野心、アッシジの聖フランシスの信仰心。歴史をかたちづくるのは性格なのだ」

ストリートリーに着いた頃にはもうとっぷりと日が暮れて、家々の窓に明かりが灯っていた。

「とうとうありつける」桟橋が見えてくると、僕はいった。「やわらかな寝床、あたたかい食事、ひと晩の安らかな眠り」しかしテレンスはその前をまっすぐ通過して漕ぎつづけている。

「どこへ行くんだい？」

「マッチングズ・エンドだ」テレンスは力強くオールを漕ぎながらいった。

「でも、訪ねるには時刻が遅すぎるって自分でいったじゃないか」背後の桟橋に焦がれるような視線を投げた。

「ああ。僕はただ、ミアリング嬢の住まいをひとめ見たいだけだ。彼女がこんなに近くにいると知りながらでは、とても眠れない。ひとめ見るまでは」

「でも、夜の河を旅するのは危険だよ。浅瀬とか渦巻きとかそういうのが……」

「すぐそこだ」テレンスは決然と漕ぎつづける。「三つめの中州のすぐ先といってたから」

「でも、夜だからどうせ見えないだろ。迷って堰にぶつかってボートが転覆するかもしれないし」

「あった」テレンスが川岸を指さした。「四阿《あずまや》でわかるといってた」

白い四阿が星明かりを浴びてかすかに輝いている。その向こう、芝生の斜面の先に、屋敷があった。宏壮で、じつにヴィクトリア朝っぽい。切妻に塔に、ありとあらゆる新ゴシック様式のごてごてした装飾。ヴィクトリア駅をちょっとだけ縮小したバージョンに見える。

窓はどれも明かりがない。よかった、キャサリン・ハワードの霊を呼び出しにハンプトン・コートへ行ってしまったか、コヴェントリーに出かけているんだろう。これで簡単に猫を戻せる。

「だれもいないな。さあ、ストリートリーに戻ろう。早くしないと白鳥亭が満室になっちゃうぜ」

「いや、まだだ」テレンスが屋敷を見つめたまま、「彼女が歩く神聖な大地、彼女が休む聖なる建物を、いましばらく見つめさせてくれ」

「家族はみな、自室に引き上げてしまったようだな」とペディック教授。

「カーテンを引いているだけかもしれない」とテレンス。「しっ」

今夜の快適な気候を考えるとありそうにないことに思えたが、僕らは従順に耳を傾けた。川岸のほうからはまったくなんの音も聞こえてこない。波がうち寄せる静かな音と、葦を抜けるそよ風のささやき、それに蛙の低い鳴き声だけ。ボートの舳先からにゃーおという音がした。

「ほら」とテレンス。「いまの聞いたか?」

「なにを?」とペディック教授。

「声ですよ」テレンスが舷側から身を乗り出した。

「蟋蟀だよ」と答えて、舳先のほうににじり寄る。

猫がまたにゃーおと鳴いた。「ほら！」とテレンス。「聞いただろ？　だれかが呼んでる」

　シリルが鼻を鳴らした。

「鳥だよ」僕は四阿の横の木立を指さした。「あの柳。夜鳴鶯《ナイチンゲール》だ」

「夜鳴鶯の鳴き声じゃなかった。夜鳴鶯は、『声をかぎりに心ゆくまで』『恍惚としてあたり一帯に自分の魂を迸らせ』（ジョン・キーツ「夜鳴鶯の賦」より）るんだから。いまのはそんなんじゃなかった。ほら」

　ボートの正面でクンクンという音がした。さっと振り返ると、シリルがうしろ脚で立ち上がり、荷物の山に前足をかけ、カーペットバッグのにおいを嗅ぎながら、ぺちゃんこの鼻面でへりのほうに押している。

「シリル！　やめろ！」そう叫んだとき、四つのことがいっぺんに起こった。びくっとしてあとずさったシリルが籐のバスケットにぶつかり、ペディック教授が「気をつけろ！　ウグビオ・フルヴィアティリスを踏まんようにな」と叫びつつ、やかんをとろうと横に身を乗り出し、くるっと振り向いたテレンスが落ちかけているカーペットバッグを見てオールを放り出した。

　カーペットバッグめがけて飛びかかった空中で、僕はオールと教授の手をよけようとし、テレンスがバスケットをインターセプトし、教授は魚入りのやかんを胸に抱きしめ、僕はひっくり返った瞬間にカーペットバッグの端をつかんだ。ボートが危なっかしく揺れた。水が舳先からざぶざぶ入ってくる。僕はカーペットバッグをつかみなおして船尾側の座席の上に置き、すわっている姿勢になった。

ばしゃんと水音がした。もう一度カーペットバッグに手を伸ばしたが、それはちゃんともとの場所にある。舳先に目を凝らした。オールが落ちたんだろうか。

「シリルが！」テレンスが叫んだ。「落ちたぞ！」ジャケットを脱ぎ捨てて、「ペディック教授はオールを！　ネッド、救命具をとってくれ」

ボートの舷側から身を乗り出し、シリルがどこにいるのか見定めようとした。

「急げ！」テレンスが靴を脱ぎ捨てた。「シリルは泳げないんだ」

「泳げない？」僕はぽかんとした。「犬はみんな泳げるんだと思ってた」

「たしかに。『犬掻き』という言葉は、カニス・ファミリアリスが本能的に知っている泳ぎ方に由来する」とペディック教授。

「シリルだって泳ぎ方は知ってるんだよ」テレンスが靴下を脱ぎながら、「でも自分じゃ泳げないんだ。ブルドッグだから」

どうやらそのとおりらしい。シリルはボートに向かって雄々しく犬掻きしているが、口と鼻はどちらも水面下にあり、その表情は絶望的に見えた。

「いま行くぞ、シリル」テレンスが飛び込み、自分が起こした大波に呑まれてあやうく沈みそうになる。テレンスはシリルに向かって泳ぎ出した。シリルは犬掻きと沈降をつづけている。いまや、水の上に出ているのはしわの寄ったひたいだけ。

「面舵だ。違う、取舵。左だ！」僕はそう叫び、救命具を探したが、どうやら荷物のいちばん下になっているらしい。「タイタニック号ぐらいひどい」といってから、沈没事故がまだ起きていないのを思い出したが、だれも聞いていなかった。

テレンスがシリルの首をつかみ、頭を水の上にひっぱりあげた。

「ボートを寄せてくれ」と水を吐き出しながら叫ぶ。ペディック教授はそれにしたがおうとしてあやうくテレンスを轢き殺しかけた。「ストップ！　だめだ！」テレンスが手を振って怒鳴り、シリルはまた水中に没した。

「左舷に！　反対側！」といって僕は身を乗り出し、テレンスの襟首をつかんだ。「僕じゃない！　シリルを！」とテレンス。

テレンスとふたりがかりで、びしょびしょのシリルをボートに引き上げると、シリルは数ガロン分のテムズ河を吐き出した。

「毛布をかけてやってくれ」ボートの舳先につかまったテレンスがいう。

「わかった」僕は手を伸ばし、「今度はきみだ」

「だいじょうぶだよ」テレンスが震えながらいった。「先に毛布を。シリルは冷えるとすぐ体をこわすんだ」

毛布をとり、ボートからの転落を招いた巨大な肩をそれで包んでやった。それから、テレンスをボートに引き上げるというやっかいな仕事にとりかかった。

「姿勢を低く」歯をガチガチ鳴らしながらテレンスが指示した。「もうだれも落ちてほしくない」

テレンスも、指示にしたがうのが下手なことにかけてはペディック教授に負けていなかった。舳先に片脚をかけて上がると言い張り、その動きのおかげで、ボートはタイタニック号もかくやという角度で大きく傾いた。

「それじゃ転覆しちゃう」僕はカーペットバッグを座席の下に突っ込んだ。「ひっぱりあげるからじっとしてて」

「もう何十回もやってるんだ」とテレンスはあくまで脚を振り上げる。

舷側が水面の高さまで沈んだ。毛布にくるまったシリルが立ち上がろうともがき、舳先に積んだ荷物の山が危なっかしく傾く。

「ボートを転覆させたことは一回もない」テレンスが自信たっぷりにいった。

「とにかく、せめて荷物を動かすまで待ってくれ」スーツケースをもとの位置に戻し、「ペディック教授、あっち側に行ってください」と指示し、ようすを見ようと毛布を引きずってやってくるシリルには、「おすわり。そのまま」と命じた。

「手がかりさえしっかりしてればそれでだいじょうぶだ」テレンスは舷側を握る位置を変

えていった。

「待って！　気をつけ――」

テレンスが片脚を舷側にかけ、両手で体を押し上げ、胴体をえいやっと持ち上げて舷側に載せた。

「神ご自身もこの船を沈めることはできなかった」（タイタニック号の乗員がいったとされる言葉）とつぶやき、崩れないように荷物を押さえた。

「すべてはバランスの問題さ。ほらな」ボートに上がってきたテレンスが勝ち誇ったようにいう。「なんてことはない」

そして、ボートが転覆した。

どうやって岸にたどりついたのかさっぱりわからない。覚えているのは、スーツケースがタイタニック号のグランドピアノさながらに僕めがけて甲板を滑り落ちてきたこと、大量の水を飲み、救命具につかまったと思ったらそれは石ころのように沈んでいくシリルで、さらに大量の水を飲み、死体のように浮かび、それから気がつくと、僕ら全員が濡れ鼠で岸辺にすわって息をあえがせていた。

最初に回復したのはシリルだった。ふらふら立ち上がると、ぶるんと体を振って僕らに水しぶきを浴びせる。それからテレンスが体を起こして、なにもない河を見やった。

「『真夜中の暗黒と陰鬱を疾く抜け』」と引用する。「『経帷子の亡霊のごとく、船は行く

／ノーマンズ・ウォーの岩礁に向かって』（以下、テレンスの引用はロングフェロー「ヘスペラス号の難破」より）」

「『Naufragium sibi quisque facit』（「人はみな人それぞれの難破をなす」ルカヌス『ファルサリア』より）」とペディック教授がいった。

テレンスは彼方の暗い河を見つめたまま、「行ってしまった」とレイディ・アスターそのままの口調でつぶやき、僕はだしぬけに思い出して立ち上がると、水の中へざぶざぶ歩いていったが、無駄だった。ボートは影もかたちもない。

オールの片方が半分だけ岸にひっかかり、教授のやかんがぷかぷか流れてゆく。沈没事故を生き延びたのはそれだけだった。どこを見渡してもカーペットバッグは影もかたちもない。

「『嵐が来たり、その力で／船を激しく打ちすえる』」テレンスが引用をつづける。『彼は折れた帆桁から綱を切り／彼女を帆柱に縛りつけた』」

あんなふうに座席の下に押し込まれていた以上、プリンセス・アージュマンドが生き延びるチャンスは万にひとつもなかった。みゃあと鳴いたときに出してやっていたら。見つけたとテレンスに打ち明けていたら。あんなひどいタイムラグを患ってなくて、本来の目的地にちゃんと出現していれば――

「『夜明けの荒涼たる海岸に／ひとりの漁師が肝を潰して佇み／漂う帆柱にしっかと縛られた／美しき乙女の姿を見た』」と朗誦するテレンスを振り返り、黙れと一喝しようとしたとき、僕らの背後に、星明かりを浴びて白く浮かび上がる四阿が見えた。猫を連れ戻すはずだった場所。

まあいいさ、とにかく猫は連れ戻したんだから。それに、あの執事がやりかけていた猫殺しも完遂した。今度はヴェリティの助けも及ばなかった。

「『塩水がその胸の上で凍りつき』」テレンスが詠唱する。「『塩の涙が目を伝い……』」

四阿を見つめた。人知れず籐のバスケットにおさまったプリンセス・アージュマンドは、あやうく列車に轢かれそうになり、テムズ河に転落し、シリルとペディック教授に叩き落とされ、そのたびに救出されてきたのに、けっきょくここで溺れ死ぬことになった。たぶんTJのいうとおり、彼女は死ぬ運命だったんだろう。ヴェリティや僕やほかのだれかがいかに干渉しても、こうやって死ぬ定めだった。歴史は自己修復する。

いや、もしかしたら、たんに命が尽きたのかもしれない。プリンセス・アージュマンドは、猫が持つという九つの命のうち、僕が数えただけでも、この四日間で五つを消費している。

僕のどうしようもない無能が原因なのではなく、そのせいだったらいいのに。でも、そうは思えないし、ヴェリティもそう思ってはくれないだろう。ヴェリティは自分の命と手足を危険にさらし、ダンワージー先生の怒りを承知で助け出した。『溺れ死にさせたりしない』とヴェリティはいった。歴史の流れを口実として認めてくれるとは思えなかった。

いまいちばんしたくないのはヴェリティと顔を合わせることだが、ほかにどうしようもない。シリルはぶるぶる体を振って僕らに雨を降らせたのにまだずぶ濡れだし、ペディック教授も右におなじ。テレンスは半分凍りついた顔だ。

「『雪の真夜中、ヘスペラス号の難破はかくのごとし』」歯をガチガチ鳴らして震えながら、かろうじて聞きとれる声で暗誦している。

濡れた服を脱いで体を乾かさなければ。そして、マッチングズ・エンド以外に人家は見あたらない。家人を叩き起こして一夜の宿を求めるしかない。たとえそれが、『あたしのかあいいジュジュちゃん』は見つかったかと訊ねるトシーとの対面を意味していても。たとえそれが、ヴェリティに経緯を打ち明けることを意味していても。

「来いよ」テレンスの腕をとっていった。「屋敷へ行こう」

テレンスは動かなかった。「『主よ、五十ポンド、ノーマンズ・ウォーの岩礁で、かくなる死からわれらを救いたまえ』」ジェイブズに五十ポンド請求されるな」

「その心配はあとだ。来いよ。あのフレンチドアをまず試してみよう。下から光が洩れてる」

「愛する人の家族とこんな格好で会うわけにはいかない」テレンスが震えながらいった。

「上着もないのに」

「ほら」自分のブレザーを脱ぎ、水を絞って差し出した。「僕のを着ろ。ディナーにふさわしい服装じゃなくても許してくれるさ。ボートが転覆したんだから」

ペディック教授が靴をがぼがぼ鳴らしてやってきた。「いくつか荷物を救い出したぞ」といって、僕にカーペットバッグを差し出した。「しかし、標本は救えなんだ。おお、わが貴重なる白子のウグビオ・フルヴィアティリスよ」

「靴もなしで屋敷を訪ねるわけにはいかない」とテレンスが頑固にいった。「愛する人に半裸の姿は見せられない」

「ほら、これを履けよ」濡れた靴ひもを苦労して片手でほどきながら、「ペディック教授、テレンスに靴下をやってください」そして、ふたりが濡れた靴下の着脱に奮闘するあいだ、四阿のうしろに走っていってカーペットバッグを開けた。

プリンセス・アージュマンドはほんのちょっとしけっている程度だった。バッグの底から長いあいだ僕をにらみつけ、それから僕の脚をよじのぼり、腕の中に飛び込んだ。猫は濡れるのが大嫌いなはずだが、彼女は僕のずぶずぶに濡れた袖に満足げに落ち着いて目を閉じた。

「命の恩人は僕じゃない。ペディック教授だよ」といって聞かせたが、気にしていないようだ。僕の胸に身をすり寄せ、あろうことか、ごろごろのどを鳴らしはじめた。

「ああ、よかった。プリンセス・アージュマンドが見つかったのか」テレンスがブレザーのしわを伸ばしながらいった。どうやらサイズもいくらか縮んだらしい。「やっぱりな。

最初からずっとここにいたんだ」

「オックスフォード大学教授たるものが靴下を履かんのは気が引ける」とペディック教授。

「ばかなことを」と僕。「アインシュタイン教授はいつも履いてなかった」

「アインシュタイン？　聞いたことのない名だな」

「いずれ聞くことになりますよ」といって、僕は芝生の斜面を登りはじめた。

カーテンを引いているだけだというテレンスの見立ては正しかったようだ。芝生を歩いているうちにだれかがカーテンを開けたらしく、かすかなちらつく光が見え、話し声も聞こえてきた。

「なんともわくわくしますな」と男の声。「まずなにをするんです？」

「手をつないで」とヴェリティらしき声。「精神を集中するんです」

「ママ、おねがい、ジュジュのことを訊ねて」と、これはまちがいなくトシーだ。「あの子がどこにいるか聞いてちょうだい」

「しいっ」

沈黙が降り、僕らはそのあいだに芝生の残りを横断した。

「霊が来てるの？」と大きな声ががなり、僕はプリンセス・アージュマンドをとり落としそうになった。レイディ・シュラプネルそっくりの声。でもそんなことはありえない。トシーの母親、ミアリング夫人だろう。

「おお、あの世から来た霊よ」とまた彼女ががなり、僕は逃げ出したい衝動と戦った。

「この地上のわたくしたちに話しかけてください」

僕らは芝生の境い目を渡って、フレンチドアへとつづく敷石の小道に出た。

「わたくしたちの運命を教えて」とミアリング夫人の大音声が鳴り響き、プリンセス・アージュマンドが僕の胸によじのぼり、肩に爪を立てた。

「入りたまえ、おお霊よ」と朗唱する。「そして失われし愛しきものの知らせをもたらしたまえ」

テレンスがドアをノックした。

また沈黙。そしてミアリング夫人が、さっきよりやや小さい声で、「入りなさい！」

「待って」と僕が声をかけたときには、テレンスはもうドアを引き開けていた。カーテンが風で内側にふくらみ、僕らは蠟燭の光に照らされた活人画を前にして目をぱちくりさせた。

黒いドレープをかけた円テーブルのまわりに、四人の人間が目を閉じ、手をつないですわっていた。白のドレスを着たヴェリティ、ひらひらフリルのトシー、聖職者用カラーをつけた恍惚たる表情の色白の若い男、そしてミアリング夫人。さいわいなことにレイディ・シュラプネルとは似ていない。体つきはもっとまるまるして、ふくよかな胸ともっとふくよかなあごをしている。

「入りなさい、おお、彼岸の霊よ」とミアリング夫人がいい、テレンスがカーテンをめくって中に入った。

「失礼いたします」とテレンスがいい、中の四人がいっせいに目を開けて僕らを見た。

僕ら自身もかなりユニークな活人画だったに違いない。ぽたぽた水が落ちる縦縞ブレザーを着たテレンス、靴下だけの裸足の僕、全体的な濡れ鼠の外見、まだ咳き込んで河の水を吐いている犬は——あるいは猫も——勘定に入れるまでもなく。

「僕らがお邪魔した《ウィ・ハヴ・カム》のは——」とテレンスが口を切ったとたん、ミアリング夫人は立ち上がってふくよかな胸を手で押さえた。

「来たのね《ゼイ・ハヴ・カム》！」と叫び、そして卒倒した。

「どこかで声がしたようだった、『もう眠りはないぞ！』と」

――ウィリアム・シェイクスピア（『マクベス』二幕二場より）

11

ヴィクトリア朝人はなぜかくも抑圧されているか――かあいいかあいいジュジュ、ごちゅじんちゃまのところに戻る――魚――誤解――ノックの重要性――紹介――アイリッシュの名前――驚くべき偶然――さらに魚――気の進まない出発――また誤解――床に就く――ある訪問者――ある危機

卒倒というより気絶に近かった。花柄の絨緞の上に静かにくずおれ、家具のどれにもぶつからなかった。これはちょっとした離れ業。というのも、部屋の中には、大きなローズウッドの円テーブル、鉄板写真アルバムを載せた小さな三角テーブル、マダガスカル・ジャスミンのブーケを飾ったガラス製ドームを載せたマホガニーのテーブル、馬巣織りのソファ、ダマスク織りのラブシート、ウィンザーチェア、モリス式安楽椅子、チェスターフィールド、オットマン数個、文机、本棚、小間物を飾る戸棚、飾り棚、火よけ格子、ハー

プ、葉蘭の鉢、ツルカメソウの鉢がところせましと並んでいたからだ。
倒れかたもしごくゆっくりだったから、ミアリング夫人の体が床に接触するまでのあいだに、僕は多数の印象を心に刻みつけた。

その一、幽霊を見たような顔をしているのはミアリング夫人ひとりではない。副牧師らしき色白の若い男は、聖職者用カラーとおなじくらい真っ白な顔だし、戸口のほうに立つベインは脇柱をつかんで体を支えている。しかし、その表情は、やましげな恐怖の表情ではなかった。事情を知らなければ、安堵の表情、あるいは歓喜の表情だと思うところだ。明らかに妙だった。

その二、ヴェリティの表情はまちがいなく歓喜の表情で、まだタイムラグにおかされている僕は、それが自分に向けられてるんじゃないかと一瞬本気で思ってしまったが、次の瞬間、きっとまだダンワージー先生のところに戻っていないんだと思い当たった。ゆうべはトシーがまた屋敷の人間を総動員してプリンセス・アージュマンド捜索にあたらせたのだろう。だからヴェリティは、猫を返す任務を与えられた僕がしくじったことを知らない。僕が自分で打ち明けなければならない。

それが不幸なのは、その三、一夜の（曲がりなりにも）眠りと降下の一時停止にもかかわらず、彼女があいかわらず、僕がいままで見た中でもっとも美しい生きものに見えたからだ。

そしてその四、ヴィクトリア朝社会がかくも制約と抑圧に満ちているのは、なにかを倒さずに移動することが不可能だからだということ。

「ママァ！」とトシーが叫び、ベイン、テレンス、ペディック教授、僕はミアリング夫人の転倒を食い止めようと飛び出した挙げ句、夫人がよけたものすべてに衝突した。

テレンスがミアリング夫人をつかまえ、ベインがガス灯をつけて僕らがなににぶつかったのかがわかるようにしてくれたので、僕は自分が倒したマイセン焼きの羊飼い娘と立体幻灯機をもとの位置に戻し、聖職者は腰を下ろして大きな白いハンカチでひたいの汗を拭った。テレンスとベインはミアリング夫人に手を貸して栗色の天鵞絨《びろうど》張りのカウチにすわらせる途中で女神パラスの胸像をひっくり返し、ヴェリティは夫人を扇であおぎはじめた。

「ベイン！」とヴェリティが声をあげた。「コリーンに気つけ薬を持ってこさせて」

「はい、お嬢さま」ベインはまだ感情に支配されている面持ちで答え、急ぎ足で出ていった。

「ママァ！」トシーが母親のほうに歩き出し、「だいじょう――」といいかけたところで、興奮のあまり僕の胸によじのぼっていた猫を目に留めた。

「プリンセス・アージュマンド！」ひと声そう叫んで、こちらに突進してくる。「いとしいいとしいプリンセス・アージュマンド！　戻ってきてくれたのね！」

いとしいプリンセス・アージュマンドが僕のシャツに立てた爪を一本ずつ引きはがし、

どうにか抱き上げて手渡すと、トシーは恍惚としたようにぎゅっと猫を抱きしめ、ひとしきり歓喜の声をあげた。

「おお、セント・トゥルーズさん」テレンスのほうを向いて甘い声を出し、「かあいいかあいいジュジュを連れ戻してくれたのね！」かあいいジュジュに鼻をこすりつけ、「くらあいくらあいところでこわかったでしょ、ジュジュちゃん。ぶるぶるしてたのね？　でもセント・トゥルーズさんがたしゅけてくれたんでちゅね？　すてきなおにいちゃまにありがとうはいいまちたか、ジュジュちゃん？」

僕の横に立っていたシリルが大きく鼻を鳴らし、〝かあいいジュジュちゃん〟自身もうんざりした顔になった。まあ、悪いことではない。これでテレンスも理性に目覚めて、僕らはオックスフォードに戻れるし、トシーはミスターCと結婚し、時空連続体は無事に復旧する。

テレンスに目をやった。うっとりトシーを見つめている。「礼など必要ありませんよ、ほんとうに。お嬢さまは大切なペットを探せとおっしゃった。それが貴女の望み。貴女の望みはわたくしの使命です、フェア・レイディ」

カウチのミアリング夫人がうめき声をあげた。「マルヴィニア伯母さま？」ヴェリティが両手で夫人の手をこすりながらいった。「マルヴィニア伯母さま？」トシーのほうを向いて、「従妹さん、ベインを呼んで、火を入れるようにいってちょうだい。お母さまの手は氷のように冷たいわ」

トシーは壁にかかる刺繍入りダマスク織りの長い画板のところへ行って、脇に下がる房飾りをひっぱった。

音は聞こえなかったが、どこかで呼び鈴が鳴ったらしく、ただちにベインが現れた。

「はい、お嬢さま?」不在のあいだに自分をとり戻したと見えて、表情も声も落ち着いていた。

「火を熾して」トシーが猫から目を離さずにいった。

不作法といってもいいような口調だったが、ベインはにっこりすると、寛大な声で、「かしこまりました、お嬢さま」といって煖炉の横にひざまずき、火床に薪を積みはじめた。

ヴェリティよりもさらに赤い髪をしたメイドがちっぽけな瓶を携えて急ぎ足でやってきた。「まあ、お嬢さま、奥さまが失神なすったんですか」と、一発で出身がわかるアイルランド訛りでいった。

「ええ」ヴェリティはメイドから瓶をとり、栓を抜いて、ミアリング夫人の鼻の下で左右に動かした。「マルヴィニア伯母さま」とはげますように声をかける。

「まあ、お嬢さま、幽霊がやったんですか」部屋の中を不安そうに見まわしながらメイドが訊ねた。

「いいえ」とヴェリティ。「マルヴィニア伯母さま?」ミアリング夫人はまたうめき声をあげたが、目は開かない。

「お屋敷《やすき》に幽霊が出るのは知《す》ってます」メイドは十字を切った。「あたすも見ますた。こないだの火曜日、外の四阿で——」

「コリーン、ミアリング夫人のひたいを冷やすから、濡らした布を持ってきてちょうだい」

「はい、お嬢さま」メイドはひざを曲げてちょこんとおじぎをすると、まだ不安げにあたりを見まわしながら出ていった。

「おお、たいせちゅなジュジュ」トシーが猫をあやしている。「おなかがしゅいたんでちゅか?」薪を積み上げて火をつけようとしているベインのほうを向き、「ベイン、こっちに来て」と横柄にいった。

点火用のこよりを使って煖炉に火を入れようとしている最中だったが、ベインはただちに立ち上がってトシーのところにやってきた。「はい、お嬢さま」

「お皿にミルクを入れてジュジュに持ってきて」

「かしこまりました、お嬢さま」ベインは猫にほほえみかけ、背を向けた。

「それと、お魚の皿も」

ベインが振り返った。「魚ですか?」と眉を上げる。

トシーは小さなあごをつきだして、「ええ、魚。プリンセス・アージュマンドはおそろしい目にあったのよ」

「お望みのままに」一語一語に不満の響きを込めてベインがいった。

「お望みよ」トシーが色をなし、「すぐ持ってきなさい」

「かしこまりました、お嬢さま」と応えたものの、ベインはすぐには歩き出さず、煖炉の横にひざまずいて、火をつける作業を手際よく済ませた。ふいごで風を送ってから、煖炉道具立てにもとどおり戻し、立ち上がる。

「魚がありますかどうか」といって退場した。

トシーは怒り心頭に発した顔で、「ママァ！」と母親に訴えたが、ミアリング夫人はまだ気を失っている。ヴェリティがアフガン編みの毛布を夫人のひざにかけ、頭のうしろにクッションをあてがう。

濡れた服を着たままの僕の体もぶるぶる震えはじめた。ぱちぱちと勢いよく燃えはじめた火に引き寄せられ、文机と裁縫台と大理石のテーブル（金属製の額に入れた写真が何枚も飾ってある）の前を通って煖炉のそばに行くと、そこにはもうシリルがいて、熱い炉床にしずくを散らせていた。

メイドのコリーンが水を入れた洗面器を持って急ぎ足で戻ってきた。ヴェリティがそれを受けとり、孔雀の羽でいっぱいの背の高いブロンズの花瓶のとなりにあるテーブルに置き、中の布を絞った。

「まあ、奥さまは幽霊に魂《たますい》を抜かれちゃったんですか」とコリーンが訊ねる。

「いいえ」ヴェリティはミアリング夫人のひたいに布を載せ、「マルヴィニア伯母さま」と声をかけた。ミアリング夫人は吐息をつき、まぶたをぱちぱちさせた。

 白いもじゃもじゃの口髭を生やした恰幅のいい紳士が新聞を手に入ってきた。赤いスモーキング・ジャケットを着て、房飾りのついた妙ちきりんな赤い帽子をかぶっている。

「なんの騒ぎだ？　この家ではあるじがおちおちタイムズを読むこともできんのか」

「おお、パパァ！」とトシー。「ママが気を失ったの」

「気を失った？」紳士は妻のようすを見にやってきた。「なぜだ？」

「降霊会をしてたの。プリンセス・アージュマンドを見つけようとして、ママが霊に呼びかけて、『おお、来たれ、霊よ』といったとき、カーテンがぱあっと開いて、冷たい風がどっと吹き込んできて、そしたらプリンセス・アージュマンドがいたの！」

「うっほん《ハランフ》！」と彼はいった。「ろくでもない結果になるのはわかっていた。ばかばかしいにもほどがある。降霊術が聞いて呆れる」

ミアリング大佐は主語を省略してしゃべる癖があるらしい。あのもじゃもじゃの髭にひっかかって迷子になるんだろうか。「ヒステリーの発作。女はすぐそれだ」

この時点で副牧師が口をはさみ、「この世ならぬ現象の実在は、おおぜいの高名な学者や科学者が認めております。著名な物理学者のサー・ウィリアム・クルックスはこのテーマに関する権威ある論文を発表していますし、アーサー・コナン・ドイルは――」

「くだらん《トウワドル》！」ミアリング大佐が一喝し、ヴィクトリア朝の爆発的な否定語のコレクションをほぼ完成させた。「チーズクロスとだまされやすい女ども。禁止する法律を議会に通すべきだ」テレンスの姿を目に留めて口をつぐみ、「きみは？　場末の霊媒か？」

「こちらはセント・トゥルーズさんよ、パパ」トシーが口早に紹介した。「このかたとお友だちとがプリンセス・アージュマンドを連れ戻してくだすったの」猫を抱き上げて父親に見せ、「行方不明だったのをセント・トゥルーズさんが見つけてくだすったのよ」

ミアリング大佐は憎悪をあらわにした目で猫を見た。「はっ！　溺れ死んで、いい厄介払いになったと思ったのに」

「まあ、パパったら、本気じゃないくせに！」猫に鼻をすりつけて、「お父さまは本気であんなおそろしいことをいったわけじゃないでちゅよね、かあいいジュジュ？　ええ、もちろんでちゅよ」

大佐はペディック教授を、それから僕をにらみつけた。「テーブル叩き《ラッピング》の仲間か」

「いいえ」と僕。「川下りの途中でボートが転覆して――」

「ううう」カウチのミアリング夫人がうめき、目をしばたたいた。「あなた……あなたなの？」弱々しくいって、片手をさしのべる。「おお、ミージエル、霊が！」

「世迷い言《ハンバグ》を！　愚の骨頂だ。神経と健康を自分で損なうとは。怪我がなかったのはもっけのさいわいだ」大佐は妻の手をとった。ヴェリティが場所を譲り、ミアリング大佐は妻のとなりに腰を下ろした。「こうしよう。今後、降霊会は禁止。あの連中にこの家の敷居は一歩もまたがせん」

ミルクを入れた皿を持ってちょうど部屋に入ってきた執事に、大佐は「ベイン！」と呼びかけ、「降霊術の本をみんな捨てろ」と命じた。

それからミアリング夫人に向き直り、「今後は二度とあの霊媒、マダム・イディオスコヴィッツに関わってはならん」

「イリトスキーですわ」とミアリング夫人が訂正した。「おお、ミージエル、そんなことだめよ」夫の手を握り、「わかってちょうだい！　あなたは前から疑ってらしたけど、今度という今度は信じていただかないと。彼らがここに来たのよ、ミージエル。まさにこの部屋に。ついさっき、わたくしがマダム・イリトスキーの監督霊のギチーワザ酋長と接触して、プリンセス・アージュマンドの宿命について訊ねたら——」トシーそっくりのプチ悲鳴をあげ、「そうしたら彼らがいたのよ。幽霊の腕にあの猫を抱いて！」

「ほんとうに申し訳ありません。あんなふうに驚かせる気はなかったのですが」とテレンスがいった。ミアリング大佐の主語を省略する癖が移ったらしい。

「あれはだれ？」ミアリング夫人が夫に訊ねた。

「テレンス・セント・トゥルーズです、なんなりとお申しつけを」テレンスがかんかん帽をとった。不幸にも、まだたっぷり縁に水がたまっていたため、ミアリング夫人にシャワーを浴びせる結果になった。

「おお、おお、おお」夫人は一連のプチ悲鳴をあげつづけ、どしゃ降りの雨に対してむなしく両手をふりまわした。

「や、これは重ね重ね申し訳ありません」テレンスはハンカチを差し出そうとしたが、そちらはさらに水浸し。かろうじて間に合って、それをまたポケットに戻した。

ミアリング夫人はテレンスに氷のような視線を向け、それから夫に目を戻した。「みんなが見たのよ！」副牧師のほうを向き、「尊師さんもごらんになったわ。ミージエルにいってやってちょうだい」

「はあ……」副牧師は落ち着かない口調でいった。

「体じゅうに海藻をまとい、天上の光で輝いていたのよ、ミージエル」夫の袖をぎゅっと握り、「彼らは、かわいそうなプリンセス・アージュマンドが水中の墓に出会ったというメッセージを持ってきてくれたの」フレンチドアを指さして、「まさにあのドアを抜けてやってきた！」

「ノックすべきでした」とテレンス。「あんなふうにいきなり入ってくる気はなかったんです。でもボートが転覆して――」

「その無礼な若者はだれなんです？」夫人は夫に訊ねた。

「おまえの霊とやらだ」ミアリング大佐が答えた。

「テレンス・セント・トゥルーズです。こちらはネッド・ヘンリー氏。それに――」

「霊！」ミアリング大佐が軽蔑するようにいった。「家中の明かりを消してテーブル叩きにうつつを抜かしておらねば、彼らが難破したボート乗りだということぐらいひと目でわかったはずだ。水中の墓？　ふんっ《バァッ》！」

「プリンセス・アージュマンドは元気よ、ママ」トシーが腕に抱いた猫を前に突き出して母親に見せた。「溺れ死んだりしてない。セント・トゥルーズさんが見つけ出して、連れ帰ってくださったのよ。そうでちゅよね、たいせちゅなジュジュちゃん？　ええ、そう、彼が助けてくれたの。とっても勇敢な人でちゅね。そうよ、そうよ、そのとおり！」

「あなたがプリンセス・アージュマンドを見つけた？」とミアリング夫人。

「いやその、じっさいに見つけたのはネッドのほうで――」

夫人は黙っていろというように僕をひとにらみしてから、またテレンスに視線を戻し、びしょ濡れの服と悲惨な状態と、おそらくは僕らの非霊的な性質をとっくり見てとった。

一瞬、夫人がまた気を失うんじゃないかと思った。ヴェリティも身を乗り出して、気つけ薬の栓をとった。

だが、ミアリング夫人はカウチから身を起こすと、氷のようなまなざしをテレンスに向けたまま、「霊のふりをするような真似がよくできたものですね、セント・トゥルーズさん！」

「僕は……僕らは……ボ、ボートが転覆して、それで……」

「テレンス・セント・トゥルーズ！」夫人は委細かまわずまくしたてた。「いったいなんという名前かしら。アイルランド人？」

部屋の中の温度がいっぺんに数度下がった。テレンスは震えながら、「いえ、奥さま、古い姓なんです。ノルマン征服にまで遡るもので。リチャード獅子心王に率いられて十字軍で闘った騎士に由来します」

「アイルランド人の名前みたいに聞こえますよ」

「セント・トゥルーズさんは、前に話したあの殿方よ」とトシーが口をはさんだ。「テムズ河で出会って、プリンセス・アージュマンドを探してくださいってあたしがお願いしたひと。そして見つけてくれたの！」とまた猫を見せる。

ミアリング夫人は娘を無視した。「テムズ河で？」その視線は液体窒素の温度だった。

「船頭かなにか？」

「いえ、奥さま。学部生です。二年生。ベイリアルの」

「オックスフォードか！」ミアリング大佐が鼻を鳴らした。「ふんっ《バァッ》！」

あと一、二分で、耳をつかんで外へ放り出されそうな雲行きだ。まあしかし、トシーのテレンスに対する熱い弁護のことを考えれば、それも悪くない。〝たいせちゅなジュジュちゃん〟がつつがなく戻ってきたいま、連続体が自己修復をはじめたのかもしれない。そしてこれもその一部。そうであることを祈った。

出口へ案内される前に、ヴェリティと話するチャンスがあることも祈った。いちばん最初の歓喜の表情からあと、ヴェリティはこちらを一瞥もしていない。せめてTJとダンワージー先生からなにを聞いたのか、そのぐらいは知る必要がある。

「オックスフォード大学では、夜中によその家に押し入ることを教えているの？」とミアリング夫人。

「い、いいえ」テレンスはどもりがちに、「奥さまが『入りなさい』と」

「わたくしは霊に呼びかけたんです！」と夫人は厳しくいった。

「どうせろくでもないモダンな学問をやってるんだろう」とミアリング大佐。

「いえ、違います。専攻は古典文学で。こちらは僕の指導教官のペディック教授」

「こんなふうにお邪魔するつもりではなかった」とペディック教授。「このふたりの若者が、親切にもラニミードへ連れていってくれるというので――」

しかしそのとき、温度がいっぺんに急上昇し、大佐がにこやかにほほえんだ。というか、白い髭の下で笑みを浮かべたように見えた。「もしやアーサー・ペディック教授では？『日本産朱文金《シュブンキン》の身体的特徴について』をお書きになった？」

ペディック教授はうなずいた。「さよう。お読みになりましたか」

「読んだどころか。わたしの真珠光沢出目琉金《リュウキン》について、つい先週、手紙を差し上げたところですよ。驚くべき偶然ですな、そのあなたとこんなふうにお目にかかれるとは」

「おお、そうでしたか」ペディック教授は鼻眼鏡越しに大佐をまじまじと見つめた。「お手紙に返事を出そうと思っておりましたが。じつに魅惑的な品種ですな、琉金というのは」

「教授《せんせい》のボートがよりにもよって当家の前で転覆されたのは、まさに奇蹟というほかない。そんなことが起こる確率は？　天文学的です」

僕はこっそりヴェリティのほうを盗み見た。彼女は唇を噛んでなりゆきを見守っている。

「ぜひわたしのブラック・ムーアを見ていただかねば」と大佐。「すばらしい標本です。はるばる京都から運ばせたもので。ベイン、ランタンを持て！」

「はい、かしこまりました」

「それと、三ポンドの縞模様入りガジョン」大佐はペディック教授の腕をとり、家具の迷路を抜けてフレンチドアのほうへと導いた。「つい先週、捕獲したもので」

「ミージエル！」ミアリング夫人がカウチから切り口上で呼び止めた。「いったいどちらへいらっしゃるおつもり？」

「養魚池だよ、おまえ。ペディック教授に金魚をお見せしなければ」

「こんな夜遅くに？　ばかおっしゃい。そんな濡れた服のままでお連れしたら、教授が風邪をお召しになりますよ」

「たしかに」大佐はいまはじめて、自分がつかんでいる袖がぐっしょり濡れていることに気づいたらしい。「乾いた着替えをすぐに持たせましょう。ベイン」ちょうど部屋を出ていくところだった執事に声をかけ、「ペディック教授にいますぐ乾いた服を」

「かしこまりました」

「ヘンリーさんとセント・トゥルーズさんにも着替えが必要ですわ」とヴェリティがいった。

「承知しました」

「それとブランデーを」とミアリング大佐。

「それと魚」とトシー。

「こちらの殿方にブランデーを楽しむお時間があるとは思えませんね」と、ミアリング夫人が発言し、またサーモスタットの設定温度が急降下した。「夜も更けた時刻ですから、早く宿にお戻りになりたいはず。どこか河畔の宿にお泊まりなんでしょ、セント・トゥルーズさん？　白鳥亭？」

「いいえ、じつのところ――」テレンスが口を開いた。

「聞くまでもない。みすぼらしい、庶民の宿に決まっておる。排水もひどい。ここに泊まっていただかねば」ミアリング大佐は反対を押し切るように片手を上げ、「みなさんに泊まっていただける部屋はじゅうぶんあります。好きなだけ長くご逗留ください。このあたりはトローリング漁にはうってつけの水深ですぞ。ベイン、こちらのみなさんに部屋をご用意するようジェインに伝えなさい」

ブランデーを注ぐのと、ランタンと部屋にいる人間の半数の着替えをとってくるのとをやろうとしていたベインは、ただちに「かしこまりました」といって歩き出した。

「それと、みなさんの荷物を」とミアリング大佐。

「あいにく、荷物はありません」とテレンス。「ボートが転覆したもので。五体満足で岸にたどりついただけでも幸運でした」

「美しいアルビノのガジョンも失われた」とペディック教授。「並はずれた背びれをしておったのに」

「また捕まえねばなりませんな」とミアリング大佐。「ベイン、ボートと荷物が見つからないかたしかめてきなさい。ランタンはどこだね」

かくも虐げられたベインがマルクスを読んでいないのは驚きだ。いや、『資本論』はまだ書き上がっていない。マルクスはいまごろ、大英博物館の閲覧室で原稿を執筆中。

「とってまいります、旦那さま」

「いいえ、いけません」とミアリング夫人。「養魚池の見学には時刻が遅すぎます。こちらの三人の紳士は」温度が急降下する。「たっぷり冒険をなさって疲れておいでです。舟遊びとは！　こんな真夜中に。堰まで流されて溺れ死にしなかったのが不思議ですよ」そうなっていればよかったのにという顔で、「みなさん、疲労困憊しておいでのはずです」

「たしかに」と副牧師がいった。「では、わたくしはお暇《いとま》いたします。おやすみなさいまし、ミアリング夫人」

ミアリング夫人が片手をさしのべた。「まあ、尊師さん、今宵は霊の顕現がなくてほんとうに残念でしたわ」

「次回はきっとよりよい結果が得られることでしょう」と答えたものの、副牧師の目はトシーを見ていた。「またこんど形而上世界を遊覧する機会を楽しみにしております。それにもちろん、明明後日おふたりにお目にかかることも。奥さまと美しいお嬢さまの助けがあれば、すばらしい成功となるでしょう」

彼はトシーに流し目をくれた。もしかして、謎のミスターCはこの男だろうか。

「どんなことでも喜んでお手伝いしますわ」とミアリング夫人。

「じつをいいますと、テーブルクロスが不足しておりまして」

「ベイン、テーブルクロスを一ダース、いますぐ牧師館にお届けして」

ベインが余暇にペットを溺死させるようになったのも無理はない。明らかに情状酌量の余地のある犯行だ。

「みなさんにお目にかかれたことをうれしく思います」とまだトシーを見つめたまま副牧師がいう。「明明後日もまだこちらにご滞在のようでしたら、ぜひともご招待を――」

「みなさんはお忙しくていらっしゃるから、そんなに長くは逗留されないでしょう」とミアリング夫人。

「はあ。では、ごきげんよう。おやすみなさい」

ベインが帽子を手渡し、副牧師はフレンチドアから退出した。

「アービテイジ尊師さんにおやすみなさいの挨拶をするべきでしたよ」とミアリング夫人がトシーにいった。僕の仮説もこれまでか。

「ペディック教授、今夜のうちにせめて真珠光沢出目琉金だけは見てください」とミアリング大佐。「ベイン、ランタンはどこだ？　すばらしい色合いが――」

「いいいいいっ！」ミアリング夫人がいった。

「なんです？」テレンスがいい、また亡霊の登場かという顔で全員がフレンチドアのほうを向いたが、そこにはなにもいない。

「どうなさったの」ヴェリティが気つけ薬に手を伸ばした。

「あれ！」煖炉のそばで体を温めているシリルをミアリング夫人が芝居がかったしぐさで指さした。「あのおぞましい生きものをだれが家に入れたのです？」

シリルがむっとしたように立ち上がった。

「ぼ……僕です」テレンスが急ぎ足で歩み寄り、シリルの首輪をつかんだ。

「シリルですわ」とヴェリティ。「セント・トゥルーズさんの愛犬の」

不幸にもその瞬間、犬の本能が頭をもたげ（あるいは僕らみんなと同様、たんにミアリング夫人に対する苛立ちが高じて）、シリルはほっぺたの肉を盛大に揺らしながら、全身をぶるんぶるんと大きく震わせた。

「まあ、おそろしい犬！」とミアリング夫人は叫び、シリルが部屋のはるか向こうにいるにもかかわらず、身を守るように両手を上げた。「ベイン、あれをいますぐ外へ出しなさい！」

歩き出すベインを見て、もしかしたら彼はペット専門のシリアルキラーかもしれないという考えが頭に浮かんだ。「僕が出しますよ」と僕。

「いや、僕がやる」とテレンス。「おいで、シリル」

シリルは信じられないという顔で主人を見た。

「ほんとうにすみません」テレンスがシリルの首輪をひっぱりながらいった。「ボートが転覆したとき、いっしょに乗っていたもので——」

「ベイン、セント・トゥルーズさんを厩舎にご案内して。しっしっ」ミアリング夫人に怒鳴られたシリルは脱兎のごとくフレンチドアから飛び出し、テレンスがすぐあとにつづいた。

「いけない悪いわんこは行っちゃいまちたからねー、かあいいジュジュちゃんはもうこわがらなくていいでちゅよ」とトシーがいった。

「おお、もうたくさん！」ミアリング夫人は芝居がかったしぐさでひたいに手をあてた。

「さあ」ヴェリティが夫人の鼻の下に気つけ薬をあてがった。「ヘンリーさんはわたしが喜んでお部屋にご案内しますから」

「ヴェリティ！」まちがいなくレイディ・シュラプネルのご先祖だと思わせる声でミアリング夫人が叫んだ。「まったく無用です。ヘンリーさんはメイドがお部屋に案内します」

「はい、伯母さま」ヴェリティは従順に答え、テーブルの鉤爪状の脚や葉蘭立ての渦巻き装飾に触れないよう、スカートの裾を優雅につまんで歩き出した。呼び鈴の房飾りに手を伸ばしながら、声をひそめて、「あなたに会えてほんとによかった。死ぬほど心配してたの」

「僕は――」

「部屋へ連れていってちょうだい、トシー」とミアリング夫人。「目がまわりそう。ヴェリティ、カモミール・ティーを持ってくるようベインに伝えて。ミージエル、ばかな魚のことでペディック教授をわずらわすんじゃありませんよ」

その命令の最中にコリーンがやってきて、僕を部屋に案内するよう命じられた。

「はい、奥さま」コリーンはひざを曲げてちょこんとおじぎをすると、僕を先導して歩き出し、ランプを点灯してから階段を昇った。〃少ないほど豊か《レス・イズ・モア》〃という装飾上のコンセプトはどうやらまだ発明されていないらしい（ドイツ生まれの建築家、ミース・ファン・デル・ローエが“less is more”を唱えたのは一九二三年のこと）。階段の横や上の壁は、金泥額縁入りの肖像画でぎっしり埋まっている。描かれているのは金モールや半ズボンや甲冑をまとったミアリング家のご先祖さまたち。廊下には傘立て、ダーウィンの胸像、羊歯《しだ》の大きな鉢、巨大な蛇がからみついたラオコーン像。

廊下を半分ほど進んだところで、コリーンは足を止め、彩色したドアを開け、ちょこんとおじぎをした。「こちらです、サー」アイルランド訛りのせいで、サーがソーに聞こえる。

この部屋は、客間ほど家具がごちゃごちゃしていない。ベッド、洗面台、ナイトテーブル、木の椅子、更紗のカバーをかけた椅子、書き物机、姿見が各一個と、壁の一面をすっぽり埋めた巨大な衣裳箪笥――壁紙に巨大な青い朝顔の這いずる四目格子が描かれていることを思えば、せめてものなぐさめ。

メイドはナイトテーブルにランプを置くと、部屋の向こうの洗面台に駆け寄り、水差しを下ろした。「すぐにお湯を持ってまいります、ソー」といって部屋を出ていった。

部屋の中を見まわした。ヴィクトリア朝インテリア装飾のポリシーは、〃ひとつ残らず石を包み隠して〃らしい。ベッドにかけた布団にはさらにその上から白い透かし細工の編み物がかけてあり、鏡台と書き物机の上にはドライフラワーのブーケとタッチング編みの白いレース、ナイトテーブルはペーズリー柄のショールをかけた上にクローシェ編みのドイリー。

書き物机の上に並ぶ洗面用具まで編み物のカバーがかけてある。台所用品ほど難解でないことを祈りながらそれを手にとって検分してみた。いや、こっちは各種へアブラシだし、あれは髭剃りブラシと石鹸入りのマグだ。

二〇世紀の髭剃り環境はおおむね劣悪なので、二〇世紀科では、降下に先立つ長期脱毛を義務づけている。僕もがらくた市任務に出る前に脱毛処置を済ませていたが、ここにいるあいだずっと保つとは思えない。安全剃刀は一八八八年にはもう発明されてたんだっけ？

エナメル塗りの箱から編み物のカバーをとって開けてみると、そこに答えがあった。象牙の柄に、人間を殺せそうな刃がついたまっすぐな剃刀が二本。

ドアにノックの音がした。開けると、メイドが自分の背丈近くありそうな水差しをひきずって入ってきた。「お湯をお持ちすます、ソー」といって水差しを置き、またちょんとおじぎをする。「もしほかになにか必要なものがありますたら、そこの呼び鈴を鳴らすてください」

メイドはベッドの上に下がっている、すみれの刺繡入りの長いリボンのほうに手を振った。トシーが呼び鈴を使うところを見ていてよかった。じゃなかったら、装飾の一部だと思うところだ。

「ありがとう、コリーン」

メイドはおじぎの途中で動きを止め、落ち着かない表情になった。「おそれいりますが、ソー」とエプロンの裾を両手でもじもじとねじりながらいう。「ジェインです」

「おや、それは失礼。勘違いしてたみたいだ。てっきり名前はコリーンだと思ってたよ」

また裾をねじり、「いいえ、ソー。ジェインです、ソー」

「そうか。じゃあ、とにかくありがとう、ジェイン」

メイドはほっとした顔になり、「おやすみなさいませ、ソー」といって、おじぎとともに部屋を出て、ドアを閉めた。

僕はそこに佇み、畏敬のまなざしでベッドを見つめた。とても信じられない。とうとう、ヴィクトリア朝にやってきた本来の目的——一夜の安眠——を果たせる。すばらしすぎてほんとうとは思えない。やわらかなベッド、あたたかい掛け布団、至福の忘却。石ころもなし、消えた猫の捜索もなし、雨もなし。がらくた市も、主教の鳥株も、レイディ・シュラプネルもなし。

ベッドに腰を下ろした。ベッドが体重で沈み、かすかにラベンダーの香りが漂い、そしてエントロピーが勝利をおさめた。とつぜんの疲労感に襲われ、服を脱ぐ気力も失せてしまう。明日の朝、服を着たままの僕を見つけたら、コリーンは——いや、ジェインか——どのぐらい腹を立てるだろう。

齟齬のことや、ヴェリティに打ち明けるべきことはまだ心配だったが、それはあとでい い。明日の朝になったら、ひと晩の休息で復活し、とうとうタイムラグから立ち直って、問題に対処する方法をちゃんと考えられるようになる。それも、もしまだ問題が残っていたとしたらの話。もしかしたら、プリンセス・アージュマンドが飼い主のひらひらの胸に無事帰り着いたことで均衡が回復し、齟齬はひとりでに解消しはじめているかもしれない。もしそうじゃなかったとしても、ひと晩ぐっすり眠れば考えることが可能になり、行動プランを理性的に組み立てることができる。

そう考えると、メイドの気持ちを慮《おもんぱか》る余裕が出てきた。ぐしょぐしょのシャツを脱いで寝台の支柱にかけ、ベッドに腰かけてブーツを脱ぎはじめた。

ブーツの片方とずぶずぶの靴下を半分まで脱いだところでノックの音がした。

メイドがお湯の瓶だかペン拭きだかを持ってきたんだろうと希望的に考えた。もし靴下だけの足を見て気持ちが傷つけられるなら、傷つけられるがいい。またブーツを履く気は金輪際ない。

メイドじゃなかった。ベインだった。カーペットバッグを携えている。「川岸まで行ってまいりました。あいにく、救出できたのは、バスケットとスーツケース、それにこのカーペットバッグだけでした。不幸にも中身は空っぽで、傷んでいます」と僕がプリンセス・アージュマンドのために切れ込みを入れた箇所を指さし、「岸にうち寄せられる前に堰かなにかにぶつかったようです。わたくしが修繕させていただきますので」

仔細に調べられて、猫の毛が見つかったりしたらやっかいだ。「いや、だいじょうぶだよ」といって手を伸ばした。

「心配ありません。きちんと縫えば新品同様になりますから」

「ありがとう。でも自分でなんとかするよ」

「おおせのままに」

ベインは窓辺に歩み寄ってカーテンを引いた。「ボートはまだ捜索中でございます。パングボーン水閘の堰守には気をつけるよう伝えておきました」

「ありがとう」ベインの手際に感心しながら、早く出ていって寝かせてくれることを祈った。

「スーツケースに入っていたお召しものは、洗濯してアイロンをかけておきます。かんかん帽も回収いたしました」

「ありがとう」

「いたみいります」これでひきとってくれるかと思ったが、ベインはまだ突っ立っている。辞去させるためになにかかけるべき言葉があるんだろうか。執事にチップを渡す習慣はなかったはずだよな。サブリミナルの指示を思い出そうとした。「もう用はないよ、ベイン」と最後にいった。

「はい」ベインはわずかに一礼して背を向けたが、戸口でまた、なにか用があるようにためらうしぐさを見せた。

「おやすみ」正しいせりふであることを祈りながらいった。

「おやすみなさいませ」とベインはいって、部屋を出ていった。

ベッドに腰を下ろした。今度は反対のブーツを脱ぐ間もなく、またノックの音がした。テレンスだった。「助かったよ、まだ起きててくれて。手を貸してほしい。緊急事態なんだ」

「あの晩の、犬の不思議な行動に、ご注意なさるといいでしょう」
「犬は全然なにもしなかったはずですよ」
「そこが不思議な行動だと申すのです」
――サー・アーサー・コナン・ドイル
（「白銀号事件」より　延原謙訳／新潮文庫『シャーロック・ホームズの思い出』所収）

12

救出――英国のカントリーハウスがなぜ幽霊屋敷として名高いのか――エリザベス・バレット・ブラウニングの出奔――訪問者――さらに訪問者――告白――プリンセス・アージュマンドの溺死未遂の謎が解ける――軽騎兵の突撃――本格ミステリの規則――いちばん犯人らしくない人物――不愉快な発見

緊急事態とは、シリルのことだった。

「厩舎だぞ！　シリルは外で寝たことなんかないんだ」テレンスはゆうべのことをきれいに忘れているらしい。「かわいそうなシリル！」と絶望した顔でいう。「外の闇に放り出されて！　馬といっしょにされて！」部屋の中を端から端まで歩きながら、「野蛮だよ、河に落ちたあとだというのに、外で寝ろだなんて。それにあんな体で！」

「あんな体？」

「シリルは胸が弱いんだよ。カタルにかかりやすい」歩きまわるのをやめて、カーテンの隙間から外を見た。「たぶんもう咳をしてるな。中に入れてやらなきゃ」カーテンから手を離し、「こっそり連れてきて、この部屋にかくまってやってほしい」

「僕が？　自分の部屋に連れていけばいいじゃないか」

「ミアリング夫人に目をつけられてる。執事に命令してるのを聞いたんだ、あの動物がまちがいなく外で寝るように見張れって。動物！」

「じゃあ、僕はどうすりゃいいんだい」

「執事が目を光らせてる相手はこの僕で、きみじゃない。僕がしかたなく、厩舎で寝ろって命令したときのシリルの顔を見せたかったよ。手ひどい裏切りにあった顔だった。ブルータス、おまえもか、って」

「わかったよ。でも、どうやってベインの目をごまかせばいいのか……」

「呼び鈴を鳴らしてココアを頼むよ。それでしばらく遠ざけておける。きみならぜったい安心だ。『親友よ、荒野に湧くわが泉よ！』（ジョージ・エリオットの詩「スパニッシュ・ジプシー」より）」

テレンスはドアを開けて左右を確認した。「いまのところ敵影なしだ。きみがブーツを履く時間を勘定に入れて、いまから五分後にベルを鳴らして飲みものを頼む。もし見とがめられたら、煙草を吸いに出てきたといえばいい。

「シリルを連れた帰り道に見つかったら？」

「見つからないよ。クラレットも一杯ほしいというから。シャトー・マルゴーの七五年。この手のカントリーハウスに、まともなワインセラーなんかあるわけないからね」

テレンスはもう一度左右を確認し、細く開けた隙間から体を横にして外に出ると、音を立てないようにそっとドアを閉めた。僕はベッドのそばに戻り、靴下を見下ろした。

濡れた靴下を履くのは容易なことじゃないし、その上から濡れたブーツを履くのはさらにほねがおれる。おまけに、どうにも気が進まないという事情も加わって、靴下とブーツを履いて立ち上がるには五分をゆうに超える時間がかかった。ミアリング家のワイン蔵が屋敷の反対側にあることを祈ろう。

ドアを細く開けて廊下を覗く。だれも見えない。それどころか、なにひとつ見えない。廊下の家具や彫像類の配置にもっと注意を払っておくんだったと後悔した。

あんまり暗いので、部屋に戻って水晶飾りつきのランプをとってこようかと逡巡し、どっちのマイナスがより大きいかを計算した。明かりを目に留めたミアリング夫人につかまることか、それともラオコーン像をひっくり返した音でミアリング夫人につかまることか。

後者がましだと判断した。召使いたちがまだ起きているとしたら——洗濯して糊をきかせるべきテーブルクロスがこんなにたくさんあるんだから、起きているに決まってる――明かりを目に留めてこちらに小走りでやってきて、なにかご用がございますかと質問するだろう。それに、僕の目もじょじょに暗闇に馴れてきて、なんとか廊下の輪郭ぐらいは見分けられるようになった。真ん中を歩いているかぎりだいじょうぶだろう。

手探りしながら廊下を歩き、階段の降り口までたどりついた。途中でぶつかったのは大きな羊歯の鉢と（それが台の上で激しく揺れるのをどうにか手で押さえた）、ブーツ一足。いったいこれはなんだろう、なんでこんなところにブーツがあるんだろうと考えながら階段をめざして歩くうち、べつの一足にまたつまずきそうになった。今度はトシーのかわいらしい白の編み上げブーツ。そのときようやく、サブリミナルがいっていたことを思い出した。この時代の人間は、夜のあいだ部屋の外にブーツを出して置いて、召使いに磨かせる習慣があった。その作業をするのは、テーブルクロスを洗濯したりココアを淹れたりテムズ河を泳いで行方不明のボートを探したりする仕事のあとだろう。

こっちにはもっと明かりがある。階段を降りはじめた。四段めが大きな音をたててきしみ、背後に不安な視線を投げると、階段のてっぺんにレイディ・シュラプネルが立ち、僕をにらみつけていた。

心臓が凍りついた。

ようやくまた動き出したとき、彼女がプリーツ入りのひだ襟をつけ、くびれた長いウエストをしていることに気がついた。それに、本物のレイディ・シュラプネルはつつがなく向こう側にいる。ということは、これはミアリング家のエリザベス朝のご先祖さまのだれかに違いない。ヴィクトリア朝のカントリーハウスが幽霊屋敷として名高いのも道理だ。

残りの道のりは楽勝だったが、玄関ドアの前で一瞬肝を冷やした。きっと鍵がかかっているだろう。そうなれば、客間のあの迷路を抜けてフレンチドアから出るしかない。そう思ったが、実際はかんぬきがかけてあるだけで、それを横に動かしてもほとんど音はしなかった。ようやく屋外に出ると、夜空に月が輝いていた。

月光を浴びて白く浮かび上がるいくつかの離れ屋のうち、どれが厩舎なのかさっぱりわからない。最初に試した小屋は園芸用具の物置で、次のは鶏小屋だと判明した。それから、鶏の声で目を覚ましたらしい馬のいななきが正しい方向に導いてくれた。

僕の姿を見たシリルは、哀れを誘うほどうれしそうな顔になった。テレンスにぶつけるべく、頭の中で道々リハーサルしていた悪態の数々を申し訳なく思ったくらい。「来いよ、相棒。でも、すごく静かにするんだぞ。エリザベス・バレット・ブラウニングが出奔したときのフラッシュみたいに」

考えてみると、あの事件が起こったのはこの時代だ。階段を忍び足でこっそり降りて真っ暗な屋敷を無事に抜け出すなんて、よくできたものだ。しかもエリザベス・バレット・ブラウニングは、スーツケースひとつとコッカースパニエル一匹を携えていた。ヴィクトリア朝人に対する畏敬の念がますます募ってくる。

シリルの〝静か〟という概念は、ときおり荒い鼻息のまじる重い呼吸音を含んでいた。階段を半分まで上がったところでシリルは凍りついたように足を止め、階段のてっぺんを見つめた。

「だいじょうぶだよ」とシリルをせきたて、「ただの絵だから。こわがることはないさ。羊歯に気をつけろよ」

なにごともなく廊下を抜け、僕の部屋に入った。閉めたドアにもたれてほっと息をつく。「いい子だ。フラッシュも感心してくれるよ」と声をかけたとき、シリルが黒いブーツを口にくわえているのに気がついた。どうやら途中で失敬してきたらしい。「だめだ！」と叫んでとびついた。「それをよこせ！」

ブルドッグは本来、雄牛の鼻に噛みついて死んでも離さないように交配された犬種だ。その遺伝形質はまだ消えていなかった。いくらひっぱっても埒《らち》が明かない。僕は手を離した。「そのブーツを落とせ。じゃないと、まっすぐ厩舎に連れ戻すぞ」

シリルはブーツを口にくわえたまま、じっと僕を見つめている。ブーツから靴ひもが垂れ下がっていた。

「本気だからな。カタルになろうが肺炎になろうが知ったことか」

シリルはしばらく考えてからブーツを落とし、ぺちゃんこの鼻をそれにぎりぎり触れさせるようにして寝そべった。

僕はブーツに飛びついた。ペディック教授のブーツか、テレンスのブーツならいいんだが。教授なら歯形がついていても気づかないだろうし、テレンスなら当然の報いだ。しかし、ブーツは女物だった。ヴェリティのじゃない。ヴェリティは、トシーとおなじく、白いブーツだった。

「ミアリング夫人のブーツじゃないか！」シリルにブーツをつきつけて怒鳴る。

シリルはさっと体を起こし、いつでも遊べる体勢をとった。

「冗談じゃないぞ！　見てみろ！」

じつのところ、大量の涎《よだれ》をべつにすれば、実質的にはたいした被害を受けていないように見えた。ズボンの足にこすりつけて涎を拭ってから、部屋のドアを開けた。「待て！」とシリルに命じて、ブーツをもとの場所に戻すべく部屋を出た。

ミアリング夫人の寝室がどこなのか見当もつかないし、明るい部屋から出てきたばかりなので、どのブーツが片方欠けているのかも判別できない。しかし、暗闇に目を慣らしている暇はない。廊下を四つん這いで徘徊している現場をミアリング夫人に押さえられるのだけは願い下げだ。

部屋に戻ってランプをとり、ブーツが片方だけしか置かれていない戸口が見つかるまで廊下を照らした。端から二つめ。そのドアと僕の部屋のドアとのあいだには、ラオコーン像、ダーウィン像、大きな羊歯の鉢を載せた紙張り子のテーブルがある。

部屋に飛び込み、ドアを閉め、ランプを置き、ブーツをとり、またドアを開けた。

「――ほんとうに明かりが見えたのよ」ミアリング夫人でしかありえない声がいった。「神秘的な、この世ならぬ漂う光。霊の光よ、ミージエル！　起きてちょうだい！」

ドアを閉め、ランプを吹き消し、忍び足でベッドに戻った。ベッドの上にはシリルがいて、枕のあいだに居心地よくおさまっている。「ぜんぶおまえのせいだぞ」と小声で毒づいたとき、まだミアリング夫人のブーツを持ったままなのに気がついた。

それを掛け布団の下につっこみ、これじゃ見つかったときに言い逃れのしようがないと思い直してベッドの下に隠そうとしたが、さらに考え直して、スプリングと羽毛入りマットレスのあいだに突っ込んだ。それから闇の中に腰を下ろし、外の状況を把握しようとした。シリルの鼻息以外はなにも聞こえないし、外のドアが開く音も、この部屋のドアの下から洩れてくる光もない。

さらに数分待ってから、自分のブーツを脱ぎ、つま先立ちで戸口まで行って、細めに開けた。闇と静寂。抜き足差し足でベッドに戻る途中、足の親指を姿見に、向こう脛をナイトテーブルにぶつけ、またランプをつけて、寝支度にとりかかった。

この数分の出来事で残っていた最後の力も使い果たした気がしたが、それでもゆっくりと慎重に服を脱ぎ、カラーとズボン吊りがどんなふうに留まっているのかを確認し、ネクタイをはずすときは鏡に映して、朝起きたとき、多少なりとも似たような結び方ができるように気をつけた。まあ、それが重要というわけでもない。その頃はもうとっくに剃刀でのどを切っているだろう。あるいは、足フェチの泥棒という正体が暴露されているだろう。

まだ濡れたままの靴下を脱ぎ、寝間着のシャツを着て、ベッドに入った。スプリングがたわみ、羽毛を詰めたマットレスはなんの支えにもならず、シーツは冷たく、掛け布団はシリルにまるごと分捕られている。最高の気分だった。

眠り、そは自然のやさしき子守り（『ヘンリー四世第二部』三幕一場より）、聖なる休息の甘露、悲嘆を癒す薬（サー・フィリップ・シドニー『アストロフェルとステラ』より）、甘く、ありがたき、心をほぐす眠りよ。

ノックの音がした。

ミアリング夫人だ。そう思って、彼女のブーツを探した。それとも霊。それとも夫人に叩き起こされた大佐。

しかし、ドアの下から洩れる光はなく、くりかえされたノックの音は静かすぎる。きっとテレンスだろう。僕が任務を完了したいまごろになって、シリルをよこせといいにきたにちがいない。

しかし、万一そうではなかった場合にそなえてランプをつけ、部屋着をはおり、シリルの上に掛け布団をかぶせて隠してから、戸口に行ってドアを開けた。

ヴェリティだった。ナイトガウン姿。

「いったいどうしたんだ？」ささやき声で訊ねた。「ヴィクトリア朝なんだぞ」

「わかってる」ヴェリティはささやき声で答えると、僕の横をすり抜けて部屋に入った。

「でも、ダンワージー先生のところへ出頭する前に、どうしても話をしておきたかったのよ」

「でも、もしだれか来たら？」といいながら、ヴェリティの白いナイトガウンを見つめた。とても慎み深いタイプのナイトガウンで、袖は長く、襟元は首までボタンで留めてある。だが、それでテレンスが納得するとは思えない。あるいは執事も。あるいはミアリング夫人も。

「だれも来ないわよ」ヴェリティはベッドに腰かけた。「みんな寝てる。ヴィクトリア朝のこういう家屋は壁が厚いから話し声も洩れない」

「テレンスは一回訪ねてきたよ。それにベインも」

「ベインがいったいなんの用で？」

「荷物が見つからなかったと伝えに。テレンスからは、厩舎のシリルをこっそり連れだしてくれと頼まれた」

自分の名前を聞きつけて、シリルが掛け布団の下から顔を出し、眠たげに目をしばたたいた。

「やっほ、シリル」ヴェリティが頭を撫でてやると、シリルは彼女のひざに頭を載せた。

「テレンスがシリルのようすを見にまたやってきたら?」

「どこかに隠れるわ」ヴェリティは冷静にいった。「会えてほんとによかった、ネッド」と僕を見上げてほほえみ、「マダム・イリトスキーのところから戻っても、プリンセス・アージュマンドはまだいなくて、ゆうべ報告に戻ろうとしたとき、四阿《あずまや》に行く途中でミアリング夫人に見つかって。霊を見かけて追いかけたとどうにか納得させたけど、そしたら夫人が屋敷じゅうの人間を起こしてくまなく捜索させると言い張って、だからけっきょく抜けられなくて、どういうことになってるか全然わからなかったの」

ほんとに残念としかいいようがない。ナイアスは、赤みがかった鳶色のラファエル前派の髪を背中に垂らしてナイトガウン姿で僕のベッドに腰を下ろしている。彼女はここにいて、僕にほほえみかけているのに、いまからそれを台なしにしなければならない。それでも、いやなことは早く済ませるにかぎる。

「そしたら今朝は」とヴェリティが話している。「トシーの付き添いで教会の集会に行かなきゃいけなくて――」

「プリンセス・アージュマンドを連れてきたのは僕なんだ。僕の荷物の中に入ってたんだよ。ダンワージー先生からそのことを聞かされていたはずなんだけど、タイムラグがひどすぎて耳に入っていなかった。あの猫は最初からずっと僕が連れてたんだよ」

「知ってる」

《音声の識別困難》の再発だろうか。

「知ってる。今日の午後、報告に戻って、ダンワージー先生から聞いたの」

「でも――」必死にその言葉の意味を理解しようとした。もし彼女が二〇五七年に戻っていたのなら、さっきの輝くような笑顔は――

「イフリーであなたと会ったとき、その可能性に気づくべきだった。史学生を休暇に送り出すなんてダンワージー先生のやりかたじゃないもの。とくに、それがレイディ・シュラプネルに追われてる人間で、献堂式が二週間後に迫っている状況では」

「イフリーできみと会ったときは、自分でもまだ知らなかったんだよ。缶切りを探してて見つけたんだ。テレンスをマッチングズ・エンドに近づけるなとはいわれたけど、でも、あの猫を連れ戻すほうが重要だろうと思って。もともとはストリートリーの宿に泊まる計画だったから、夜のうちにこっそりプリンセス・アージュマンドを連れてくるつもりだった。でも、テレンスがマッチングズ・エンドをひとめ見たいと言い張って、そしたら猫がにゃあにゃあ鳴きはじめて、シリルがくんくん嗅いでる拍子に河へ落っこちて、それからボートが転覆して……あとは知ってのとおりだよ」弱々しく話を終えた。「僕のやったことが正しかったんならいいけど」

ヴェリティは不安そうな顔で唇を噛んだ。

「なに？　連れ戻さないほうがよかったと思う？」

「わからない」

「これ以上影響が大きくならないうちに連れ戻すべきだと思ったんだけど」

「ええ」ヴェリティは困り果てたような表情だった。「問題は、そもそもあなたがプリンセス・アージュマンドを連れてくるはずじゃなかったってこと」

「なんだって？」

「ダンワージー先生はコヴェントリーのずれを確認した時点で、降下を中止することにしたの」

「でも――僕がプリンセス・アージュマンドを連れ戻す、そういう予定じゃなかったのかい。コヴェントリーのずれは関係なくて、分岐点のせいだっていわなかった？」

「その予定だった。でも確認作業中にＴＪがずれのパターンを藤崎の研究と比較した結果、最初の降下点近辺にずれが生じていないのは、それが統計的に無視できる出来事《ノンシグニフィカント・イヴェント》であることを意味してるって結論になったの」

「でも、そんなのありえない。生きている存在が無視できる出来事なわけないよ」

「そのとおり」ヴェリティがむっつりといった。「だから彼らは、プリンセス・アージュマンドが生きている存在ではなかったと考えている。あの猫は溺れ死ぬはずだったって」

それじゃぜんぜん筋が通らない。「でも、たとえ溺死したにしても、死体が連続体と相互作用するはずだろ。ただ消えてしまうわけじゃない」

「そこが藤崎の研究のポイント。プリンセス・アージュマンドは構成要素に還元されてしまい、要素個々の相互作用の複雑性は指数関数的に減少する」

つまり、哀れな猫の死体がテムズ河を流れてゆくうちに腐敗して炭素とカルシウムに変わり、河の水や腹を空かせた魚としか相互作用しない。灰は灰に。塵は統計的に無視できるものに。

「そう考えれば、彼女を本来の時空位置から除去しても、歴史的な影響が生じないことが可能になる。つまり、プリンセス・アージュマンドはそもそも未来から送り返すべきではない」

「じゃあ、きみが彼女を連れてネットを抜けたことは、齟齬を引き起こさなかったわけか。でも、僕のほうはそれを引き起こした。彼女を連れ戻したことで」

ヴェリティはうなずいた。「あなたが来なかったから、先生がフィンチかだれかを派遣して、プリンセス・アージュマンドを溺死させるよう、あなたに伝えたんじゃないかと心配してたの」

「まさか！　だれもだれかを溺死させたりさせるもんか！」

ヴェリティは痛ましい笑みを返してきた。

「もしプリンセス・アージュマンドが無視できる出来事なら、未来に連れ戻すことにしよう」僕はきっぱりいった。「溺死させたりしないよ。でも、やっぱりよくわからないな」

ひとつ思いついて、「本来起こるべきだったのが彼女の溺死だったとしたら、それが引き起こした結果は、彼女が失踪した場合と変わらなかったはずだろ。みんなが彼女を探し、きみたちはオックスフォードへ行き、トシーはテレンスと出会う」

「わたしもダンワージー先生にそういったのよ。でもTJが、藤崎仮説をあてはめて考えると、それは歴史的影響のない短期的な出来事に終わっただろうって」

「言い換えると、彼らは猫の死を乗り越えたわけだ。もし僕がプリンセス・アージュマンドを連れ戻しさえしなければ」

「そしてあなたがプリンセス・アージュマンドを連れ戻すことなんかなかったのよ、そもそもの最初にわたしが介入しなければね」ヴェリティは悲しげにいった。

「でも、あの猫が溺れ死ぬのを見殺しにはできなかった」

「ええ、できなかった。済んだことは済んだことだし、ダンワージー先生に事情を話して、これからどうするか相談しなきゃ」

「日記の件は？　七日以降にプリンセス・アージュマンドについて言及があれば、溺死しなかった証拠になる。科学分析の専門家はプリンセス・アージュマンドの名前を見つけてない？」

ヴェリティは憂鬱な顔で、「見つけてる。じっさいには、それらしい文字の配置ね――大文字ではじまるとても長い単語二語――でも、唯一の言及はプリンセス・アージュマンドが姿を消した直後だし、文章全体の解読はまだ終わってない。ダンワージー先生の説では、彼女がいなくなったとか、溺れ死んだとか書いてるだけじゃないかって」

ヴェリティは立ち上がった。

「とにかくわたしは向こうへ行ってくる。自分がプリンセス・アージュマンドを連れてるってわかったあと、なにがあったの？　テレンスとペディック教授は、あなたが彼女を連れてるのをいつ知ったの？」

「ふたりはずっと知らずにいたんだよ。ここに来るまでカーペットバッグの中に隠していたから。テレンスは僕らがここに――〝上陸〟という言葉はふさわしくない――着いたとき、プリンセス・アージュマンドが川岸にいて、僕がそれを見つけたんだと思ってる」

「ほかにはだれも彼女を見てない？」

「わからない」と認めた。「二回逃げられたから。一度は林の中で、二度めはアビンドンで」

「カーペットバッグを抜け出したの？」

「いや。僕が出してやったんだ」

「あなたが出してやった？」

「馴れてると思ったんだよ」

「馴れてる？　猫が？」ヴェリティはおもしろがるような顔になり、シリルのほうを向くと、「ちゃんと教えてあげなきゃだめでしょ」それから僕に視線を戻して、「でも、だれか他人と接触している現場は見ていない？」

「ああ」

「とりあえず、それは朗報ね。トシーはこっちに戻ってきて以降、イニシャルがCじゃない初対面の若者とは出会ってないし」

「つまり、ミスターCはまだ現れてない」

「ええ」ヴェリティは眉根にしわを寄せた。「それにわたしのほうも、まだトシーの日記を盗み見ることに成功してない。だからいったん戻る必要があるのよ。もしかしたら科学分析の専門家が問題の名前の解読に成功してるかもしれないから。でなきゃ、プリンセス・アージュマンドに関する記述とか。それに、ダンワージー先生に彼女が戻ったことを伝えて――」

「ほかにも伝えてほしいことがある」

「ペディック教授がミアリング大佐と知り合いだった偶然のこと？　それはもう考えた」

「いや。そのことじゃない。テレンスは僕のせいでペディック教授の姪と出会い損ねたんだ」駅での出来事について説明した。

「わかった。ダンワージー先生に伝える。出会いは――」

ドアにノックの音がした。

ヴェリティと僕は凍りついた。「だれ?」

「ベインです」

ヴェリティに向かって口だけ動かし、『追い返せる?』と訊いた。

『だめ』とヴェリティも口を動かし、シリルの上に布団をかけるとベッドの下に這い込もうとした。

その手をつかんで、『たんす』と口を動かす。

「いま行くよ、ベイン。ちょっと待って」と戸口に声をかけ、衣裳簞笥の扉を開けた。ヴェリティが中に飛び込む。扉を閉めてから、もう一度開けてナイトガウンの裾を中に押し込み、また閉め、シリルの体がすっぽり掛け布団の下に隠れていることを確認してから、ベッドの正面に起立して、「どうぞ」といった。

ベインが畳んだシャツの山を抱えてドアを開けた。「ボートが見つかりました」といって、まっすぐ衣裳簞笥に歩み寄る。

僕はその行く手に立ちはだかり、「僕のシャツかい?」

「いいえ。ヘンリーさまがご自分のお召しものを届けさせるまでの当座しのぎに、チャティスボーン家から借りてまいりました。あちらのご子息は現在、南アフリカにいらっしゃるので」

ご自分のお召しものか。それに、どこへ届けさせろと伝えるのが正解なんだろう。しかし、それよりもっと差し迫った問題がある。「じゃあ、そのシャツは抽斗のほうに」と衣裳簞笥の前をふさいだ。

「かしこまりました」ベインは整理簞笥のいちばん上の抽斗を開け、きちんとシャツをしまった。「夜会服一式とツイード一着も見つかりましたので、洗濯と仕立て直しにまわしてあります。明朝には仕上がる予定です」

「よかった。ありがとう、ベイン」

「では失礼いたします」といって、それ以上声をかけるまでもなく部屋を出ていった。

「あぶなかった――」と口を開きかけたとき、ベインが盆を持って戻ってきた。陶器のカップ、銀のポット、ビスケットが盛られた小さな皿が載っている。

「ココアをお召し上がりになるかと思いまして」

「ありがとう」

ベインはナイトテーブルに盆を置いた。「お注ぎいたしましょうか」

「いや、自分でやるよ」

「衣裳簞笥に予備の掛け布団が入れてあります。ご用意いたしましょうか」

「いや！」とベインの行く手をさえぎり、「ありがとう。もうじゅうぶんだよ、ベイン」

「かしこまりました」と答えたが、ベインはなおもそこに立ったままもじもじしている。

「ヘンリーさま」と神経質な口調で、「さしでがましいことを申し上げますが……」

ヴェリティが衣裳簞笥に隠れているのに気づいたか、それとも僕の経歴詐称を見破ったか。あるいはその両方。

「なんだい」

「わたくしは……その、一言だけ……」また神経質にためらう。ベインの顔がげっそりして青白く見えた。「……どうしてもお礼を申し上げたくて。プリンセス・アージュマンドをお嬢さまのところに連れ戻してくださって、ほんとうにありがとうございました」

予想とはまったく違うせりふだった。「お礼？」ぽかんとして訊き返した。

「はい、ヘンリーさま。ボートが転覆して川岸に泳ぎ着いたあと、ヘンリーさまがプリンセス・アージュマンドを見つけ出したのだとセント・トゥルーズさまからうかがいました。僭越ながら、お嬢さまはあのペットがことのほかお気に入りでしたので、もし猫の身になにかあれば、自分が許せないところでございました」また口ごもり、「あれはわたくしのせいだったのです」

「きみのせい？」あっけにとられてまた訊き返す。

「はい、さようでございます。ご承知のように、ミアリング大佐は魚を蒐《しゅう》集《しゅう》していらっしゃいます。はるばる東洋からとりよせて、それを岩石庭園の池に入れて飼っておられます」

「へえ」タイムラグの症状がぶりかえしたんだろうかと思いながら相槌を打った。話がどうつながるのかさっぱりわからない。

「はい、さようでございます。あいにくなことに、プリンセス・アージュマンドにはミアリング大佐の金魚をとって食べる性癖がございまして、わたくし、なんとかそれを止めようとしているのですが、力およばず……。ご承知のように、猫というのは、脅しには動じない性質でして」

「そうだね。それにおだてててもすかしても——」

「唯一、プリンセス・アージュマンドに有効なしつけの手段として、わたくしが見出したのが……」

とつぜん、話が見えた。「テムズ河に投げ込むことだった」

衣裳簞笥のほうからはっと息を呑むような音がしたが、さいわいベインは気づかなかったらしい。

「はい、さようでございます。もちろん、一度であの悪癖を矯正できるわけではございません。およそ月に一度の割合で、しつけをくりかえす必要がございます。河に投げ込むといっても、ほんの短い距離です。猫は、どうしようもない場合はわりあいとうまく泳ぐものでして。犬より泳ぎはうまいでしょう。しかしながら、今度ばかりは流れに呑まれてしまったらしく……」ベインは両手に顔を埋めた。「溺れ死んだのではないかと心配で心配で……」と感極まったようにいう。

「まあまあ落ち着いて」僕は彼の手をとって更紗のカバーがかかった椅子に導いた。「ここにすわって。プリンセス・アージュマンドは溺れなかったんだ。ぴんぴんしてるじゃないか」

「あの猫は大佐の銀色の天皇琉金を食べてしまったのです。きわめて珍しい金魚でして。大佐が大金を投じてはるばる本州《ホンシュー》から運ばせたものでした」苦悩に満ちた口調でいう。「前日に到着したばかりでございました。ところがそこにあの猫がすわって、残された背びれを前に、落ち着きはらって前足を舐めていたのです。『おお、プリンセス・アージュマンド！　いったいなにをしでかしたんだ！』と叫びますと、無邪気そのものの顔でこちらを見上げました。それですっかり堪忍袋の緒が切れてしまい……」

「気持ちはよくわかる。無理もないよ」

「いいえ」ベインは首を振った。「河まで運んでいって思いきり遠くまで放り投げ、あとも見ずに歩み去ったのです。しばらくたってから戻ってみると――」ベインはまた両手に顔を埋めた。「影もかたちもありませんでした。ほうぼう探しまわりました。この四日間というもの、ドストエフスキー描くところのラスコーリニコフのような心境でございました。罪を告白することもできず、罪もない生きものを殺害した罪悪感に苛まれ――」

「まあしかし、罪もないってわけじゃないよ。あの猫は銀色の天皇琉金を食べちゃったんだから」

ベインはその言葉も耳に入らないようすで、「流れに呑まれて、ずっと下流の川岸に打ち上げられたのでしょう。ずぶ濡れで、道に迷い――」

「琉金で満腹してね」ベインがまた両手に顔を埋めるのを止めようと口をはさんだ。それに、二重鰓ブルー・チャブも、と心の中でつけくわえる。

「夜も眠れませんでした。お嬢さまの大切なペットの身になにかあれば、けっして赦《ゆる》していただけないのはわかっておりました。持ち前の寛大なお心でたとえ赦してくださったとしても、その赦しを受けることなどできませんし、自分で自分が赦せません。それでも、真実を打ち明けなければと思い、今夜、降霊会のあとでそうするつもりでおりました。ところがそのときフレンチドアが開き、奇蹟が起こったのです。プリンセス・アージュマンドが無事に戻ってきたのです、ヘンリーさまのおかげで！」ベインが僕の両手を握りしめた。「心からの感謝を申し上げます。ありがとうございました！」

「いいんだよ、ぜんぜん」感謝のキスだのなんだので包まれる前に、あわてて手をひっこめた。「好きでやったんだから」

「ヘンリーさまがいなければ、プリンセス・アージュマンドは飢え死にするか、凍え死ぬか、野犬に食い殺されるか――」

「起こらなかったことを心配しても無駄だよ。無事に帰ってきたじゃないか」

「はい、ヘンリーさま」ベインはまた僕の両手を握りかねない表情だ。

僕は両手を背中に隠した。

「もしなにか、感謝のしるしとしてわたくしにできることがございましたら、どんなことでもさせていただきます」

「ああ、うん……ありがとう」

「いえ、お礼を申し上げるのはわたくしです。ありがとうございました」ベインは僕の背中から片手をつかみ、心をこめて握手した。「それに、打ち明け話を聞いてくださってありがとうございました。分別のない振る舞いだとお思いでしたら申し訳ございません」

「とんでもない。話してくれてありがとう」

ベインは立ち上がり、襟を直した。「上着とおズボンにアイロンをかけておきましょうか」と落ち着きをとり戻していう。

「いや、いいんだ」事態がここまで進んでしまったら、それが必要になるかもしれないと思いながらいった。「またあとで頼むよ」

「かしこまりました。ほかになにかご入り用のものはございますか」

たぶん、この調子で朝まで寝られないんだろうな。

「いや。ありがとう。おやすみ、ベイン。もう休んでくれ。それともう心配いらない。プリンセス・アージュマンドはつつがなく帰宅したし、なにも害はなかった」のならいいんだけど。

「さようでございますね。おやすみなさいませ」

ドアを開けてベインを帰したあと、しばらく隙間からそのうしろ姿を見守り、ベインが使用人部屋に通じるドアの向こうに消えるのを見届けてから、衣裳簞笥のところに行ってそっとノックした。

返事がない。

「ヴェリティ？」と声をかけ、両開きの扉を開いた。ヴェリティは、両ひざを胸に抱え、簞笥の中ですわりこんでいた。「ヴェリティ？」

彼女が僕を見上げた。「彼、あの猫を溺死させるつもりなんかなかったのね。考えてから行動しろってダンワージー先生にいわれたけど、そのとおり。もしわたしが手を出さなかったら、ベインが戻ってきてプリンセス・アージュマンドを助けていた」

「でも、吉報じゃないか。ということは、プリンセス・アージュマンドは無視できる出来事じゃなかったことになるし、僕が連れ戻したからといって齟齬は生じない」

ヴェリティはうなずいたものの、納得した顔ではなかった。「たぶんね。でもベインが助けていたら、四日間も行方不明になることはなかった。母娘がマダム・イリトスキーのところへ行くこともなかったし、トシーがテレンスと出会うこともなかった。ダンワージー先生に報告しなきゃ」衣裳簞笥から出てくると、戸口に歩いてゆく。「できるだけ早く戻って、わかったことを教えるわね」

ヴェリティは片手をドアに置き、ささやき声で、「ノックはしない。ミアリング夫人に音を聞かれたら、きっと霊のラップ音だと思い込むから。ドアをひっかくことにする、こんなふうに」と実演し、「すぐ戻るわ」といってドアを開けた。

「待って」マットレスの下からミアリング夫人のブーツをとりだした。「これを」とヴェリティに押しつけて、「ミアリング夫人の部屋のドアの前に置いてきてくれ」

ヴェリティはブーツを受けとった。「どうしたのかって訊くまでもないわね」とにっこり笑い、細く開けたドアから抜け出した。

彫像が倒れる音も、ミアリング夫人の「霊よ！」という叫びも聞こえない。しばらくてから僕は椅子に腰を下ろし、待つことと心配することをはじめた。

僕はあの猫を連れ戻す予定ではなかった。ダンワージー先生が『きみはここで待て』といったのをいまになって思い出す。でもあのときは、ネットを出るなという意味だと思っていた。

伝達ミスが歴史に影響したのはこれがはじめてじゃない。あるメッセージが誤解されたり、伝達されなかったり、違う人間の手に落ちたりしたことで戦争の結果が変わってしまったケースは無数にある。リー将軍のアンティータム運河を渡る計画は偶然によって放棄された。ツィンメルマン電報しかり、ワーテルローでナポレオンがネー元帥に与えた判読不能の命令書しかり。

伝達の失敗が悲惨な結果を生まなかった例を思い出したかったが、そんなものがあるような気はしなかった。Dデイのヒトラーの偏頭痛。軽騎兵の突撃。

ラグラン卿は丘の上に立ち、ロシア軍が捕虜にしたトルコの砲兵隊を連れて退却しようとしているのを見て、それを止めろとルーカン卿に命令した。ルーカン卿は丘の上にいなかったし、おそらく《音声の識別困難》にさらされていたのだろう、〝トルコ〟という言葉が聞きとれず、まっすぐこちらに向けられているロシア軍の大砲以外の砲兵隊は見えず、そこでカーディガン卿とその部下に、まっすぐロシアの大砲めがけて突撃しろと命じた。結果はご想像のとおり。

「死の谷めがけて六百の騎馬が突っ込んだ（テニスン「軽騎兵の突撃」より）」とつぶやいたとき、かすかにドアをひっかく音がした。

ヴェリティのはずはない。未来はもちろん、四阿まで行って戻ってこられるだけの時間もたっていない。

「だれ？」とドア越しにささやいた。

「ヴェリティ」とささやき声の返事。

ドアを開けて中に入れると、「ドアをひっかくっていったでしょ」ヴェリティは茶色の紙包みを小脇に抱えていた。

「うん。でもまだたったの五分だよ」

「よかった。ということは、ずれはゼロだったわけね。いい徴候」ヴェリティは満足げな顔でベッドに腰かけた。いい知らせがあるんだろう。

「ダンワージー先生はなんて？」

「留守だった」ヴェリティがうれしそうにいった。「エリザベス・ビトナーに会いにコヴェントリーへ出かけてて」

「ビトナー夫人？　最後のコヴェントリー主教の奥さん？」

「ええ。ただし、主教夫人としての彼女に会いにいったわけじゃないけど。ビトナー夫人は草創期のネットで仕事をしていたらしくて。知ってるの？」と興味をひかれたように訊ねる。

「レイディ・シュラプネルの命令で、主教の鳥株のことを聞きにいったんだよ」

「ありかを知ってた？」

「いや」

「そう。ねえ、ビスケットもらっていい？」ナイトテーブルのお盆を物欲しげに見ながらヴェリティがいった。「腹ぺこなの」一枚とってかじる。

「向こうにはどのぐらいいたんだい」

「何時間も。ウォーダーがＴＪの居場所を教えてくれなくて――レイディ・シュラプネルから身を隠してて、自分の居場所はだれにも、い、い、しゃべるなとかたく口止めしたんだって。居場所を突き止めるのに死ぬほど時間がかかった」

「テレンスとモードの出会いを僕が邪魔したことは話した？」

「ええ。ココアもらっていい？」

「どうぞ。なんていってた？」

「テレンスがモードと出会うはずだった可能性はまずない、もしそうだったとしても、その出会いは無視できる出来事だったと思うって。でなきゃネットが開かなかったはずだから」

「でも、僕があの猫を連れてきたことが齟齬を引き起こしたとしたら？」

ヴェリティは首を振った。「ＴＪはそうは考えてない。わたしが引き起こしたと思ってる」

「ベインから聞いた話がその根拠？」

ヴェリティはうなずき、「それプラス、ずれの増大」

「でもそれは、コヴェントリーが分岐点だからだってことになってると思ったけど」

「いいえ、コヴェントリーのずれエリアじゃないの。オックスフォードのほう。二〇一八年四月」

「二〇一八年？　それ、どんな分岐点？」

「分岐点じゃないのよ、わかってるかぎりでは。だからダンワージー先生がビトナー夫人に会いにいったわけ。その年に行われた降下なり航時研究なりで、もしなにか変わったことが起きていれば、それが説明になるかもしれないから、ビトナー夫人がなにか覚えてないか確認するのが目的。でも、ふたりともなにも思い出せない。とにかく、もしわたしが齟齬を引き起こしたんだとしたら、あなたがあの猫を連れ戻したことは齟齬につながらない。むしろ齟齬の修正になったはずで、ということは事態を悪くするんじゃなくて改善したはずなのよ。そして、テレンスとだれかの出会いを妨げることは、およそ事態の改善にならない。とくに、もしふたりが首尾よく出会っていれば、テレンスがトシーに会えるタイミングでイフリーには来られなかったかもしれないと考えればね。ということは、テレンスはそもそもモードと出会うはずじゃなかったに違いない。だから、それについては、齟齬が悪化している徴候じゃないかと心配する必要はないわけ」

「徴候？　どういう意味？」

「藤崎によれば、第一段階の防御策はずれの増大。もしそれが齟齬の修正に失敗すると、その次は偶然の一致が増大する。もしそれも失敗すると、次に不一致が生じる」

「不一致？　歴史の流れが変わりはじめるってこと？」

「最初のうちはそうじゃないわ。でも、齟齬が歴史を不安定にする。ＴＪの説明によると、単一の固定された流れじゃなくて、確率の重ね合わせ状態になるんだって」

「シュレディンガーの箱みたいに」かの有名な思考実験を思い出す。ガイガーカウンターと青酸ガス入りの瓶。それと猫。

「そのとおり」ヴェリティはうれしそうにいった。「齟齬が修正された場合に起こる出来事の流れと、修正されなかった場合のそれと、その両方が、なんていうか、隣り合わせで存在することになる。自己修復が完了したとき、歴史はどちらか片方に収束する。でもそうなるまでのあいだ、観察された出来事と記録された出来事のあいだに不一致が生じるかもしれない。ただし、わたしたちの手元にある記録はトシーの日記だけで、まだそれが解読できないでいる。だから、テレンスとモードが出会わなかったことが不一致なのかどうかを知るすべがない」

ヴェリティはもう一枚ビスケットをかじった。

「だからあんなに長く向こうにいたのよ。ＴＪと話をしたあと、ボドレアン図書館へ行ってテレンスのことを調べ、それからオーリエル・カレッジに行って、科学分析をやってもらってる例の法科学科の女性と話をした。日記の中で彼の名前に言及がないか見てもらうように頼んで、ミスターＣの名前が見つかったかどうかも訊いてきた」

「で、見つかってた？」だからこんなにうれしそうなんだろう。

「いいえ。まるまる一節分の復元に成功してたけど、残念ながらそれはトシーがつくらせたドレスの説明だった。四段落もかけて、ピンタックにブラッセルレースにフランス刺繍に透かし細工のはめこみに——」

「ひらひら」

「ひらひらまたひらひら」うんざりしたようにいって、「プリンセス・アージュマンドやコヴェントリー旅行や主教の鳥株については一言もなし。チョコレートとか隠してない？　チーズとか。とにかくおなかがぺこぺこなの。法科学科の女性と話をしたあとベイリアルに戻って夕食のつもりだったのに、途中でレイディ・シュラプネルと出くわしちゃって」

「レイディ・シュラプネル？」他の危機にまぎれて、あやうく忘れかけていた。「僕の居場所はバレてないよね？　まさか、しゃべってないだろ？」

「もちろん」ヴェリティはココアをごくごく飲み、「猫のこともしゃべってない。わたしがなにをしているのか教えろと迫られたけど、あさってのための新しいコスチュームが必要なんだといってやった。ウォーダーは真っ青」

「だろうね」

「それから、わたしが衣裳を整えているあいだじゅう、レイディ・シュラプネルがそこに突っ立って、あなたがどこかへ消えてしまったのにダンワージー先生が居場所を教えないとか、T・J・ルイスが主教の鳥株の捜索に一九四〇年へ赴くのを拒否したのは許しがたい、しかもその理由ときたら二〇世紀の危険度ランクが黒人に対しては10だというだけのことで、そもそも10にするのがばかげている、空襲ごときがどうしてそんなに危険なのかとか」ヴェリティはココアの残りを飲み干してポットの中を覗いた。「それに、聖歌隊席担当の大工がまったくの無能で、内陣聖歌隊席の完成は一カ月後になると放言したが、献堂式は十三日後である以上、それはまったくの問題外であるとか」

ヴェリティはポットに残ったココアの最後のひとしずくまでカップに注いだ。

「レイディ・シュラプネルはてこでも動かない構えだった。ウォーダーがわたしを準備室に連れていってドレスの試着をはじめても出ていかない。ウォーダーに頼んでレイディ・シュラプネルを足止めしてもらってる隙にやっとボドレアンに電話を入れて、テレンスに関する調査結果を聞いたの」

「で？　テレンスはモードと出会うはずだった？」

「不明」ヴェリティが明るくいった。「調査ではなにも出てこなかった。勲章も爵位も議会選挙立候補も逮捕も有罪判決も新聞記事もなし。公式記録にはぜんぜん名前が残ってない」

「結婚許可証も？」

ヴェリティは首を振り、ビスケットの最後の一枚に手を伸ばした。

「彼の教会区の教会はロンドン大空襲で全焼してる。グローバル検索をかける時間はなかったけど、ダンワージー先生宛ての伝言をウォーダーに残してきた。コヴェントリーから戻りしだいそれを調べてくれって。でも、テレンスの名前が公式記録に出てこないとしたら、彼は歴史に影響を与えなかったってことだから、ふたりの出会いは問題にならない。

これは不一致に関するTJの説とも符合する。つまり、齟齬の直近エリアだけが不安定になるっていうやつ。テレンスとモードが出会い損ねたのは、わたしが猫を助けた四日後だし、オックスフォード駅はマッチングズ・エンドから三十マイル以上離れてる。とても直近とはいえないでしょ。だから、あれは不一致じゃないし、齟齬は悪化してない」

「ふむ」ヴェリティとおなじぐらい安心できればいいのにと思いながら相槌を打った。

「でも、トシーがミスターCのかわりにテレンスと結婚したら、それはまちがいなく不一致になる。だから彼女の日記を盗み出して、結婚相手がだれなのかをたしかめ、できるだけ早く結婚させなきゃいけない。その一方で、テレンスをトシーから引き離す必要もある。それともうひとつ、主教の鳥株を見つけること」ヴェリティは指先についたビスケットの屑を舐めながらそうつけ加えた。

「なんだって？　僕の居場所はレイディ・シュラプネルにしゃべってないんだろ」

「ええ。あなたは主教の鳥株の所在を突き止めて、それを回収に行ったと話したわ」

「なんだって！」思わずシリルの上に腰を下ろしてしまう。

「なにがなんでもあなたを見つけ出す決意だったのよ。主教の鳥株の複製をつくることを職人に拒否されて、怒り狂ってた。ウォーダーの降下記録を調べてあなたを追ってくるのは時間の問題だったの」ヴェリティは諄々と道理を説くようにいった。「そうなったらおしまいでしょ」

たしかにそれはそうだけど。「でも、主教の鳥株の所在なんて見当もついてないことがバレたら？　献堂式は二週間後だし、僕は降下を禁止されてるんだよ」

「わたしが手を貸すわ。それに、どこへも出かけていく必要はないのよ。謎を解くのに必要なのは〝小さな灰色の脳細胞〟だけだって、ポアロもいってるじゃない」

「ポアロ？　ポアロってだれ？　教会区牧師？」

「違う。エルキュール・ポアロ。アガサ・クリスティーの。ポアロは――」

「アガサ・クリスティー？」さっぱり話が見えない。

「ミステリ作家。二〇世紀の。レイディ・シュラプネルがオックスフォードとわたしの人生を乗っ取るまで、わたしの担当は一九三〇年代だったの。めちゃめちゃ暗い時代。ヒトラーの台頭に世界恐慌。ヴィドなし、ヴァーチャルなし、映画館に行くカネもなし。ミステリを読むぐらいしか、やることがなかった。ドロシー・セイヤーズ、E・C・ベンソン、アガサ・クリスティー。それにクロスワードパズルね」これでぜんぶ説明できたという口調でヴェリティがいった。

「クロスワードパズル？」

「――は、目下の問題の解決にはべつだん役に立たない。でも、ミステリは役に立つ。もちろん、たいていの本格ミステリは盗難事件じゃなくて殺人がテーマだけど、舞台はいつもこういうカントリーハウスだし、執事が犯人よ。少なくとも、最初の百冊の長篇ミステりはね。全員が容疑者で、犯人はいつも決まっていちばんそれらしくない人物。で、百冊ばかりミステリが書かれたあと、執事はもうそうじゃなくなったから――つまり、いちばん犯人らしくない人物じゃなくなったってことね――作家たちは、まずありえないような人物に犯人像を切り替えた。ほら、無害な老婦人とか、教会区牧師の貞淑な妻とか、そういうタイプ。でも、こういう手を使っても読者の関心を長くつなぎとめることはできなくて、今度は探偵や記述者を殺人犯にする反則技を編み出した。もっともそれって、ウィルキー・コリンズがとっくの昔に『月長石』で使ってる手なんだけど。主人公が犯人なのよ。ただし、本人はそれを知らなかった。彼は夢遊病で、寝間着姿のまま出歩いてたのよ。ヴィクトリア朝期に書かれた本格ミステリとしてはけっこう気が利いたアイデアだし、犯罪が信じられないほど込み入ってるのは当時の常識。ミステリの中ではね。つまり、花瓶をひっつかんで逃げるとか、腹立ちまぎれに被害者を射殺するとか、そんなことはだれもしないの。最後の最後、これで謎はすべて解けたと思ったあとに最後のどんでん返しがもう一回。犯罪計画はつねに細心の注意をもって組み立てられるし、変装やアリバイや時刻表が盛り込まれている。あと、本の扉ページには屋敷の見取り図がかならずついていて、関係者全員の寝室や書斎――いつも死体が見つかる場所ね――各戸口の位置関係がひと目でわかるようになってる。それだけの材料があっても、読者には事件の謎を解くことができず、だから世界的に有名な名探偵が登場して――」

「小さな灰色の脳細胞で謎を解く？」

「そういうこと。アガサ・クリスティーが創造した名探偵、エルキュール・ポアロの言によれば、謎を解くためには、現場を駆けずりまわって足跡のサイズを測ったり、煙草の吸い殻を拾ったりする必要はない。そっちはシャーロック・ホームズの流儀ね。ホームズはアーサー・コナン・ドイルが創造した探偵で――」

「ホームズは知ってるよ」

「あら。まあとにかく、ポアロの説では、必要なのは〝小さな灰色の脳細胞〟を使って問題を考えることだけ」

「そうすれば主教の鳥株が見つかる。ここで。一八八八年で」とても納得できない。

「そりゃ、主教の鳥株がここにあるわけじゃないけど、ここにいても、ありかを突き止めることはできるわよ」ヴェリティは輝くような笑顔をこちらに向けた。ベッドの上に腰を落ち着け、「さあ、あなたが主教の鳥株を最後に見たのはいつ？」

僕が眠れるときは永遠に来ない。『不思議の国のアリス』じみた会話をこのままこうやって永遠につづけ、最後は疲れて死んでしまう。安らぎに満ちた牧歌的なこのヴィクトリア朝で。

「明日の朝にしない？」

「朝になったら人目があるわ。それに、早く見つければ、それだけ早く、レイディ・シュラプネルにつかまってとっちめられる心配をせずに済むようになる。わたし、実物は一度も見たことがないのよ。話に聞いてるだけで。ほんとにみんながいうほどひどいの？　イフリーで見たあの最低のやつみたいに、ファラオの娘たちによる幼子《おさなご》モーゼの発見を描いてるわけじゃないんでしょ？」

ヴェリティはふと口をつぐんだ。

「わたし、べらべらまくしたててるわね。ピーター卿みたい。ドロシー・セイヤーズの名探偵よ。ピーター・ウィムジー卿。彼とハリエット・ヴェインがいっしょに謎を解くの。すごくロマンチック。って、またやってる。べらべらしゃべること。わたしの場合、この症状が降下の影響」申し訳なさそうな顔で僕を見て、「あなたはタイムラグを患ってて、休息しなきゃいけないのに。ほんとにごめんなさい」

ヴェリティはそそくさとベッドから降りて、持ってきた紙包みをとった。

「カフェインとアルコールの中間みたいな感じね、わたしの降下後遺症は。あなたもそんなふうになる？　うわついた気分でおしゃべりに？」靴と靴下を集め、「ふたりとも、きっと明日の朝には気分がよくなってるわ」

ドアを開け、外の暗闇を覗いてから、「眠って」とささやき声でいった。「ひどい顔。ちゃんと休息をとって。そして朝になったら、トシーとテレンスを引き離すのに手を貸してちょうだい。ちゃんとぜんぶ考えてあるのよ。テレンスには、わたしが占いのテントを建てるのを手伝ってもらうつもり」

「占いのテント？」

「ええ。そしてあなたは、がらくた市でトシーの手伝い」

「……社会に出ようとする若者にとって、カントリーハウスに偽りの身分で滞在することほど教育的にすぐれた経験はない」

——P・G・ウッドハウス

13

また訪問者——主題の変奏——『鳥』——執事の重要性——古き良き英国式朝食——野生動物——主教の鳥株——ひとつのささやかな事実——メイドの名前の謎が解ける——準備完了——がらくた市の起源が明らかになる——僕の合衆国時代——ヴィクトリア朝の手芸品——僕のかんかん帽——ミスターC——驚き

夜の訪問者はヴェリティが最後ではなかった。彼女が帰った三十分後、またドアをひっかく音がした。ごくかすかだったので、眠っていたら気がつかなかっただろう。

僕はまだ眠れずにいた。ヴェリティと、彼女が携えてきた、ずれの増大および不一致に関する知らせに責任の大半がある。レイディ・シュラプネルと主教の鳥株の件は勘定に入れるまでもなく。

そしてシリルは、あの短足にもめげず、どういうわけかベッドの幅いっぱいに横たわったうえ、枕ふたつを両方とも占有していたため、僕には端っこのせまいスペースしか残されず、しょっちゅうベッドから落ちそうになった。ベッドの支柱に両脚をからめ、両手で上掛けにしがみついたかっこうで、ルーカン卿とシュレディンガーの猫のことを考えていた。

問題の猫は、シュレディンガーの思考実験において、以下の破滅的な器具といっしょに箱の中に収容される。すなわち、青酸ガス入りの瓶、ガイガーカウンターとそれに接続されたハンマー、ラジウムの塊。ラジウムがアルファ粒子一個を放射すれば、それがハンマーのひきがねを引き、瓶が割れる。すると中の青酸ガスが洩れ、シュレディンガーの猫は死ぬ。

ラジウムがアルファ粒子を放射するかどうかを予測することは不可能なので、猫は死んでいるわけでも生きているわけでもなく、その両方の可能性を重ね合わせた状態として存在している。そして箱を開けたとき、ふたつの可能性が単一の現実に収束する。あるいは、齟齬が修復される。

でもそれは、齟齬が修復されない可能性も五十パーセントの確率で存在することを意味している。そして、猫が箱の中にいる一瞬一瞬に、ラジウムが問題の粒子を放射する確率は大きくなるから、箱を開けたときに猫が死んでいる確率も大きくなる。

それに、第一段階の防御策はすでに失敗している。トシーとテレンスの出会い、僕とテレンスの出会い、ペディック教授の救出、教授と大佐の出会いを可能にした偶然がその証拠。そして、次なる段階は不一致だ。

でも、テレンスは歴史に影響を残していない。少なくとも直接的には。もし残していれば、彼の名前が公式記録に見つかったはずだし、オックスフォード駅はマッチングズ・エンドから三十マイルと四日離れている。それにTJは〝直近〟といったじゃないか。

しかし、タイムラグ状態のヴェリティが見落としたことがある。ふたりの出会いは直近じゃないにしても、マダム・イリトスキーのところへ娘を連れていこうとミアリング夫人が決心したのは直近だし、それがトシーとテレンスの出会いにつながり、その結果、テレンスはペディック教授と出くわして、大年増の姥桜を迎えにいってくれと頼まれることになり、そして僕と出会った。それに、だいたい直近ってどういう意味なんだ？　それについて、TJはなにも語っていない。もしかしたら、数年とか、数百マイルとかの範囲かもしれない。

闇の中に横たわったまま、僕の思考は、ハンプトン・コート迷路のハリスさながら、堂々巡りをつづけた。ベインはプリンセス・アージュマンドを溺死させるつもりじゃなかった。でももし、溺死によって統計的に無視できる存在になるはずじゃなかったんだとしたら、どうしてネットが開いてヴェリティを通したのか。逆に、もし溺死するはずだったとしたら、どうしてネットは僕を通したのか。

それに、僕がネットを抜けて出た先が、どうしてオックスフォードだったのか。テレンスとモードの出会いを阻止するため？　それがどうして自己修復に貢献しうるのかさっぱりわからない。それとも、あの猫をマッチングズ・エンドから引き離しておくため？　そう言えば、フォリー橋でシリルに襲われたときに、猫が入っていたバスケットを落としてしまい、あやうく河に転げ落ちるところを間一髪テレンスに拾われた。それに、ボートからカーペットバッグが落ちそうになったときは僕が飛びつき、かわりにシリルが河に落ちた。歴史の流れはプリンセス・アージュマンドを溺死させることで自己修復しようとしているのに、そのたびに僕が妨害してるとか？

でも、プリンセス・アージュマンドが溺れ死ぬはずだったなんてことはありえない。河に放り投げたとき、ベインは彼女を溺死させるつもりなんかなかったんだから。ヴェリティが介入しなければ、ベインはモーニングコート姿のまんま河に飛び込んで、プリンセス・アージュマンドを救い出していただろう。もしかしたら、放り込んだ先が岸から遠すぎて、プリンセス・アージュマンドは流れに呑まれてしまい、ベインの必死の努力にもかかわらず溺れてしまったかもしれない。でも、そう考えてもまだ説明がつかないことが——

ドアをひっかくかすかな音がしたのはそのときだった。ヴェリティだ。エルキュール・

ポアロの探偵術について説明しそびれたことがあるんだろう。ドアを開けた。だれもいない。さらに大きくドアを開き、廊下の左右を見渡した。暗闇しかない。ミアリング夫人の幽霊？

「みい」と小さな声がいった。

見下ろすと、プリンセス・アージュマンドの灰色と緑の瞳が輝いていた。「みゅう」といってから、尻尾を立てた姿でのんびり歩いてくると、ベッドにぴょんと飛び乗り、僕の枕の真ん中に寝そべった。

これで僕が寝る場所はどこにもなくなった。プラス、シリルの鼻息。それだけならまだ慣れることもできただろうが、夜が更けるにつれて鼻息はますます大きくなり、死人も目を覚ますんじゃないかと心配になってきた。あるいはミアリング夫人が。あるいはその両方が。

おまけにシリルは、ひとつの主題を変奏しているような感じだった——遠雷のような低いごろごろ音、いびき、頬の肉をたぷたぷ揺らして出す妙なはあはあ音、がーがー、くんくん、ぜーぜー。

プリンセス・アージュマンドはそのどれにも動じず、また僕ののどぼとけの上でまるくなって、耳もとで（変奏なしに）のどをごろごろ鳴らしている。猫由来の酸素不足から、うとうとしたと思ったら目が覚め、そのたびにマッチの火で懐中時計の時刻をたしかめた。

Ⅱ時、Ⅲ時、Ⅳ時十五分前。

Ⅴ時半にまた眠り込んだが、夜明けの訪れとともにさえずりはじめた鳥たちの声で起こされた。鳥のさえずりといえば牧歌的でメロディアスな響きだと信じていたのに、いまのこの音は、むしろナチの空襲に近い。ミアリング家にはアンダーソン防空シェルターがあるだろうか。

マッチを手探りしたが、もうマッチの明かりなしに時計の文字盤が読めることに気づいて立ち上がった。服を着て、ブーツを履き、シリルを起こしにかかった。

「さあ、おいで。厩舎に戻る時間だよ」と、はあはあ中のシリルを揺さぶる。「ここで寝てる現場をミアリング夫人に押さえられたくないだろ。さあ。起きろ」

シリルは充血した片目を開け、また閉じ、大きないびきをかきはじめた。

「その手は食わないぞ！　だまされるもんか。起きてるのはわかってるんだからな」脇腹をつつき、「来いよ。このままだとふたり揃って放り出される」首輪をつかんで強くひっぱると、シリルはまた目を開き、よろよろと立ち上がった。僕と似たような状態らしい。目は血走り、どんちゃん騒ぎで一夜を明かした飲んだくれみたいに体がふらふら揺れている。

「いい子だ」と励ましてやる。「よし、それでいい。ベッドを降りて。行くぞ」

その瞬間を見すましてプリンセス・アージュマンドがあくびをし、気持ちよさそうにのびをすると、上掛けのねぐらに心地よくまるまった。これ以上はっきりしたメッセージはない。

「手を貸してくれたっていいだろうに」プリンセス・アージュマンドに向かってそうぼやいてから、シリルのほうを向いた。「ああ、わかってるよ。フェアじゃない。でもな、人生は不公平にできてるんだよ。たとえばこの僕。休暇旅行を楽しんでるはずなんだぞ。休息。眠り《スリープ》」

シリルは〝スリープ〟という単語を命令と受けとめ、そくざにまた枕に潜り込んだ。

「だめだ。起きろ。いますぐ。本気だぞ、シリル。立て。来い。起きろ」

豊かな人生経験とは、午前V時半に体重三十キロの犬を抱えて急な階段を降りることをいうに違いない。外に出ると、大地は夜明けの光で薔薇色に輝き、芝生はダイヤモンドの朝露にきらめき、薔薇はその蕾を開いてかぐわしい貌《かんばせ》を見せはじめるところだった。このすべてが、重症から末期へと移行しつつあるタイムラグの症状からまだ回復していない証拠。ということは、朝食の席でヴェリティと顔を合わせても、僕はまだ完全に彼女の魔力のとりこになったままだろう。たとえレイディ・シュラプネルに、僕が主教の鳥株のありかを知っていると伝えた張本人でも。

一方、鳥のルフトヴァッフェは燃料補給に基地へ帰投したらしく、早朝の光を浴びた世界はしんと静まり返っていた。この静けさもまた——ヴィクトリア朝のカントリーハウスやテムズ河のボート遊びと同程度に——過去の一部。いまだ飛行機や交通渋滞を知らず、焼夷弾やピンポイント爆撃とも無縁な世界の静けさ。過ぎ去った牧歌的な世界のしんとした聖なる閑《しず》かさ。

それを味わう立場にないのは残念だった。シリルは一トンの重さでのしかかり、下に降ろすなり、哀れっぽい声でくんくん鳴きはじめた。寝ていた馬丁につまずきそうになりながらどうにか厩舎を出て、屋敷の中に戻ったとき、二階の廊下にいたベインとあやうく衝突しかけた。

ベインは磨き上げたブーツをきれいに揃えて、各寝室のドアの前に並べているところだった。ベインがこちらを見る前の一秒、いったい彼はいつ寝てるんだろうと思った。

「眠れなくて」やましさのあまり、ミアリング大佐のようにぶっきらぼうなしゃべりかたになってしまう。「下でなにか読むものを探してたんだよ」

「さようでございますか」ベインが持っているのはトシーの白いブーツだった。爪先にひらひらがついている。「トインビー氏の『産業革命』はとても気楽に楽しめる本だと思いますが。お持ちいたしましょうか」

「いや、だいじょうぶ。やっと眠れるような気がしてきたから」

というのは真っ赤な嘘。眠り込むには心配ごとが多すぎた——起き出してから、カラーをどうつけてタイを襟にどう結ぶか。航時学部は、僕がプリンセス・アージュマンドを連れ戻すのがまる四日間遅れた結果、歴史にどんな影響があったと突き止めるか。僕はレイディ・シュラプネルにどう言い訳するか。

それに、心配をやめられたとしても、寝直そうとするのは無駄だ。もう空は明るくなりかけている。あと数分で窓から朝陽が射し込むだろうし、鳥のルフトヴァッフェは第二波の爆撃に戻ってこようとしている。プリンセス・アージュマンドに窒息死させられそうで、とても寝る気になれない。

留守のあいだに、枕はふたつともプリンセス・アージュマンドに占領されていた。起こさないようにそっと脇へ押しのけようとしたが、彼女は体を弓なりにしてのびをすると、ぱたぱた尻尾を振って僕の顔を叩きはじめた。

その鞭の下に横たわり、主教の鳥株のことを考えた。

ありかを知らないばかりか、いったいどうなったのかもまるでわからない。主教の鳥株は八十年間にわたって教会にあった。空襲のあいだ、教会の中になかったことを示す証拠はなにもない。それどころか、教会の中にあったことを示す証拠はたくさんある。瓦礫の中で見つけた式次第は、空襲四日前に主教の鳥株があったことを証明しているし、空襲前日の九日には、空軍兵士のための祈禱集会と手づくり菓子即売会のあと、僕がこの目でそれを見ている。

空襲直前になって安全な場所に保管するためよそへ移されたのかもしれない。しかし、

（あと知恵で考えれば当然そうしておくべきだったにもかかわらず）パーベック大理石の洗礼盤も、ヘンデルその人が演奏したオルガンも、疎開先に送られたり地下室にしまわれたりすることがなかったのを考えると、その可能性はきわめて低い。それに、主教の鳥株は、大理石の洗礼盤よりはるかに破壊不能に見える。

たしかに破壊不能だ。崩れ落ちる天井も、主教の鳥株の智天使像には傷ひとつつけられないだろう。灰の中にそそり立ち、瓦礫の中から無傷のままで――

目を覚ますと、部屋には陽光がさんさんと降り注ぎ、ベインが紅茶のカップを持って立っていた。

「おはようございます。勝手ながら、プリンセス・アージュマンドはお嬢さまの部屋に戻しておきました」

「名案だ」と答えて、頭の下に枕があることと、息ができることに遅まきながら気がついた。

「はい。お嬢さまが目を覚まし、またプリンセス・アージュマンドがいなくなっていることに気づいたら、たいそうお悲しみでしょうから。もっとも、プリンセス・アージュマンドがヘンリーさまになついてしまったのは無理もございませんが」

僕は体を起こした。「何時？」

「八時でございます」ベインが紅茶のカップを差し出した。「残念ながら、ヘンリーさまとセント・トゥルーズさまとペディック教授のお荷物の大半は回収できませんでした。発見できたのはこれでぜんぶです」

ベインは、フィンチが荷造りしてくれたサイズの小さすぎる夜会服ひとそろいを持ち上げた。「水に浸かったため、あいにくかなり縮んでしまったようで、かわりのものをとりよせました」

「かわりのもの?」思わず紅茶を噴きそうなる。「どこから?」

「白鳥とエドガー亭からです、もちろん。そしてこちらがボート乗り用の衣裳です」

ベインはアイロンをかける以上のことをしてくれていた。シャツは漂白してぱりぱりに糊をきかせてあるし、フランネルも新品同様に見える。どうやって着るのかわかればいいんだけど。ゆっくり紅茶をすすりながら、タイの結び方を思い出そうとした。

「朝食は九時でございます」ベインは水差しのお湯をボウルに注ぎ、剃刀の箱を開けた。

タイは問題にならないかもしれない。タイを結ぶ前に、剃刀でのどを掻き切りそうだから。

「奥さまは、九時までに全員が朝食に降りていらっしゃることをお望みです。教会の慈善バザーのためにいろいろと準備しなければならないことがありますので」ベインは剃刀をとりだした。「とりわけ、がらくた市に関して」

がらくた市。やっと忘れられたかと思ったのに。いや、それともただ認めたくなかっただけかも。どうやら僕は、何世紀へ行こうと、慈善バザーやがらくた市から逃れられない宿命らしい。

「いつ開かれるんだい」来月ですという答えを期待しつつ訊ねた。

「明後日です」ベインが片腕にタオルをかけて答えた。

もうその頃にはここを離れているかもしれない。ペディック教授は、マグナカルタが調印された草原を見るためにラニミードへ行きたがるだろう。最高のパーチがいる深みは勘定に入れるまでもなく。

もちろんテレンスは渋るだろうが、口をはさめる立場じゃなくなっている可能性もある。ミアリング夫人はあからさまに彼を嫌っているし、娘に下心を持っていることを知ったら――おまけに一文無しだと知ったら――ますます毛嫌いしそうな気がする。

もしかしたら、がらくた市の準備を口実に、朝食が終わるなり僕らはミアリング夫人に叩き出され、齟齬は自己修復を開始できるようになり、僕はテレンスが漕いでるあいだ、ボートの上で長々と素敵な昼寝を楽しめるかもしれない。もしその前に、このまっすぐな剃刀で自分ののどを掻き切らずに済めば。

「わたくしがお髭をあたらせていただきましょうか」とベインがいった。

「ああ」と答えて、ベッドから飛び起きた。

服のことも杞憂に終わった。ベインが手際よく僕の衣服にズボン吊りとカラーを装着し、ネクタイも締めてくれた。黙っていれば、靴ひもまで結んでくれただろう。これがプリンセス・アージュマンド救出に対する感謝のしるしなのか、それともこの時代の一般的な慣習なのか、よくわからない。ヴェリティに訊いておけばよかった。

「朝食はどの部屋?」

「朝食室でございます。一階に降りて左側、最初の部屋になります」

ふらつく足で階段を降りつつも、気持ちが浮き立ってきた。執事が給仕するベーコンと卵とマーマレードの古き良き英国式朝食にもうすぐありつける。これは明るい展望だし、天気もすばらしい。降り注ぐ陽光が階段の磨き上げられた手すりや壁の肖像画を照らしている。レイディ・シュラプネルのエリザベス朝のご先祖さまさえ楽しげな表情に見えた。

左手の最初のドアを開けた。ベインがまちがえたらしい。ここはダイニングルームだ。部屋の中央に巨大なマホガニーのテーブルがどっかと陣どり、巨大なサイドボードの上には蓋つきの銀の皿がずらりと並んでいる。

テーブルの上にはカップと受け皿と銀の食器類。しかし、皿は一枚も置かれていないし、部屋にはだれもいない。戻って朝食室を探そうときびすを返したとき、ヴェリティとあやうく衝突しそうになった。

「おはよう、ヘンリーさん。ぐっすり眠れた?」

ヴェリティは、ウエストに細かいプリーツが入った薄緑のドレスをまとい、結い上げた鳶色の髪を緑のリボンで束ねている。どうやら僕のタイムラグは、もっとたっぷり眠らないと改善しないみたいだ。緑と茶色の目の下にかすかな隈ができているものの、それをべつにすれば、ヴェリティはやはり、僕がいままでに見た中でいちばん美しい生きものだった。

ヴェリティはサイドボードに歩み寄った。「朝食はサイドボードから給仕されるのよ、ヘンリーさん」積み上げた高い山から花模様で縁取られた皿を一枚とり、「もうすぐほかの人たちも降りてくるわ」

こちらに身を乗り出して皿を差し出した。

「ほんとにごめんなさい。レイディ・シュラプネルに、あなたが主教の鳥株のありかを知ってるなんていっちゃって。自分で思ってたよりタイムラグがひどかったみたい。でもそんなの言い訳にならないし、主教の鳥株を見つけるのに協力できることがあればなんでもする。だれかが最後に目撃したのはいつ?」

「僕が見たのは、一九四〇年十一月九日の土曜日、空軍兵士のための祈禱集会と手づくり菓子即売会のあと」

「それよりあとはだれも見てない?」

「その時点から空襲のあとまでの時間エリアには、まだだれもたどりつけてないんだ。ほら、分岐点近辺におけるずれの増大ってやつ」

ジェインがマーマレードのポットを持って入ってくると、それをテーブルに置き、ちょこんとおじぎをして出ていった。ヴェリティがいちばん手前にある蓋つきの皿に歩み寄った。蓋のてっぺんに、跳ねる魚をかたどった把手がついている。

「で、空襲後の瓦礫の山からも見つからなかったのね」魚の蓋をとりながらヴェリティがいう。

「ああ。うわっ、なにそれ？」目が覚めるほど黄色いライスを敷きつめた上に白いフレークのすじがついている料理を、僕はまじまじと見つめた。

「ケジャリーよ」ヴェリティがそれをスプーンに小さく一杯よそって、自分の皿に移した。

「カリーで炒めたライスと薫製の魚」

「朝食に？」

「インド料理なの。大佐のお気に入り」蓋を戻して、「で、時代人の中にも、九日から空襲の夜までのあいだに主教の鳥株を見たといってる人はいないのね」

「十日の日曜日の礼拝式次第を見ると、生花の項目に主教の鳥株の記載がある。だからたぶん、礼拝のあいだは中にあったはずだ」

ヴェリティは次の蓋つきの皿の前に移動した。今度の蓋は、大きな角を生やした牡鹿の把手。料理の内容を示すシンボルなんじゃないかと思ったが、そのとなりのやつは牙をむいた狼だったから、たぶん違うだろう。

「九日にあなたが目撃したとき、なにか変わったようすはなかった？」

「きみは主教の鳥株を見たことがないんだっけ」

「そういう意味じゃなくて、置き場所が変わったりしてなかった？　それとも壊れてたりとか。まわりをうろついてる人間とか、なにか怪しいものに気づかなかった？」

「まだタイムラグから抜けてないんだね」

「抜けたわよ」ヴェリティがむっとしたようにいった。「主教の鳥株は行方不明なのよ。虚空に消え失せたはずはない。だれかが持ち出したに決まってる。だれかが持ち出したんなら、その犯人を示す手がかりがあるはず。主教の鳥株のそばにいる人間に気づかなかった？」

「気づかなかった」

「エルキュール・ポアロによれば、どんな事件にも手がかりはある。ただ、だれもそれに気がつかなかったり、重要だと思ってなかったりするだけ」ヴェリティは追いつめられた牡鹿をつまみあげた。

中には刺激臭を放つ茶色い塊が入っていた。

「なにそれ？」

「デビルド・キドニー。チャツネとマスタードで牛の腎臓を蒸し煮にしたもの。ポアロのミステリでは、いつも、全体像にうまくあてはまらないちょっとした事実があって、それが謎を解く鍵になるの」ヴェリティは攻撃態勢の雄牛の角をつまんで持ち上げた。「これは雷鳥の冷製」

「卵とベーコンは？」

ヴェリティは首を振った。「下層階級の食卓専用」虐げられた魚をフォークで刺して持ち上げると、「薫製ニシンはいかが？」

僕はお粥《ポリッジ》で手を打った。

ヴェリティが自分の皿を持って巨大なテーブルの向こう側にまわり、席に着いた。

「空襲後にあなたが現場へ行ったときは？」自分の向かいの席を身振りで示しながら、

「火事のとき、主教の鳥株が聖堂にあったような痕跡は？」

口を開いて『聖堂は全焼したんだよ』といいかけたところで口をつぐみ、眉間にしわを寄せた。「じつのところ、ひとつ見つけた。黒焦げになった花の茎。それと、主教の鳥株を置く錬鉄製の台座も」

「その茎って、式次第に記載されてた花とおなじ種類？」ヴェリティの質問に、そんなことわかるもんかと答えようとしたとき、またジェインが入ってきて、一礼してから、

「お茶はいかがですか」とヴェリティに訊ねた。

「いいえ。ありがとう、コリーン」

彼女がいなくなるなり、「どうしてあのメイドをコリーンって呼ぶの？」

「それが名前だから。でもミアリング夫人は、召使いの名前としては流行遅れだと思ってるの。いかにもアイルランド風だから。イングランド生まれの召使いがいまの流行」

「だから名前を変えさせた？」

「よくあることよ。隣家のチャティスボーン夫人なんか、メイド全員をグラディスと呼んでる。いちいちだれがだれなのか覚えてなくても済むから。事前講習を受けてないの？」

「講習なんかゼロだよ。リアルタイムで二時間のサブリミナルだけ。それも、タイムラグがひどすぎてろくに聞いてないけど。主に女性の隷属的な地位について。それと魚用フォーク」

ヴェリティはぞっとしたような顔で、「講習受けてないの？　ヴィクトリア朝社会はマナーに厳格なのよ。エチケット違反はすごく深刻な問題になりかねない」好奇心いっぱいの顔になり、「いままでよく無事にやってこられたわね」

「この二日間はテムズ河の上だったからね。道連れはヘロドトスを引用するオックスフォードの教授、テニスンを引用する恋患いの若者、それにブルドッグと猫が各一匹。楽譜なしの即興でなんとかこなせたよ」

「なるほどね。でも、ここじゃその手は通用しないわよ。なんとか準備しとかなきゃ。わかった、聞いて」ヴェリティはテーブルに身を乗り出した。「速成講座よ。ヴィクトリア朝社会では、形式が第一。考えていることをそのまま口にしたりはしない。婉曲語法と礼儀正しさがこの時代の秩序。異性間の肉体的な接触は禁止。ただし、男がご婦人の腕をとるとか、柵を越えるときや列車の踏み段を上がるときに手を貸すとかは、例外的に認められる。未婚の男女がふたりきりになることは許されない」と、僕らのいまの状況を無視していう。「付き添い《シャペローン》の同席が必須」

それを合図にしたようにまたジェインがやってきて、僕らそれぞれの前にカップを置いた。

「召使いはファーストネームで呼ばれる」ジェインが姿を消すなり、ヴェリティは講義を再開した。「ただし執事は例外。ベインの呼び方は、ミスター・ベインもしくはベインよ。料理女は、婚姻状況にかかわらず全員ミセス。だから、ミセス・ポージーに旦那さんのことを訊いたりしないで。この屋敷には、小間使い《パーラー・メイド》――それがコリーン、じゃなくてジェインか――洗い場女中《スカラリー・メイド》、料理人《クック》、下男《フットマン》、馬丁《グルーム》、執事《バトラー》、庭師《ガードナー》がそれぞれひとりずついる。以前は二階付きの女中と侍女と靴磨きもいたんだけど、ランドリー公爵夫人に盗まれたの」

「盗まれたって？」砂糖に手を伸ばしながら訊き返した。

「ポリッジに砂糖はかけません。それと、調味料が必要なときはベルを鳴らして召使いを呼ぶこと。召使いを盗み合うのはこの時代のいちばんの娯楽よ。ミアリング夫人はチャティスボーン夫人からベインを盗んだし、いまは彼女の靴磨きを盗もうと画策してる。ミルクもかけないわよ。ご婦人の前での悪態も禁止」

「『笑止千万《ボールダーダッシュ》』は？　『はっ《プショー》』とか」

「『はっ』ですか、ヘンリーさん？」さっと入ってきたミアリング夫人がいった。

「なにを鼻で笑ってらっしゃるのかしら。わたくしたちの教会バザーのことでなければよろしいけれど。修復基金のためなんですのよ。すばらしい計画ですわ。当地の哀れな教会区教会は、どうしてもいますぐ修復する必要がありますの。洗礼盤は一二六二年にまで遡るものですし、それに窓と来たら！　どうしようもなく中世風でねえ。わたくしたちのバザーがうまくいけば、新しい窓が買えるはずです」

夫人は自分の皿に薫製ニシンと鹿肉と狼を山盛りにして腰を下ろし、テーブルのナプキンをさっと自分のひざの上に払い落とした。

「修復計画はひとえに副牧師のアービテイジさんのおかげですの。あの方がおいでになるまで、教会区牧師は教会を修復するという話に耳を貸そうとさえしませんでしたからね。あいにく、とても古い考えの持ち主で。霊との交信の可能性を考慮することさえ拒まれて」

教会区牧師は立派な人物らしい。

「その反対に、アービテイジさんは、心霊主義の考え方を受け入れてらっしゃるし、あの世に行った親族と語り合うという考えも。あの世との接触は可能だとお思いかしら、ヘンリーさん」

「ヘンリーさんから教会バザーのことを質問されてたんです」とヴェリティがいった。

「ちょうど、伯母さまの名案のがらくた市について説明するところでした」

「あら」ミアリング夫人はまんざらでもない顔で、「ヘンリーさんはバザーにいらっしゃったことがおありかしら」

「一度か二度は」

「でしたら、寄付された小間物やジャムや刺繍が店に並ぶのはご存じね。わたくしの案は、それだけではなくて、もう使い道がなくなったものならなんでも寄付してもらうことなの。お皿や骨董品や本や、いろんながらくたを！」

僕は畏怖のまなこでミアリング夫人を見つめた。この女こそがすべての元凶、僕が果てしなく押しつけられたがらくた市の発案者なのか。

「きっとびっくりしますわよ、ヘンリーさん。みなさんが屋根裏や物置にしまいこんだまま埃をかぶっている宝物といったら。当家の屋根裏では、紅茶壺と美しいセロリ皿を見つけました。ベイン、あの紅茶壺のへこみは直せたの？」

「はい、奥さま」とベインが女主人にコーヒーを注ぎながら答えた。

「コーヒーはいかが、ヘンリーさん」とミアリング夫人。

こんなに親切に接してもらえるとは驚いた。きっとこれが、さっきヴェリティのいっていた礼儀正しさってやつだろう。

トシーが入ってきた。腕に抱いたプリンセス・アージュマンドは、首にピンク色の大きなリボンを蝶結びにしている。「おはよう、ママ」と母親にあいさつしてから、テレンスの姿を探すようにテーブルを見まわした。

「おはよう、トスリン」とミアリング夫人。「よく眠れた？」

「ええ、もちろんよ、ママ。かあいいかあいいペットが無事に戻ってきたんですもの」猫に鼻をすりつけて、「ひと晩じゅうぴったりくっちゅいて寝たんでちゅよねー、たいせちゅなねこちゃん」

「トシー！」ミアリング夫人が厳しく叱責し、トシーは悔しそうな顔になった。

明らかにエチケット違反があったらしいが、なにが悪かったのか見当もつかない。あとでヴェリティに訊いてみよう。

ミアリング大佐とペディック教授が、トラファルガーの戦いについて活発に議論しながら入ってきた。「二十七対三十三の割合で、数は向こうがまさっていた」と大佐が話している。

「まさにそれだ」とペディック教授。「もしネルソンがいなかったら、戦いに敗北していたはずだ！　歴史をつくるのは人間の性格だ、盲目的な力などではない！　個人の指導力だ！」

「おはよう、パパ」トシーが近づいて大佐の頬にキスした。

「おはよう、娘よ」大佐はプリンセス・アージュマンドをにらみつけ、「それをここに入れてはならん」

「でも、昨日までとてもつらい目にあってたのよ」トシーは猫をサイドボードのほうへ連れていった。「ほら、プリンセス・アージュマンド、薫製ニシンよ」といいながら一匹とって皿に載せ、その前に猫を下ろしてやってから、ふてぶてしい笑顔をベインに向けた。

「おはよう、ミージエル」ミアリング夫人が夫にいった。「ゆうべはよくおやすみになれて？」

「まあまあだ」大佐は狼の下を覗きながら、「おまえはどうだね、マルヴィニア。よく眠れたかい」

どうやらこれがミアリング夫人の待ち受けていたきっかけだったらしい。「いいえ」と答えてから、芝居がかった間を置いて、「この家には霊がいるの。音が聞こえたわ」

ヴェリティの『ヴィクトリア朝のこういう家屋は壁が厚いから話し声も洩れない』説を信じた僕が莫迦だった。

「まあ、ママ」トシーが息を切らせて、「霊ってどんな音がするの？」

ミアリング夫人は遠い目をして、「奇妙な、この世ならぬ物音でした。命あるものにはけっしてたてられないような音。嗚咽《おえつ》するように空気が漏れる音。息遣いにも似ているけれど、もちろん霊は息などしませんからね。そして……」言葉を探すように口をつぐみ、

「金切り声と、苦痛に満ちた長いあえぎ。業苦に苦しむ魂のような。それはそれはおそろしい音でした」

うん、まあそれは僕も同意見だけど。

「その霊がわたくしになにかを伝えようとしている気がしたけれど、でもメッセージは伝わらなかった。ああ、マダム・イリトスキーさえいてくださったら。彼女なら、霊に言葉をしゃべらせることができたでしょうに。これから手紙を書いて、来てくださるようにおねがいしてみるわ。でも、たぶんむずかしいでしょう。霊媒のお仕事はご自分の家でしかなさらないとおっしゃってますから」

その自宅には、自前の落とし戸と隠しワイアと秘密の抜け穴つきか。まあしかし、それに感謝すべきだろう。少なくとも、マダム・イリトスキーがやってきて、僕がシリルをかくまっていた事実を暴露する可能性は低いのだから。

「霊のあのおそろしい叫びさえ聞いていただけたら、すぐに来てくださるでしょうに」とミアリング夫人。「ベイン、セント・トゥルーズさんはまだいらっしゃらないの？」

「すぐにいらっしゃると存じます。犬の散歩中。犬を散歩にお連れですから」

朝食に遅刻したうえに、犬の散歩中。これでツーストライクだ。しかし、ミアリング夫人は思ったほど不快げな表情を見せなかった。

「どうもどうも」といいながらテレンスが入ってきた。シリルは連れていない。「遅くなセント・トゥルーズさん。紅茶かコーヒーはいかが？」

「ちっともかまいませんのよ」ミアリング夫人が満面の笑顔を向けて、「おすわりなさい、

ってすみません」

「ではコーヒーを」テレンスはトシーにほほえみかけた。

「ベイン、セント・トゥルーズさんにコーヒーをお持ちして」とミアリング夫人。「お友だちといっしょに、わたくしたちの教会バザーまでこちらにぜひ滞在していただけるとよろしいですけれど。とても楽しい催しになりますわよ。ココナツ落としに占い。トスリンはラッフル籤の賞品にするケーキを焼きますの。この娘はとても料理の腕がいいし、教養もありますのよ。ピアノが弾けて、ドイツ語とフランス語を話せます。ねえ、トシー？」

「ウイ、ママ」と答えて、トシーはテレンスに笑いかけた。

僕はヴェリティにもの問いたげな視線を投げた。ヴェリティは肩をすくめ、『知らない』のしぐさ。

「ペディック教授、生徒さんたちは先生がいなくても二、三日なら我慢してくれますよね」とミアリング夫人が話している。「それとヘンリーさんには、ぜひとも宝探しを手伝っていただかなくては」

「ヘンリーさんは合衆国にお住まいだったそうよ」とヴェリティが口をはさみ、僕はびっくりして彼女の顔を見た。

「ほんとかい」とテレンス。「初耳だな」

「ええと……その……病気だったときにね」と僕。「ほら、その……治療でね……合衆国へ行ってたんだ」

「レッド・インディアンを見た？」とトシー。

「僕がいたのはボストンだから」心の中でヴェリティを呪いながら、しどろもどろに答えた。

「ボストン！」ミアリング夫人が叫ぶ。「フォックス姉妹はご存じ？」

「フォックス姉妹？」

「マーガレット嬢とケイト嬢の姉妹ですよ。わたくしたちの降霊術団体の創設者。ラッピングによる霊との交信にはじめて成功したのがそのおふたりよ」

「あいにく、お目にかかる栄誉は得ておりません」と答えたが、夫人はもうテレンスに関心を戻していた。

「トスリンはすばらしい刺繍をしますのよ。バザーに出す小間物屋台用にこの娘が縫った枕カバーをぜひごらんになって」

「それを買った人はきっと素敵な夢が見られますね」テレンスはトシーに間の抜けた笑みを向けて、「『完璧な至福の夢――美しすぎて長くは続かない』（トマス・ヘインズ・ベイリー「夢なりき」より）」

まだネルソン提督とトラファルガーにとどまっている大佐と教授は、椅子を押しやって立ち上がり、それぞれに口の中で「ではこれで失礼する」とつぶやいた。

「ミージエル、いったいどこへいらっしゃるの？」とミアリング夫人。

「養魚池だ。ペディック教授に真珠光沢の琉金をお見せしなければ」

「だったら外套をお召しになってね。それにウールのスカーフも」夫人はこちらを向いて、「主人は胸が弱くて、カタルにかかりやすいんですの」

シリルの同類か。

「ベイン、大佐の外套をとってきて」とミアリング夫人が命じたが、そのときにはもうふたりとも朝食室をあとにしていた。

ミアリング夫人はただちにテレンスに向き直り、「ご出身はどちら、セント・トゥルーズさん？」

「ケントです。この地上でもっとも美しい場所だといまも信じています」

「失礼していいかしら、マルヴィニア伯母さま」ヴェリティがナプキンを畳んでいった。

「小物入れを仕上げてしまわないと」

「いいですとも」ミアリング夫人は心ここにあらずの口調で答えた。「ご家族はいつからケントにお住まいですの、セント・トゥルーズさん？」

ヴェリティは通り過ぎる瞬間、畳んだメモを僕のひざに落とした。

「一〇六六年からです。もちろんそれ以降、屋敷は改築を重ねていますが。ほとんどはジヨージ朝様式ですね。庭はケイパビリティ・ブラウン（一八世紀に活躍した庭師。ハンプトン・コート宮殿の庭師長にも任命されている）。ぜひ一度お越しください」

テーブルの下でこっそりメモを開き、盗み見た。『図書室に来て』と書いてある。

「ぜひうかがいたいわ」ミアリング夫人が熱を込めていう。「ねえ、トスリン？」

「ウイ、ママ」

会話に間が空くのを待って飛び込んだ。「ミアリング夫人、もし、さしつかえなければ、そろそろ……」と口を開く。

「もちろんさしつかえますよ、ヘンリーさん。まだなんにも食べてらっしゃらないのに！ミセス・ポージーのうなぎパイは食べていただかないと。いままで召し上がったことのないような味ですわよ」

そのとおりだった。ケジャリーも同様。そっちは、夫人に命じられたベインが大きなシャベルのような食器ですくって僕の皿にどさっと落としてくれた。きっとケジャリー用スプーンだろう。

うなぎ少々と可能なかぎり少量のケジャリーを口に入れたあと、なんとか脱出に成功し、ヴェリティと合流しにいったが、図書室がどこにあるのか見当もつかない。ヴェリティの探偵小説に出てくるような見取り図が必要だ。

いくつかドアを試した挙げ句、床から天井までぎっしり本が詰まった部屋でようやくヴェリティを発見した。

「なにやってたのよ」ヴェリティは、貝殻や糊の鉢があちこちに散らばるテーブルの前にすわっていた。

「胸が悪くなるような最低のものを食べて、アメリカに関する質問に答えてたんだよ。いったいどうして僕がアメリカにいたなんていったんだ？　アメリカのことなんかこれっぽっちも知らないのに」

「あの人たちも知らないわ」ヴェリティは落ち着きはらって答えた。「なにか口実が必要だったのよ。あなたは事前講習を受けてないんだから、そのうちまちがいをしでかすに決まってる。でもアメリカ人はみんな野蛮人だと思ってるから、ああいっておけば、もしあなたがフォークをまちがえても、アメリカで暮らしていたせいだと思ってくれるでしょ」

「ありがとう……というべきなんだろうな」

「すわって。作戦を練らなきゃ」

扉に目をやった。錠前に古風な鍵がささっている。「鍵をかけたほうがいい？」

「その必要はないわ」ヴェリティはひらべったいピンク色がかった貝殻を選び出し、「ここに来るのはベインだけだから。ミアリング夫人は読書に反対なの」

「じゃあ、これだけの本はどこから？」と茶や赤の革で装幀された背表紙の列を指した。

「買ったのよ」ヴェリティは貝殻に糊を塗りつけている。

「なにを買ったって？」

「蔵書ぜんぶ。ダンセイニ卿からね。ベインがチャティスボーン家に来る前に仕えていた人。ミアリング夫人はチャティスボーン家からベインを盗んだの。でも、じっさいはベインのほうがミアリング家に来ることを選んだんだと思う。この蔵書を目当てに」ヴェリティは小物入れの箱に貝殻を貼りつけた。「すわって。もしだれか来たら、あなたはこれの手伝いをしているふりをする」完成した箱をかざした。さまざまな大きさの貝殻を並べてハートのかたちに飾ってある。

「とてつもなくひどいね」

「ヴィクトリア朝はそっくりぜんぶまとめて審美眼が最悪。毛髪リースじゃないだけまだましよ」

「毛髪リース？」

「死人の髪の毛でつくる花輪。真珠貝の貝殻をへりのところに敷きつめて」と手本を示した。「それから宝貝を一列」糊の鉢をこちらに押してよこし、「ミアリング夫人がどうしてとつぜんテレンスに親切になったのか、ベインから理由を聞き出したわ。夫人は彼の名前を英国貴族名鑑《デブレット》で調べたのよ。テレンスは金持ちで、貴族の甥だった」

「金持ち？　でも、ボート代を払う金もないんだぜ」

「貴族はいつも借金まみれよ」手にとったクラムの貝殻をためつすがめつする。「年に五千ポンドの収入と、ケントの地所があって、貴族爵位の継承順位は二番め。だから」その貝殻を捨てて、「トシーとテレンスを引き離しておくのがわたしたちの最優先事項よ。ママがくっつけにかかってるから、並大抵のことじゃないけど。今日、トシーは朝食のあとで、がらくた市に出品してもらうものを集めに、ご近所をまわることになってる。あなたはトシーにつきあって。それで少なくとも半日はふたりを遠ざけておける」

「テレンスは?」

「バザーで使う中国の提灯《ちょうちん》をとりに、ストリートトリーへ行ってもらうつもり。あなたは、Cではじまる名前の若者を知らないか、トシーからそれとなく聞き出して」

「この近所に住むミスターCはチェック済みなんだろ」

ヴェリティはうなずいた。「これまでに見つかったのはミスター・カドゥンとミスター・コープ。コープ氏は、仔猫が生まれるたびに河へ投げ込んでる農夫よ」

「理想的なカップルだと思うけどね。ミスター・カドゥンは?」

「結婚してる」ヴェリティはむっつりいった。「ミスターCなんていくらでもいそうな気がするでしょ。ディケンズを見なさいよ——デイヴィッド・カッパーフィールド、マーティン・チャズルウィット、ボブ・クラチェット」

「あっぱれクライトンは勘定に入れるまでもなく。それにルイス・キャロル。いや、だめか、本名じゃないから。トマス・カーライル。G・K・チェスタトン。みんな求婚者の資格がある。僕がトシーにつきあってるあいだ、きみはなにを？」

「トシーの部屋に忍び込んで日記を探してみる。どこかに隠してるのよ。前に探したときは、ジェインが入ってきちゃって、途中で捜索を打ち切ったの。でも今朝はみんなバザーの準備で忙しいから、邪魔が入る心配はない。それでも見つからなかったら、ネットを抜けてオックスフォードに戻って、科学分析の彼女が突き止めたかどうかたしかめてくる」

「きみがプリンセス・アージュマンドを助けたときの降下で、ずれはどの程度だったか、ウォーダーに訊ねてみてくれ」

「猫を助け出してオックスフォードに戻ったとき？　帰還降下にずれはないわよ」

「そうじゃない。きみがこっちに来て、猫を見たときの降下」

「わかった。さあ、そろそろ戻らなきゃ」糊の鉢にコルク栓をはめて立ち上がり、呼び鈴を鳴らしてベインを呼んだ。

「ベイン」ヴェリティはやってきた執事に向かって、「すぐに馬車をまわして。そのあと、朝食室に来て」

「かしこまりました」

「ありがとう、ベイン」ヴェリティは貝殻だらけの小箱をとり、僕の先に立って朝食室へ歩いていった。

ミアリング夫人はまだテレンスの尋問をつづけていた。「まあ、なんて素敵」ヴェリティの箱を見て、夫人はいった。

「バザーの前にすることはまだたくさんありますわ、マルヴィニア伯母さま。がらくた市はぜひ成功に導きたいですから。リストはお手元に？」

「ジェインを呼んで持ってこさせなさい」とミアリング夫人。

「牧師館へ天幕をとりにいっています」とヴェリティ。ミアリング夫人が席を立ち、自分でリストをとりに朝食室を出ていくなり、「セント・トゥルーズさん、ひとつお願いをしてもよろしいかしら。露台のあいだに吊そうと思っている中国の提灯がまだ届かないの。お手数ですけど、ストリートトリーまで行ってとってきてくださる？」

「ベインをやればいいじゃない」とトシーがいった。「テレンスはあたしといっしょにこれからチャティスボーン家へ行くのよ」

「ベインはあなたのお母さまのご用があるわ。紅茶のテントを張るの。あなたはヘンリーさんにいっしょにいってもらいなさい。ベイン」と、いましがた部屋に入ってきた執事に呼びかけ、「ヘンリーさんに、がらくた市の品物を入れるバスケットをお持ちして。もう馬車は待っているかしら」

「はい。承知いたしました」といってベインは出ていった。

「でも――」とトシーが唇をとがらせる。

「住所はこちら」ヴェリティはテレンスに紙片を手渡し、「それと、これが提灯の注文書。

ほんとにありがとう、助かりますわ」といって、トシーが抗議する暇も与えず、テレンスを玄関から外へ追い立てた。

ベインがバスケットを持って戻ってくると、トシーは帽子と手袋をとりに朝食室を出た。

「提灯はヘンリーさんがとりにいけばそれでよかったんじゃないの」ヴェリティと階段を上がりながらトシーが愚痴をいうのが聞こえてきた。

「会えない時間が愛を育てるのよ」とヴェリティ。「水玉模様のベールがついた帽子をかぶって、ローズ・チャティスボーンに見せてあげるといいわ」

先に降りてきたヴェリティに、僕は「脱帽するよ」と賛辞を送った。

「レイディ・シュラプネルを見習っただけ」とヴェリティ。「チャティスボーン家に行ったら、エリオット・チャティスボーンが――あなたが借りた服の持ち主よ――いつ戻ってくるかたしかめて。いまは南アフリカだけど、もしかしたらこっそりトシーと手紙をやりとりしてるかもしれない。あ、トシーが来た」

トシーは水玉模様のベールにハンドバッグ《レティキュール》とパラソルを持ち、ひらひらと階段を降りてきた。

いっしょに玄関を出たところで、ベインが小走りに追いかけてきた。「お帽子を」と息を弾ませ、僕のかんかん帽を差し出す。

このかんかん帽を最後に見たのは川面に浮かんでいるところで、麦わらは芯まで水を吸い、色褪せたリボンは薄い水色になっていた。しかし、いったいどんな手を使ったのか、ベインはそれを本来の状態に復元したらしく、リボンは鮮やかなブルーで、麦わらは見違えるように美しくぱりっとしている。

「ありがとう、ベイン。もう二度と戻ってこないと思っていたよ」

それをかぶるとたちまち颯爽とした気分になり、トシーをテレンスから引き離すぐらいお茶の子さいさい、それどころか、こんなに魅力的な男がそばにいたら、テレンスのことなんかすっかり忘れてしまうだろうという気がしてきた。

「まいりましょう《シャル・ウィ》か？」と声をかけ、トシーに腕を差し出す。

トシーは水玉ベール越しに僕を見上げ、考え込むような顔で、「従姉のヴェリティが、あなたは帽子をかぶるとおつむが弱そうに見えるっていってたけど、そこまでひどいとは思わないわ。殿方の中には帽子のかぶりかたを知らない人がいるっていうだけよ。かあいいジュジュちゃんがさっきいってたわ。『帽子をかぶったセント・トゥルーズさんって、しゅてきだと思わない？　世界でいちばんのハンサムちゃんでちゅね』って」

赤ちゃん言葉はもともと好きじゃないが、猫がしゃべる赤ちゃん言葉ときては——。

「学校時代の知り合いがこのへんに住んでるはずなんだけど」と、もう少し生産的な話題に切り替えた。「名前が思い出せないな。Ｃではじまる名前」

「エリオット・チャティスボーン？」

「いや、そうじゃないよ。でも、Cではじまる名前なんだ」

「学校のお友だち？」トシーはぎゅっと唇を結んで、「イートンに行ってたの？」

「そうだよ」べつにいいだろう。「イートン校だ」

「フレディ・ローレンスがいる。でも彼はハロー校。テレンスといっしょの学校だった？」

「いまいってるのは中背の男で、クリケットが得意だった」

「それで名字の頭文字がC？」トシーは巻毛を振った。「だれも思いつかないわ。テレンスもクリケットする？」

「彼はボートだね。それと泳ぎ。水泳が上手だよ」

「プリンセス・アージュマンドを助けてくれるなんて、とっても勇敢だと思う。『彼って世界でいちばんいしゃましいナイトでちゅね』ってジュジュちゃんがいうの。『あたちはそう思いまちゅ』って」

チャティスボーン家の屋敷に着くまでこれがつづいたが、まあそれでよかったかもしれない。テレンスについて知っていることはほかになにもなかったから。

「着いたわ」とトシーがいい、新ゴシック様式の巨大な邸宅へとつづく馬車道を歩き出した。

なんとか生き延びた。これから先はもうちょっと楽になるだろう。

トシーが玄関に歩み寄った。彼女が呼び鈴を鳴らすのを待とうして、いまがヴィクトリア朝だったと思い出し、自分で鳴らしてから一歩後退し、執事が扉を開けるのを待った。

フィンチだった。

「おはようございます、お客さまがた。失礼ですが、どちらさまで？」

「同じゲームなんかじゃない。〔子供の頃の遊びとは〕まったく別種のゲームなんだ。まさにそれが問題だ」

――ダリル・F・ザナック、クロッケーについて
（ジェイムズ・マレー「ハリウッドのクロッケー・プレイヤー」の中で、ザナックが競技クロッケーの特性について熱弁をふるう場面より）

14

不意打ちの登場――ジーヴズ――花園にて――くすくす笑い――ドレスの解説――体重オーバーの猫――セックスとバイオレンス――フィンチは自分の一存では明かせない――未開の西部の物語――屋根裏にしまい込まれた驚くべき宝物――故郷ふたたび――準備完了――洗練されたゲーム――悪い知らせ――不思議の国のクロッケー――さらに悪い知らせ

なにをしゃべったのか、どうやって屋敷に入ったのかも覚えていない。『フィンチ！ここでなにしてる？』と口走る衝動をこらえるのでせいいっぱいだった。

とはいえ、フィンチがここでなにをしているかは明白だ。執事をしている。執事のオー

ルタイムベストワン、P・G・ウッドハウス描くところのジーヴズをお手本にしているのも明白だ。傲然たる雰囲気、正確な言葉遣い、とりわけ、眉ひとつ動かさない氷のようなポーカーフェイス。はたから見れば、僕とはまったくの初対面だとだれでも思ったはずだ。

フィンチは僕らを案内したあと、完璧に角度が計算された礼をして、「お知らせしてまいります」と告げて階段のほうに歩き出したが、その必要はなかった。

チャティスボーン夫人と四人の娘たちが「トシー、まあ、びっくりね」と口々にさえずりながら、急ぎ足で階段を降りてくるところだった。

チャティスボーン夫人が階段のいちばん下で足を止めると、娘たちもその上の段でそれぞれに立ち止まり、一種の昇順配置で整列した。チャティスボーン夫人を含めて全員が、つんと上を向いた鼻と茶色がかったブロンドの髪をしている。

「それで、こちらの若い紳士はどなた？」とチャティスボーン夫人がいった。

四人の娘たちがくすくす笑った。

「ヘンリーさまです、奥さま」とフィンチがいった。

「あなたの猫を見つけたという、例の若い殿方ね」チャティスボーン夫人がトシーに向かって、「アービティイジ尊師さんからみんな聞きましたよ」

「ううん、違うの！」トシーが首を振った。「迷子になったかわいそうなプリンセス・アージュマンドを連れ戻してくれたのはセント・トゥルーズさん。ヘンリーさんはただのお友だち」

「なるほどね」チャティスボーン夫人がいった。「お目にかかれてうれしいわ、ヘンリーさん。わたくしの花園を紹介させていただきますわね」

この二、三日で意味不明のことをいわれるのには慣れっこになっていたから、その言葉にもうろたえはしなかった。

夫人は僕を階段のそばに導いて、「娘たちです、ヘンリーさん」と階段に並ぶ少女を下から順番に指さした。「ローズ、アイリス、パンジー、そして末娘のエグランティーン（野薔薇の一種）。うちのかぐわしい花束ですわ。それと、いずれはどこかの幸運な殿方の――」僕の腕をぎゅっと握り、「婚礼のブーケです」

娘たちは自分の名前が呼ばれるたびにくすくす笑い、〝婚礼のブーケ〟という言葉が出たところでまたくすくす笑った。

「居間《モーニングルーム》のほうになにかお持ちいたしますか」とフィンチがいった。「歩いておいでになったミアリング嬢とヘンリー氏はお疲れでしょうから」

「気がきくわね、フィンチ」チャティスボーン夫人が右手の扉のほうに僕を導きながらいった。「フィンチは最高に優秀な執事なの。とにかくあらゆることに気が回るわ」

チャティスボーン家の居間《モーニングルーム》は、ミアリング家の客間《パーラー》と瓜ふたつだが、こちらは花バージョンだった。絨緞は百合の模様、ランプはわすれな草やらっぱ水仙で飾られ、部屋の中央の大理石のテーブルには罌粟《けし》の絵が描かれた花瓶にピンクの牡丹《ぼたん》が生けてある。

ミアリング家の客間とおなじぐらい混み合っているので、椅子をすすめられることは、ヒヤシンスやマリゴールドの迷路を抜けて、異様にリアルな薔薇が刺繍された椅子に向かうことを意味していた。

とげが刺さるんじゃないかと思いつつおっかなびっくり腰を下ろすと、チャティスボーン夫人の四人の娘たちは向かい側に置かれた花柄のソファにすわって、くすくす笑った。しばらくたつうちにわかってきたが、末娘のエグランティーン（十歳ぐらいだろう）をのぞく三人は、だれかがなにかいうたびにくすくす笑う性質《たち》らしい。

「フィンチはまさしく宝石ですわ！」たとえばチャティスボーン夫人がこういうと、娘たちはくすくす笑う。「とても有能なの。なにか頼もうと思う前にもう仕事が終わってる。フィンチの前にうちにいた執事とは大違い――トシー、あの執事の名前はなんでしたっけね」

「ベイン」とトシー。

「ええ、そう、ベイン」とチャティスボーン夫人は鼻で笑うようにいった。「執事にはふさわしい名前でしょうけど、わたくしは昔から、執事の値打ちは名前ではなく訓練で決まると考えていました。ベインはじゅうぶんな訓練を積んでいたけれど、完璧とはいいがたかった。いつも本ばかり読んでいて。フィンチは本など読みません」と自慢げにいう。

「どこで見つけたの？」とトシー。

「それがいちばん驚くべきところなのよ」とチャティスボーン夫人（くすくす笑い）。

「うちの鏡台掛けをバザーに出そうと牧師館を訪ねたら、フィンチが客間にすわっていたの。インドに引っ越していったお宅に雇われていたらしいんだけど、カリー過敏症のせいであちらについていくことができなかったとか」

カリー過敏症とは。

「副牧師が、『どなたか執事を探している家をご存じありませんか』とおっしゃるのよ。信じられる？　運命だったわ」（くすくす笑い）

「めったにないことだと思いますけど」とトシー。

「ええ、もちろんトマスはちゃんと面接しろといいましたよ。でもフィンチにはそれはそれは立派な身元保証人が何人もいて」

きっとその全員がインドに引っ越してしまった家だろう。

「トシー、ほんとうならあなたのお母さまに腹を立てるところだけれど。ほら、うちの前の執事――」眉間にしわを寄せて、「あら、また名前が出てこない……」

「ベイン」とトシー。

「ベインを横から盗んでいったりして。でも、おかげで完璧な後任が見つかったのだから、むしろ感謝したいくらい」

完璧な後任が、カットグラスのデカンタとグラスを載せた花柄のトレイを持って部屋に入ってきた。

「すぐりのお酒《コーディアル》！」チャティスボーン夫人が声をあげた。「この場にうってつけね！ほら、これでわかるでしょ」

フィンチはコーディアルをグラスに注いで、それぞれに給仕しはじめた。

「ヘンリーさん」とチャティスボーン夫人。「セント・トゥルーズさんとおなじ学校にいらっしゃるの？」

「はい。オックスフォードです。ベイリアル」

「ケッコンしてる？」とエグランティーン。

「エグランティーン！」アイリスが叱りつけた。「結婚してるかどうか訊ねるなんて失礼よ」

「じぶんだってトシーにきいてたじゃない」とエグランティーン。「ささやき声が聞こえたわよ」

「しっ」アイリスは顔をそむけ、この場にふさわしく、頬をほんのりピンクに染めた。

（くすくす笑い）

「英国のどちらの出身ですの、ヘンリーさん」とチャティスボーン夫人。

話題を変える潮時だ。「ご子息に服を貸してくださったお礼を申し上げたかったんですが」といって、すぐりのコーディアルをすすった。うなぎのパイよりはいける。「ご在宅ですか」

「あら、おりませんわ。ミアリング家のかたに聞いてませんの？　エリオットは南アフリカです」

「鉱山技師なのよ」とトシー。

「ちょうどエリオットから手紙が届いたところで」とチャティスボーン夫人。「どこだったかしら、パンジー？」

娘たちがいっせいに立ち上がり、相当量のくすくす笑いとともに手紙を探しはじめた。

「こちらにございます、奥さま」とフィンチが手紙をチャティスボーン夫人に差し出した。

『親愛なる父上、母上、花束たち』と夫人が朗読する。「『約束していた長い手紙をやっと書くことができます』どうもそれを最後まで読み上げるつもりらしい。

「息子さんがいなくておさびしいでしょうね」なんとかそれを止めようと口をはさんだ。

「まもなくお帰りなんですか」

「二年間の任期が終わるまでは戻りません。あいにく、八カ月後になりますわ。もちろん、妹たちのだれかが結婚することになれば、当然、婚礼に出席するために帰国しますけれどね」（くすくす笑い）

そして夫人は朗読に突入した。二段落までで、エリオットも妹たちと同程度の知的レベルにあり、自分以外のだれかを愛したことは一度もないことが明白になった。

三段落めで、トシーもエリオット・チャティスボーンには一顧だに与えていないことが明白になった。見るからに退屈そうな顔をしている。

四段落めに入ると、エリオットはどうして石楠花《ロードデンドロン》とかよもぎ《マグウォート》とかいう名前をつけられずに済んだんだろうと思いながら、僕はチャティスボーン家の飼い猫に目をやった。

猫はすみれ柄のプチポワン刺繡入りのカバーをかけた足載せ台に寝そべっていたが、体があまりに巨大なので、刺繡はへりのほうのすみれが二つ三つ見えるだけ。毛色は黄で、もっと鮮やかな黄色の縦縞が入り、さらにもっと黄色い目をしている。見つめる僕に、まぶたの重そうなものうい視線を返してきたが、僕のほうも、すぐりのコーディアルとエリオット・チャティスボーンの散文のおかげで眠けがさしてきた。早くマッチングズ・エンドに帰って、木陰で昼寝をしたい。でなきゃハンモックの上で。

「バザーにはなにを着ていくの、ローズ」チャティスボーン夫人が便箋の二枚めをめくった隙にトシーが訊ねた。

ローズはくすくす笑って、「レースのはめ込みがついた青のボイル」

「あたしは白のスイス・モスリン」とパンジーがいい、上の娘たちは身を乗り出しておしゃべりをはじめた。

エグランティーンは足載せ台のところに行ってよいしょと猫を抱き上げると、僕のひざに投げ出した。「うちの猫のミス・マーマレードよ」

「ミセス・マーマレードですよ、エグランティーン」とチャティスボーン夫人。料理女みたいに、猫も敬称を与えられるんだろうか。

「はじめまして、ミセス・マーマレード」といいながら、猫のあごの下を掻いてやった。

（くすくす笑い）

「あなたはなにを着ていくの、トシー」とアイリスがいった。

「パパがロンドンであたし用につくらせた新しいドレスよ」

「へえ、どんなの？」とパンジーが叫ぶ。

「日記にくわしく書いてあるわ」とトシー。

哀れな法科学科の科学分析専門家が数週間を費やしてそれを解読するわけか。

「フィンチ、そのバスケットをとって」とトシーが命じ、フィンチからそれを渡されると、刺繍をした布の下に手を入れて、金の錠がついたコルドバ革装の本をとりだした。

僕らが留守のあいだに日記を盗み読むというヴェリティの作戦もこれまでか。帰り道であのバスケットからこっそり盗み出すことは可能だろうか。

トシーは手首に巻いてあった細い金鎖の留め金をはずして鎖をとり、鎖の先についていた小さな鍵で日記の錠を開けると、苦労してまたもとどおりに鎖を巻いた。

フィンチに盗んでくれと頼めるかもしれない。チャティスボーン夫人の話では人の心が読めるらしいから、フィンチはもうそれを考えているかも。

「白のミニヨネットのオーガンジー」とトシーが日記を朗読しはじめた。「ペティコートはライラック色のシルク。身ごろは前がレース、ひだ飾りのついた生染めのシルクはヘリオトロープ、ライラック、ニチニチソウのおだやかな色合い、すみれとわすれな草の模様がはめ込みで――」

ドレスの説明はエリオット・チャティスボーンの手紙よりさらに長く、僕は途中でついていくのをあきらめて、ミセス・マーマレードを真剣にあやしはじめた。

彼女は巨大というだけでなく、ものすごく太っている。でっぷりつきでた腹部は、妙にごつごつした感触があった。病気じゃなきゃいいんだけど。二〇〇四年に地球上の猫を一掃したジステンパーの初期型は、ヴィクトリア朝にはまだ存在しなかったよな。

「――サイドに薔薇飾りのついたプリーツ入りのライラック色のサッシュ」とトシーの朗読がつづく。「スカートにはかわいいドレープが入っていて、おなじ花の縁飾りつき。袖口はギャザー、肩とひじにひだ飾り。ライラック色のリボン帯は――」

ミセス・マーマレードを愛撫しながら、指先で慎重に下腹部を探った。数個の腫瘍。でも、もしレプトウイルスだとしても、まだ早期に違いない。毛並みは柔らかくてつやつやだし、完璧にしあわせそうだ。満足げにごろごろのどを鳴らし、前足で僕のズボンの太腿を楽しげにこねている。

明らかに、僕はまだ《思考力の低下》を患っているらしい。この猫はまるで病気には思えない。なのに、いまにも爆発しそうなほどぱんぱんに――

「うわあ《グッド・ロード》」僕は声をあげた。「この猫、妊――」その瞬間、鋭いものでうなじを殴られた。

単語の途中で口をつぐむ。

背後のフィンチがいった。「失礼ですが、奥さま。ヘンリーさまにお目にかかりたいという紳士がお見えです」

「僕に会いたいって？　でも僕は――」といいかけてまたひっぱたかれた。

「ちょっと失礼します、ご婦人がた」といって、おじぎのようなしぐさをし、フィンチのあとについて戸口に向かった。

「ヘンリーさんはこの二年、アメリカで過ごしてたのよ」部屋を出るとき、トシーがそう説明する声が聞こえた。

「なるほどね」とチャティスボーン夫人の声。

フィンチは先に立って廊下を歩き、図書室に入ると、僕のうしろで扉を閉めた。

「わかってるよ、ご婦人の前で罰当たりな言葉は禁止だろ」と首のうしろをこすりながらいった。「でも、なにも殴らなくたって」

「悪態のせいで殴ったのではありません。しかしそのとおり、上品な席では慎むべき言葉でした」

「とにかく、いったいなにで殴ったんだい」首の骨をおそるおそる探ってみる。

「ブラックジャック？」

「盆です」フィンチはポケットから凶悪なかたちの銀のトレイをとりだした。「ほかに方法がなかったものですから。どうしても止める必要がありまして」

「止めるってなにを？　それに、そもそもここでなにをしてるんだい」

「ダンワージー先生から与えられた任務でまいりました」

「どんな任務？　ヴェリティと僕に手を貸すこと？」

「いいえ」

「だったらどうしてここへ？」

フィンチは落ち着かない表情を浮かべた。「わたしの一存では明かせません。唯一申し上げられるのは……」言葉を探すような顔になり、「関連プロジェクトでこちらに来ているということくらいでしょうか。わたしはべつの時間軌道《タイムトラック》上にいますから、ヘンリーさんがまだご存じない情報に対するアクセスがあります。それをお話しすれば、任務に干渉することになるかもしれませんので」

「うしろから首をぶん殴るのは干渉じゃないのかい？　頸椎にひびが入った気がする」

「あの猫の現状についての言及をどうしても止めなければならなかったので。ヴィクトリア朝社会では、男女が同席する場で性について触れることは最大のタブーです。ご存じなかったのはあなたの責任ではありません。なにしろ事前講習を受けていらっしゃいませんから。ダンワージー先生にも申し上げたとおり、わたし個人は、事前講習も受けないまま、あの状態のあなたを送り出すことはまちがいだと思いましたが、先生はプリンセス・アージュマンドを連れ戻すのはあなただとかたく信じていましたから」

「信じていた？　どうして？」

「わたしの一存では明かせません」

「それに、性について触れるつもりなんかなかったぞ」と文句をいった。「僕がいおうとしたのは、あの猫が妊――」

「また、セックスがもたらす結果や、なんらかの意味で性に関係する話題についても同様です」こちらに身を乗り出し、声をひそめて、「少女たちは、婚礼の夜まで、性の実態についてなにひとつ知らされないまま育ちます。そのため、初夜に相当な衝撃を受ける例もあったのではないかと思いますが、いずれにしろ女性の乳房や身体構造が話題になることはなく、女性の脚《レッグ》は下肢《リム》と呼ばれていました」

「じゃあ、なんていうべきだったんだい？　お産が近い？　おめでた？　身重？」

「それに関することはいっさい口にすべきではありません。人間および動物の妊娠という事実は注意深く無視されます。そもそも話題にしてはいけなかったのです」

「で、お産が済んで、半ダースの仔猫がそこらじゅうを走りまわるようになっても、やっぱり無視しなきゃいけないのか？　それとも、コウノトリが運んできたんですかと質問する？」

フィンチはまた落ち着かない表情になり、「もうひとつの理由がそれなんです」と、あいまいな答えかたをした。「いまの状況に、このうえ必要以上の注意を引くことは望ましくないので。また齟齬を引き起こしたくはありませんからね」

「齟齬？　いったいなんの話だ？」

「わたしの一存では明かせません。居間に戻ったら、あの猫にはいっさい言及なさいませんよう」

まさにジーヴズそっくりの口調。「準備はばっちりみたいだね」と感心していった。

「ヴィクトリア朝についてそんなに勉強する時間がよくあったなあ」

「事情はくわしく説明できませんが」フィンチは満足げな顔で、「この仕事は天職だと思っております」

「そんなに優秀なら教えてほしいんだけど、居間に戻ったら僕はなんて説明すればいい？　僕に会いたいとだれが訪ねてきたことにする？　ここの人間はだれも知らないよ」

「それは問題にならないでしょう」フィンチは手袋をした手で図書室の扉を開けた。

「問題にならない？　どういう意味？　なにかいわなきゃいけないだろ」

「いいえ。なぜ席をはずしたのか気にする人間はいないはずです。ご不在のあいだに、あなたについて議論する機会が与えられたことだけで充分なのです」

「僕について議論する？」びくっとして、「身元が怪しいって？」

「いいえ」フィンチは寸分の隙もなく執事然とした態度で、「結婚適格性についてです」と答えると、先に立って廊下を歩き、居間の扉の前でわずかに頭を下げ、手袋をした手で扉を開けた。

フィンチのいうとおりだった。居間にわざとらしい突然の沈黙が流れ、発作的なくすくす笑いがそれにつづいた。

チャティスボーン夫人が口を開き、「トスリンから、あなたが間一髪で死を逃れた話を聞いていたところですよ、ヘンリーさん」

もうちょっとで〝妊娠〟といいかけたときのことかな。

「ボートが転覆したときのこと」パンジーが熱心にいった。「でも、アメリカでの大冒険にくらべたら、そんなことなんでもないんでしょ」

「頭の皮をはがれたことある？」とエグランティーン。

「エグランティーン！」とチャティスボーン夫人。

フィンチが戸口に姿を見せた。「失礼ですが、奥さま。ミアリング嬢とヘンリー氏はこちらでご昼食を？」

「おねがい、いてちょうだい！」少女たちが黄色い声で叫ぶ。「アメリカのお話を聞かせて！」

昼食のあいだじゅう、一九世紀史の授業で聞きかじった駅馬車やトマホークの話を物語って過ごした。こんなことならもっと身を入れて授業を聞いておくんだったと思いながら、ときおりフィンチにうらみがましい視線を投げた。もっともフィンチは、僕が使うべき正しい食器をそれとなく指示してくれた。僕の前に皿を置くとき、耳もとで「三本歯のフォーク」とささやいたり、僕が「焚火を囲んですわっていると、闇の奥からトムトムを叩く音が聞こえてきた。タンタン、タンタン、タンタン」（くすくす笑い）みたいな話で注意を引いている隙に、サイドボードの前からさりげない合図を送ったり。

昼食後、アイリス、ローズ、パンジーの三人から、いっしょにシャレード（ジェスチャーゲーム）をしようとせがまれたが、トシーは「もうお暇しなきゃ」といって、また注意深く鍵をかけた日記を（バスケットではなく）レティキュールにしまいこんだ。

「ねえ、でもあとほんのちょっとだけいられない？」パンジー・チャティスボーンが懇願するようにいった。

まだこれから教会区牧師のところへ寄って、がらくた市に寄付されるものを受けとる用があるからとトシーがその誘いを断ってくれたので、僕はほっと胸を撫でおろした。昼食で飲んだ白ワイン《ホック》とクラレットが、すぐりのコーディアルやタイムラグ後遺症と相乗効果を起こし、長い昼寝以外はなにもしたくない気分だった。

「バザーでまた会えるわよね、ヘンリーさん」とアイリスがくすくす笑った。

あいにくそうなりそうだと思いながら、牧師館が遠くないことを祈った。

遠くはなかったが、その前にまずウォーレス未亡人の家（舟形ソース入れと弦が二本とれたバンジョー）、ミドルマーチ家（注ぎ口が欠けたティーポット、ビネガー瓶、カードが何枚か足りない神経衰弱《オーサーズ》用トランプ）、ミス・スティギンズの家（鳥かご、運命の女神をかたどった四つの小像のセット、『鏡の国のアリス』、魚用フライ返し、〝マーゲート土産〟の文字が刷りこまれた陶製の指ぬき）に立ち寄らなければならなかった。

すでにチャティスボーン家では、帽子の留めピン用ホルダー、すみれとスイートピーのクルーエル刺繍入りクッション、卵ゆで器、握りが犬の頭をかたどった彫刻になっているステッキを受けとっていたから、バスケットは満杯に近く、屋敷までこれをどうやって持ち帰るのか頭が痛かった。さいわい、教会区牧師が寄付したのは、金泥塗りの額におさめられた大きな割れ鏡ひとつだけだった。

「ベインをとりによこしますから」とトシーがいい、僕らは帰途についた。

帰りの道のりも行きの再現になったが、僕のほうはすっかり目蓋が重くなり、はるかに疲れていた。トシーはジュジュと〝ゆーかんなゆーかんなテレンシュ〟についてぴーちくぱーちくさえずりつづけ、僕は自分の名前の頭文字がCじゃなかったことにつくづく感謝しつつ、ハンモックを見つけ出すことに意識を集中した。

　ベインが馬車道の入口で僕らを出迎え、バスケットを引き受けてくれた。シリルが僕めがけて勢いよく走ってきたが、左舷に傾く例の不幸な癖のおかげでトシーの下肢に衝突し、トシーは、「まあ、ほんとにお行儀の悪い、いけない動物！」と叫び、プチ悲鳴を発しはじめた。

「おいで、シリル、いい子だ！」と呼んで手を叩くと、シリルは全身をぶるぶる振りながらうれしそうにやってきた。「さびしかったかい、シリル？」

「おお、見よ、旅人らが帰還せり」テレンスが芝生のほうから手を振った。「『長く留守にした白壁のわが家にもどり』（ウィリアム・モリスの詩『イアソンの生と死』より）。ちょうど間に合ったね。ベインがクロッケーの試合用に柱門《フープ》を用意してるところだよ」

「クロッケーの試合よ！　とっても楽しみ！」トシーがそう叫び、服を着替えに走っていった。

「クロッケーの試合？」ヴェリティのほうに目を向けると、彼女は芝生に杭を打ち込んでいるベインを見ていた。

「クロッケーか、でなきゃローンテニス」とヴェリティがいった。「そっちは講習を受けてないでしょ」

「クロッケーも講習受けてないよ」束ねた木槌を見ながらいった。

「クロッケーはとても単純なゲームだから」ヴェリティが黄色い球を差し出した。「このボールをマレーで叩いて柱門を通すだけ。どうだった？」

「僕はかつてバッファロー・ビルの斥候だった。あと、パンジー・チャティスボーンと婚約したよ」

ヴェリティはにこりともせず、「ミスターCのことはなにかわかった？」

「エリオット・チャティスボーンは八カ月先まで帰ってこない」同級生の名前を忘れたという口実でトシーに訊ねたことを説明し、「心当たりはなさそうだった。でも、いちばんおもしろいのは――」

プリンセス・アージュマンドを両手に抱いたトシーが走ってきた。ピンクと白の地にペパーミントの縞模様が入ったセーラー・ドレスを着て、大きなピンクのリボンを蝶結びにしている。猫を地面に下ろし、「ジュジュは転がる球を見るのが大好きなの」

「自分で転がすのもね」とヴェリティ。「ヘンリーさんとわたしがチームになるわ。あなたはセント・トゥルーズさんと」

「セント・トゥルーズさん、わたしたちパートナーよ」そういいながら、トシーはベインの作業を監督しているテレンスのところへ走っていった。

「トシーとテレンスを引き離すのが僕らの目的じゃなかったのかい」

「そのとおり。でも、あなたに話があるの」

「僕も話がある。チャティスボーン家でだれに出くわしたと思う？　フィンチだよ」

「フィンチ?」ヴェリティはあっけにとられた顔で、「ダンワージー先生の秘書の?」

「うん。フィンチはチャティスボーン家の執事になってる」

「なんのために?」

「教えてくれないんだ。『関連プロジェクト』だってさ。くわしく説明できないのは、僕らの任務に干渉するおそれがあるからだって」

「準備はいい?」トシーが杭のそばから叫んだ。

「もうちょっとよ」と答えてから、ヴェリティは僕に向かって早口で説明しはじめた。

「ルールは単純そのもの。打ったボールが六つのフープを二回通過《パス》すると得点になる。まず外側のフープ四つをパスさせて、それから中央のふたつ。全部を通ったら、今度は逆向きに通過させる。自分の打順で打てるのは一回。ただし、自分が打ったボールがフープを通ると、つづけてもう一回打てる。自分が打ったボールがほかのボールに当たったら、そのボールを自分のボールにくっつけて飛ばすロッケーの一打が与えられて、そのあともう一回、自分のボールを打てる。一打でふたつのフープをいっぺんに通過しても、与えられるボーナスは一打だけ。ひとつのボールを打ったら、次のフープを通過するまでそのボールは打てない。ただし、いちばん最初のフープだけは例外。一度打ったボールをまた打った場合は、打撃権を失う」

「準備できた?」とトシーがまた叫んだ。

「もうちょっとよ」とヴェリティ。マレーを使って、「それがコートの境界線」と指し、「北、南、東、西。あれがヤードラインで、そっちがボークライン。わかった？」

「完璧。僕の色は？」

「赤よ。ボークラインからスタート」

「準備できた？」またトシーの声。

「ええ」ヴェリティが大きくうなずいた。

「あたしが一番」トシーが優雅に腰をかがめて芝生にボールをセットした。

ま、そんなにむずかしいわけはないよな。トシーが最初の打撃に備えてアドレスするのを見ながら、自分にそう言い聞かせた。威厳たっぷりのヴィクトリア朝スポーツなんだから。裾をひきずる丈の長いドレスを着た若き貴婦人や子供たちが青々とした芝生の上で楽しむ、洗練されたゲーム。

トシーがテレンスを振り返ってキュートな笑顔を向け、顔にかかる巻毛を払った。「いいショットが打てるといいけど」といってから、渾身の力を込めた一撃をボールに見舞った。すっ飛んだボールは最初のふたつのフープを通過し、芝生の中ほどで止まった。

トシーはびっくりしたような笑みを浮かべ、「もう一打ね」といって、またボールをひっぱたいた。

今度は、木陰に寝そべって昼寝を楽しんでいたシリルにあやうくぶつかりそうになった。

「インターフェア」とトシー。「鼻に当たった」

「シリルに鼻なんかないわ」とヴェリティがいって、最初のフープの手前にボールをセットすると、マレーを構えた。「わたしの番」

ヴェリティはトシーほど強く打たなかったものの、コツンという感じでもなかった。ボールは最初のフープを通過し、次の打撃でボールはトシーのボールから二フィートの距離まで到達した。

「セント・トゥルーズさんの番よ」トシーはそういいながら歩き出し、丈の長いスカートで自分のボールをすっぽり隠した。テレンスの打撃が終わり、トシーが彼のそばに歩み寄ったとき、トシーのボールはヴェリティのボールからたっぷり一ヤード先にあった。

僕はヴェリティのそばに歩み寄り、「ズルしたね」

ヴェリティはうなずいて、「トシーの日記は見つからなかった」

「うん。彼女、持ち歩いてたんだよ。チャティスボーン家の娘たちに、日記に書いた自分のドレスの説明を朗読してた」

「ヘンリーさんの番」トシーがマレーによりかかっていった。

マレーの正しい握りかたは教わらなかったし、ルールの説明もあんまり身を入れて聞いていなかったから、ボールをフープのそばに適当に置くと、クリケット・バットを握るような感じでマレーを握った。

「フォールト！」とトシーが怒鳴った。「ボールの位置がフープに近すぎるわ。ヘンリーさんの番はおしまい」

「いいえ」とヴェリティ。それから僕に向かって、「マレーのヘッド幅だけフープからボールを離して」

いわれたとおりにしてから、おおむね正しい方向めがけてボールを打った。が、フープは通過しなかった。

「あたしの番」トシーがボールをひっぱたき、ヴェリティのボールをコートから完全にはね飛ばして生け垣の中に放り込んだ。「あら、ごめんあそばせ」とすました笑みを浮かべ、それからテレンスのボールに対してもおなじことをした。

「これ、洗練されたゲームだっていわなかった？」ヴェリティのボールを回収すべく、生け垣の下に這い込みながらいった。

「単純なゲームだっていったのよ」

ボールを拾った。

「まだ探してるふりをして」ヴェリティが声をひそめていった。「トシーの部屋を捜索したあと、ネットを抜けてオックスフォードに戻ったの」

「きみの降下のとき、ずれがどの程度だったか突き止めた？」枝をかきわけながら訊ねる。

「いいえ」ヴェリティは深刻な表情で、「ウォーダーが忙しすぎて」

ウォーダーは忙しすぎるが口癖じゃないかと答えかけたが、ヴェリティがそれより早く、

「あの新入生――名前を知らないけど、あなたやカラザーズといっしょに作業してた学生――が過去へ行ったきりになってるのよ」

「カボチャ畑で？」と、犬の群れのことを考えながらいった。

「いいえ、コヴェントリーで。瓦礫の捜索を終えたら戻ってくるはずだったのに、戻ってこなかった」

「たぶんネットを見つけられなかったんだろ」懐中電灯をえんえんいじくっていたのを思い出す。

「カラザーズもそういったけど、ダンワージー先生とＴＪは、齟齬と関係してるんじゃないかと心配してる。カラザーズを捜索に送り出したわ」

「ヴェリティの番よ」トシーがじれったげにいい、こちらに歩いてきた。「まだ見つからないの？」

「あったよ」と声をあげ、生け垣の下から這い出してボールをかざした。

「ここからコートを出たわ」トシーは足の先で、アウトボールになった場所から数マイル彼方を指した。

「赤の女王と対戦してるみたいだな」とヴェリティにささやき、ボールを渡した。

つづく三回の打撃で僕のボールがゴールしたのは一度だけで（フープを通過できそうな

位置に来るたびに、ミアリング〝首をはねておしまい〟女王にはじかれた）、その結果、ヴェリティのボールとおなじ側になった。

「わかったぞ」トシーの打撃ではじかれたテレンスのボールに向こう脛を直撃されたあと、僕は足をひきずりながらヴェリティのところへ歩いていった。シリルはもうとっくに起き上がって、芝生のずっと向こう側に移動している。「ミスターCは、トシーのクロッケー被害者を診察するために呼ばれた医者だよ。ほかになにがわかった？」

ヴェリティは慎重に狙いを定めつつ、「テレンスが結婚した相手の名前」

「頼むからトシーだなんていわないでくれよ」無事なほうの足に体重をかけ、反対の向こう脛をさする。

「いいえ」ヴェリティが打ったボールは惜しいところでフープを通過し損ねた。「トシーじゃない。モード・ペディック」

「でも、それっていいことなんじゃないかい。僕のせいでテレンスとモードが出会わなくなったわけじゃないってことだろ」

ヴェリティは折り畳んでサッシュにはさんであった紙片をとり、こっそり差し出した。

「なに？」それを胸ポケットにしまって、「モードの日記の抜粋？」

「ううん。彼女はヴィクトリア朝でただひとり日記をつけていなかった女性みたい。それはモード・セント・トゥルーズが妹に宛てた手紙」

「ヘンリーさんのボールよ！」とトシーが叫ぶ。

「二段落め」とヴェリティ。

僕は赤いボールを思いきりひっぱたいた。それはテレンスのボールを飛び越し、ライラックの茂みのど真ん中に飛び込んだ。

「おっと、残念！」とテレンス。

僕はひとつうなずき、ボールを探してライラックの茂みをがさがさとかきわけた。

「さらば、愛しき友よ」とテレンスが快活にいって、マレーを振った。『さらば！　なぜならこの宿命の言葉には——われらがいかに誓おうと——願おうと——信じようと——諦めが息づくのだから』（バイロン「海賊」より）」

ボールを見つけて拾い上げ、茂みのさらに奥へと進んでから、手紙を開いた。細くて繊細な女文字。『愛するイザベル。婚約の知らせを聞いてうれしいわ。ロバートは立派な若者だし、テレンスと私のように貴方たちが幸せになってくれることだけを願っています。彼と出会ったのが金物屋の店先で、とてもロマンチックとは言えない場所だったことを心配してるそうだけれど、そんなことで悩まないで。愛しいテレンスと私の出会いなんて、鉄道の駅だったのよ。アミーリア伯母さまと一緒にオックスフォード駅のプラットホームに立っていたとき——』

手紙を見つめたまま茫然と立ちつくした。オックスフォード駅のプラットホーム。

『――およそロマンチックな場所じゃなかったけれど、でもひと目でわかった。荷車やトランクに囲まれて立っているこの人こそが、私の生涯の伴侶になるんだって』

ところが、そうはならなかった。そこに立っていたのはこの僕で、モードと伯母さまは貸し馬車に乗って駅をあとにした。

「見つからないのかい」とテレンスの声。

あわてて手紙をもとどおり畳んでポケットにしまい、「あったよ」といってやぶから抜け出した。

「そこから出たわ」トシーが嘘八百の場所を足で示した。

「ありがとう、ミアリング嬢」自分のマレーでラインからヘッド幅一個分の距離を測り、芝生にボールを置いて打撃姿勢をとった。

「あなたの番はもうおしまいよ」トシーが自分のボールに向かって歩きながら、「あたしの番」といって自分のボールに強烈な一撃を見舞い、僕のボールにぶちあて、まっすぐライラックの茂みまでかっ飛ばした。

「ロッケーね」とかわいくほほえみ、「二打追加」

「とびきりの女の子だよね」いっしょに僕のボールを探しながらテレンスがいった。

まさか、と心の中で答える。もしそうだったとしても、きみは彼女と恋に落ちるはずじゃないんだよ。モードと恋をするはずなんだ。オックスフォード駅で出会うはずだった。

僕のせいだ。僕のせい、僕のせい、僕のせい。

「ヘンリーさんの番よ」トシーがじれったそうにいった。

「ごめん」手近のボールを適当に打った。

「フォールトよ、ヘンリーさん」トシーがいらだたしげにいった。「死んでる《デッド》」

「なんだって？」

「そのボールはデッドなの。さっき一回打ったボールでしょ。フープを通過するまで、もう打っちゃいけないの」

「なるほど」といって、フープを狙った。

「そのフープじゃない」トシーはブロンドの巻毛をぶんぶん振って、「フープを飛ばそうとしたことでフォールトを宣言します」

「ごめん」僕はゲームに意識を集中しようとした。

「ヘンリーさんはアメリカン・ルールでプレイするのに慣れてるのよ」とヴェリティが助け船を出してくれた。

歩いていってヴェリティの横に立ち、トシーがマレーを構えるのを見守った。ビリヤードのショットさながら、ぶつかったボールがどう跳ね返るかを計算して、注意深く角度を調整している。

「なお悪いことに」とヴェリティ。「ふたりの孫のひとりが、バトル・オブ・ブリテンで戦った英国空軍パイロットだったの。最初のベルリン爆撃で飛んでる」

「テレンス！」トシーが叫んだ。「あなたの動物があたしのダブル・ロッケーを邪魔してるわ」

テレンスはいわれるがまま、シリルのところへ行って場所を移らせた。トシーは寝かせたマレーを照準にしてまっすぐ前方を見つめ、ボールが衝突したときの角度を測り、確率を計算している。

僕はそこに突っ立ったまま、トシーがアドレスするのを見つめていた。ヴェリティはなにもいわなかった。その必要はなかった。最初のベルリン爆撃のことならよく知っている。一九四〇年九月、バトル・オブ・ブリテンのさなか。ヒトラーは、敵の爆弾が父祖の地《ファーザーランド》に落ちることはぜったいにないと天に誓っていた。それが落ちたとき、ヒトラーはロンドン絨緞爆撃を命じた。そして十一月には、コヴェントリー大空襲。

トシーがマレーを振った。ボールは僕のボールにぶつかって跳ね返り、ヴェリティのボールをはじき飛ばして、まっすぐフープを通過した。

その爆撃が、ルフトヴァッフェよりはるかに数で劣る英国空軍を救うことになった。もしあのとき、ルフトヴァッフェが民間目標の爆撃に転換していなければ、ドイツがバトル・オブ・ブリテンの勝者になっていたかもしれない。そしてヒトラーは英国を侵略していただろう。

訳者略歴　1961年生，京都大学文学部卒，翻訳家・書評家　訳書『ドゥームズデイ・ブック』『マーブル・アーチの風』ウィリス，『ヘミングウェイごっこ』ホールドマン（以上早川書房刊）　著書『現代ＳＦ1500冊』他多数

HM=Hayakawa Mystery
SF=Science Fiction
JA=Japanese Author
NV=Novel
NF=Nonfiction
FT=Fantasy

犬《いぬ》は勘定《かんじよう》に入《い》れません
あるいは、消えたヴィクトリア朝花瓶の謎
〔上〕

〈SF1707〉

二〇〇九年四月二十五日　発行
二〇一三年十月　十五日　二刷

（定価はカバーに表示してあります）

著　者　コニー・ウィリス
訳　者　大《お》森《おもり》望《のぞみ》
発行者　早川　浩
発行所　株式会社　早川書房

東京都千代田区神田多町二ノ二　郵便番号一〇一‐〇〇四六
電話　〇三‐三二五二‐三一一一（大代表）
振替　〇〇一六〇‐三‐四七七九九
http://www.hayakawa-online.co.jp

印刷・中央精版印刷株式会社　製本・株式会社川島製本所
Printed and bound in Japan
ISBN978-4-15-011707-8 C0197

本書は活字が大きく読みやすい〈トールサイズ〉です。